Ullstein

maritim
Ullstein Buch Nr. 22441
im Verlag Ullstein GmbH,
Frankfurt/M – Berlin
Titel der englischen Originalausgabe:
»Lieutenant Hornblower«
Übertragen und bearbeitet
von Eugen von Beulwitz

Umschlagentwurf:
Hansbernd Lindemann
unter Verwendung einer Farbillustration
von Chris Mayger/Sphere Books, Ltd.
London
Mit Genehmigung der
Wolfgang Krüger Verlags GmbH,
Hamburg

Printed in Germany 1994
Gesamtherstellung:
Ebner Ulm
ISBN 3 548 22441 5

19. Auflage September 1994
Gedruckt auf alterungs-
beständigem Papier mit
chlorfrei gebleichtem Zellstoff

Vom selben Autor
in der Reihe
der Ullstein Bücher:

Fähnrich zur See Hornblower (22433)
Hornblower wird Kommandant (22462)
Der Kapitän (22481)
An Spaniens Küsten (22502)
Unter wehender Flagge (22529)
Der Kommodore (22555)
Lord Hornblower (22570)
Hornblower in Westindien (22598)
Hornblower auf der »Hotspur« (22651)
Zapfenstreich (22836)
Die letzte Fahrt der »Bismarck« (22430)
Die »African Queen« (22754)
Die Kanone (21083)
Tod den Franzosen! (21092)
Brown von der Insel (23376)

Die Deutsche Bibliothek –
CIP-Einheitsaufnahme

Forester, Cecil Scott:
Leutnant Hornblower: Roman / C. S.
Forester. – 19. Aufl. – Frankfurt/M;
Berlin: Ullstein, 1994
(Ullstein-Buch; Nr. 22441 : Maritim)
Bis 16. Aufl. als: Ullstein-Buch;
Nr. 441 : Maritim)
ISBN 3-548-22441-5
NE: GT

C. S. Forester

Leutnant Hornblower

Roman

Ullstein

I

Leutnant William Bush kam an Bord *H. M. S. Renown,* als das Schiff auf dem Hamoaze vor Anker lag, und meldete sich beim Wachhabenden Offizier. Der war ein großer, fast hagerer junger Mensch mit hohlwangigem Gesicht und einem melancholischen Zug um die Augen. Der Uniformrock schlotterte ihm um den Leib, als wäre er im Dunkeln hineingeschlüpft und hätte sich noch keine Zeit genommen, ihn zurechtzuziehen.

»Ich freue mich, Sie an Bord begrüßen zu können, Sir«, sagte der Wachhabende. »Mein Name ist Hornblower, der Kommandant ist an Land, der Erste Offizier ist vor zehn Minuten mit dem Bootsmann nach vorn gegangen.«

»Besten Dank«, sagte Bush.

Sein Blick wanderte voll Spannung und Neugier über das bunte Getriebe der verschiedenen Arbeitsgruppen, die die Aufgabe hatten, das Schiff für große Fahrt in fremden Gewässern auszurüsten.

»Heda! Die Leute an den Stagtaljen! Vorsicht! Nicht so wild! Belegen!« Hornblower schrie über Bushs Schultern hinweg. »Mr. Hobbs, passen Sie gefälligst auf, was Ihre Leute dort machen!«

»Aye, aye, Sir«, gab dieser mürrisch zurück.

»Mr. Hobbs, kommen Sie einmal zu mir her!«

Ein rundliches Mannsbild, dem ein dicker grauer Zopf im Nacken hing, kam mit schlingernden Schritten auf das Fallreep zu, wo Bush und Hornblower standen. Als er zu Hornblower aufsah, mußte er blinzeln, weil ihm die Sonne in die Augen schien. Ihr grelles Licht fiel auf den sprießenden grauen Stoppelbart, der die Wülste seines Kinns bedeckte.

»Mr. Hobbs«, sagte Hornblower ganz ruhig und doch mit so viel verhaltenem Nachdruck, daß Bush überrascht aufhorchte, »Sie wissen ganz genau, daß das Pulver vor Dunkelwerden an Bord sein muß. Lassen Sie also gefälligst diesen Ton, wenn Sie auf einen Befehl antworten. Wie wollen Sie Ihre Leute zur Arbeit anhalten, wenn Sie selbst zu erkennen geben, daß Sie keine Lust haben? Gehen Sie wieder nach vorn, und kümmern Sie sich um Ihre Aufgabe!«

Hornblower hielt sich beim Sprechen etwas vorgebeugt, seine hinter dem Rücken verschränkten Hände schienen als Gegengewicht für das vorgestreckte Kinn zu dienen. Gemessen an der schneidenden Schärfe seiner Worte, wirkte diese Haltung geradezu zwanglos, obwohl er so leise sprach, daß ihn nur Bush und der Angeredete selbst verstanden.

»Aye, aye, Sir«, sagte Hobbs und wandte sich zum Gehen.

Bush stellte gerade im stillen fest, daß dieser Hornblower den Teufel im Leib haben müsse, als er seinem Blick begegnete und zu seiner Überraschung entdeckte, daß es in der schwermütigen Tiefe dieser Augen humorig blinkte und geisterte. Da blitzte die Erkenntnis in ihm auf, daß dieser scharfe junge Leutnant in Wirklichkeit alles andere war als scharf und daß die Entrüstung in seinen Worten von eben gar nicht echt gewesen war – es schien fast, als hätte sich Hornblower dabei in einer fremden Sprache auszudrücken versucht.

»Wenn die Kerle einmal die Lust verlieren, kann man nichts mehr mit ihnen aufstellen«, erklärte Hornblower. »Dieser Hobbs ist der Schlimmste von allen – nennt sich zwar Feuerwerker, ist aber keinen Pfifferling wert, eine richtige Niete.«

»So«, sagte Bush.

Die fast schauspielerische Verstellungskunst des jungen Leutnants machte Bush im ersten Augenblick argwöhnisch. Wie sollte man einem Mann Vertrauen schenken, der sich so wütend stellen konnte und im nächsten Augenblick wieder ganz gleichmütig war? Aber es ging nicht anders, das lustige Zwinkern dieser braunen Augen forderte die offenen blauen seines Gegenübers gleich zu einer verständnisinnigen Antwort heraus. Bush fühlte sich stark zu Hornblower hingezogen, aber er war von Natur ein vorsichtiger Mann und verstand es daher, diese Regung sofort zu zügeln. Man hatte schließlich eine lange Reise vor sich, und da bot sich sicher noch genug Gelegenheit, ein besser begründetes Urteil über den Mann zu gewinnen. Einstweilen hatte er nur das Gefühl, daß er von dem anderen neugierig gemustert wurde. Offenbar hatte dieser schon eine Frage auf den Lippen, und es war auch für Bush nicht schwer zu erraten, worauf sie abzielte. Der nächste Augenblick zeigte ihm schon, daß er sich nicht geirrt hatte.

»Welches Datum hat Ihr Patent?« fragte Hornblower.

»Juli 96«, sagte Bush.

»Danke«, gab Hornblower so wenig mitteilsam zurück, daß Bush an ihn die gleiche Frage richten mußte.

»Und das Ihre?«

»August 97«, sagte Hornblower. »Sie sind rangälter als ich, Sie sind auch älter als Smith – er hat Januar 97.«

»Dann sind Sie also der jüngste Leutnant an Bord?«

»Ja«, sagte Hornblower.

Sein Benehmen verriet zwar nicht die geringste Enttäuschung darüber, daß sich der Neue als rangälter erwiesen hatte, aber Bush konnte sich seine Gefühle nur zu gut vorstellen. Er wußte ja aus eigenster Erfahrung, was es hieß, jüngster Leutnant auf einem Linienschiff zu sein.

»Sie sind also im Dienstalter der dritte«, fuhr Hornblower fort, »Smith ist der vierte, und ich bin der fünfte.«

»Also dritter«, wiederholte Bush halb im Selbstgespräch.

Jeder junge Leutnant verstand sich darauf, Zukunftsträume zu spinnen, auch wenn er so wenig Phantasie besaß wie unser Bush. Eine Beförderung lag zum mindesten theoretisch im Bereich der Möglichkeiten; die Raupe Leutnant konnte sich eines Tages in einen stolzen Schmetterling, Kapitän genannt, verwandeln, wobei es ihr sogar zuweilen gelang, das Puppenstadium des Commanders zu überspringen. Ohne Zweifel kam es manchmal vor, daß ein Leutnant vorzeitig befördert wurde, aber dann konnte man immer sicher sein, daß er im Parlament oder bei Hof mächtige Freunde besaß, es sei denn, er hätte das unwahrscheinliche Glück gehabt, irgendeinem hohen Admiral vorteilhaft aufzufallen und diesem Admiral gerade dann zu unterstehen, wenn eine Stelle frei wurde. Die meisten Kapitäne der Rangliste verdankten ihre Beförderung irgendeinem solchen Glückszufall. Gelegentlich kam es allerdings sogar vor, daß sich ein Leutnant seine Beförderung wirklich selbst verdiente – oder daß sich wenigstens eigenes Verdienst und eine Portion Glück dazu die Hand reichten –, wie es eben der blinde Zufall wollte. Zeichnete sich zum Beispiel ein Schiff in einem Gefecht von historischer Bedeutung besonders ruhmvoll aus, dann konnte man unter Umständen erleben, daß der älteste Leutnant zum Kapitän befördert wurde (was seltsamerweise als Auszeichnung des Kommandanten galt). Und wenn der Kommandant in einem Gefecht fiel, dann genügte schon eine leidliche Bewährung, um dem ältesten überlebenden Leutnant, der für den Ausgefallenen eingesprungen war, Nachfolge und Beförderung zu sichern. Auch eine schneidige Bootsunternehmung, ein kühnes Landungsmanöver, konnte dem Leutnant, der dabei die Führung hatte – dem rangältesten, wohlgemerkt! –, den ersehnten Aufstieg bringen. Immerhin, es gab Gelegenheiten, wenn sie auch, weiß Gott, reichlich dünn gesät waren.

Aber diese an sich schon geringen Aussichten kamen wiederum vor allem dem ältesten der Leutnants, dem Ersten Offizier, zugute, für die jüngeren boten sie sich natürlich doppelt selten. So kam es, daß sich kein Leutnant dazu versteigen konnte, von einer Beförderung zum Kapitänsrang mit seinen sicheren Einkünften, seinem Ansehen, seinen reichen Prisengeldern zu träumen, ohne alsbald bei nüchternen Erwägungen über sein Rangdienstalter als Leutnant zu enden. Wurde die *Renown* während ihrer gegenwärtigen Indiensthaltung in Gewässer entsandt, wo es keinen Admiral gab, der Bush irgendeinen Günstling vor die Nase setzen konnte, dann hatte er fortan nur noch zwei Vorderleute, die ihn von dem aussichtsreichen Rang des ältesten Leutnants trennten. Selbstverständlich gingen Bush diese Dinge durch den Kopf, ebenso selbstverständlich dachte er keine Sekunde daran, daß der Mann, mit dem er sprach, sogar mit zweimal so vielen Vorderleuten rechnen mußte.

»Immerhin, wir gehen nach Westindien«, sagte Hornblower philosophisch.

»Da gibt es gelbes Fieber, Faulfieber, Hurrikane, Giftschlangen, schlechtes Wasser, tropische Hitze – und zehnmal mehr Gelegenheiten, ins Gefecht zu kommen, als in der Kanalflotte.«

»Das stimmt«, pflichtete ihm Bush bei.

Leutnants mit drei und vier Jahren Dienstzeit und mit ihrer jugendlichen Vorstellung von der unendlichen Ferne des Todes konnten eben auch den Gefahren des Dienstes in Westindien mit gelassenem Gleichmut entgegensehen.

»Kommandant hat abgelegt«, meldete der Fähnrich der Wache voll Diensteifer.

Hornblower nahm den Kieker ans Auge und richtete ihn auf das näher kommende Werftboot.

»Richtig«, sagte er. »Laufen Sie nach vorn und melden Sie es Mr. Buckland. Bootsmannsmaate! Fallreepsgäste! Los dafür!«

Kapitän Sawjer trat durch die Fallreepspforte, grüßte mit der Hand am Hut zum Achterdeck und sah sich argwöhnisch um. Gewiß, das Schiff befand sich in einem greulichen Durcheinander, aber das war bei den letzten Vorbereitungen für ein längeres Auslandskommando nur natürlich und bot Sawjer kaum Veranlassung, seine Blicke so unstet und verkniffen bald da-, bald dorthin zu senden, wie er es jetzt tat. Er hatte ein grobgeschnittenes Gesicht mit vorspringender Hakennase, die sich sichernd nach allen Richtungen wandte, als er nun auf dem Achterdeck stand. Jetzt fiel sein Auge auf Bush; der trat auf ihn zu und meldete sich.

»Sie sind also während meiner Abwesenheit an Bord gekommen, nicht wahr?« fragte Sawjer.

»Jawohl, Sir«, sagte Bush leicht verwundert.

»Wer hat Ihnen gesagt, daß ich an Land war?«

»Niemand, Sir.«

»Woher wußten Sie es dann?«

»Ich wußte es nicht, Sir. Als ich an Bord kam, sagte mir Mr. Hornblower, daß Sie an Land seien.«

»So, Mr. Hornblower? Sie kennen sich also schon?«

»Nein, Sir. Ich meldete mich bei ihm, als ich an Bord kam.«

»Jedenfalls haben Sie sich ohne mein Wissen privat mit ihm unterhalten.«

»Nein, Sir.«

Im letzten Augenblick verkniff sich Bush das »Ich dachte nicht daran«, das er schon auf den Lippen hatte. Er war durch eine harte Schule gegangen und hatte gelernt, jedes unnötige Wort zu unterdrücken, wenn er es mit Vorgesetzten zu tun hatte, die ihn ihre bei so hohen Herren nicht ungewöhnlichen Eigenheiten fühlen ließen. Immerhin, im vorliegenden Fall schienen ihm diese Eigenheiten denn doch reichlich weit zu gehen.

»Hören Sie, Mr. – äh – Bush, ich dulde nicht, daß meine Offiziere hinter meinem Rücken miteinander konspirieren. Merken Sie sich das ein für allemal.«

»Aye, aye, Sir.«

Bush begegnete dem forschenden Blick des Kommandanten mit dem Gleichmut eines Mannes, der sich keiner Schuld bewußt ist. Allerdings gab er sich zugleich die größte Mühe, seine Überraschung über diesen Vorwurf zu verbergen, und da er kein Talent zum Schauspieler besaß, merkte man ihm das an.

»Die Schuld steht Ihnen ja im Gesicht geschrieben, Mr. Bush«, sagte der Kommandant. »Gut, ich werde mir das jedenfalls merken.«

Damit wandte er sich ab und ging unter Deck. Bush löste sich aus seiner militärischen Haltung und wandte sich zu Hornblower, um ihm seine Überraschung auszudrücken. Er brannte darauf, von ihm eine Erklärung für dieses seltsame Benehmen des Kommandanten zu bekommen, aber schon die erste Frage erstarb ihm auf den Lippen, als er Hornblowers verschlossenen Ausdruck sah. Betroffen und leicht gekränkt, wie er war, fühlte er sich schon versucht, Hornblower für einen üblen Speichellecker oder gar selbst für einen Verrückten zu halten, als er plötzlich gewahr wurde, daß der Kopf des Kommandanten wieder aus dem Luk auftauchte. Sawjer mußte am Fuß des Niedergangs kehrtgemacht haben und wieder hochgeklettert sein, um seine Offiziere zu überraschen, wenn sie sich unbeobachtet glaubten und Bemerkungen über ihn machten. Hornblower wußte eben besser über diesen Mann Bescheid als er. Jetzt gab sich Bush die größte Mühe, so ungezwungen wie möglich aufzutreten.

»Kann ich ein paar Mann bekommen, die mir meine Seekiste unter Deck schaffen?« fragte er und hoffte dabei, daß seine Redeweise dem Kommandanten nicht ebenso gespreizt erscheinen möchte wie ihm selbst.

»Natürlich, Mr. Bush«, sagte Hornblower mit dienstlicher Förmlichkeit. »Veranlassen Sie das, Mr. James.«

»Ha!« knurrte der Kommandant und verschwand wieder im Niedergang.

Hornblower zwinkerte Bush mit einem Auge zu, das war auch jetzt das einzige Zeichen, aus dem man entnehmen konnte, daß er selbst das Verhalten des Kommandanten ein bißchen wunderlich fand. Während Bush nun hinter seiner Seekiste her in seine Kammer hinunterstieg, gab er sich bestürzt darüber Rechenschaft, daß sich auf diesem Schiff offenbar kein Mensch getraute, seinen Standpunkt rückhaltlos und entschieden zu vertreten. Aber die *Renown* rüstete mit der üblichen Eile und Betriebsamkeit zum Auslaufen, und Bush war unwiderruflich mit an Bord. Er war nach Recht und Gesetz einer der Offiziere des Schiffes, und darum blieb ihm nichts anderes übrig, als sich mit philosophischem Gleichmut in sein Schicksal zu fügen. Wenn nicht einer der von Hornblower in ihrem ersten Gespräch erwähnten üblen Zufälle eintrat und ihm einen Teil des bevorstehenden Kummers ersparte, dann mußte er dieses Kommando eben durchstehen, bis es eines Tages zu Ende war.

2

H. M. S. Renown pflügte hart am Wind unter gerefften Marssegeln ihre Bahn nach Süden. Ein frischer Wind legte sie über, während sie mühsam jenen niederen Breiten zustampfte, wo ihr der Nordostpassat erlaubte, das Ziel in den westindischen Gewässern auf geradem Kurs anzusteuern. Der Wind sang in den steifen Luvwanten und Pardunen, er pfiff auch Bush um die Ohren, der auf dem Steuerbord-Achterdeck stand und breitbeinig die Bewegungen des Schiffes abfing, während die mächtigen grauen Seen eine nach der anderen heranrollten. Der Steuerbordbug empfing sie zuerst und kletterte daran hoch, bis das Bugspriet in den Himmel ragte, aber ehe dieser Aufschwung noch sein Ende erreichte, begann das Schiff zugleich zu rollen. Langsam, langsam holte es über, langsam hob sich das Bugspriet immer steiler gen Himmel. Endlich, während die Neigung noch immer zunahm, stieß der Bug durch den Kamm der See und glitt auf ihrer Rückseite schäumend und gischtend zu Tal. Damit begann das Bugspriet seinen Abwärtsbogen, und zugleich richtete sich der gekrängte Rumpf wieder zu seinem alten Neigungswinkel auf.

Die durchlaufende See drückte achtern auf den Kiel und ließ das Schiff ein wenig luven, zuletzt aber faßte sie unter das Heck und hob es an, so daß der Bug tief niedertauchte. Auf diese Art schraubte sich die *Renown* wie ein Korkenzieher durch die aufgewühlte See und entwickelte dabei jene schwerfällige Würde, die ihrem gewichtigen Rumpf und den fünfhundert Tonnen Artillerie in ihren Decks entsprach.

Steigen – Überholen – Sinken – Überholen, das war herrlich, das hatte Rhythmus und Majestät, und Bush, der sich dank zehnjähriger Erfahrung mit vollendeter Sicherheit über das schwingende Deck bewegte, hätte seine Wache mit vollen Zügen genossen, wäre nur nicht der Wind immer frischer und frischer geworden. Das hieß nämlich, daß in absehbarer Zeit ein zweites Reff eingesteckt werden mußte, und dazu wiederum bedurfte es nach den ständigen Schiffsbefehlen vorher einer Meldung an den Kommandanten.

Aber noch waren ihm ein paar gnädige Minuten geschenkt, noch stand er unbehelligt auf dem schrägen Deck und ließ seine Gedanken wandern, wie sie wollten. Nicht, daß Bush den Drang in sich gefühlt hätte, zu meditieren – ein verständnisloses Lächeln wäre wohl seine einzige Antwort auf jeden Vorschlag dieser Art gewesen. Aber die letzten Tage an Land waren ihm vergangen wie ein ununterbrochener Wirbel. Es hatte damit angefangen, daß er seine Kommandierung erhielt und von Mutter und Schwestern Abschied nahm, bei denen er nach der Außerdienststellung der *Conqueror* drei Wochen verbracht hatte. Dann war er Hals über Kopf nach Plymouth geeilt, voll Sorge, ob der Rest seines Geldes ausreichen würde, die Postkutsche zu bezahlen. Auf der *Renown* war alles auf den Beinen gewesen, um die Ausrüstung des Schiffes für die westindische Station zu beenden, und während der sechsunddreißig Stunden, die bis zum Auslaufen noch blieben, hatte auch Bush kaum Zeit gefunden, sich einmal hinzusetzen, geschweige denn zu schlafen – die erste wirkliche Nachtruhe hatte er erst gefunden, als das Schiff endlich hart am Wind durch die Biskaya stampfte. Vom ersten Augenblick seines Anbordkommens an ging ihm vor allem das seltsame Gebaren des Kommandanten auf die Nerven, der sich bald argwöhnisch zeigte wie ein Verrückter, bald wieder alles mit stumpfer Gleichgültigkeit hinnahm. Bush hatte nicht viel Empfinden für Atmosphäre – er war eine einfache, männliche Seele und tat in jeder schwierigen Lage, die der Dienst auf See mit sich brachte, mit stoischem Gleichmut seine Pflicht –, hier aber konnte auch er nicht umhin, die angstvolle Spannung herauszufühlen, die das ganze Leben auf der *Renown* beherrschte. Genau gesagt, fühlte er sich unbefriedigt und irgendwie bedrückt, aber er wußte eben nicht, daß sich Spannung und Angst bei ihm in dieser Form äußerten. Während der drei vergangenen Seetage hatte er seine Kameraden kaum näher kennengelernt. Soweit er bis jetzt sagen konnte, war Buckland, der Erste Offizier, ein ruhiger, tüchtiger Mann, zeigte Roberts, der Zweite, ein freundliches, umgängliches Wesen. Hornblower schien ihm besonders tatkräftig und klug zu sein, und Smith war wohl ein bißchen schwach. Aber dies waren letzten Endes alles nur Vermutungen. Die Mitglieder der Offiziersmesse – Leutnants, Profos, Arzt und Zahlmeister – gaben sich sehr verschlossen und schienen offenbar nicht geneigt, viel von sich zu erzählen. Im großen und ganzen war das durchaus in Ordnung – Bush war ja auch selbst alles andere als ein oberflächlicher Schwätzer –, aber das allgemeine Schweigen wirkte nachgerade bedrückend, wenn sich die Unterhaltung auf ein halbes Dutzend Worte, und die nur streng dienstlichen Inhalts, beschränkte.

Bush hätte rasch so manches über das Schiff und seine Besatzung erfahren können, wenn die anderen Offiziere willens gewesen wären, ihm die Erfahrungen und Beobachtungen mitzuteilen, die sie in ihrer bereits ein Jahr währenden Dienstzeit an Bord hatten sammeln können. Abgesehen von dem einzigen Wink Hornblowers bei seinem Anbordkommen, hatte jedoch noch kein Mensch ein Wort über diese Dinge fallenlassen. Hätte Bush zu Flügen ausschweifender Phantasie geneigt, dann hätte er vielleicht geglaubt, er pflügte als Seegespenst inmitten anderer Gespenster durch endlose Meere einem unbekannten Ziel entgegen, abgeschnitten von der Welt, abgeschnitten selbst von seinen Leidensgenossen. Nach Lage der Dinge konnte er vermuten, daß die Verschlossenheit seiner Messekameraden auf die sonderbare Eigenart des Kommandanten zurückzuführen war. Diese Überlegung riß ihn plötzlich wieder in die Wirklichkeit zurück. Kein Zweifel, der Wind frischte immer mehr auf, kein Zweifel, es war Zeit für das zweite Reff. Noch einmal lauschte er auf das Heulen der Takelage, fühlte er das Schwingen des Decks unter seinen Füßen, dann schüttelte er bedauernd den Kopf. Er durfte nicht länger warten.

»Mr. Wellard«, sagte er zu dem jungen Freiwilligen an seiner Seite, »melden Sie dem Kommandanten, daß ich ein zweites Reff für nötig halte.«

»Aye, aye, Sir.«

Es dauerte nur Sekunden, bis Wellard wieder an Deck erschien.

»Der Kommandant kommt selbst, Sir.«

»Gut«, sagte Bush.

Er blickte Wellard nicht an, als er dieses gleichgültige Wort aussprach; er wollte nicht, daß Wellard sah, wie er die Nachricht aufnahm, und wollte ebensowenig sehen, was Wellard für ein Gesicht dazu machte. Schon erschien der Kommandant; in seinen langen, schütteren Haaren zauste der Wind, seine Hakennase sicherte wie üblich nach allen Richtungen.

»Sie wollen noch ein Reff einstecken, Mr. Bush?«

»Jawohl, Sir!« sagte Bush und wartete schon auf die scharfe Gegenbemerkung, auf die er gefaßt war. Er war angenehm überrascht, als nichts dergleichen erfolgte. Der Kommandant schien sogar in bester Laune.

»Ausgezeichnet, Mr. Bush. Lassen Sie ›Alle Mann‹ pfeifen.«

Die Pfeifen der Maate schrillten durch die Decks.

»Alle Mann auf! Alle Mann auf! Ein Reff in die Marssegel! Alle Mann auf!«

Die Männer strömten an Deck, der Ruf »Alle Mann!« scheuchte die Offiziere aus der Messe und den Kammern und dem Fähnrichshock. Die Rollenzettel in der Tasche, eilten sie auf ihre Stationen, um sicherzustellen, daß die neueingeteilte Mannschaft sich zurechtfand. Die Befehle des Kommandanten drangen durch das Sausen des Windes, Fallen und Refftaljen wurden bemannt. Das Schiff stampfte und rollte so stark in der grauen See unter dem grauen Himmel, daß es einer Landratte unmöglich erschienen wäre, an Deck einen festen Stand zu finden, geschweige denn, in die Takelage zu entern. Plötzlich, mitten im Manöver, hörte man, wie eine junge Knabenstimme, hell und schrill vor Aufregung, die Befehle des Kommandanten überschrie: »Fest holen da! Fest holen!«

Der Befehl hatte so durchdringend und scharf geklungen, daß die Männer gehorsam zu holen aufhörten. Gleich darauf brüllte der Kommandant vom Achterdeck herab: »Wer gibt hier Gegenbefehle?«

»Ich, Sir – Wellard.«

Der junge Freiwillige blickte nach achtern und brüllte mit voller Lungenkraft in den Wind, um sich verständlich zu machen. Bush konnte von seiner Station auf dem Achterschiff aus sehen, wie der Kommandant jetzt an die Querreling trat und vor Wut am ganzen Körper zitterte. Seine große Nase stach nach vorn, als suchte sie sich ihr Opfer.

„Das werden Sie mir bereuen, Mr. Wellard, ja, mein Junge, das werden Sie mir bereuen!«

Plötzlich tauchte Hornblower an Wellards Seite auf. Er war vor Seekrankheit ganz grün im Gesicht; daran hatte sich nichts geändert, seit die *Renown* aus dem Plymouth Sound ausgelaufen war.

»Ein Reffbändsel sitzt im Refftaljenblock, Sir – in Luv!« schrie er. Bush trat an die Reling und konnte sehen, daß es wirklich so war. Hätten die Männer weiter an ihrer Talje geholt, dann wäre wahrscheinlich das Segel zerrissen.

»Wie kommen Sie dazu, sich einzumischen, wenn ich einen Mann wegen Ungehorsams zur Rede stelle?« schrie der Kommandant. »Versuchen Sie nicht erst, ihn zu decken, es hat keinen Zweck.«

„Dies ist meine Station, Sir«, gab Hornblower zur Antwort. »Mr. Wellard hat nur seine Pflicht getan.«

»Das ist eine Verschwörung!« schrie der Kommandant. »Sie beide stecken unter einer Decke!«

Angesichts einer so unsinnigen Behauptung blieb Hornblower nichts anderes übrig, als militärische Haltung anzunehmen. Sein weißes Gesicht hielt er starr auf den Kommandanten gerichtet.

»Sie gehen unter Deck, Mr. Wellard«, brüllte der Kommandant, als er innewurde, daß er keine Antwort mehr bekam. »Und Sie ebenfalls, Mr. Hornblower. Ich werde in wenigen Minuten auf den Fall zurückkommen. Haben Sie verstanden? Unter Deck mit Ihnen! Ich werde Sie schon lehren, sich gegen mich zu verschwören!«

Das war ein klarer Befehl, der befolgt werden mußte. Hornblower und Wellard gingen langsam nach achtern; man konnte Hornblower anmerken, daß er sich eisern in acht nahm, ja keinen Blick mit dem Fähnrich zu tauschen, damit ihm nicht aufs neue vorgeworfen würde, er hätte konspiriert. Der Kommandant folgte den beiden mit den Blicken. Erst als sie im Niedergang verschwunden waren, zielte er mit seiner großen Nase wieder nach oben.

»Schicken Sie einen Mann auf die Rah, um die Refftalje zu klarieren«, befahl er so ruhig, wie es die Windstärke zuließ. »Hol weg!«

Die Marssegel hatten ihr zweites Reff, und die Männer auf den Rahen begannen einzulegen und niederzuentern. Der Kommandant stand an der Querreling seines Achterdecks und blickte über sein Schiff. Er wirkte so normal wie jeder andere Mensch.

»Der Wind raumt«, sagte er zu Buckland. »Großtopp! Lassen Sie das Backstag vom Mars freisetzen! Luvbrassen! Achtergäste! Hol die Luvgroßbraß! Hol weg! Hol weg! Fest die Vorbraß! Fest die Großbraß! Belegen!« Alle diese Befehle waren mit Ruhe und Vernunft gegeben worden, jetzt standen die Leute an Deck herum und warteten darauf, daß die Freiwache entlassen würde.

»Bootsmaat der Wache! Meine Empfehlung an Mr. Lomax, er möge die Güte haben, an Deck zu erscheinen.«

Mr. Lomax war der Zahlmeister. Die Offiziere auf dem Achterdeck fühlten sich wieder einmal versucht, verwunderte Blicke zu tauschen, weil sich kein Mensch vorstellen konnte, was der Zahlmeister ausgerechnet jetzt an Oberdeck sollte.

»Sie haben nach mir geschickt, Sir?« fragte der Zahlmeister, als er, kurzatmig keuchend, auf dem Achterdeck anlangte.

»Ja, Mr. Lomax. Die Männer haben die Großbraß geholt.«

»Ja, Sir?«

»Jetzt wollen wir sie spleißen.«

»Bitte, Sir?«

»Sie haben doch gehört, wir wollen die Großbraß spleißen. Eine Portion Rum für alle Mann, ja, die Schiffsjungen eingeschlossen.«

»Wie meinen Sie, Sir?«

»Haben Sie mich nicht verstanden? Eine Portion Rum, sagte ich. Muß ich meine Befehle wiederholen? Eine Portion Rum für alle Mann. Ich gebe Ihnen fünf Minuten, Mr. Lomax, und keine Sekunde länger.«

Der Kommandant zog mit bedeutsamer Miene die Uhr und las die Zeit ab.

»Aye, aye, Sir«, sagte Lomax. Er hätte beim besten Willen nichts anderes sagen können, aber er zögerte doch noch ein, zwei Sekunden und blickte erst nach dem Kommandanten und dann nach der Uhr, bis die große Nase in seine Richtung schwenkte und die buschigen Augenbrauen bedrohlich zusammenrückten. Als er das sah, ergriff er schleunigst die Flucht.

Wenn dieser ausgefallene Befehl befolgt werden mußte, dann waren fünf Minuten recht knapp bemessen, mußte er doch in dieser Zeit seine Leute zusammenbringen, die Schnapskammer öffnen und den Rum an Deck schaffen. Kaum mehr als ein halbes Dutzend Menschen konnte die Unterredung zwischen Kommandant und Zahlmeister mit angehört haben, aber die ganze Besatzung hatte sehr wohl gesehen, was vorging. Die Männer sahen einander ungläubig an, und einige zeigten ein Grinsen, das Bush am liebsten sofort aus ihren Gesichtern getilgt hätte.

»Bootsmaat der Wache! Laufen Sie zu Mister Lomax und sagen Sie ihm, daß zwei Minuten um sind. Mr. Buckland, bitte alle Mann achteraus!« Die Männer schlenderten das Großdeck entlang, Bush fand ihre Haltung schlapp und zuchtlos, aber vielleicht bildete er sich das in seiner Gereiztheit nur ein. Der Kommandant trat an die Querreling des Achterdecks, seine zornige Miene von eben war wie durch Zauberei verschwunden, er strahlte über das ganze Gesicht.

»Ich weiß, wo es noch Treue gibt, Männer«, rief er, »ich habe es gesehen, und ich sehe es jetzt. Ich schaue in eure treuen Herzen, ich weiß um eure unermüdlichen Leistungen. Ja, glaubt mir, ich weiß darum, ich weiß um alles, was an Bord dieses Schiffes vorgeht. Ich weiß alles, sage ich. Die Verräter trifft ihre Strafe, eure Treue empfängt den verdienten Lohn. Laßt euer Hoch ertönen, Männer!« Die drei Hurras wurden ausgebracht, einige waren nur mit halbem Herzen dabei, andere kannten sich nicht vor Überschwang. Lomax erschien in der Großluke; es folgten ihm vier Mann, von denen jeder ein Zweigallonenfäßchen trug.

»Höchste Zeit, Mr. Lomax, Sie hätten sich auf allerhand gefaßt machen müssen, wenn Sie zu spät gekommen wären. Sie stehen mir dafür gerade, daß die Verteilung nicht so knauserig gehandhabt wird, wie das auf manchen Schiffen Mode ist. Mr. Booth, kommen Sie achteraus.« Der massige Bootsmann kam eilends auf seinen kurzen Beinen angewackelt.

»Ich hoffe, Sie haben Ihren Stock bei sich.«

»Aye, aye, Sir.«

Booth zeigte seinen langen silberbeschlagenen Stock, der alle zwei Zoll durch einen Ring mit harten Buckeln verstärkt war. Die Lässigen unter der Besatzung kannten diesen Stock nur zu genau, und nicht nur sie, denn in der Rage pflegte Mr. Booth ganz einfach alle in Mitleidenschaft zu ziehen, die sich in seiner Reichweite befanden.

»Suchen Sie sich die zwei kräftigsten Ihrer Maate aus. Jetzt soll dem Recht Genüge geschehen.«

Der strahlende Ausdruck war aus dem Gesicht des Kommandanten verschwunden, aber er sah auch nicht zornig drein. Um seine schweren Lippen spielte ein Lächeln, das aber kaum viel zu bedeuten hatte, weil es aus seinen Augen nicht widerschien.

»Folgen Sie mir«, sagte der Kommandant zu Booth und seinen Maaten. Damit überließ er das Deck wieder Bush, der jetzt Zeit fand, trübsinnige Betrachtungen über die Störung der Schiffsroutine und die Lockerung der Manneszucht anzustellen, die sich aus dieser seltsamen Laune des Kommandanten ergaben.

Als der Schnaps endlich ausgegeben und getrunken war, konnte er die Freiwache unter Deck schicken und hatte dann alle Hände voll zu tun, die Wache wieder zu Dienst und Arbeit anzutreiben, wobei er es nicht an harten Worten fehlen ließ, um die Trägheit und Gleichgültigkeit der Männer zu geißeln. Jetzt war es auf einmal kein Genuß mehr, auf dem schwankenden Deck zu stehen und die mächtigen Bewegungen des Schiffes, die anrollenden Atlantikseen, den Stand der Segel und die Bedienung des Ruders zu verfolgen – Bush war sich zwar nicht bewußt, daß man aus diesen Dingen des seemännischen Alltags echte Freude schöpfen konnte, aber er hatte jetzt doch ein Empfinden dafür, daß etwas Gutes aus seinem Leben geschwunden war.

Er sah, wie Booth und seine Maate wieder nach vorn gingen, dann erschien Wellard auf dem Achterdeck.

»Melde mich zum Dienst, Sir«, sagte er.

Das Gesicht des Jungen war weiß und starr, Bush musterte ihn mit einem scharfen Blick und entdeckte eine Spur von Feuchtigkeit in seinen Augen. Sein

Gang war auffallend steif, er hielt sich kerzengerade, und es schien, als nähme er aus Stolz die Schultern so zurück und hielte den Nacken so steif. Aber es gab noch einen anderen Grund, weshalb er die Hüften nicht beugen wollte.

»Danke, Mr. Wellard«, sagte Bush.

Er dachte an die Buckel an Booths Stock. Wieviel Unrecht hatte er nicht schon erlebt! Es kam oft genug vor, daß man nicht nur Jungen, sondern auch erwachsene Männer grundlos mit Schlägen traktierte. Bush hatte nur weise und überlegen genickt, wenn so etwas vorkam, weil er der Ansicht war, daß es in einer Welt, die im wesentlichen aus Unrecht bestand, einfach zur Erziehung gehörte, auch einmal mit dem Unrecht Bekanntschaft zu machen. Die Erwachsenen nickten einander verständnisinnig zu, wenn Jungen geschlagen wurden, denn sie waren sich darüber einig, daß denen so etwas nur gut bekam. Seit es eine Geschichte gab, hatte man die Jungen geschlagen, und man war der Meinung, es müsse ein Unglück für die ganze Welt sein, wenn man unbegreiflicherweise eines Tages damit Schluß machte. Das war alles goldrichtig, und doch – der arme Wellard tat ihm plötzlich leid. Glücklicherweise fand er gleich eine Arbeit für ihn, die seiner Gemütsverfassung und seinem körperlichen Zustand angemessen war.

»Die Stundengläser müssen miteinander verglichen werden, Mr. Wellard«, sagte Bush und wies nach dem Kompaßhaus. »Messen Sie das Minutenglas am Halbstundenglas, sobald dieses bei sieben Glasen umgedreht wird.«

»Aye, aye, Sir.«

»Aber machen Sie für jede Minute einen Strich auf die Schiefertafel, weil Sie sich sonst todsicher verrechnen.«

»Aye, aye, Sir.«

Das war jedenfalls ein gutes Mittel, Wellard von seinem Kummer abzulenken, ohne ihn körperlich anzustrengen. Er mußte verfolgen, wie der Sand durch das Minutenglas lief und dieses rasch umdrehen, wenn er zu Ende war, dann einen Strich auf die Tafel machen und weiter beobachten. Bush hatte seine Zweifel, ob das Halbstundenglas wirklich stimmte, da war es gut, wenn man die beiden Gläser einmal miteinander verglich. Wellard stelzte mit steifen Beinen zum Kompaßhaus und bereitete die befohlene Beobachtung vor.

Plötzlich tauchte der Kommandant wieder auf, seine große Nase zielte erst nach Backbord, dann nach Steuerbord. Offenbar war seine Stimmung wieder umgeschlagen, die ruhelose Geschäftigkeit von vorhin war verflogen, und er benahm sich eher wie ein Mann, der gut gegessen hat. Wie es die Bordetikette vorschrieb, entfernte sich Bush von der Luvreling des Achterdecks, als der Kommandant erschien, und dieser begann, nun langsam in Luv auf und ab zu gehen. Aus langer Gewohnheit paßten sich seine Schritte dem Stampfen und Rollen des Schiffes an. Wellard warf nur einen kurzen Blick nach ihm und wandte dann seine ganze Aufmerksamkeit wieder den Sanduhren zu. Eben ertönten die sieben Glasen, und das Halbstundenglas wurde gewendet. Der

Kommandant ging noch ein paar Minuten auf und ab. Dann blieb er stehen, warf einen prüfenden Blick nach Luv und auf das Wetter, fühlte mit der Wange die Windrichtung, peilte aufmerksam nach dem Flögel und nach den Marssegeln, um zu prüfen, ob die Rahen richtig getrimmt waren, und kam endlich nach mittschiffs, um einen Blick auf den Kompaß zu werfen und nachzusehen, welcher Kurs anlag. Das war ein durchaus normales Verhalten, jeder Kommandant eines Schiffes handelte so, wenn er an Deck kam. Wellard wurde gewahr, daß der Kommandant neben ihn trat, und gab sich Mühe, jedes Zeichen von innerer Unruhe zu vermeiden, er stürzte das Minutenglas und machte einen Strich auf die Tafel.

»Sieh da, Mr. Wellard! An der Arbeit, wie?«

Seine Stimme klang belegt und etwas verschwommen, das waren nicht mehr die scharfen Töne von vorhin, aus denen Angst und innere Unruhe gesprochen hatten. Wellard hielt seine Augen auf den rinnenden Sand geheftet und zögerte mit der Antwort. Bush sagte sich sofort, daß er wohl in aller Eile überlegte, wie er dem Kommandanten geziemend antworten sollte, ohne eine neue Gefahr heraufzubeschwören.

»Aye, aye, Sir.«

In der Marine konnte man nicht weit fehlgehen, wenn man einem Vorgesetzten diese Antwort gab.

»Aye, aye, Sir«, wiederholte der Kommandant. »Ja, ja, vielleicht hat sich Mr. Wellard jetzt eines Besseren besonnen, vielleicht hat er gelernt, was es heißt, sich gegen seinen Kommandanten zu verschwören, der durch persönliche Order unseres allergnädigsten Königs Georg II. eingesetzt und zu seinem Vorgesetzten bestellt wurde. Wie, Mr. Wellard?«

Es war alles andere als leicht, darauf die richtige Antwort zu finden. Nein oder ja, eins konnte so schlimme Folgen haben wie das andere.

»Mr. Wellard ist verdrießlich«, sagte der Kommandant. »Vielleicht denkt Mr.Wellard noch an das, was hinter ihm liegt. Ja, hinter ihm. Weinend saßen wir an den Wassern Babylons – aber Mr. Wellard ist stolz und hat fast gar nicht geweint. Jetzt will er sich auf keinen Fall setzen, nein, er hütet sich ängstlich davor, Platz zu nehmen. Sein Hinterquartier, das schamhaft versteckte, hat ja für seine Schamlosigkeit bezahlen müssen. Erwachsene Männer, die in Ehren etwas ausgefressen haben, traktiert man auf den Rücken, aber ein Junge, ein ungezogener, niederträchtiger Bengel wird eben anders behandelt. Stimmt's, Mr. Wellard?«

»Jawohl, Sir«, murmelte Wellard. Etwas anderes war nicht darauf zu sagen, und eine Antwort mußte gegeben werden.

»Mr. Booths Stock war genau das richtige Instrument dazu. Er hat nützliche Arbeit getan. Der Sünder konnte seine Missetat bedenken, während er über der Kanone lag.«

Wellard kippte von neuem das Glas um, der Kommandant gab sich anscheinend endlich zufrieden und nahm zu Bushs Erleichterung seinen Spaziergang wieder auf. Aber plötzlich verhielt er von neuem neben Wellard seinen Schritt und begann wieder zu reden. Er sprach jetzt in einem höheren, lauteren Ton.

»Sie haben sich doch gegen mich verschworen, nicht wahr?« fragte er. »Sie wollten mich vor den Mannschaften lächerlich machen, ja oder nein?«

»Nein, Sir«, sagte Wellard, aufs neue zu Tode erschrocken, »nein, Sir, bestimmt nicht, Sir.«

»Sie und dieser Bursche, dieser Hornblower, Verzeihung, Mister Hornblower, haben gemeinsam den Plan ausgebrütet, meine gesetzliche Autorität zu untergraben.«

»Nein, Sir.«

»Nur die Mannschaften sind mir auf diesem Schiff treu ergeben, alle anderen arbeiten gemeinsam gegen mich. Und jetzt gehen Sie gerissen darauf aus, auch mein Ansehen bei den Leuten zu zerstören, mich zu einer lächerlichen Figur zu machen. Gestehen Sie es nur.«

»Nein, Sir, so etwas ist mir nie in den Sinn gekommen.«

»Warum versuchen Sie noch zu leugnen? Es liegt doch alles auf der Hand, man braucht nur logisch zu denken. Wer ist denn auf die Idee gekommen, das Reffbändsel in den Block der Refftalje zu klemmen?«

»Niemand, Sir, es hat sich . . .«

»Wer hat es denn gewagt, auf meinen Befehl Gegenorder zu geben? Wer hat mich vor beiden Wachen beim Allemannsmanöver blamiert? Für mich gibt es keinen Zweifel, das Ganze war ein wohlvorbereiteter Anschlag, alle Anzeichen sprechen dafür.«

Der Kommandant stand sicher auf dem schwankenden Deck, er hielt die Hände hinter dem Rücken verschränkt, der Wind spielte mit seinen Rockschößen und wehte ihm die Haare ins Gesicht. Bush bemerkte, daß er wieder am ganzen Körper zitterte, wahrscheinlich aus Wut, vielleicht aber auch vor Angst. Wellard drehte wieder sein Minutenglas um und machte einen neuen Strich auf die Tafel.

»Aha, Sie verstecken wohl Ihr Gesicht, weil Ihnen die Schuld auf der Stirn geschrieben steht?« brüllte der Kommandant plötzlich los. »Jetzt spielen Sie wieder den Eifrigen, um mir Sand in die Augen zu streuen. Ich verbitte mir diese Heuchelei!«

»Ich habe Mr. Wellard befohlen, die Gläser miteinander zu vergleichen, Sir«, sagte Bush.

Es widerstrebte ihm, sich ins Mittel zu legen, aber er fand es am Ende doch weniger peinlich, einzugreifen, als den unbeteiligten Zuhörer zu spielen. Der Kommandant starrte ihn an, als wäre er vorher gar nicht dagewesen.

»Sie, Mr. Bush? Ich sage Ihnen, Sie täuschen sich gewaltig, wenn Sie glauben, daß dieser Bursche auch nur einen Pfifferling taugt. Es sei denn . . .«

Der Ausdruck des Kommandanten verriet, daß ihn plötzlich argwöhnische Angst befiel.

»... es sei denn, Sie hätten bei diesem infamen Anschlag ebenfalls die Hand im Spiel. Aber Sie gehören nicht dazu, nicht wahr, Mr. Bush? Sie doch nicht? Ich habe immer große Stücke auf Sie gehalten.«

Die Angst in seinem Gesicht verwandelte sich plötzlich in schmeichelnde Liebedienerei.

»Nein, Sir.«

»Alle Welt ist gegen mich, Mr. Bush, um so mehr habe ich immer auf Sie gezählt«, sagte der Kommandant und blickte unstet und flackernd unter seinen Brauen hervor. »Jetzt werden auch Sie froh sein, wenn dieser Ausbund aller Bosheit endlich den verdienten Lohn erhält. Wir werden ihn schon dazu bringen, daß er uns die Wahrheit eingesteht.«

Bush hatte das Empfinden, daß ihm diese plötzliche Zuneigung des Kommandanten hätte helfen können, den armen Wellard aus seiner traurigen Lage zu befreien, wenn er nur etwas gewandter und schlagfertiger gewesen wäre. Er brauchte dazu nur den ergebenen Gefolgsmann des Kommandanten zu spielen, der mit ihm durch dick und dünn ging, und sich zugleich mit einem Scherzwort über die angebliche Gefahr einer Verschwörung hinwegzusetzen. Auf diese Art wäre es ihm vielleicht gelungen, die Ängste des Mannes zu beschwichtigen. Gefühlsmäßig war ihm das alles klar, allein es fehlte ihm an Selbstvertrauen.

»Er weiß bestimmt von nichts, Sir«, sagte er und zwang sich zu einem Grinsen. »Der Junge kann ja kaum das Vorstag vom Besanbaum unterscheiden.«

»Meinen Sie wirklich?« sagte der Kommandant zweifelnd und wippte auf den Hacken, als das Schiff einmal besonders heftig rollte. Er schien fast überzeugt, aber dann kam er plötzlich auf einen neuen Gedanken.

»Nein, Mr. Bush, Sie sind nur zu anständig für diese Welt. Das habe ich schon gemerkt, als ich Sie das erstemal sah. Sie haben ja keine Ahnung von der abgründigen Bosheit, deren die Menschen fähig sind. Der Bursche hier hat Ihnen Sand in die Augen gestreut, er hat Sie gründlich hinters Licht geführt!«

Die Stimme des Kommandanten erhob sich wieder zu heiserem Geschrei, Wellard sah bleich und hilfeflehend auf Bush, der Junge war offenbar ganz außer sich vor Angst und Schrecken.

»Sie können mir glauben, Sir...« begann Bush und grinste krampfhaft weiter wie ein Totenkopf.

»Nein, nein, nein!« brüllte der Kommandant. »Die Gerechtigkeit muß ihren Lauf nehmen, die Wahrheit muß an den Tag! Ich werde den Kerl zum Sprechen bringen. Bootsmaat der Wache! Bootsmaat der Wache! Laufen Sie nach vorn und sagen Sie Mr. Booth, er soll sofort achteraus kommen! Mit seinen Maaten.«

Der Kommandant wandte sich ab und begann wieder auf und ab zu gehen, als wollte er damit dem Überdruck seines Zornes ein Ventil schaffen, aber er kam gleich wieder zurück.

»Ich bringe noch aus ihm heraus, was ich wissen will, oder er springt über Bord! Haben Sie mich verstanden! Wo bleibt denn der Bootsmann?«

»Mr. Wellard ist noch nicht fertig mit dem Vergleichen der Gläser, Sir«, sagte Bush. Es war sein letzter schwacher Versuch, den üblen Auftritt wenigstens hinauszuschieben.

»Das spielt keine Rolle«, sagte der Kommandant.

Schon kam der Bootsmann auf seinen kurzen Beinen achteraus geeilt, seine beiden Maate folgten ihm mit langen Schritten.

»Mr. Booth«, sagte der Kommandant und hatte mit einem Schlage wieder sein freudloses Lächeln auf den Lippen, »nehmen Sie diesen Missetäter in Empfang. Die Gerechtigkeit verlangt ein weiteres Exempel. Er bekommt noch mal ein Dutzend Hiebe mit Ihrem Stock, behandeln Sie ihn, wie sich's gehört. Noch ein Dutzend, und er plaudert wie ein Papagei.«

»Aye, aye, Sir«, sagte der Bootsmann, aber er zögerte noch.

Es war ein seltsames Bild: Hier der Kommandant mit seinen fliegenden Rockschößen, dort der Bootsmann mit einem hilfesuchenden Blick auf Bush und hinter ihm seine beiden Maate, reglos wie riesige Statuen, am Rad der Rudergänger, der wie ein Unbeteiligter die Speichen drehte und den Blick aufmerksam auf die Segel gerichtet hielt, und endlich am Kompaßhaus der arme, verstörte Junge – das alles unter einem grauen Himmel inmitten einer schäumenden Wasserwüste, die sich endlos und erbarmungslos bis an den fernen Horizont erstreckte.

»Nehmen Sie ihn mit aufs Großdeck, Mr. Booth«, sagte der Kommandant.

Es gab keinen Ausweg mehr. Hinter den Worten des Kommandanten stand die ganze Autorität des Parlaments und das Gewicht jahrhundertealter Tradition. Kein Einwand kam dagegen auf. Wellard klammerte sich an das Kompaßhaus, als müßte man ihn mit Gewalt davon losreißen. Dann aber ließ er ergeben die Arme sinken und ging hinter dem Bootsmann her. Der Kommandant folgte ihm lächelnd mit dem Blick.

Als willkommene Ablenkung für Bush erschien jetzt der Bootsmaat der Wache und meldete: »Zehn Minuten vor acht Glasen, Sir.«

»Schön, pfeifen Sie die Freiwache an Deck.«

Hornblower erschien auf dem Achterdeck und ging auf Bush zu.

»Wieso das? Sie sind doch nicht meine Ablösung?«

»Doch, Befehl des Kommandanten.«

Hornblowers Worte waren ganz ohne Ausdruck, aber Bush war es jetzt schon gewöhnt, daß sich auf diesem Schiff jeder Offizier ängstlich davor hütete, etwas Unvorsichtiges zu sagen. Er kannte ja ihre Gründe dafür nur zu genau. Dennoch trieb ihn die Neugier, ihn zu fragen:

»Warum das?«

»Ich gehe Wache um Wache«, sagte Hornblower unbewegt, »bis es anders befohlen wird.«

Er hielt den Blick beim Sprechen nach der Kimm gerichtet und verriet mit keiner Miene, was in ihm vorging.

»Das ist Pech«, sagte Bush und fragte sich im gleichen Augenblick, ob er mit diesem Ausdruck des Mitgefühls nicht schon zu weit gegangen war. Aber es befand sich niemand in Hörweite.

»Die Schnapsration in der Messe ist für mich gesperrt«, fuhr Hornblower fort, »sowohl die eigene wie die von Kameraden. Ebenfalls bis auf weiteres.«

Es gab Offiziere, für die das eine schlimmere Strafe gewesen wäre, als Wache um Wache gehen zu müssen, das heißt bei Tag und Nacht abwechselnd vier Stunden Dienst und vier Stunden frei zu haben – aber Bush kannte Hornblower noch nicht gut genug, um zu wissen, ob das auch bei ihm zutraf. Er wollte gerade wieder sagen: »Das ist Pech«, als plötzlich ein gellender Schrei an ihr Ohr drang, der das Sausen des Windes und das Rauschen der See übertönte. Eine Sekunde später wiederholte er sich, noch gellender, noch verzweifelter.

Hornblower blickte wieder nach der Kimm, er machte auch jetzt einen völlig unberührten Eindruck. Bush las in seiner Miene und nahm sich vor, nicht mehr auf die Schreie zu achten.

»Ja«, sagte er, »das ist Pech.«

»Es gibt Schlimmeres«, meinte Hornblower.

3

Sonntag morgen. Die *Renown* hatte den Nordostpassat erreicht und rauschte jetzt mit höchster Fahrt durch den Atlantik. Ihre Leesegel standen an beiden Seiten, der heulende Passat trieb sie in gleichmäßigem Auf und Nieder vor sich her, vor ihrem massigen Bug schäumte zuweilen eine Gischtwolke hoch und zauberte das flüchtige Bild eines Regenbogens in die Luft. Die Riggen pfiffen und heulten in hellen, klaren Tönen, ihr Diskant und Tenor vermischte sich mit dem Bariton und Baß des knarrenden, ächzenden Rumpfes zu einer wahren Symphonie des Meeres. Im Blau des Himmels schwammen einzelne, leuchtendweiße Wolken, hoch über ihnen strahlte verjüngend und belebend die freundliche Sonne und spiegelte sich mit tausend tanzenden Lichtern im königlichen Blau des Ozeans.

In dieser herrlichen Umrahmung erschien auch das Schiff selbst als ein Werk von vollendeter Schönheit, aber seine mächtigen Flanken und die drohenden Reihen der Geschütze gaben dem Bild, das es bot, darüber hinaus noch eine besondere Note: Die *Renown* war nicht nur schön, sie war außerdem geradezu ein Inbegriff von Macht und Kampfkraft, sie war eine Königin in jenen blauen Weiten, die sie stolz und einsam durchmaß. Gerade die Einsamkeit um sie her sprach die deutlichste Sprache. Die feindlichen Flotten drängten sich in ihren Häfen, blockiert von wachsamen Geschwadern, deren Admirale darauf brannten, sie vor ihre Geschütze zu bekommen. So konnte die *Renown* in aller Freiheit die Meere durchsegeln, sicher, daß sie nichts zu fürchten hatte. Kein heimlicher Blockadebrecher kam ihr an Kampfkraft gleich, nirgendwo auf den sieben Meeren gab es noch ein feindliches Geschwader, das sie zum Kampf stellen konnte. Sie durfte sogar der Küsten des Feindes spotten, denn dessen Schiffe waren hilflos eingesperrt, dagegen konnte sie die eigene geballte Macht an jedem Punkt der Erde in einem vernichtenden Schlag zum Einsatz bringen. Man durfte annehmen, daß sie die Lords der Admiralität auch diesmal über den Ozean gesandt hatten, um einen solchen Schlag zu führen.

An Oberdeck war die Mannschaft des Schiffes in langen Gliedern angetreten, das waren die Männer, denen die nie endende Aufgabe oblag, dieses mächtige Wunderwerk ständig in höchster Form zu halten, die immer neuen Schäden zu beheben, die ihm Wind und Wetter zufügten und die auch bloße Abnutzung im Lauf der Zeit hervorrief. Schneeweiße Decks, blitzende Farbe, kunstvoll aufgeschossenes Tauwerk und sauber gelaschte Spieren, das alles gab Zeugnis von der gewissenhaften Sorgfalt, mit der sie ihre Arbeit taten. Und wenn eines Tages der Augenblick für die *Renown* gekommen war, ihrer Herrschaft über die Meere mit eisernen Argumenten Nachdruck zu verleihen, dann standen die gleichen Männer an den Geschützen. Die *Renown* besaß eine unerhörte Kampfkraft, gewiß, aber sie konnte diese Kampfkraft letzten Endes doch nur dank der Tapferkeit und Tüchtigkeit der Menschen entfalten, die sie bedienten. Und wie die *Renown* selbst, so waren auch diese Menschen nur kleine Rädchen im Getriebe des Riesenapparates Royal Navy, und die meisten von ihnen waren im Lauf der Jahre so innig mit der altehrwürdigen Disziplin und Routine ihres Dienstes verwachsen, daß sie sich damit zufriedengaben, Rädchen zu sein, die Decks zu waschen, ihr Schiff zu takeln, ihre Geschütze zu richten oder mit dem Entermesser in der Faust eine feindliche Bordwand zu stürmen. Sie machten sich wenig daraus, ob der Bug nach Norden oder nach Süden zeigte, ob ihre Kugel einem Franzosen, einem Spanier oder einem Holländer galt. Auch heute wußte nur der Kommandant um den Auftrag, mit dem die *Renown* von den Lords der Admiralität – wahrscheinlich im Einvernehmen mit dem Kabinett – auf die Reise geschickt worden war. Das Ziel war Westindien, soweit war man allgemein im Bilde – aber wohin das Schiff in jenem großen Seegebiet bestimmt war und welche Aufgabe es dort zu erfüllen hatte, das war bis jetzt nur einem einzigen von den siebenhundertvierzig Männern bekannt, die die Decks der *Renown* bevölkerten.

An diesem Sonntagmorgen war jeder verfügbare Mann der Besatzung auf dem Oberdeck angetreten, nicht nur die beiden Wachen wie sonst, sondern auch alle sogenannten Freiwächter, die nicht zur Wache eingeteilt waren – die Hellegatsgäste, die ihre Arbeit so tief unter Deck taten, daß sie zum Teil buchstäblich von einem Sonntag zum anderen die Sonne nicht sahen, der Küfer und seine Maate, der Büchsenmacher und seine Maate, Segelmacher, Köche und Stewards. Sie alle steckten in ihren besten Uniformen, die Offiziere standen im Dreispitz und mit umgeschnalltem Säbel am rechten Flügel ihrer Divisionen, nur der Wachhabende Offizier, der Deckoffizier der Wache, die Rudergänger und Ausguckposten sowie die Handvoll Leute, die man brauchte, um das Schiff in einem dringenden Notfall zu manövrieren, standen nicht mit in den Gliedern, die in straffer militärischer Haltung mittschiffs angetreten waren und nur im Takt mit den Bewegungen des Schiffes leise schwankten.

Es war Sonntag morgen; alles hatte den Hut in der Hand und lauschte mit entblößtem Kopf auf die Worte des Kommandanten. Der hielt aber nicht etwa Gottesdienst ab, die barhäuptigen Männer beteten also diesmal keineswegs zu ihrem Schöpfer. Gottesdienst gab es an drei Sonntagen des Monats, aber dann dachte kein Mensch daran, das Schiff so gründlich durchzukämmen, daß auch der letzte Mann mit antrat – die tolerante Admiralität hatte letzthin sogar verfügt, daß Katholiken, Juden und sogar Dissenter überhaupt befreit sein sollten. Heute war der vierte Sonntag, da unterblieb die Verehrung Gottes, und an ihre Stelle trat eine besonders ernste und strenge Feierlichkeit, der man ebenfalls im sauberen Hemd und barhäuptig beizuwohnen hatte. Nur die Augen brauchte man nicht niederzuschlagen. Heute standen die Männer mit dem Hut in beiden Händen und blickten starr geradeaus, während ihnen der Wind in den Haaren zauste. Sie hörten den Wortlaut des Gesetzes, dem sie unterstanden, eines Gesetzes, das das ganze Leben umfaßte wie die Zehn Gebote, das so streng war wie der Levitikus. Denn am vierten Sonntag eines jeden Monats hatte jeder Kommandant die Pflicht, der ganzen Besatzung die Kriegsartikel vorzulesen, damit sich auch der ungebildetste Analphabet nicht damit entschuldigen konnte, er hätte ihren Inhalt nicht gekannt. War der Kommandant ein frommer Mann, dann blieb ihm unbenommen, vor- oder nachher einen kurzen Gottesdienst zu halten, aber die Kriegsartikel mußten unter allen Umständen verlesen werden.

Der Kommandant schlug eine neue Seite auf.

»Artikel neunzehn«, las er. »Ein Angehöriger der Flotte, der gegen vermeintlich erlittenes Unrecht dadurch zur Selbsthilfe greift, daß er sich mit anderen in meuterischer Absicht zusammenrottet oder den Versuch dazu unternimmt, wird durch Urteil eines Kriegsgerichts mit dem Tode bestraft. Die Mittäter trifft dieselbe Strafe wie den Rädelsführer.«

Bush stand neben seiner Division und hörte diese Worte mit an wie schon dutzendemal zuvor. Er hatte sie schon so oft gehört, daß er gar nicht mehr darauf zu achten pflegte. Die Worte der vorangegangenen achtzehn Artikel waren auch diesmal fast spurlos an ihm vorübergegangen. Aber jetzt, beim neunzehnten, horchte er unwillkürlich auf. Vielleicht las der Kommandant diesen Abschnitt mit besonderem Nachdruck vor, zudem blinzelte er gerade in diesem Augenblick in die köstlich warme Sonne und entdeckte dabei Hornblower, der als Wachoffizier an der Achterdeckreling stand und ebenfalls angespannt lauschte. Da war auch schon der Satz: »Wird mit dem Tode bestraft.« Er klang Bush in den Ohren wie der Donner des Jüngsten Gerichts, so gnadenlos endgültig wie das Aufklatschen eines Steines, den man in einen Brunnen wirft. Das war seltsam, denn in den anderen Artikeln, die der Kommandant vorgelesen hatte, war dieser gleiche Satz schon reichlich oft vorgekommen: »Wer der Gefahr aus dem Wege geht, wird mit dem Tode bestraft«, »Wer im Dienst oder auf Wache schläft, wird mit dem Tode bestraft.«

Der Kommandant fuhr in seiner Vorlesung fort:

»Wer aufrührerische oder meuterische Reden führt, wird mit dem Tode bestraft...«

»Ein Offizier, Seesoldat oder Mann, der seinem Vorgesetzten die gebührende Achtung verweigert...«

Diese Worte gewannen für Bush eine besondere Bedeutung, weil Hornblower auf ihn herabsah. Er fühlte sich von einer seltsamen Unruhe gepackt. Sein Blick fiel auf den Kommandanten, der ungekämmt und in schäbigem Aufzug vor ihm stand, dabei fiel ihm unwillkürlich alles ein, was in den letzten Tagen geschehen war. Wenn je ein Mann gezeigt hatte, daß er unfähig war, seinen Dienst zu versehen, dann war es dieser Kommandant, und doch sicherten ihm die Kriegsartikel, die er eben vorlas, eine praktisch unbegrenzte Machtbefugnis. Bush warf wieder einen Blick zu Hornblower hinauf, er glaubte bestimmt zu wissen, was jener dort an der Reling des Achterdecks dachte, und fand es eigentlich seltsam, daß er sich so zu diesem widerborstigen jungen Leutnant hingezogen fühlte, obwohl er ihn eigentlich noch kaum kannte.

»Ein Offizier, Seesoldat, Mann oder sonstiger Angehöriger der Flotte« – Kapitän Sawjer war inzwischen bis zum Artikel zweiundzwanzig gekommen –, »der mit einem seiner Vorgesetzten in Streit gerät oder einen nach Recht und Gesetz erteilten Befehl nicht befolgt, wird mit dem Tode bestraft.«

Bisher war es Bush noch nie aufgefallen, daß die Kriegsartikel auf diesem einen Thema geradezu herumritten. Er hatte sich bis jetzt zufrieden in die Disziplin geschickt und für seine Person immer den philosophischen Standpunkt vertreten, daß alle Ungerechtigkeit und schlechte Behandlung eines Tages ein Ende nahm. Jetzt erst erkannte er, daß alle diese Bestimmungen doch ihre ganz besonderen Gründe hatten. Wie zur Bekräftigung seiner Erkenntnis las der Kommandant jetzt noch den Schlußartikel vor, der dazu bestimmt war, auch die letzte noch vorhandene Lücke zu schließen:

»Alle anderen, in diesem Gesetz nicht besonders erwähnten Verbrechen, die durch einen oder mehrere Angehörige der Flotte begangen werden...«

Bush kannte diesen Artikel. Mit seiner Hilfe konnte ein Vorgesetzter einen Untergebenen auch dann noch zugrunde richten, wenn dieser gewandt genug gewesen war, sich den Fallstricken aller anderen Artikel zu entwinden.

Der Kommandant verlas die letzten feierlichen Worte und hob dann den Blick von seinem Buch. Seine große Nase wanderte im Kreis herum wie eine Kanone, der man Seitenrichtung gibt, als er die Offiziere der Reihe nach durchdringend ansah. Sein unrasiertes Gesicht strahlte im Gefühl eines billigen Triumphes, und es sah fast aus, als hätte ihm diese Vorlesung der Artikel ein wenig Rückgrat zu seinen ewigen Ängsten gegeben. Er blähte seine Brust, er schien sich auf die Zehenspitzen zu heben, als er zu seinem Schlußwort kam: »Ich möchte keinen Mann der Besatzung im unklaren lassen, daß meine Offiziere den Kriegsartikeln in genau der gleichen Weise unterworfen sind wie jeder andere Mann.«

Bush konnte kaum glauben, diese Worte wirklich gehört zu haben. Es war doch unvorstellbar, daß ein Kommandant einen solchen Ausspruch vor versammelter Mannschaft über die Lippen brachte. Gab es ein besseres Mittel, die Disziplin zu untergraben, als derartige Reden? Aber den Kommandanten focht das nicht an, er dachte nur noch an das Dienstreglement.

»Danke. Mr. Buckland, übernehmen Sie das Kommando.«

»Aye, aye, Sir.«

Buckland trat einen Schritt vor und war nun selbst ganz Dienst.

»Hüte auf!«

Der feierliche Akt war beendet, Offiziere und Mannschaften setzten die Kopfbedeckungen wieder auf.

»Divisionsweise wegtreten!«

Die Seesoldatenkapelle hatte auf diesen Augenblick gewartet. Der Tambourmajor schwang seinen Stock, die Trommelschlegel krachten auf die Felle und schlugen einen langen Wirbel, dann fielen hell und durchdringend die Pfeifen ein, und schon erklang die lustige Melodie des *Irischen Wäschermädels.* Patsch – patsch – patsch schulterten die Seesoldaten ihre Musketen, und Whiting, ihr Hauptmann, gab die Kommandos, die die scharlachrote Kolonne unter der strahlenden Sonne in Zug und Gegenzug über den schmalen Raum des Achterdecks lenkten. Der Kommandant verfolgte als Zuschauer den ordnungsmäßigen Ablauf aller dieser routinemäßigen Verrichtungen.

Dann ließ er sich wieder vernehmen: »Mr. Buckland!«

»Sir?«

Der Kommandant stieg ein paar Stufen der Treppe zum Achterdeck hinauf, daß er auch von allen gut zu sehen war, und sprach so laut, daß ihn möglichst viele hörten:

»Heute ist Bauernsonntag!«

»Aye, aye, Sir.«

»Und meine braven Männer bekommen eine doppelte Portion Rum.«

»Aye, aye, Sir.«

Buckland gab sich alle Mühe, seine Stimme zu meistern, daß sie seine innere Empörung nicht verriet. Erst jene unglaubliche Bemerkung, und nun dies – es ging denn wirklich zu weit. Ein Bauernsonntag bedeutete, daß die Leute den Rest des Tages untätig verbummeln durften. Gab man ihnen dabei obendrein einen doppelten Rum, dann konnte man darauf rechnen, daß es zu Streitigkeiten und Schlägereien kam. Als Bush über das Oberdeck nach achtern ging, konnte er deutlich beobachten, wie sich die von ihrem Kommandanten verwöhnte Besatzung bereits über Zucht und Ordnung hinwegzusetzen begann. Es war eben unmöglich, eine straffe Disziplin zu halten, wenn der Kommandant von den Meldungen seiner Offiziere überhaupt keine Notiz nahm, so daß üble Elemente und notorische Drückeberger unbestraft blieben. Die Guten und Willigen begannen sich bereits über diesen Zustand aufzuregen, während die Aufwiegler und Unruhestifter natürlich immer mehr Oberwasser bekamen. »Meine braven Männer«, hatte der Kommandant gesagt. Nun, diese Männer wußten nur zu genau, wie schlecht sie sich während der vergangenen Wochen geführt hatten. Wenn sie der Kommandant dennoch »brav« nannte, dann konnte man sich in den nächsten acht Tagen auf einiges gefaßt machen. Überdies wußte die Mannschaft natürlich genau Bescheid, wie übel der Kommandant mit seinen Leutnants umsprang. Es hatte sich längst herumgesprochen, wie hemmungslos er sie zusammenstach und welche brutalen Strafen er über sie verhängte. »Der Messebraten von heute ist das Mannschaftshackfleisch von morgen«, sagte das Sprichwort. Das hieß, daß alles, was achtern vorging, bald darauf im Vorschiff in entstellter und verstümmelter Form durchgehechelt wurde. Wie konnte man erwarten, daß die Mannschaften ihren Offizieren gehorchten, obwohl sie wußten, daß der Kommandant den gleichen Offizieren die Achtung und das Vertrauen versagte? Bush machte sich ernstliche Sorgen, als er die Treppe zum Achterdeck hinaufstieg.

Der Kommandant war in seine Kajüte unter dem Halbdeck gegangen, Buckland und Roberts standen in ein Gespräch vertieft an den Finknetzen, Bush trat zu ihnen heran.

»Diese Artikel gelten für meine Offiziere – wohlgemerkt«, sagte Buckland eben, als er sich den beiden näherte.

»Bauernsonntag und doppelten Rum«, fügte Roberts hinzu, »alles für die braven Männer.«

Buckland warf einen verstohlenen Blick über das Deck, ehe er weitersprach. Es war jammervoll, zu sehen, wie sich der Erste Offizier eines Linienschiffes ängstlich in acht nehmen mußte, daß niemand hören konnte, was er sagte. Aber Hornblower und Wellard standen weit genug entfernt an der anderen Seite des Ruders. Und ganz am Heck standen, um den Steuermann geschart, die Fähnriche der Navigationsgruppe mit ihren Sextanten, um mit ihm die Mittagsbreite zu nehmen.

»Er ist verrückt«, sagte Buckland so leise, wie es der Nordostpassat zuließ.

»Das wissen wir alle«, meinte Roberts.

Bush sagte nichts. Seine Vorsicht mahnte ihn, sich jetzt nicht bloßzustellen.

»Clive rührte keinen Finger«, sagte Buckland. »Er ist der jämmerlichste Tropf auf Gottes Erdboden.«

Clive war der Schiffsarzt.

»Haben Sie mit ihm gesprochen?«

»Ich habe es versucht. Aber es war kein Wort aus ihm herauszubringen. Er hat ganz einfach Angst.«

»Rühren Sie sich nicht von der Stelle, meine Herren«, fuhr plötzlich eine laute, barsche Stimme dazwischen, es war das wohlbekannte Organ des Kommandanten. Die Worte kamen von unten her, aus der Höhe des Decks, auf dem sie standen. Die drei Offiziere fuhren erschrocken zusammen.

»Die Schuld steht Ihnen im Gesicht geschrieben«, brüllte die Stimme. »Sie sind mein Zeuge, Mr. Hobbs.«

Die drei blickten sich um. Das Skylight der vorderen Kommandantenkajüte war um einige Zoll angehoben, und durch den Spalt spähte der Kommandant zu ihnen heraus. Man sah nur seine Augen und seine Nase. Er war ziemlich groß und brauchte daher nur auf irgendeinen niedrigen Gegenstand, zum Beispiel ein Buch oder einen Fußschemel, zu treten, wenn er von unten her über das Süll des Skylights hinwegschauen wollte. Die Offiziere hatten sich noch nicht von der Stelle gerührt, als neben dem Kommandanten ein zweites Paar Augen erschien. Sie gehörten Hobbs, dem Feuerwerker.

»Warten Sie, bis ich komme, meine Herren«, sagte der Kommandant. Bei den Worten »meine Herren« verzog sich sein Mund zu einem hämischen Grinsen. »Ich danke Ihnen, Mr. Hobbs.«

Die beiden Gesichter verschwanden aus dem Spalt des Skylights, den Offizieren blieb kaum Zeit, einen verzweifelten Blick zu wechseln, denn gleich darauf kam der Kommandant den Niedergang heraufgepoltert und trat auf sie zu.

»Na, eine meuterische Zusammenrottung, wie mir scheint«, sagte er.

»Nein, Sir«, gab ihm Buckland zur Antwort. Jetzt kam es darauf an, alles eisern in Abrede zu stellen. Jeder nicht bestrittene Vorwurf war so gut wie ein Geständnis seiner Schuld, und dabei ging es immerhin um seinen Kopf.

»Wie, Sie wagen es, mich auf meinem eigenen Achterdeck anzulügen?« brüllte der Kommandant. »Jetzt weiß ich, daß ich recht habe, wenn ich meinen Offizieren mißtraue. Was tun Sie denn den ganzen Tag? Nichts als die Köpfe zusammenstecken, wispern und dunkle Pläne schmieden! Und obendrein verweigert man mir jetzt in gröblicher Weise die schuldige Achtung! Ich werde dafür sorgen, Mr. Buckland, daß Sie ab sofort Gelegenheit haben, gründlich über die Folgen Ihrer Haltung nachzudenken.«

»Ich habe Ihnen die Achtung nicht verweigert«, wandte Buckland ein.

»So? Jetzt lügen Sie mir schon wieder ins Gesicht! Und Sie beide? Sie stehen dabei und spielen die stummen Helfer, geben ihm Rückgrat, ja? Bis heute habe ich eine bessere Meinung von Ihnen gehabt, Mr. Bush.«

Bush hielt es für das beste, keine Antwort zu geben.

»Aufsässiges Schweigen, wie?« sagte der Kommandant. »Um so besser können Sie offenbar reden, wenn Sie sich einbilden, ich höre Sie nicht.« Der Kommandant warf einen drohenden Blick über das Achterdeck. »Und Sie, Mr. Hornblower?« sagte er. »Sie fühlen sich offenbar auch nicht bemüßigt, mir über diese geheime Zusammenkunft Meldung zu machen. So also tun Sie Ihre Pflicht als Wachhabender Offizier! Und Mr. Wellard ist natürlich auch von der Partie, was sollte man denn anders erwarten. Aber die Herren hier dürften Ihnen wahrscheinlich fortan nicht mehr ganz so gewogen sein wie bisher, nicht wahr? Sie sollten für sie Schmiere stehen und haben nicht aufgepaßt. Mir scheint, Ihre Lage ist alles andere als erfreulich, Mr. Wellard. Kein Mensch an Bord will noch etwas von Ihnen wissen, außer der Kanonenbraut, die Sie recht bald wieder umarmen dürfen.«

Der Kommandant stand drohend mitten auf dem Achterdeck und starrte den armen Wellard an, der sichtlich vor ihm zurückwich. »Die Kanonenbraut umarmen« hieß, über ein Geschütz gelegt und gezüchtigt werden.

»Aber das hat noch Zeit, Mr. Wellard, die Herren Leutnants haben den Vortritt, wie das ihr hoher Rang verlangt.«

Der Kommandant wandte sich wieder den Leutnants zu, in seinen Zügen spiegelten sich Triumph und Angst in seltsamem Wechselspiel.

»Mr. Hornblower geht schon Wache um Wache«, sagte er, »Sie anderen hatten dadurch offenbar zuviel Freizeit, da fand der Teufel ein gefährliches Spielzeug für Ihre müßigen Hände. Müßiggang ist eben aller Laster Anfang. Und Mr. Buckland geht überhaupt keine Wache, er ist ja der hohe, mächtige und ehrgeizige Erste Offizier.«

»Sir . . .!« entfuhr es Buckland, aber er besann sich im letzten Augenblick und schwieg. Wenn ihn der Kommandant ehrgeizig nannte, so hieß das offenbar, daß er in seinen Augen darauf ausging, die Führung des Schiffes an sich zu reißen. Ein Kriegsgericht konnte jedoch unmöglich auf den Gedanken kommen, dem Wort diese Bedeutung beizumessen. Schließlich verlangte man von jedem Offizier, daß er ehrgeizig war, da konnte es auch keine Beleidigung sein, ihn so zu nennen.

»Sir!« höhnte der Kommandant. »Sir! Haben Sie wenigstens noch so viel Anstand, den Mund zu halten, oder halten Sie es für klüger? Keine Sorge, mein Herr, Sie werden den Folgen Ihres Verhaltens nicht entgehen, Mr. Hornblower geht weiter Wache um Wache. Aber diese beiden Herren da werden sich künftig bei jedem Wachwechsel bei Ihnen melden, außerdem bei zwei Glasen, bei vier Glasen und bei sechs Glasen auf jeder Wache. Die beiden haben den vorgeschriebenen Dienstanzug zu tragen, wenn sie sich bei

Ihnen melden, und Sie selbst haben auf zu sein, wenn Sie die Meldung entgegennehmen. Haben Sie mich alle verstanden?«

Die drei Offiziere waren so vor den Kopf geschlagen, daß sie im ersten Augenblick keine Antwort fanden.

»Antworten Sie auf meine Frage!«

»Aye, aye, Sir«, sagte Buckland.

»Aye, aye, Sir«, sagten Bush und Roberts, als der Kommandant den Blick auf sie richtete.

»Lassen Sie sich nicht einfallen, diese meine Anordnung nachlässig auszuführen«, sagte der Kommandant. »Ich habe Mittel und Wege, zu erfahren, ob man mir gehorcht oder nicht.«

»Aye, aye, Sir«, sagte Buckland.

Mit seinem Spruch hatte der Kommandant ihn, Bush und Roberts dazu verurteilt, von nun an Tag und Nacht, Stunde um Stunde, aus dem Schlaf gerissen zu werden.

4

Hier unten war es stockfinster, es herrschte vollkommene Dunkelheit, nicht der leiseste Schimmer von Licht drang herein. War schon die Nacht draußen über der See mondlos und pechschwarz, so befand man sich hier drei Decks tiefer und weit unter der Wasserlinie. Durch die eichenen Bordwände vernahm man das Rauschen des Wassers und das Klatschen der Seen, über die das Schiff hinwegritt, der ganze Rumpf ächzte und knarrte unter der wechselnden Beanspruchung des ewigen Auf und Ab. Bush klammerte sich im Finstern an die steile Leiter des Niedergangs und tastete nach einem festen Stand. Er landete zwischen den Wasserfässern, duckte sich ganz zusammen und kroch in der pechdunklen Nacht leise nach achtern. Eine Ratte jagte quietschend an ihm vorbei, aber darauf mußte man hier im untersten Raum gefaßt sein, und Bush tastete sich unbeirrt weiter achteraus. Endlich vernahm er trotz aller verschiedenen Schiffsgeräusche aus der Dunkelheit vor ihm ein leises Sst! Bush blieb augenblicklich stehen und antwortete mit dem gleichen Laut. Er tat sich wirklich nichts darauf zugute, bei dieser Verschwörung mitzuspielen, nur soviel war ihm klar, jetzt galt es, höchste Vorsicht walten zu lassen, denn das, was er hier tat, war sehr gefährlich.

»Bush?« flüsterte Bucklands Stimme.

»Ja.«

»Die anderen sind schon hier.«

Zehn Minuten zuvor, um zwei Glasen auf der Mittelwache, hatten sich Bush und Roberts entsprechend dem Befehl des Kommandanten in Bucklands Kammer gemeldet. Ein Augenzwinkern, eine Geste, ein paar geflüsterte Worte, und dieses heimliche Treffen war beschlossen. Es war in der Tat ein unerhörter Zustand, daß die Leutnants eines Kriegsschiffs Seiner Majestät auf solche Schliche sinnen mußten, um sich vor Horchern und Spionen zu sichern. Sie waren wieder auseinandergegangen und hatten sich auf Umwegen und unter Benutzung verschiedener Niedergänge hier unten eingefunden. Hornblower hatte sich nach seiner Ablösung durch Smith als erster auf den Weg gemacht.

»Wir dürfen nicht lange bleiben«, flüsterte Roberts.

Ohne daß man ihn im Dunkeln sah, konnte man allein an seiner Flüsterstimme merken, wie aufgeregt er war. Zweifellos war dies eine meuterische Zusammenrottung. Für das, was sie hier taten, mußten sie unter Umständen eines Tages alle hängen.

»Wir könnten ihm zum Beispiel die Fähigkeit aberkennen, als Kommandant ein Schiff zu führen«, flüsterte Buckland. »Wir könnten ihn in Eisen legen.«

»Wenn wir uns schon zu einer solchen Maßnahme entschließen«, meinte Hornblower, »dann müssen wir rasch und energisch handeln. Sonst hält er sich an die Mannschaften, und die hat er vielleicht auf seiner Seite. Dann wäre ...«

Hornblower brauchte den Satz nicht fertig zu sprechen Jeder, der ihm gefolgt war, sah im Geiste bereits die Leichen von den Rahnocken baumeln.

»Gut«, sagte Buckland, »nehmen wir an, wir handeln rasch und energisch. Nehmen wir an, es gelingt uns, ihn in Eisen zu legen. Was dann?«

»Dann müssen wir nach Antigua«, sagte Roberts.

»... und vors Kriegsgericht«, ergänzte Bush, dem es in dieser kritischen Lage zum ersten Male gelang, so weit vorauszudenken.

»Ja«, flüsterte Buckland.

Die verschiedensten Regungen fanden in dieser einen kurzen Silbe ihren Ausdruck: Tastende Unsicherheit, hoffnungslose Ergebung und quälender Zweifel.

»Da sitzen wir fest«, sagte Hornblower. »Er sagt natürlich aus, und vor Gericht bekommen dann die Dinge immer gleich ein anderes Gesicht. Gewiß, wir sind bestraft worden, wir mußten Wache um Wache gehen, wir bekamen keinen Schnaps. Aber das kann schließlich jedem passieren, es ist kein Grund zur Meuterei.«

»Aber er verwöhnt die Leute, er untergräbt die Disziplin.«

»Was hat er denn in Wirklichkeit getan? Doppelten Rum verzapft, Freizeit gegeben. So etwas klingt vor Gericht nicht übel und leuchtet sicher ein. Schließlich ist es nicht unsere Sache, die Methoden unseres Kommandanten zu kritisieren — so und nicht anders werden die Richter denken.«

»Aber sie werden den Mann doch gründlich unter die Lupe nehmen.«

»Oh, der ist schlau. Vor allem ist er keineswegs gefährlich geisteskrank. Und außerdem versteht er sich aufs Reden und wird für alles seine triftigen Gründe finden. Sie haben ihn doch selbst gehört! Ich sage Ihnen jetzt schon, die Richter glauben ihm jedes Wort.«

»Er hat uns vor versammelter Mannschaft beleidigt und verächtlich gemacht, und er hat Hobbs beauftragt, uns nachzuspionieren.«

»Für jedes Gericht der beste Beweis, daß er sich inmitten von uns Verbrechern wirklich in einer verzweifelten Lage befand. Nehmen wir ihn fest, dann sind wir so lange schuldig, bis wir unsere Unschuld bewiesen haben. Jedes Gericht hat die Pflicht, zunächst für den Kommandanten Partei zu nehmen. Meuterei bedeutet den Strick.« Hornblower faßte alle die Zweifel und Bedenken in klare Worte, für die Bush keinen Ausdruck fand, obwohl sie auch ihn in innerster Seele quälten.

»Sie haben recht«, flüsterte Bush.

»Wie steht es mit dem Fall Wellard?« fragte Roberts leise. »Haben Sie ihn unlängst wieder schreien hören?«

»Der ist doch nur ein Freiwilliger — nicht einmal Fähnrich. Hat weder Freunde noch Familie. Was werden die Richter wohl sagen, wenn sie hören, der Kommandant habe einen solchen Jungen ein halbes Dutzend Male überlegen lassen? Lachen werden sie. Wir würden ja wohl auch darüber lachen, wenn wir nichts von den Zusammenhängen wüßten. ›Schadet ihm nichts‹, würden wir sagen, ›hat ja auch uns nichts geschadet.‹«

Auf diese unwiderlegliche Feststellung hin trat allgemeines Schweigen ein, bis Buckland endlich eine Reihe häßlicher Flüche ausstieß, um seiner Verzweiflung wenigstens ein bißchen Luft zu machen.

»Er wird auf alle Fälle gegen uns vorgehen«, flüsterte Roberts, »sobald wir mit anderen Schiffen zusammenkommen. Soviel steht für mich jedenfalls fest.«

»Zweiundzwanzig Jahre bin ich Offizier«, sagte Buckland, »und jetzt bricht mir dieser Mensch das Genick. Und euch geht es um kein Haar anders.«

Für Offiziere, die vor einem Kriegsgericht von ihrem eigenen Kommandanten beschuldigt wurden, ihm in disziplinwidriger Art die schuldige Achtung verweigert zu haben, gab es keinen Pardon. Das wußte jeder dieser Leutnants nur zu genau, und darum empfanden sie ihre Hilflosigkeit besonders bitter. Wenn der Kommandant solche Anschuldigungen gegen sie mit der gleichen krankhaften Bosheit und Schläue vertrat, die er bis jetzt entwickelt hatte, dann durften sie nicht einmal hoffen, mit schimpflicher Entlassung aus dem Dienst davonzukommen, dann drohte ihnen sogar Gefängnis und Strick.

»Noch zehn Tage bis Antigua«, sagte Roberts, »wenn der Wind so bleibt, und das ist bestimmt der Fall.«

»Wir wissen ja noch gar nicht, ob wir Antigua anlaufen«, meinte Hornblower. »Das haben wir bis jetzt nur angenommen. Vielleicht sind wir noch Wochen und Monate in See.«

»Dann gnade uns Gott!« stieß Buckland hervor.

Ein leises Klappern weiter hinten im Raum, das sich deutlich von den

Geräuschen des arbeitenden Schiffes unterschied, ließ sie alle zusammenfahren. Bush ballte unwillkürlich seine behaarten Fäuste. Sie beruhigen sich wieder, als sie eine Stimme hörten, die sie leise bei Namen rief.

»Mr. Buckland – Mr. Hornblower – Sir!«

»Mein Gott, Wellard – Sie!« sagte Roberts.

Jetzt konnten sie hören, wie er auf sie zugekrochen kam.

»Der Kommandant, Sir!« sagte Wellard. »Er kommt!«

»Auf welchem Weg?« stieß Hornblower hervor.

»Durch den achtersten Niedergang. Ich bin auf den Verbandplatz gelaufen und von dort heruntergekommen. Er schickte Hobbs ...«

Hornblower schnitt ihm das Wort ab. »Rasch – nach vorn ihr drei«, zischte er. »Nach vorn! Wenn ihr in die Decks kommt, sofort auseinandergehen. Macht schnell!«

Keinem fiel es auf, daß Hornblower den Befehl über wesentlich ältere Offiziere an sich gerissen hatte. Jede Sekunde war jetzt unendlich kostbar, es ging nicht an, durch Unentschlossenheit und Gefluche Zeit zu verlieren. So viel leuchtete allen bei Hornblowers ersten Worten ein. Bush folgte den zwei anderen in die rabenschwarze Finsternis hinein, er stolperte über unsichtbare Hindernisse und stieß sich schmerzhaft die Schienbeine wund. Eben hörte er Hornblower noch sagen: »Komm, Wellard!« Dann waren die beiden auch schon weg. Er selbst aber strebte mit seinen Kameraden Hals über Kopf immer weiter nach vorn.

Hier lag die mächtige Ankertrosse, dort war die Leiter, und gleich darauf genossen die drei aufatmend die Sicherheit des unteren Batteriedecks. Nach der Finsternis im Raum war es hier hell genug, daß man einigermaßen sehen konnte. Buckland und Roberts enterten gleich weiter an Oberdeck. Bush aber wandte sich nach achtern. Die Freiwache lag nun schon so lange in ihren Hängematten, daß alles fest schlief, zu den Geräuschen des Schiffes gesellte sich hier das bunte Konzert der Schnarchenden, und die dichten Reihen der Hängematten schwangen bei jedem Überholen im genauen Gleichtakt hin und her, als bildeten sie eine einzige kompakte Masse. Weit von achtern her näherte sich zwischen den Reihen der Schläfer ein Licht – ein Hornlaterne mit einem Talglicht darin. Ihr Träger war Hobbs, der Feuerwerker, er eilte im Geschwindschritt durch das Deck, und hinter ihm folgten zwei Matrosen. Als Bush der Gruppe begegnete, wurden nur stumme Blicke getauscht. Hobbs verhielt einen Augenblick seinen Schritt und gab dadurch zu erkennen, daß er große Lust hatte, Bush zu fragen, was er um diese Stunde in der unteren Batterie zu suchen hätte. Allein das konnte er trotz allem Rückhalt beim Kommandanten als Deckoffizier einem Leutnant gegenüber nicht wagen. Man sah es Hobbs an, daß er sich ärgerte. Offenbar hatte er es deshalb so eilig, weil er alle Zugänge zum Raum besetzen wollte, nun war er wohl außer sich, daß Bush ihm entwischt war. Die beiden Matrosen schienen die seltsamen Vorgänge auf dieser Mittelwache überhaupt nicht zu begreifen. Hobbs trat beiseite, um seinen Vorgesetzten vorüberzulassen, und Bush ging mit einem einzigen langen Blick an ihm vorbei. Er war selbst überrascht, wie sicher er sich jetzt wieder fühlte, seit er glücklich aus dem finsteren Raum entronnen war und sich nicht mehr in meuterischer Gesellschaft befand. Das beste war, wenn er gleich in seine Kammer ging. Bald war ohnehin vier Glasen, dann mußte er sich nach dem Befehl des Kommandanten wieder bei Buckland melden. Der Läufer, durch den ihn der Wachhabende Offizier wecken ließ, sollte ihn in seiner Koje finden. Im Weitergehen war er eben bis an den Großmast gelangt, da entwickelte sich vor ihm plötzlich ein geschäftiges Hin und Her, von dem er unbedingt Notiz genommen hätte, wenn er harmlos und mit reinem Gewissen dazugekommen wäre. Infolgedessen (so sagte er sich) mußte er sich auch jetzt auf jeden Fall erkundigen, was hier vorging. Er durfte hier nicht vorbeigehen, ohne ein paar Fragen zu stellen. Hier hatten die Seesoldaten ihre Schlafplätze, sie waren schon alle aus ihren Hängematten und fuhren gerade hastig in ihre Sachen. Wer schon in Hemd und Hose war, schnallte die gekreuzten Koppelriemen um und griff nach den Waffen.

»Was ist hier eigentlich los?« fragte Bush und versuchte, seiner Stimme einen Klang zu geben, als ob er nichts davon wüßte, daß sich zur Zeit auch sonst noch allerlei Ungewöhnliches zutrug.

»Weiß nicht, Sir«, sagte der Soldat, an den er sich gewandt hatte. »Wir sind eben geweckt worden – antreten in voller Ausrüstung, mit Gewehr, Seitengewehr und Munition.«

Ein Korporal der Seesoldaten sah hinter der Trennwand hervor, die den Unteroffiziersraum vom übrigen Deck abteilte.

»Befehl vom Kommandanten, Sir«, meldete er, dann brüllte er auf seine Männer ein: »Beeilung, los jetzt, umschnallen!«

»Wo ist denn der Kommandant?« fragte Bush und sah dabei so harmlos drein, wie ihm möglich war.

»Irgendwo achtern, Sir. Als wir geweckt wurden, ließ er zugleich seine militärische Wache aufziehen.«

Diese Wache, bestehend aus einem Unteroffizier und vier Mann, stellte den Posten, der Tag und Nacht vor der Kommandantenkajüte stand. Es bedurfte nur eines Befehls, dann zog diese Wache geschlossen auf und bildete die erste kleine, aber kampfkräftige Schutztruppe für den Kommandanten.

»Danke, Korporal«, sagte Bush. Er suchte möglichst verwundert dreinzusehen und tat, als eilte er überrascht nach achtern, um sich zu überzeugen, was los war. Die Angst lag ihm wieder bleischwer in den Gliedern. Was hätte er darum gegeben, wenn ihm dieser Weg erspart geblieben wäre, der ihn in eine schreckhafte Ungewißheit führte. Mit unrasiertem, verschlafenem

Gesicht tauchte Whiting, der Hauptmann der Seesoldaten, auf und schnallte sich im Gehen den Säbel um.

»Was heißt denn das nun wieder...?« schimpfte er los, als er Bushs ansichtig wurde.

»Fragen Sie *mich* doch nicht!« sagte Bush und versuchte, wieder den harmlos Überraschten zu spielen. Dabei war er so gespannt und aufgewühlt, daß sogar seine für gewöhnlich ruhende Einbildungskraft blitzartig arbeitete. Er konnte sich vorstellen, wie der Ankläger im trügerisch ruhigen Ton einer Gerichtsverhandlung die Frage an Whiting richtete: »Hat sich Mr. Bush irgendwie auffällig benommen?« Da war es ungeheuer wichtig, daß Whiting mit gutem Gewissen antworten konnte: »Nein!« Ja, Bush glaubte sogar schon zu fühlen, wie sich der Strick, der härene Strick um seinen Hals legte... Eine Sekunde später hatte er es nicht mehr nötig, den Unwissenden und Überraschten zu spielen, denn jetzt war seine Bestürzung echt.

»Den Arzt, ruft den Arzt!« schrie eine Stimme.

Gleich darauf kam bleich und aufgeregt der junge Wellard angerannt. »Rasch den Arzt! Doktor Clive muß kommen!«

»Ist jemand verunglückt?« fragte Bush.

»Der K – Kommandant, Sir.«

Wellard machte einen wirren und verstörten Eindruck, aber jetzt erschien Hornblower hinter ihm. Auch er war bleich und atmete schwer, aber er schien sich doch in der Gewalt zu haben. Im trüben Licht der Laterne warf er einen Blick in die Runde, doch schien er Bush nicht zu bemerken.

»Los, holen Sie Doktor Clive!« rief er kurz einem Fähnrich zu, der gerade aus der Tür des Fähnrichsraums lugte. Einem anderen befahl er: »Laufen Sie rasch zum Ersten Offizier, er möchte sofort hierher kommen! Aber schnell! Nehmen Sie die Beine in die Hand!«

Jetzt entdeckte er Whiting und sah, wie die Seesoldaten weiter vorn ihre Musketen aus dem Rack nahmen.

»Warum sind Ihre Leute geweckt worden, Hauptmann Whiting?«

»Befehl des Kommandanten.«

»Dann lassen Sie sie antreten. Ich glaube allerdings nicht, daß sie gebraucht werden.«

Jetzt erst entdeckte Hornblower Bush.

»Ah, Mr. Bush! Wollen Sie als ältester anwesender Offizier das Kommando übernehmen, Sir? Ich habe eben nach dem Ersten Offizier geschickt. Der Kommandant ist verletzt – wie ich befürchten muß, schwer.«

»Wie kam das denn?« fragte Bush.

»Er ist den Niedergang hinuntergefallen, Sir«, sagte Hornblower. Dabei starrte er Bush im trüben Licht des Decks gerade in die Augen, aber Bush vermochte nichts aus seinem Blick zu lesen. Hier, im achteren Teil des unteren Batteriedecks, wimmelte es jetzt plötzlich von Menschen, und Hornblowers erste Mitteilung über das Vorgefallene erweckte ein allgemeines aufgeregtes Stimmengewirr. Zuchtloses Gelärme dieser Art war Bush von jeher unausstehlich und erzeugte bei ihm auch diesmal sofort – und man kann sagen glücklicherweise – die übliche Wirkung:

»Ruhe hier!« brüllte er los. »Wer hier nichts zu suchen hat, verschwindet!«

Er funkelte die Menge drohend an, da wurde es sofort still.

»Wenn Sie gestatten, gehe ich jetzt wieder nach unten, Sir«, sagte Hornblower, »ich muß mich um den Kommandanten kümmern.«

»Gut, Mr. Hornblower«, sagte Bush. Diese stereotype Antwort war durch ständigen Gebrauch schon so abgegriffen, daß sie alles Steife verloren hatte.

»Kommen Sie mit mir, Mr. Wellard«, sagte Hornblower und wandte sich zum Gehen.

Inzwischen erschienen noch ein paar neue Gestalten auf der Szene: Buckland mit bleichen, zerquälten Zügen, neben ihm Roberts und endlich Clive, der in Hemd und Hose schläfrig aus seiner Kammer erschien. Alle fuhren im ersten Augenblick zusammen, als sie der Seesoldaten ansichtig wurden, die eben auf dem engen Raum des Batteriedecks antraten und deren Musketenläufe im schwachen Licht der Laterne schimmerten.

Hornblower bemerkte Buckland und wandte sich noch einmal um. »Wollen Sie gleich mitkommen, Sir?« fragte er.

»Ja, ich komme«, sagte Buckland.

»Was ist denn, in Gottes Namen, los?« fragte Clive.

»Der Kommandant ist verletzt«, sagte Hornblower kurz angebunden. »Ich bringe Sie zu ihm, Sie brauchen aber unbedingt eine Laterne.«

»Was? Der Kommandant?« Clive rieb sich den Schlaf aus den Augen. »Wo ist er? He, Sie, holen Sie mir rasch die Laterne dort her. Wo sind meine Maate? Ach, Sie dort, laufen Sie rasch hin und wecken Sie meine Sanitätsmaate – sie schlafen im Krankenrevier.«

So bewegte sich denn kurz darauf ein Zug von einem halben Dutzend Männern, jeder mit einer Laterne, nach dem Niedergang hin – zuerst die vier Leutnants, dann Clive und schließlich Wellard. Als sie oben an der steilen Treppe warten mußten, warf Bush einen Seitenblick auf Buckland und sah, wie dessen Kinnbacken vor Erregung ununterbrochen arbeiteten. Wahrscheinlich wäre er unendlich viel lieber im tollsten Kugelregen über ein aufgerissenes Deck gestürmt. Jetzt sah er auch Bush fragend an, aber der wagte kein Wort zu ihm zu sagen, da Clive in Hörweite war – ganz abgesehen davon, daß er ja um kein bißchen mehr wußte als Buckland selbst. Wer konnte ahnen, was sie am Fuß dieser Treppe erwartete? Gefängnis, Ruin, Schande oder gar der Tod.

Das schwache Licht einer Laterne fiel auf den roten Waffenrock und das weiße Lederzeug eines Seesoldaten, der neben dem Niedergang stand. Er trug die Tressen eines Unteroffiziers.

»Ist etwas vorgefallen?« fragte Hornblower.

»Nein, Sir, nichts Neues.«

»Der Kommandant liegt bewußtlos dort unten«, sagte Hornblower zu Clive und wies den Niedergang hinunter. »Zwei Seesoldaten sind als Wache bei ihm aufgezogen.«

Clive vertraute sich mit seinem schweren Körper ächzend und stöhnend der steilen Leiter an und verschwand langsam in der Tiefe.

»So, Korporal«, sagte Hornblower, »jetzt erzählen Sie dem Ersten Offizier alles, was Sie über den Vorfall wissen.«

Der Unteroffizier stand in militärischer Haltung vor seinen Vorgesetzten. Daß ihn nicht weniger als vier Leutnants zu gleicher Zeit voll Spannung ansahen, machte ihn nervös, wahrscheinlich war ihm bei der Geschichte nicht ganz wohl, weil er aus Erfahrung wußte, daß es einem armen Korporal meistens schlecht bekam, wenn er sich, und sei es auch ganz ohne seine Schuld, in eine unangenehme Geschichte verwickelt sah, die nur die Offiziere etwas anging. »So reden Sie endlich, Mann«, sagte Buckland gereizt. Er war offenkundig nervös, aber das war schließlich auch kein Wunder, wenn man als Erster Offizier erfuhr, daß dem Kommandanten ein ernster Unfall zugestoßen sei.

»Ich war Unteroffizier der Kommandantenwache, Sir. Um zwei Glasen ließ ich den Posten Kajüte ablösen.«

»Ja, und?«

»Und – und – dann legte ich mich wieder schlafen.«

»Verflucht noch mal«, sagte Roberts, »machen Sie endlich eine vernünftige Meldung.«

»Einer der Herren weckte mich dann wieder, Sir«, fuhr der Unteroffizier fort. »Ich glaube, er ist Feuerwerker.«

»Mr. Hobbs?«

»Ja, so heißt er wohl, Sir. Er sagte: ›Befehl vom Kommandanten, die Wache soll aufziehen.‹ Ich hole also die Wache heraus. Wie ich achtern ankomme, steht der Kommandant bei Wade, dem Posten Kajüte, den ich eben hatte aufziehen lassen. Er hatte Pistolen in den Händen, Sir.«

»Wer, Wade?«

»Nein, Sir, der Kommandant, Sir.«

»Wie benahm er sich denn?« fragte Hornblower. »Was sagte er, was tat er?«

»Nun, Sir...« Dem Unteroffizier wollte keine kritische Äußerung über seinen Kommandanten über die Lippen, nicht einmal einem Leutnant gegenüber.

»Schon gut, lassen wir das – fahren Sie fort.«

»Also der Kommandant sagte, Sir, er sagte: ›Folgen Sie mir!‹, und dann sagte er zu dem anderen Herrn: ›Tun Sie Ihre Pflicht, Mr. Hobbs.‹ Da ging

Mr. Hobbs weg, und wir kamen mit dem Kommandanten hier herunter. ›Auf diesem Schiff liegt Meuterei in der Luft‹, sagte der Kommandant, ›schwarze, blutige Meuterei. Wir müssen den Meuterern das Handwerk legen. Fangt sie‹, sagte der Kommandant, ›fangt sie auf frischer Tat.‹«

Der Kopf des Arztes erschien im Niedergang.

»Noch eine Laterne, bitte!« sagte er.

»Wie geht es dem Kommandanten?« fragte Buckland.

»Gehirnerschütterung und einige Knochenbrüche, soweit ich bis jetzt feststellen kann.«

»Ist sein Zustand ernst?«

»Kann ich noch nicht sagen. Wo bleiben nur meine Maate? Endlich, Coleman. Holen Sie Schienen und Binden, aber so schnell wie möglich. Außerdem brauche ich eine Transportplanke, eine Persenning und Leinen. Laufen Sie, Mann! Pierce, Sie kommen herunter und helfen mir.«

Kaum hatten sich die beiden Sanitätsmaate gezeigt, da waren sie schon wieder verschwunden.

»Fahren Sie fort, Korporal«, sagte Buckland.

»Ich weiß nicht mehr genau, wo ich stehengeblieben war.«

»Der Kommandant hatte Sie hier heruntergeführt.«

»Jawohl, Sir. Er hatte in jeder Hand eine Pistole, Sir, wie ich schon sagte, Sir. Zwei Mann schickte er nach vorn. ›Daß mir kein Loch offen bleibt‹, sagte er zu ihnen. Dann sagte er: ›Und Sie, Korporal, nehmen die beiden anderen Leute mit hinunter in den Raum und suchen ihn ab!‹ Dabei schrie er immer lauter, Sir, und in jeder Hand hielt er eine Pistole.«

Der Unteroffizier sah Buckland ängstlich an, als er das sagte.

»Schon gut, schon gut«, sagte Buckland, »halten Sie sich nur genau an die Wahrheit.«

Buckland war wesentlich ruhiger und sicherer geworden, seit er wußte, daß der Kommandant bewußtlos und vielleicht schwer verletzt war. Genauso war es übrigens Bush ergangen.

»Ich nahm also die anderen zwei Mann mit den Niedergang hinunter, Sir«, fuhr der Korporal fort. »Da ich kein Gewehr mit hatte, nahm ich die Laterne. Unten stiegen wir erst zwischen den Kisten herum, die dort gestapelt sind. Da schrie der Kommandant den Niedergang herunter: ›Los, beeilt euch, laßt sie nicht entkommen, macht schnell!‹ Da begannen wir, über die Ladung weg nach vorn zu klettern.«

Der Unteroffizier stockte ein bißchen, als er zum Höhepunkt seines Berichtes kam. Vielleicht suchte er nach einem dramatischen Knalleffekt, aber es war viel eher anzunehmen, daß er immer noch fürchtete, sich womöglich in eine dumme Geschichte zu verstricken, die ihm trotz seiner Unschuld üble Folgen eintrug.

»Was geschah dann weiter?« fragte Buckland.

»Nun, Sir ...«

In diesem Augenblick tauchte Coleman auf. Er war mit allerhand Gerät bepackt, zu dem auch eine leichte, sechs Fuß lange Planke gehörte, die er auf der Schulter trug. Mit einem fragenden Blick erbat er sich von Buckland die Erlaubnis, weitergehen zu dürfen, und erhielt ein stummes Kopfnicken als Antwort. Nun legte er die Planke, die Persenning und die Leinen an Deck und verschwand mit den übrigen Sachen im Niedergang.

»Also, wie ging es weiter?« fragte Buckland den Unteroffizier.

»Ich kann nicht sagen, was geschehen ist, Sir.«

»Dann sagen Sie uns wenigstens, was Sie wissen.«

»Ich hörte nur einen Schrei, Sir – und dann einen Krach. Da kehrte ich sofort um und ging mit der Laterne wieder nach achtern.«

»Und was fanden Sie dort?«

»Es war der Kommandant, Sir. Er lag am Fuß des Niedergangs. Wie tot, Sir. Er mußte den Niedergang heruntergestürzt sein, Sir.«

»Und was haben Sie darauf veranlaßt?«

»Ich habe versucht ihn umzudrehen, Sir. Sein Gesicht war ganz voll Blut. Er war ohnmächtig, Sir. Erst habe ich geglaubt, er sei tot, aber dann konnte ich seinen Herzschlag fühlen.«

»Und?«

»Ich wußte wirklich nicht, was ich tun sollte, Sir. Da war doch diese Meuterei – und ich hatte keine Ahnung davon.«

»Zuletzt sind Sie dann doch zu einem Entschluß gekommen?«

»Jawohl, Sir. Ich ließ meine zwei Mann beim Kommandanten und ging nach oben, um Meldung zu machen. Ich wußte doch nicht, wem ich Vertrauen schenken konnte, Sir.«

Die Szene war nicht ohne Ironie – hier der Unteroffizier in Todesängsten, man könnte ihn wegen der lächerlichen Frage zur Rechenschaft ziehen, ob er einen Läufer hätte schicken sollen oder ob er selbst gehen durfte, und ihm gegenüber, gleichsam als sein Tribunal, die vier Leutnants, denen wirklich der Strick des Henkers drohte.

»Was weiter?«

»Ich begegnete Mr. Hornblower, Sir.«

Die veränderte Stimme des Unteroffiziers gab jetzt noch Kunde von der Erleichterung, die er gefühlt haben mußte, als er endlich jemand fand, der ihm die Zentnerlast seiner Verantwortung von den Schultern nahm.

»Der junge Wellard – so heißt er, glaube ich – war bei ihm. Als ich Mr. Hornblower gemeldet hatte, was mit dem Kommandanten geschehen war, befahl er mir, mit meiner Wache hier aufzuziehen.«

»Ich habe den Eindruck, daß Sie sich durchaus richtig verhalten haben«, sagte Buckland anerkennend.

»Besten Dank, Sir, besten Dank.«

Jetzt kam Coleman die Treppe heraufgeklettert, holte, wieder mit einem erlaubnisheischenden Blick auf Buckland, die Geräte, die er vorhin zurückgelassen hatte, und reichte sie durch das Niedergangsluk nach unten. Dann stieg er selbst wieder hinunter. Bush wandte immer noch kein Auge von dem Unteroffizier, der jetzt mit seinem Bericht zu Ende war und sich unter den starren, musternden Blicken der vier Leutnants sichtlich unwohl fühlte.

»Noch eins«, nahm Hornblower unerwartet und in bestimmtem Ton das Wort. »Haben Sie eine Vorstellung, wie es kommen konnte, daß der Kommandant durch das Luk abstürzte?«

»Nein, Sir, das ist mir ganz unerklärlich, Sir.«

Hornblower warf einen einzigen, kurzen Blick auf seine Kameraden. Beides, die Worte des Korporals und dieser Blick, wirkte unendlich beruhigend.

»Sie sagten doch, er sei sehr aufgeregt gewesen? Los, Mann, machen Sie doch den Mund auf!«

»Jawohl, Sir.« Der Unteroffizier erinnerte sich an seine etwas unvorsichtige Äußerung von vorhin und begann nun plötzlich, ungehemmt draufloszuschwatzen: »Ja, er schrie durch die Luke hinter uns her, Sir. Wahrscheinlich hat er sich dabei zu weit vorgebeugt. Und als das Schiff nach vorn einsetzte, bekam er dann wohl das Übergewicht. Da konnte es leicht sein, Sir, daß er mit dem Fuß am Luksüll hängenblieb und kopfüber hinunterstürzte.«

»Ja, so muß es wohl gewesen sein«, sagte Hornblower.

Clive kam den Niedergang hochgeklettert und turnte steif und ungelenk über das Süll.

»Wir schaffen ihn jetzt herauf«, sagte er. Mit einem Blick auf die vier Leutnants schob er die Hand in den Ausschnitt seines Hemdes und brachte eine Pistole zum Vorschein. »Die lag neben ihm.«

»Ich nehme sie an mich«, sagte Buckland.

»Nach dem, was wir gehört haben, muß noch eine zweite Pistole unten liegen«, sagte Roberts, der sich damit zum ersten Male vernehmen ließ. Er sprach überlaut, die Aufregung hatte ihn sichtlich mitgenommen, und sein ganzes Gebaren mußte jeden argwöhnisch machen, der irgendeinen Verdacht hegte. Bush ärgerte sich über ihn und fühlte sich zugleich von neuer Angst und Sorge gepackt.

»Ich werde danach suchen lassen, wenn wir den Kommandanten oben haben«, sagte Clive. Er beugte sich über das Luk und rief hinunter: »Los jetzt, bringen Sie ihn!«

Coleman erschien zuerst. Er kam mit einem Paar Leinen in der Hand den Niedergang heraufgeklettert, hinter ihm tauchte einer der Seesoldaten auf, der sich mit einer Hand krampfhaft an die steile Treppe klammerte und mit der anderen eine schwere Last hinter sich herzog.

»Vorsicht, Vorsicht jetzt!« mahnte Clive.

Nun war auch der Seesoldat oben angelangt und holte mit Coleman zusammen das Kopfende der Planke herauf, die den verletzten Kommandanten trug. Man hatte ihn wie eine Mumie fest in die Persenning gewickelt und unverrückbar auf dem dünnen Holzbrett festgelascht, weil das die einzige brauchbare Methode war, einen Mann mit Knochenbrüchen steile Niedergänge hochzuschaffen. Pierce, der zweite Sanitätsmaat, kam jetzt hinterher und steuerte das Fußende der Planke. Die Leutnants drängten sich herzu, um mit Hand anzulegen, als die Bahre über das Luksüll gehoben werden mußte. Im Licht der Laternen erhaschte Bush einen Blick auf das Gesicht des Kommandanten, das bleich aus der Hülle der Persenning hervorstach. Es wirkte still und ausdruckslos, allerdings konnte man nicht allzuviel davon erkennen, weil ein dicker weißer Verband das eine Auge und die Nase verdeckte. Die eine Schläfe trug noch Blutspuren, die der Arzt nicht ganz beseitigt hatte.

»Bringen Sie ihn in die Kajüte«, sagte Buckland.

Dieser Befehl war entscheidend und gab dem Augenblick, in dem er ausgesprochen wurde, ein besonderes Gewicht. War der Kommandant eines Kriegsschiffes nicht in der Lage, seinen Dienst zu versehen, dann war es Pflicht des Ersten Offiziers, das Kommando zu übernehmen. Mit seinen kurzen sechs Worten hatte Buckland das getan. Wenn er die Führung des Schiffes einmal innehatte, dann war er sogar berechtigt, über die geheiligte Person des Kommandanten zu verfügen. Indes fiel seine Maßnahme bei all ihrer Bedeutung doch nicht aus dem Rahmen der Bordroutine. Buckland hatte schon oft genug die Stelle des Kommandanten vertreten, wenn dieser vorübergehend abwesend war. Also ließ er sich auch in diesen schweren Stunden getrost von den Regeln der Routine leiten. Dreißig Jahre Borddienstzeit als Fähnrich und Leutnant hatten ihn außerdem so viel Selbstbeherrschung gelehrt, daß er auch jetzt seinen jüngeren Kameraden gegenüber der alte blieb und überlegt zu handeln wußte, obwohl er gewärtigen mußte, daß schon in allernächster Zukunft ein furchtbares Schicksal über ihn hereinbrach. Jetzt war Buckland also Kommandant, und Bush machte dazu etwas nachdenkliche Augen. Er konnte nicht recht daran glauben, daß Routine, Gewohnheit, Erfahrung in diesem Fall auch auf die Dauer ihre Früchte trugen. Buckland war ganz offensichtlich seelisch etwas aus dem Gleichgewicht. Das war ohne weiteres zu begreifen, wenn man die Last der Verantwortung bedachte, die ihm unter so dramatischen Umständen aufgebürdet worden war. Jeder arglose Außenstehende, der nicht um die geheimen Hintergründe wußte, hätte sich selbstverständlich mit dieser Erklärung zufriedengegeben. Aber Bush sah eben tiefer. Ihn verfolgte ständig die Angst, er fragte sich immer wieder verzweifelt, was der Kommandant wohl unternehmen würde, wenn er wieder zu sich kam. Und jetzt entdeckte er voll neuer Sorge, daß Buckland seine eigene Angst teilte. Wenn das so war, wenn Buckland ebensoviel an den Sträflingskittel, an das Kriegsgericht und an den Henkerstrick dachte wie er selbst, dann konnte er unmöglich seinen Mann stehen. Dabei war gerade sein Auftreten vielleicht entscheidend für das Schicksal – um nicht zu sagen das Leben – der Offiziere dieses Schiffes.

»Verzeihung, Sir«, meldete sich jetzt Hornblower.

»Ja – bitte?« sagte Buckland, und dann noch einmal etwas gezwungen: »Ja, Mr. Hornblower?«

»Darf ich die Aussage des Unteroffiziers gleich schriftlich niederlegen, solange er alle Einzelheiten frisch im Gedächtnis hat, Sir?«

»Einverstanden, Mr. Hornblower.«

»Danke, Sir«, sagte Hornblower. Dabei machte er ein völlig undurchdringliches Gesicht, das keine andere Regung verriet als achtungsvolle Beflissenheit. Er wandte sich an den Korporal: »Melden Sie sich in meiner Kammer, wenn der Posten Kajüte abgelöst ist.«

»Jawohl, Sir.«

Der Arzt und seine Leute hatten den Kommandanten inzwischen weggebracht, aber Buckland machte immer noch keine Miene, sich vom Fleck zu rühren. Er war wie gelähmt.

»Unten liegt noch die zweite Pistole des Kommandanten, Sir«, erinnerte Hornblower, ehrerbietig wie immer.

»Ach ja, richtig.« Buckland sah sich suchend um.

»Da wäre zum Beispiel Wellard, Sir.«

»Ja, nehmen wir den.«

»Mr. Wellard«, sagte Hornblower, »steigen Sie mit einer Laterne in den Raum und suchen Sie nach der zweiten Pistole des Kommandanten. Wenn Sie sie gefunden haben, bringen Sie sie sofort dem Ersten Offizier auf das Achterdeck.«

»Aye, aye, Sir.«

Wellard hatte sich schon recht gut von seiner Aufregung erholt und wandte seit einer ganzen Weile kein Auge von Hornblower. Jetzt griff er nach der Laterne und stieg damit in den Raum hinunter. Buckland war nun doch ins Bewußtsein gedrungen, was Hornblower vom Achterdeck gesagt hatte. Gefolgt von den anderen, machte er sich endlich auf den Weg. Im unteren Batteriedeck erwies ihm der Hauptmann Whiting eine Ehrenbezeigung.

»Haben Sie noch Befehle für mich, Sir?«

Die Nachricht vom Unfall des Kommandanten und von der Kommandoübernahme durch Buckland mußte sich wie ein Lauffeuer im Schiff verbreitet haben. Buckland war immer noch ganz benommen, es dauerte Sekunden, ehe sein Gehirn auf Whitings Frage ansprach.

»Nein, Herr Hauptmann«, sagte er endlich, dann fügte er hinzu: »Lassen Sie Ihre Leute wegtreten.«

Als die Offiziere auf dem Achterdeck erschienen, wehte der Passat so frisch wie immer von Steuerbord achtern, und die *Renown* jagte nach wie vor mit höchster Fahrt durch den Märchenzauber des Atlantik. Zu ihren Häupten ragten die riesigen weißen Pyramiden der Segel hoch in das Sternenmeer, und die drei Toppen zogen mit den weichen, wiegenden Bewegungen des Schiffes ihre weiten, schwingenden Kreise am Himmel. An Backbord achtern war eben der halbe Mond aus der See getaucht, er hing als goldenes Wunder über der Kimm und zog eine lange, glitzernde Bahn bis zum Schiff. Die dunklen Gestalten der Männer an Deck hoben sich deutlich von den hell leuchtenden Planken ab.

Smith hatte die Wache. Er kam ihnen schon mit Spannung entgegen, als sie die Treppe zum Achterdeck heraufstiegen. Eine Stunde und länger war er wie im Fieber auf und ab gewandert, hatte den Lärm und das Gerenne unter Deck gehört, hatte alle möglichen Schauergeschichten vernommen, die sofort im Schiff kursierten, und war doch außerstande gewesen, seinen Posten zu verlassen und sich zu überzeugen, was wirklich geschehen war.

»Was ist denn los, Sir?« fragte er Buckland.

Smith wußte nichts von der geheimen Zusammenkunft der vier anderen Leutnants, der Kommandant hatte ihn auch nicht so schlecht behandelt wie die anderen, aber die allgemeine Unzufriedenheit seiner Kameraden konnte ihm nicht entgangen sein. Er mußte sich ebenso wie sie eine Ansicht über den Geisteszustand des Kommandanten gebildet haben. Aber Buckland war im Augenblick auf seine Frage nicht vorbereitet, er hatte sich noch keine passende Erklärung zurechtgelegt und fand daher nicht gleich eine Antwort. Am Ende kam Hornblower zu Hilfe.

»Der Kommandant ist in den Raum gestürzt«, sagte er gelassen und ohne merkliche Betonung. »Man hat ihn eben bewußtlos in die Kajüte gebracht.«

»In den Raum gestürzt? Um Gottes willen, wie ist denn so etwas möglich?« fragte Smith ehrlich bestürzt.

»Er war auf der Jagd nach Meuterern«, erwiderte Hornblower ebenso ruhig und sachlich wie zuvor.

»Ach so«, sagte Smith. »Aber . . .«

Er stockte. Hornblowers unbeteiligte Redeweise hatte ihm verraten, daß er sich auf gefährliches Gebiet begab. Wenn er weiter fragte, dann kam unweigerlich der Geisteszustand des Kommandanten zur Sprache, und dann konnte auch er nicht umhin, seine Meinung dazu zu äußern. Da schien es ihm doch besser, seine Neugier zu zügeln.

»Sechs Glasen, Sir«, meldete der Bootsmaat der Wache.

»Gut«, sagte Smith automatisch.

»Ich muß jetzt die Aussage des Korporals niederlegen, Sir«, sagte Hornblower. »Bei acht Glasen komme ich auf Wache.«

Als stellvertretender Kommandant konnte Buckland ohne weiteres den lächerlichen Befehl aufheben, demzufolge Hornblower Wache um Wache ging und Bush und Roberts sich stündlich bei ihm zu melden hatten. Eine Sekunde lang herrschte verlegenes Schweigen. Niemand wußte, wie lange der Kommandant noch bewußtlos war und in welchem Zustand er sich befinden würde, wenn er wieder zu sich kam.

In diesem Augenblick kam Wellard auf das Achterdeck gerannt. »Hier ist die zweite Pistole, Sir«, sagte er und händigte sie Buckland aus. Der nahm sie ihm aus der Hand und zog sogleich die andere Waffe aus der Tasche. Offenbar wußte er nicht recht, was er mit den Dingern anfangen sollte.

»Soll ich Sie davon befreien, Sir?« fragte Hornblower und nahm sie ihm ab. »Wellard könnte mir beim Protokollieren mit dem Unteroffizier von Nutzen sein. Darf ich ihn mitnehmen, Sir?«

»Ja«, sagte Buckland.

Hornblower ging, gefolgt von Wellard, unter Deck.

»Einen Augenblick, Mr. Hornblower ...«, sagte Buckland.

»Sir?«

»Ach ... nichts«, sagte Buckland. Seine Stimme verriet die Unentschlossenheit, unter der er litt.

»Verzeihung, Sir, an Ihrer Stelle würde ich jetzt etwas ruhen«, sagte Hornblower, der schon im achteren Niedergang stand. »Sie haben eine anstrengende Nacht hinter sich.«

Bush war in diesem Punkt von Herzen einer Meinung mit Hornblower. Nicht, als ob es ihn gekümmert hätte, ob Buckland wirklich so überanstrengt war oder nicht, es kam ihm vielmehr darauf an, daß jener sich endlich in seine Kammer zurückzog, weil er dort wenigstens nicht in die Lage kam, sich selbst – und seine Mitverschworenen – durch unvorsichtige Reden bloßzustellen. Endlich dämmerte es Bush, daß auch Hornblower in Wirklichkeit nichts anderes im Sinn haben konnte. Es war ihm unangenehm, daß Hornblower unter Deck gegangen war, und er war sich völlig darüber klar, daß ihn Buckland ebenso vermißte. Hornblower hatte einen klaren Kopf, er besaß die Fähigkeit, in jeder Gefahr blitzschnell zu denken. Sein Beispiel hatte sie dazu gebracht, sich nach dem Alarm unter Deck natürlich und ungezwungen zu benehmen. Vielleicht hatte er ein Geheimnis, das er nicht mit ihnen teilte, vielleicht wußte er Genaueres als sie darüber, wie der Kommandant im Raum zu Schaden gekommen war. Bush dachte ganz benommen über solche Möglichkeiten nach – aber wenn das wirklich der Fall war, dann hatte es Hornblower jedenfalls meisterhaft verstanden, sein geheimes Wissen vor ihnen zu verbergen.

»Ich möchte nur wissen, wann dieser verfluchte Doktor endlich mit seiner Meldung kommt!« sagte Buckland, ohne sich an jemand Bestimmten zu wenden.

»Warum legen Sie sich nicht solange hin, Sir?« fragte Bush.

»Sie haben recht, ich gehe eine Weile unter Deck.« Buckland zögerte, ehe er weitersprach: »Meine Herren, es scheint mir das beste, wenn Sie sich weiter stündlich bei mir melden, wie es der Kommandant befohlen hat.«

»Aye, aye, Sir«, sagten Bush und Roberts.

Das hieß, überlegte Bush, daß Buckland kein Risiko laufen wollte. Wenn der Kommandant zu sich kam, mußte er gleich erfahren, daß seine Befehle weiter ausgeführt wurden. Als er jetzt nach unten ging, hatte er den einen brennenden Wunsch, wenigstens eine Stunde Schlaf zu finden, ehe er sich wieder melden mußte. Er mußte jedoch bald einsehen, daß seine Hoffnung umsonst war. Durch die dünne Wand, die seine Kammer von der benachbarten trennte, hörte er fortwährend Stimmengemurmel, denn dort war Hornblower an der Arbeit, die Aussage des Korporals zu Papier zu bringen.

Am nächsten Morgen herrschte beim gemeinsamen Frühstück in der Messe eine recht gedrückte Stimmung. Die Unentschlossenheit des Ersten Offiziers lastete schwer auf allen Offizieren, außerdem war sich jeder der furchtbaren Folgen bewußt, die eine voreilige Dienstenthebung des von König und Parlament bestallten Kommandanten auch für ihn persönlich nach sich ziehen konnte.

Aber die Entscheidung lag allein bei Buckland, der bleich, hohlwangig und unrasiert in ihrer Mitte saß und schweigend vor sich hinstarrte. Er hörte sich an, was Clive auf die drängenden Fragen der anderen über den Zustand des Kommandanten zögernd und vorsichtig von sich gab:

»Was soll ich sagen?« meinte er, »er hat eine Gehirnerschütterung erlitten. Die Schädeldecke ist heil geblieben, aber die Kopfhaut weist einen langen Riß auf. Das Nasenbein ist gebrochen, außerdem das Schlüsselbein und einige Rippen.«

»Kann er sich denn an den Unfall erinnern?« fragte Lomax, der Zahlmeister.

»Nein«, sagte Clive. »Amnesie ist in solchen Fällen die Regel, man kann sie fast als Symptom bezeichnen.«

Man konnte fast spüren, wie nach dieser Auskunft alles erleichtert aufatmete. Jetzt endlich raffte sich Buckland zu der entscheidenden Frage auf:

»Sagen Sie, Mr. Clive, halten Sie den Kommandanten für dienstfähig?«

»Nein, Sir«, antwortete der Schiffsarzt und schränkte dann vorsichtig ein: »Für die nächste Zeit nicht.«

Das war das erlösende Wort. Jetzt wurde auch Hornblower lebendig, der der Unterhaltung bisher stumm und mit verschlossener Miene gefolgt war. Er tat alles, um Buckland den schweren Entschluß zu erleichtern:

»Ich habe hier Korporal Greenwoods Aussage, Sir«, sagte er und wies auf das Dokument, das vor ihm auf dem Tisch lag. Dann fuhr er fort: »Beide Wachen sind im Augenblick ohnehin an Deck, das wäre die beste Gelegenheit, die Mannschaft zu unterrichten.« Als Buckland immer noch schwieg, fragte er ihn fast flehend: »Alle Mann nach achtern, Sir?«

»Ja«, sagte Buckland endlich und stürzte sich damit verzweifelt in das große Abenteuer.

Wahrscheinlich gab es unter der Besatzung so manchen, der mit gemischten Gefühlen von dem Wechsel im Kommando Kenntnis nahm, aber das war die geringere Sorge. Viel bedrückender war der Gedanke an den Geheimbefehl, der immer noch im Schreibtisch des Kommandanten ruhte. Sollte er ihn kurzerhand öffnen und ausführen? Oder sollte er das Schiff einfach zu Admiral Blickertons Geschwader nach Antigua bringen und alles Weitere dem Geschwaderchef überlassen? Dieses Entweder-Oder lastete auf Buckland wie ein Alptraum, den er nicht abschütteln konnte.

Später am Tage wurden alle Mitglieder der Offiziersmesse einzeln in die Kajüte geführt, damit sie sich mit eigenen Augen von dem jammervollen Zustand des Kommandanten überzeugen konnten. Das Gesicht des schwerverletzten Mannes war fast ganz mit Binden bedeckt, man sah, daß sich die Finger der einen Hand ein bißchen bewegten, die andere lag verborgen in einer Schlinge. Der Arme bot wirklich einen bemitleidenswerten Anblick.

Als Clive am nächsten Morgen seine gebrochene Nase zu behandeln versuchte, geriet er völlig außer Rand und Band, schrie wie am Spieß und warf sich so heftig in seiner Koje herum, daß man ihn zur Schonung seiner anderen Knochenbrüche in eine Art Zwangsjacke aus Segeltuch schnüren mußte. Laudanum und ein kräftiger Aderlaß raubten ihm das Bewußtsein. Als er nach geraumer Zeit wieder zu sich kam, besuchte ihn Bush und fand statt eines Mannes einen armen elenden Wicht, der wie ein Kind vor sich hinweinte und angsterfüllt vor jedem Menschen sein Gesicht verbarg.

»Es kommt oft vor«, dozierte Clive – je länger der Zustand des Kommandanten währte, desto offener sprach er sich darüber aus –, »daß eine Verletzung, ein Sturz, eine Verbrennung oder ein Knochenbruch einen geistig an sich schon etwas labilen Menschen vollends aus dem Gleichgewicht bringt.«

Während in der Einsamkeit der Kajüte ein kranker Mann seinem Schicksal entgegenging, hielt in den Decks der *Renown* ein neuer Geist seinen Einzug. In dem veränderten Ton, der jetzt in der Offiziersmesse herrschte, gab sich dieser Wandel am deutlichsten kund.

»Jetzt können wir unsere Männer endlich zu guten Seeleuten erziehen«, meinte Carberry, der Obersteuermann bei Tisch, und die Genugtuung, die aus seinen Worten klang, fand bei allen Offizieren lebhaften Widerhall.

»Wir haben nur nicht mehr viel Zeit dazu«, meinte Hornblower. »Wenn die Besatzung gegessen hat, will ich gleich mit meinen Geschützbedienungen in der Unterbatterie noch ein wenig exerzieren.«

Als Bush das hörte, ertappte er sich wieder einmal dabei, daß er zu dem um so viel Jüngeren mit Achtung, ja mit Bewunderung aufsah, statt wohlwollend auf ihn herabzublicken, wie es sich nach der Überlieferung in der Navy für den Älteren gehörte. War er womöglich auch schon von jener üblen Mode der Gleichmacherei angesteckt, die sich von Frankreich aus über die ganze Welt zu verbreiten schien? Bei diesem Gedanken stieg Bush die Hitze zu Kopf, er rutschte unbehaglich auf seinem Stuhl herum, aber es wollte ihm nicht gelingen, Ordnung in seine Gefühle zu bringen.

5

Die Geschütze der Unterbatterie waren wieder festgezurrt, und ihre schwitzenden Bedienungen strömten an Deck. Die *Renown* hatte inzwischen 30° Nordbreite erreicht, da war es in der Unterbatterie schon recht warm, auch wenn die Geschützpforten zum Exerzieren geöffnet waren. Das Ein- und Ausrennen der schweren Kanonen brachte die Männer um so rascher in Schweiß. Hornblower hatte seine Geschützmannschaften scharf herangenommen, es waren an die hundertachtzig Mann, die jetzt nach getaner Arbeit den Sonnenschein und die frische Luft des Passats genossen und die gutmütigen Sticheleien ihrer Kameraden zu hören bekamen, die keinen so harten Dienst gemacht hatten, wohl aber wußten, daß auch sie bald an der Reihe waren.

Die Geschützbedienungen wischten sich den Schweiß von den dampfenden Stirnen und zahlten den Spöttern mit Witzworten heim, die genauso rauh und ungehobelt waren wie das Flintgestein ihres Heimatbodens. Für die Offiziere war es eine Freude zu sehen, wie gut die allgemeine Stimmung war und wie willig die Männer ihren Dienst versahen. Die kurzen drei Tage, die seit dem Kommandowechsel vergangen waren, hatten schon genügt, den Geist der Besatzung zu heben. Argwohn und Furcht waren gebannt, für eine kurze Weile gab es noch verdrossene Gesichter, bald aber sah jeder ein, daß kräftige Bewegung und regelmäßiger Dienst die besten Mittel waren, den Menschen frisch und zufrieden zu machen.

Hornblower kam schweißüberströmt nach achtern und trat grüßend an Roberts heran, der die Wache hatte und sich an der Reling des Achterdecks eben mit Bush unterhielt. Hornblower sprach eine höchst ungewöhnliche Bitte aus, Roberts und Bush starrten ihn mit erstaunten Augen an.

»Aber das Deck, Mr. Hornblower!« wandte Roberts ein.

»Das kann man in zwei Minuten abschwabbern, Sir«, antwortete Hornblower, wischte sich den Schweiß vom Gesicht und blickte sehnsüchtig über die Reling in die blaue Flut hinunter, daß es jedem auffallen mußte. »Ich habe noch fünfzehn Minuten Zeit, bis ich Sie ablösen muß, Sir – das ist reichlich genug.«

»Lassen Sie sich bitte nicht aufhalten, Mr. Hornblower.«

»Besten Dank, Sir«, sagte Hornblower und wandte sich mit einem zweiten kurzen Gruß in aller Eile zum Gehen. Roberts und Bush tauschten einen halb belustigten, halb verständnislosen Blick. Dann paßten sie auf, wie Hornblower seine Befehle gab.

»Bootsmann! Hören Sie, Bootsmann!«

»Sir!«

»Lassen Sie sofort die Deckwaschpumpe klarmachen.«

»Die Deckwaschpumpe klarmachen, Sir?«

»Jawohl. Vier Mann an die Schwengel, einen an den Schlauch. Beeilen Sie sich damit! Ich bin in zwei Minuten wieder hier.«

»Aye, aye, Sir.«

Nach einem Blick auf die davoneilende Gestalt machte sich der Bootsmann daran, den Befehl auszuführen. Hornblower hielt Wort. Nach zwei Minuten kam er wieder zum Vorschein, nur war er jetzt, mit Ausnahme eines flüchtig umgeschlungenen Handtuchs, splitternackt. Alles das kam den Zuschauern höchst seltsam vor.

»Pump weg!« befahl er den Leuten an den Schwengeln.

Die wußten nicht recht, was sie von dieser Sache halten sollten, aber sie gehorchten dem Befehl. Paarweise drückten sie abwechselnd mit ihrem ganzen Gewicht auf die Schwengel, auf – ab, auf – ab, klick – klack. Der Matrose, der den Schlauch bediente, spürte, wie dieser in seinen Händen lebendig wurde, als ihn das Wasser von außenbords zu füllen begann, und schon im nächsten Augenblick zischte ein kräftiger Strahl aus seinem Mundstück.

»Halten Sie auf mich«, sagte Hornblower, warf sein Handtuch beiseite und stand nun nackt in der Sonne.

Der Schlauchführer zögerte.

»So komm endlich! Los dafür!«

Voller Bedenken tat der Mann, wie ihm befohlen war, und zielte mit dem Strahl auf seinen Vorgesetzten, der sich unter dem klatschenden Guß bald rechts, bald links herumdrehte. Eine Menge Leute drängte sich im Umkreis und genoß das lustige Schauspiel.

»Pumpt, ihr Seepferde!« rief Hornblower. Die Männer an den Schwengeln hatten jetzt bereits ein Grinsen aufgesetzt und warfen sich gehorsam mit ihrem ganzen Gewicht auf die Griffe. Sie waren so begeistert bei der Sache, daß sie mit den Füßen vom Deck hochsprangen, so oft sie ihre Schwengel niederwuchteten. Der klare Wasserstrahl bekam dadurch erhebliche Kraft, und Hornblower wirbelte unter seinen peitschenden Schlägen mit schmerzverzücktem Gesicht im Kreis herum.

Buckland hatte tief in Gedanken allein an der Heckreling gestanden und ins Kielwasser gestarrt. Erst das Geklapper der Pumpe machte ihn aufmerksam, er schlenderte daher voraus und gesellte sich zu Roberts und Bush, um sich das seltsame Schauspiel anzusehen.

»Unser Hornblower hat merkwürdige Liebhabereien«, bemerkte er und verzog dabei den Mund zu einem Lächeln, das allerdings recht melancholisch ausfiel, denn sein Gesicht trug deutliche Spuren all der Sorgen und Ängste, die er durchzumachen hatte.

»Es scheint ihm mächtig Spaß zu machen, Sir«, sagte Bush.

Beim Anblick Hornblowers, der sich unter dem blitzenden Wasserstrahl wand, befiel Bush in seinem dicken Uniformrock ein prickelndes Gefühl unter dem Hemd. Es konnte nicht so übel sein, dachte er, sich auf diese Weise abduschen zu lassen, obwohl man natürlich fürchten mußte, daß die Gesundheit dadurch Schaden litt.

»Fest pumpen!« brüllte Hornblower. »Fest pumpen da!«

Die Männer an den Pumpen stellten ihre Arbeit ein, der Wasserstrahl schrumpfte zu einem dünnen Rinnsal, dann zu nichts.

»Bootsmann! Pumpe bergen. Lassen Sie das Deck abschwabbern!«

»Aye, aye, Sir.«

Hornblower griff nach seinem Handtuch und trabte über das Großdeck nach achtern. Strahlend vor Vergnügen und Wohlgefühl, warf er einen Blick nach den Offizieren auf dem Achterdeck.

»Ich weiß nicht, ob solche Scherze der Disziplin sehr zuträglich sind«, bemerkte Roberts, als Hornblower verschwunden war. Aber er besann sich nachträglich eines Besseren und setzte hinzu: »Bei Licht besehen ist schließlich nicht viel dagegen zu sagen.«

»Sehen Sie«, sagte Buckland, »das meine ich auch. Wir wollen nur hoffen, daß er sich kein Fieber holt. Es scheint mir immerhin bedenklich, den schwitzenden Körper so abzuschrecken.«

»Er sah mir eigentlich nicht danach aus, Sir«, sagte Bush, dem immer noch Hornblowers strahlendes Gesicht vorschwebte.

»Zehn Minuten vor acht Glasen, Sir«, meldete der Bootsmaat der Wache.

»Danke«, sagte Roberts.

Die nasse Stelle an Deck war schon fast trocken, dünner Dampf stieg von den Planken auf, weil die Sonne trotz der vorgerückten Nachmittagsstunde immer noch heiß darauf niederbrannte.

»Pfeifen Sie die Wache«, befahl Roberts.

Hornblower kam, den Kieker unter dem Arm, auf das Achterdeck gerannt, offenbar entwickelte er auch beim Anziehen jene methodische Fixigkeit, die für sein ganzes Tun so kennzeichnend war. Nach achtern gewandt, hob er grüßend die Hand an den Hut und stand dann klar, um Roberts abzulösen.

»Hat Sie das Bad erfrischt?« fragte Buckland.

»Jawohl, Sir, besten Dank.«

Bush sah die beiden zusammenstehen, den ältlichen, von seinen Sorgen gezeichneten Ersten Offizier und den jungen fünften Leutnant, dessen Jugendfrische den Älteren wohl eben mit schmerzlichem Neid erfüllte. Der Anblick lehrte ihn wieder einmal etwas vom Unterschied der menschlichen Charaktere. Nicht, daß er imstande gewesen wäre, das Ergebnis solcher Beobachtungen in ein System zu bringen – so etwas wäre ihm nie eingefallen –, aber er konnte auch so schon eine Menge lernen, denn diese Erfahrungen und Beobachtungen gaben ihm im Verein mit seinem angeborenen gesunden Menschenverstand eine gute Grundlage für ein sicheres Urteil. In richtiger Selbsteinschätzung verstieg er sich keineswegs dazu, philosophische Betrachtungen über diese Dinge anzustellen, aber er hatte doch zum Beispiel richtig erkannt, daß man unter den Seeoffizieren (von Landratten wußte er so gut wie überhaupt nichts) ganz allgemein zwischen aktiven und passiven Naturen unterscheiden konnte – die einen drängten sich zu Taten und Verantwortung, die anderen waren es zufrieden, zu warten, bis sie unter dem Druck der Umstände handeln mußten. Früher schon hatte er die einfachere Lehre gezogen, daß man die Offiziere in tüchtige und untüchtige oder in kluge und dumme einteilen konnte, und daß sich die zweite dieser Unterscheidungen zwar beinahe, aber eben doch nicht ganz mit der ersten deckte. Es gab ferner Offiziere, denen man zutrauen konnte, daß sie in schwierigen Lagen rasch und richtig handelten. Andere boten diese Gewähr nicht – und wieder deckte sich die Scheidelinie nicht mit der der anderen Gruppen. Man fand besonnene und unbesonnene, geduldige und ungeduldige Offiziere, Männer mit starken Nerven und andere mit schwachen. In manchen Fällen geriet Bushs Werturteil wohl auch in Konflikt mit seinen Vorurteilen – so hegte er leicht ein gewisses Mißtrauen gegen besonders intelligente, selbständig denkende und tatendurstige Leute, weil sich diese Eigenschaften ohne das Gegengewicht anderer vorteilhafter Wesenszüge zu einer wahren Plage auswachsen konnten. Der bedeutsamste und interessanteste Unterschied der Charaktere, den Bush in zehn Jahren ununterbrochener Kriegsdienstzeit hatte beobachten können, war aber der zwischen Führern und Geführten. Zwar konnte er auch diesen Wesensunterschied nicht in Worte fassen, vor allem nicht so kurz und bündig, wie das hier geschehen ist, dennoch hatte er ihn sehr genau im Gefühl, er wußte darum, obwohl er ihn nicht zu definieren verstand.

Unwillkürlich kam ihm dieser Unterschied jetzt in den Sinn, als er Buckland und Hornblower auf dem Achterdeck miteinander plaudern sah. Die Nachmittagswache war zu Ende, die erste Abendwache hatte begonnen. Damit begann nach altem Brauch die Freizeit. Die Mannschaft sammelte sich auf dem Vorschiff, ein paar Leute standen auf der Back und sahen den Delphinen zu, die vor dem Bug ihr Spiel trieben. Die Offiziere, die während des Nachmittags in ihren Kammern geschlummert hatten, kamen auf das Achterdeck und gingen, in Gespräche versunken, paarweise auf und ab.

Die Tradition in der Marine verlangte, daß diese Gruppen Buckland die Luvseite des Achterdecks überließen, solange er an Deck war, und Buckland schien heute nachmittag recht lange bleiben zu wollen. Er war in ein Gespräch mit Hornblower vertieft, und die beiden wanderten unentwegt neben den Achterdeckskarronaden auf und ab, acht Meter hin, acht Meter her. Schon längst hatte die Marine entdeckt, daß man auf so engem Raum die Unterhaltung nicht bei jeder der vielen unvermeidlichen Kehrtwendungen unterbrechen konnte. Darum machten die auf und ab spazierenden Paare jeweils nach innen kehrt, wenn sie das Ende ihrer Bahn erreichten, sie wandten einander also beim Umkehren das Gesicht zu und brauchten daher ihr Gespräch auch während der Wendung nicht zu unterbrechen. Wenn man dabei allgemein die Hände auf dem Rücken hielt, so war das ein Ergebnis der Fähnrichserziehung, denn da war einem beigebracht worden, daß man die Hände beileibe nicht in die Taschen stecken durfte.

So gingen auch Buckland und Hornblower auf und ab. Die anderen aber folgten ihnen heimlich mit neugierigen Blicken.

Vielleicht war es eine Fügung des Glücks gewesen, daß Hornblower auf den Gedanken kam, ein Bad unter der Deckwaschpumpe zu nehmen, denn davon hatte dieses lange Gespräch seinen Ausgang genommen. »Es sieht fast so aus, als ob die beiden Kriegsrat hielten«, sagte Smith zu Bush.

»Das glaube ich nicht«, sagte Bush.

Man konnte wirklich nicht ohne weiteres annehmen, daß sich der Erste Offizier mit Absicht und Überlegung von einem so viel jüngeren Leutnant Rat holte oder ihn auch nur um seine Meinung fragte. Und doch – ganz so ausgeschlossen war es nicht. Schon so manches harmlos begonnene Gespräch hatte unversehens eine bedeutsame Wendung genommen.

»Vielleicht machen Sie mir gar noch weis, daß sich die beiden da über die Gleichstellung der Katholiken ereifern«, spottete Lomax.

Konnte man sich nicht denken, fragte sich Bush schuldbewußt, daß sie etwas ganz anderes beschäftigte – die Frage nämlich, wie es möglich war, daß der Kommandant in den Niedergang fiel? Bush ertappte sich dabei, daß er sich unwillkürlich an Deck umsah, um Wellard ausfindig zu machen, als ihm dieser Gedanke durch den Kopf ging. Der junge Wellard tummelte sich mit den Fähnrichen und Steuermannsmaaten fröhlich oben in den Riggen, als gäbe es für ihn überhaupt keine Sorge auf der Welt. Aber die Vermutung von eben mußte doch falsch sein, um diese Frage konnte sich das Gespräch der beiden nicht drehen, denn ihre ganze Haltung deutete darauf hin, daß es ihnen nicht um Tatsachen, sondern um Theorien ging.

»Immerhin, sie haben's geschafft«, sagte Smith.

Hornblower hob grüßend die Hand an den Hut, und Buckland wandte sich ab, um unter Deck zu gehen. Eine Anzahl neugieriger Augenpaare hing gespannt an dem Zurückgebliebenen, bis dieser die Blicke seiner Kameraden auffing und langsam auf sie zuschlenderte.

»Nun, Staatsgeheimnisse?« fragte Lomax und drückte damit aus, was alle wissen wollten.

Hornblower begegnete seiner Neugier mit einem gelassenen Blick. »Nein, nein«, sagte er mit einem flüchtigen Lächeln.

»Es sah ganz so aus, als ob Sie die wichtigsten Dinge verhandelt hätten«, meinte Smith.

»Wie man's nimmt«, gab Hornblower zur Antwort.

Er lächelte immer noch, aber dieses Lächeln ließ durchaus keinen Schluß auf seine Gedanken zu. Es wäre taktlos gewesen, weiter in ihn zu dringen, da es doch immerhin möglich war, daß er mit Buckland nur über rein persönliche Dinge gesprochen hatte. Man bekam ganz einfach nichts aus ihm heraus.

»Wollt ihr wohl von den Hängematten herunter!« brüllte Hornblower plötzlich los. Das lustige Fähnrichsvolk hatte vor lauter Übermut gegen eine Vorschrift des Borddienstes verstoßen. Für Hornblower bot sich dadurch eine willkommene Gelegenheit, der lästigen Fragerei ein Ende zu machen.

Drei Glasen, die erste Abendwache war zu drei Viertel um.

»Mr. Roberts, Sir!« rief plötzlich der Posten an der Raucherlunte im Niedergang. »Mr. Roberts wird gebeten.«

Roberts trat auf den Posten zu.

»Wer läßt mich bitten?« fragte er, obwohl er wußte, daß es seit dem Unfall des Kommandanten nur einen Mann an Bord gab, der den Zweiten Leutnant bitten lassen konnte.

»Mr. Buckland, Sir, Mr. Buckland läßt Mr. Roberts bitten.«

»Schön«, sagte Roberts und eilte die Treppe hinunter.

Die anderen tauschten Blicke untereinander. Es konnte sein, daß jetzt der Augenblick der Entscheidung gekommen war, aber vielleicht handelte es sich auch nur um eine ganz gewöhnliche dienstliche Angelegenheit. Hornblower nahm die Ablenkung der anderen wahr, um sich von der Gruppe abzuwenden und seine Wanderung an der Luvreling fortzusetzen. Dabei sank ihm das Kinn fast ganz bis auf die Brust, sein weit vornüberhängender Kopf wurde durch die auf dem Rücken verschränkten Hände ausgewogen. Bush hatte den Eindruck, daß er sehr müde aussah.

Jetzt kam ein neuer Ruf von unten und wurde vom Posten am Niedergang wiederholt.

»Mr. Clive! Mr. Clive wird gebeten! Mr. Buckland läßt Mr. Clive bitten!«

»Aha!« sagte Lomax in vielsagendem Ton, als der Arzt unter Deck eilte.

»Da geht etwas vor«, sagte Carberry, der Obersteuermann.

Die Zeit verging, ohne daß der Zweite Leutnant oder der Arzt wieder an Deck erschienen wären. Die zweite Abendwache wurde gepfiffen. Smith, den Kieker als Zeichen seiner Würde als W.O. unter den Arm geklemmt, trat grüßend zu Hornblower, um ihn abzulösen. Im Osten dunkelte der Himmel, an Steuerbord vorn ging die Sonne in einer wahren Orgie von Rot und Gold zur Neige, vom Schiff zur Sonne zog sich eine golden glitzernde Bahn, und dicht an der Bordwand schimmerte die See in tiefstem Purpur. Ein fliegender Fisch durchbrach die Oberfläche, er strich dicht über das Wasser hin und hinterließ darin eine flüchtige Spur wie einen Ritz in spiegelndem Emaille.

Als die Nacht schon niedersank, erschienen Roberts und Clive wieder an Deck. Bush hatte sie sofort gesehen und trat voll Spannung auf sie zu. Auch die anderen Offiziere kamen von allen Teilen des Achterdecks herbeigeeilt, um zu hören, was die beiden zu berichten hatten.

»Nun, Sir?« fragte Lomax.

»Er hat es endlich getan«, sagte Roberts.

»Den Geheimbefehl gelesen?« fragte Smith.

»Soviel ich weiß, ja.«

»Ach!«

Einen Augenblick herrschte Schweigen, bis jemand die unvermeidliche dumme Frage stellte:

»Was steht denn drin?«

»Der Befehl ist geheim«, erklärte Roberts großartig und ein bißchen von oben herab, sei es, um seine eigene Unwissenheit zu bemänteln, sei es, weil er sich allmählich in seiner neuen Würde als stellvertretender Kommandant zu fühlen begann. »Auch wenn mich Mr. Buckland ins Vertrauen gezogen hätte, könnte ich Ihnen nichts darüber sagen.«

»Damit haben Sie recht«, sagte Carberry.

»Wie hat sich der Kommandant dazu gestellt?« fragte Lomax.

»Der ist ein armer Teufel«, sagte Clive, den die Spannung seiner Zuhörer gesprächig machte. »Er benahm sich, als ob wir Ausgeburten der Hölle wären! Sie hätten nur sehen sollen, wie er sich verkriechen wollte, als wir zur Tür hereinkamen. Seine krankhaften Angstzustände werden immer ärger.«

Er hielt inne und wartete darauf, daß sein Publikum mehr von ihm wissen wollte. Als sich niemand meldete, fuhr er von selbst fort zu erzählen.

»Wir mußten doch den Schreibtischschlüssel haben. Ich sage Ihnen, man konnte wirklich denken, wir wollten ihm den Hals abschneiden, so führte er sich auf, als wir uns daranmachten, danach zu suchen. Der Ärmste macht wahrhaftig alles Leid der Welt und alle Qual der Hölle durch.«

»Und – haben Sie den Schlüssel denn gefunden?« drang Lomax weiter in ihn.

»Ja, wir fanden ihn. Dann öffneten wir seinen Schreibtisch.«

»Und dann?«

»Mr. Buckland fand den Befehl. Er steckte in dem üblichen Leinenumschlag mit dem Siegel der Admiralität. Der Umschlag war schon geöffnet.«

»Natürlich«, sagte Lomax. »Was geschah weiter?«

»Nun«, sagte Clive und genoß den Höhepunkt der Spannung, »ich nehme an, daß er ihn jetzt lesen wird.«

»Und wir sind wieder genauso schlau wie zuvor.«

Alle versanken in enttäuschtes Schweigen.

»Ach du großer Gott«, sagte Carberry. »Seit Anno 93 führen wir jetzt schon Krieg, das sind bald zehn Jahre. Und Sie wollen immer noch wissen, was Ihnen bevorsteht? Heute ist es Westindien – morgen vielleicht Halifax. Wir tun, was uns befohlen wird. Luvruder – Schoten dicht. Eine Ladung Blei im Bauch oder eine Flasche Sekt auf dem gekaperten Flaggschiff, was kümmert's uns? Wir kriegen unsere vier Shilling den Tag, ganz gleich, ob's regnet oder ob die Sonne scheint.«

»Mr. Carberry«, kam es von unten, »Mr. Buckland läßt Mr. Carberry bitten.«

»Ach du großer Gott«, rief Carberry ein zweites Mal.

»Jetzt können Sie endlich Ihre vier Shilling einmal verdienen«, sagte Lomax.

Aber sein Spott traf nur noch den breiten Rücken des Opfers, denn Carberry verschwand bereits in aller Hast unter Deck.

»Wetten, daß es eine Kursänderung gibt«, sagte Smith, »ich setze ein ganzes Wochengeld.«

»Die Wette nimmt niemand an«, meinte Roberts.

Man konnte damit rechnen, daß es darauf hinauslief, denn Carberry, der Obersteuermann, war für die Navigation des Schiffes verantwortlich.

Inzwischen war die Nacht hereingebrochen, es war schon so dunkel, daß man die Gesichter der Sprechenden kaum noch unterscheiden konnte. Nur über der westlichen Kimm lag noch eine dunkle Röte und zog einen schwachen Purpurschimmer über das nachtschwarze Wasser bis zum Schiff. Die Kompaßlampen brannten, die hellsten Sterne standen schon am Himmel, und die Toppen des wiegenden Schiffes huschten unendlich hoch in kühnen Bögen darüber hin. Die Schiffsglocke schlug ein ums andere Mal ihre Glasen, aber die Gruppe der Offiziere wollte sich noch immer nicht zerstreuen. Plötzlich war die Spannung wieder lebendig, denn Buckland und Carberry kamen den Niedergang herauf. Die Offiziere wichen zur Seite, um ihnen Platz zu machen.

»Wachhabender Offizier!« rief Buckland.

»Sir?« sagte Smith und trat aus der Dunkelheit auf ihn zu.

»Kursänderung zwei Strich Steuerbord auf Westsüdwest!«

»Aye, aye, Sir, Kurs Westsüdwest. Mr. Abbott! Leebrassen!«

Die *Renown* drehte auf ihren neuen Kurs, und die Rahen wurden angebraßt, da der Wind jetzt nur noch einen Strich achterlicher als querein stand. Carberry trat an den Kompaß, um sicherzustellen, daß der Rudergänger auch genau der Anweisung folgte.

»Noch ein Pull an der Luvvorbraß dort!« brüllte Smith. »Fest! Belegen!«

Das lärmende Getriebe bei der Kursänderung verebbte.

»Kurs Westsüdwest liegt an, Sir«, meldete Smith.

»Danke, Mr. Smith«, sagte Buckland von der Reling her.

Roberts nahm sich ein Herz und wandte sich an die dunkle Gestalt des Ersten Offiziers: »Können Sie uns den Auftrag bekanntgeben, Sir?«

»Nein, den Auftrag selbst noch nicht, der ist vorläufig noch geheim, Mr. Roberts.«

»Jawohl, Sir.«

»Aber ich will Ihnen sagen, welches unser Bestimmungsort ist. Mr. Carberry weiß es ohnehin schon.«

»Wohin soll es denn gehen, Sir?«

»Nach Santo Domingo – in die Scotchmans Bay.«

Eine Weile herrschte Stille, die große Neuigkeit mußte erst verarbeitet werden.

»Santo Domingo ...« ließ sich einer etwas unsicher vernehmen.

»Hispaniola«, erklärte Carberry.

»... oder Haiti«, warf Hornblower ein.

»Santo Domingo – Haiti – Hispaniola«, sagte Carberry, »drei verschiedene Namen für ein und dieselbe Insel.«

»Richtig, Haiti!« rief Roberts, dem plötzlich ein Gedanke gekommen war. »Sind dort nicht die Schwarzen im Aufstand?«

»Ja«, bestätigte Buckland.

Jedem mußte auffallen, daß Buckland bestrebt war, sich so zurückhaltend wie möglich auszudrücken. Das konnte daher kommen, daß ihn dort zunächst eine schwierige politische Lage erwartete; vielleicht war die Ursache aber auch nur die, daß ihn die Furcht des Herrn trotz allem immer noch in ihrem Bann hielt.

6

Leutnant Buckland, zur Zeit Kommandant H. M. Linienschiff *Renown*, vierundsiebzig Geschütze, stand auf dem Achterdeck seines Schiffes und peilte sein Glas nach den niedrigen Höhen von Santo Domingo. Die *Renown* rollte in einer unnatürlichen und höchst lästigen Weise, denn die lange atlantische Dünung des Nordostpassats glitt noch immer unter ihrem Kiel hindurch, während sie in den letzten leichten Puffs der Landbrise beigedreht lag, die seit Mitternacht geweht hatte und nun allmählich schlafen ging, da die glühende Sonne die Insel wieder zu erwärmen begann.

Die *Renown* wälzte sich förmlich in der See und holte dabei über, daß die Pforten der Unterbatterie bald an Steuerbord, bald an Backbord untertauchten. Das bißchen Brise, das überhaupt vorhanden war, wehte nämlich keineswegs genau aus der Richtung der Dünung und hatte auch nicht genügend Kraft, das schwere Schiff zu stützen, das mit backgesetztem Kreuztopp beilag. Es legte sich so weit auf die Seite, daß die Haltegiens knackend die Last der schweren Geschütze aufnahmen, die von ihnen an Ort gehalten wurden, und daß es fast unmöglich war, auf dem abschüssigen Deck Fuß zu fassen. So lag das Schiff jedesmal für ein paar bange Sekunden, kam dann endlich langsam wieder hoch und rollte, ohne auf ebenem Kiel haltzumachen, mit klappernden Blöcken und ratterndem Geschirr so schwungvoll nach der anderen Seite, daß einem Hören und Sehen verging — bis es in entgegengesetzter Richtung ebensoweit überlag. Wieder krachten die Haltegiens der Geschütze, wieder rutschte jeder Unvorsichtige erbarmungslos nach Lee. Zuletzt lag die *Renown* wie tot auf der Seite, bis die Dünung unter ihr durchgerollt war und das Spiel von neuem begann.

»Mein Gott«, sagte Hornblower, der sich mit beiden Händen an einem Belegnagel der Kreuznagelbank festklammerte, um nicht im Wassergang zu landen, »kann er denn zu keinem Entschluß kommen?«

Hornblower hatte merkwürdig glasige Augen, was Bush veranlaßte, ihn genauer unter die Lupe zu nehmen.

»Seekrank?« fragte er neugierig.

»Das hält ja der stärkste Mann nicht aus«, antwortete Hornblower. »Diese verfluchte Rollerei!«

Bush hatte einen gußeisernen Magen, der sich nie auch nur im mindesten störend bemerkbar machte, aber er wußte wohl, daß es weniger Glückliche gab, die noch nach wochenlangem Seetörn unter der Seekrankheit litten, besonders wenn sich die Bewegungen des Schiffes änderten. Diese tote Schaukelei war natürlich mit dem kraftvollen Leben der *Renown* unter Segel überhaupt nicht zu vergleichen.

»Buckland will eben genau wissen, wie es an Land aussieht«, sagte er in dem Bemühen, Hornblower aufzuheitern.

»Ich möchte wissen, was es da noch zu sehen gibt«, brummte Hornblower. »Auf dem Fort droben weht die spanische Flagge. Dort ist natürlich jedermann längst im Bilde, daß sich hier ein Linienschiff herumtreibt, und die Dons brauchen nicht gerade Hellseher zu sein, um zu merken, daß wir nicht zum Vergnügen hergekommen sind. Und wir lassen ihnen jetzt auch noch Zeit, sich gebührend auf unseren Empfang vorzubereiten.«

»Was bleibt uns denn anderes übrig?«

»Er hätte im Dunkeln mit der Seebrise anlaufen sollen, die Landungsabteilung klar zum Ausschiffen. Dann in der Morgendämmerung so rasch wie möglich an Land und den Platz gestürmt, ehe die Kerle von einer Gefahr etwas ahnten — — o Gott!«

Der letzte Ausruf hatte nichts mit dem zu tun, was Hornblower eben gesagt hatte. Er entrang sich ihm nur, weil sein Magen wieder einmal revoltierte. Unter der dunklen Sonnenbräune zeigten seine Wangen einen grünlichen Schimmer.

»Das ist ja schlimm«, sagte Bush.

Buckland stand noch immer an der Reling und versuchte, seinen Kieker trotz des Rollens auf den Küstenstrich zu halten. Das war also Scotchmans Bay, die Bahia de Escosesa, wie sie die spanischen Karten nannten. Nach Westen zu verlief die Küste flach ins Meer, die mächtigen Roller brachen hier schon weit draußen und schäumten milchig weiß und mit gebrochener Kraft an den Strand. Ganz anders sah es in östlicher Richtung aus. Hier erhob sich die Küste sofort zu einer Reihe baumbedeckter Hügel, die steil aus dem blauen Wasser aufragten. An ihnen brach sich die Dünung in Wolken von brandendem Gischt, der hoch an den Felsen hinaufleckte und als Wasserdampf zurückfiel. Auf eine Strecke von dreißig Meilen lief dieser Höhenzug fast genau ostwestlich an der Küste entlang und bildete die Samaná-Halbinsel, die im Samaná Point endete. Den Karten zufolge war diese Halbinsel nicht breiter als zehn Meilen, hinter ihr, auf der anderen Seite von Samaná Point, lag die Samaná-Bucht, die sich auf die Mona-Durchfahrt zwischen Haiti und Puerto Rico öffnete. Diese Samaná-Bucht bot einen prächtigen Unterschlupf für Kaperfahrzeuge und kleine Kriegsschiffe. Hier lagen sie unter dem Schutz des Forts auf der Samaná-Halbinsel, von hier aus konnten sie jederzeit auslaufen, um die westindischen Konvois zu überfallen, die die Mona-Durchfahrt benutzten. Es war für jedermann an Bord leicht zu erraten, daß die *Renown* Befehl hatte, dieses Piratennest auszuräuchern, ehe sie leewärts nach Jamaika weitersegelte. Aber einstweilen sah es ganz so aus, als wäre sich Buckland noch längst nicht darüber klar, wie er diese Aufgabe lösen sollte. Seine Unentschlossenheit konnte all den neugierigen Zuschauern nicht entgehen, die sich an der Reling der *Renown* angesammelt hatten.

Plötzlich fing das Großmarssegel mit donnerndem Knallen zu schlagen an, und das Schiff drehte langsam mit dem Kopf gegen die See. Die Landbrise war endgültig eingeschlafen, und der ewig über dem Atlantik wehende Passat trat wieder seine Herrschaft an. Buckland schob erleichtert seinen Kieker zusammen. Zum mindesten war das für ihn ein triftiger Grund, die Unternehmung aufzuschieben.

»Mr. Roberts!«

»Sir?«

»Legen Sie das Schiff mit Backbordhalsen an den Wind, Kurs voll und bei!«

»Aye, aye, Sir.«

Die Achtergäste rannten an die Kreuzbrassen, und das Schiff fiel langsam ab. Allmählich füllten sich die Marssegel, unter ihrem Druck legte sich die *Renown* langsam über und begann zugleich Fahrt aufzunehmen. Ihr Backbordbug faßte den nächsten Roller und setzte gleich so kräftig ein, daß eine Wolke von Gischt über die Back fegte. In den steifen Luvwanten und Pardunen sang der Wind sein heiteres Lied, das sich prächtig mit der rauschenden Musik des Rumpfes und der See vereinte. Die gleiche *Renown*, die sich eben noch wie ein totes Stück Holz in der Dünung gewälzt hatte, war plötzlich wieder zu neuem, fröhlichem Leben erwacht. Der heulende Passat legte sie auf die Seite, sie stampfte in großartigen Schwüngen voran, als hätte sie selbst die größte Freude an diesem Spiel, die Seen brodelten um ihren Bug, ihr Kielwasser zeichnete in das Blau des Ozeans eine lange, leuchtendweiße Bahn.

»Ist Ihnen jetzt besser?« erkundigte sich Bush bei Hornblower.

»In einer Hinsicht ja«, erhielt er zur Antwort. Hornblower hatte den Blick auf die fernen Höhen von Santo Domingo gerichtet. »Ich wünschte, wir gingen jetzt dort ins Gefecht, statt wegzulaufen und erst noch lange darüber nachzudenken.«

»Sie Eisenfresser!«

»Ich? Ein Eisenfresser? Keine Spur – ganz im Gegenteil. Ich wünschte – ach, ich glaube, ich wünsche mir immer viel zuviel.«

Es gab eben Menschen, die man einfach nicht verstand, dachte Bush resigniert. Er für seine Person war es zufrieden, sich die warme Sonne auf den Buckel scheinen zu lassen, deren Hitze jetzt durch den frischen Wind und die Fahrt des Schiffes angenehm gemildert wurde. Brachte die Zukunft Kampf und Gefahren, nun, so konnte er mit gelassener Ruhe darauf warten. Vor allem beglückwünschte er sich immer wieder ehrlich, daß ihm das Schicksal erspart hatte, Bucklands Verantwortung tragen zu müssen, der nun ein Schiff und siebenhundertvierzig Mann ins Gefecht führen sollte. Diese Aussicht auf ein Gefecht ließ einen wenigstens einmal die schauerliche Tatsache vergessen, daß unten in der Kajüte ein wahnsinniger Kommandant eingesperrt lag.

Beim Dinner in der Messe sah er zu Hornblower hinüber, der einen zappligen und nervösen Eindruck machte. Buckland hatte seine Absicht bekanntgegeben, den Stier am folgenden Morgen bei den Hörnern zu packen, Samaná Point zu runden und sich den Weg in die Tiefe der Bucht zu erzwingen. Es bedurfte nur weniger Breitseiten der *Renown*, um alles, was dort an Schiffen vor Anker lag, zu zerstören. Bush billigte diesen Plan aus vollster Überzeugung. Man mußte zunächst einmal die Kaperer ausrotten, verbrennen, versenken, dann war immer noch Zeit zu überlegen, was weiter zu geschehen hatte, sofern sich das überhaupt noch als nötig erwies. Bei der Besprechung in der Messe hatte Buckland die Offiziere aufgefordert, sich zu melden, falls sie noch irgendwelche Fragen hätten. Darauf hatte sich Smith mit viel Verständnis nach den Gezeiten erkundigt, und Carberry hatte ihm eingehend Auskunft erteilt. Roberts hatte ein paar Fragen über die Lage an der Südküste der Bucht, nur Hornblower, der am unteren Ende des Tisches saß, hatte die ganze Zeit den Mund gehalten, allein seine Augen waren gespannt und aufmerksam von einem Sprecher zum anderen gewandert.

Während der beiden Abendwachen ging Hornblower für sich allein mit gesenktem Kopf und anscheinend tief in Gedanken an Deck auf und ab. Bush bemerkte, daß die Finger seiner auf dem Rücken verschränkten Hände keinen Augenblick Ruhe hielten, und wurde bei diesem Anblick plötzlich von einem peinlichen Zweifel befallen. War es möglich, daß es diesem tatkräftigen jungen Offizier an physischem Mut gebrach? Diese Frage war nicht etwa auf seinem eigenen Mist gewachsen – er hatte sie vielmehr vor Jahren einmal von irgendeinem anderen gehört, der sie in boshafter Absicht stellte. Immerhin war es noch freundlicher von ihm, sich auf diese zweifelnde Fragestellung zu besinnen, als sich kurzerhand einzugestehen, daß er Hornblower für einen Feigling hielt. Bush verstand in diesen Dingen wenig Spaß – wenn sich ein Mann als Feigling erwies, dann wollte er nichts mehr mit ihm zu schaffen haben.

Am folgenden Morgen schrillten die Pfeifen durch die Decks, und die Trommeln der Seesoldaten schlugen ihren aufrüttelnden Wirbel dazu. »Klaaarschiff zum Gefecht! Alle Mann auf Gefechtsstation! Klarschiff zum Gefecht!«

Bush begab sich in die Unterbatterie, wo seine Gefechtsstation war. Er hatte den Befehl über das ganze Deck und im besonderen über die siebzehn Vierundzwanzigpfünder der Steuerbordseite, Hornblower kommandierte unter ihm die Geschütze der Backbordseite. Die Mannschaften legten bereits die Zwischenwände nieder und beseitigten alles, was hinderlich im Wege stand. Jetzt kamen ein paar Sanitätsgäste durch das Deck, die auf einer Planke eine in eine Zwangsjacke geschnürte Gestalt trugen. Trotz der Jacke und der festen Laschings wand sich der arme Mensch ununterbrochen hin und her und weinte dabei herzzerreißend. Der Kommandant wurde in das sichere Kabelgatt geschafft, da auch seine Kajüte gefechtsklar gemacht werden mußte. Ein paar von den Leuten nahmen sich trotz der allgemeinen Hast und Eile die Zeit, die Jammergestalt auf der Planke kopfschüttelnd zu betrachten, aber Bush jagte sie rasch genug wieder an die Arbeit. Er hatte den Ehrgeiz, seine Unterbatterie innerhalb einer anständigen Zeit klar zu melden.

Hornblower kam eilends den Niedergang herab, nahm vor Bush grüßend Haltung an und widmete sich dann seinen Kanonen. Der größte Teil dieses tiefliegenden Decks lag im Zwielicht, denn die kräftigen Sonnenstrahlen, die durch die Niedergänge hereinfielen, drangen nicht bis in die entfernteren Teile des großen, mit düsterer roter Farbe ausgemalten Raumes. Ein halbes Dutzend Schiffsjungen kam gelaufen, jeder von ihnen trug eine Pütz mit Sand, den sie mit den Händen über das Deck ausstreuten. Bush hielt ihr Tun scharf im Auge, der Sand mußte nämlich richtig verteilt sein, damit die Geschützbedienungen festen Halt für ihre Füße fanden. Dann kamen die Wassereimer an den Geschützen an die Reihe; sie wurden mit Wasser gefüllt, damit sie ihrem doppelten Zweck dienen konnten, die Wischer zum Reinigen der Rohre anzufeuchten und ausbrechende Brände zu bekämpfen. Rund um den Großmast stand noch ein weiterer Ring von Feuereimern, in Baljen auf beiden Seiten des Decks schwelten die Lunten, an denen die Geschützführer notfalls ihre Luntenstöcke neu entzünden konnten. Feuer und Wasser beherrschten das Bild.

Die Wache der Seesoldaten trampelte durch das Deck, diese Männer staken in ihren roten Röcken mit den gekreuzten weißen Bandelieren und stießen mit ihren hohen Tschakos beim Gehen an jeden Decksbalken. Korporal Greenwood verteilte sie einzeln auf alle Niedergänge, wo jeder von ihnen mit geladenem Gewehr und aufgepflanztem Bajonett seinen Posten bezog. Ihre Aufgabe war es, dafür zu sorgen, daß kein Unbefugter nach unten kam, um sich in der Sicherheit dieses schon halb unter Wasser gelegenen Decks zu bergen. Auch Mr. Hobbs, der Feuerwerker, trat kurz in Erscheinung. Gefolgt von seinen Maaten und Helfern ging er durch das Deck, um alsbald in der Tiefe der Pulverkammer zu verschwinden. Er und seine Leute trugen weiche Tuchpantoffeln an den Füßen, damit sie auf keinen Fall das lose Pulver zur Entzündung bringen konnten, das dort unten in der Hitze des Gefechts immer einmal danebengestreut wurde.

Bald kamen die Pulverjungen wieder heraufgeeilt, jeder brachte die Ladung für ein Geschütz. Die Zurrings der Kanonen wurden losgeworfen, die Bedienungen standen an den Takeln und warteten auf den Befehl zum Öffnen der Pforten und zum Ausrennen ihrer Geschütze. Bush warf noch einen prüfenden Blick an beiden Geschützreihen entlang. Alle Geschützführer waren auf ihren Posten, an jeder Steuerbordkanone standen zehn, an jeder Backbordkanone fünf Mann – das war die Höchst- und die Mindestzahl für einen Vierundzwanzigpfünder. Bush war dafür verantwortlich, daß die jeweils ins Gefecht kommende Seite reichlich bemannt war; wurde nach beiden Seiten geschossen, so mußte er ein angemessenes Verhältnis finden; begannen endlich Ausfälle einzutreten, und wurden einzelne Geschütze außer Gefecht gesetzt, dann galt es, die Mannschaften der Lage entsprechend neu einzuteilen. Die Unteroffiziere und Deckoffiziere meldeten ihre Stationen gefechtsklar, und Bush wandte sich an den Fähnrich, der als Befehlsübermittler neben ihm stand.

»Mr. Abbott, melden Sie die Unterbatterie klar zum Gefecht. Und fragen Sie, ob die Geschütze ausgerannt werden können.«

»Aye, aye, Sir.«

Noch vor wenigen Sekunden hatte geschäftiger Lärm das ganze Schiff erfüllt, jetzt wurde es hier unten mäuschenstill. Außer dem Knacken und Knarren des Rumpfes hörte man keinen Laut. Das Schiff glitt in rhythmischem Auf und Nieder über die See, Bush stand am Großmast und fing unbewußt die Bewegungen mit seinem schwingenden Körper ab. Der junge Abbott kam den Niedergang heruntergerannt: »Mr. Buckland dankt für die Meldung, Sir. Mit dem Ausrennen der Geschütze soll noch gewartet werden.«

Hornblower stand weiter achtern in einer Linie mit den Augbolzen der Seitenrichttaljen. Er hatte kurz den Kopf gewandt, um zu hören, was Abbott meldete, jetzt blickte er wieder gradeaus. Bush beobachtete ihn, wie er breitbeinig dastand und seine Hände hinter dem Rücken fest ineinanderkrampfte. In der Haltung seiner Schultern und in der Art, wie er den Kopf trug, verriet sich ein seltsamer Zustand der Erstarrung, der alles mögliche bedeuten konnte: echten Kampfgeist oder auch das Gegenteil davon. Jetzt sprach einer der Geschützführer Hornblower an, und Bush sah, wie er sich halb umwandte, um ihm zu antworten. Selbst in dem schlechten Licht der Unterbatterie konnte Bush erkennen, daß sein Ausdruck unnatürlich gespannt war und sein Lächeln einen gequälten Eindruck machte. Nun ja, entschied Bush mit aller Nachsicht, deren er fähig war, es gab wohl mehr als einen Mann, der so oder ähnlich aussah, wenn es ins Gefecht ging.

In tiefstem Schweigen lief das Schiff weiter seinen Kurs. Selbst Bush spitzte die Ohren, um zu hören, was über ihm vorging, und daraus auf die Lage zu schließen. Durch den Niedergang hörte man von fern die Stimme eines Matrosen.

»Keinen Grund, Sir! Mit dieser Leine keinen Grund!«

Offenbar stand ein Mann in den Rüsten und lotete, das hieß, daß sie schon dicht unter Land gekommen waren. Die ganze Unterbatterie zog daraus den gleichen Schluß, und schon begann sich jeder mit seinem Nachbarn darüber zu unterhalten.

»Ruhe da!« schnauzte Bush.

Wieder ein Ruf des Lotgasten und gleich darauf ein lautes Kommando. Im nächsten Augenblick schien es, als wäre die ganze Unterbatterie mit körperlich greifbarem Lärm erfüllt. Die Oberdecksgeschütze wurden ausgerannt, hier, in dem engen Raum unter Deck, verstärkte sich aber jedes Geräusch von oben durch die Resonanz des Rumpfes auf mindestens das Dreifache, so daß die droben über das Deck rollenden Lafetten einen donnerähnlichen Lärm verursachten. Alle blickten erwartungsvoll auf Bush, weil sie annahmen, daß jetzt auch von ihm ein Befehl kommen würde. Er aber verzog keine Miene. Noch war es nicht soweit, noch hatte er keine Erlaubnis dazu. Endlich erschien ein Fähnrich im Niedergang.

»Eine Empfehlung von Mr. Buckland, Sir, Sie möchten die Geschütze ausrennen.«

Der Fähnrich hatte seine Meldung herausgebrüllt, ohne erst einen Fuß an Deck zu setzen, und jedermann hatte sie gehört. Einen Augenblick summte das ganze Deck wie ein Bienenschwarm, übereifrige Leute rannten schon an die Pforten, um sie aufzustoßen.

»Ruhe!« brüllte Bush. Schuldbewußt erstarrte wieder alles zu eisigem Schweigen.

»Pforten auf!«

Das Zwielicht der Unterbatterie verwandelte sich in hellen Tag, als sich die Pforten öffneten; kleine Rechtecke von Sonnenschein huschten von Backbord her über das Deck und wurden mit jeder Bewegung abwechselnd breiter und schmäler.

»Renn aus!«

Bei offenen Pforten war der Lärm nicht so groß, die Geschützbedienungen warfen sich in die Takel, die Lafetten rollten, und die Geschütze steckten ihre Mündungen durch die Bordwand. Bush trat an das nächste Geschütz, beugte sich vor und peilte durch die Pforte hindurch. Da lagen die grünen Hügel der Insel; wenn man Glück hatte, reichte man mit den Kanonen hin, die Hänge dort waren nicht so steil wie drüben; an ihrem Fuß erstreckte sich ein dschungelbedecktes Vorland.

»Halsen!«

Bush erkannte Roberts' Stimme, der wohl auf dem Achterdeck kommandierte. Das Deck unter seinen Füßen legte sich waagerecht, und die Hügel draußen schienen um das Schiff herumzuschwingen. Die Masten krachten, als die Rahen rundgebraßt wurden. Jetzt rundeten sie wohl eben Point Samaná. Auch die Bewegungen des Schiffes hatten sich weit auffallender geändert, als es bei einer bloßen Kursänderung der Fall gewesen wäre. Nicht nur, daß die *Renown* jetzt auf ebenem Kiel lag, sie schien zugleich in ruhiges Wasser gelangt zu sein und glitt nun lautlos in die Bucht hinein. Bush ging neben einem Geschützrohr in die Hocke und peilte nach der Küste hinüber. Das war also die Südseite der Halbinsel, die hier wieder fast ebenso jäh zur Bucht abfiel wie auf der anderen Seite zur offenen See. Oben auf dem Kamm stand das Fort, über dem die spanische Flagge wehte.

Wie ein aufgeregtes Eichhörnchen kam der Fähnrich den steilen Niedergang heruntergeturnt.

»Sir! Sir! Zum Einschießen einen Schuß auf die Batterie, sobald Ihre Geschütze über die Entfernung tragen!«

Bush maß ihn mit einem kalten Blick.

»Wer hat das befohlen?« fragte er.

»M – Mister Buckland, Sir.«

»Sagen Sie mir das gefälligst gleich. Na schön. Eine Empfehlung an Mr. Buckland, und ich sei vorläufig noch lange nicht in Schußweite.«

»Aye, aye, Sir.«

Vom Fort stieg Rauch auf, der jedoch nicht von Pulver herrühren konnte. Bush lief ein leichter Schauder über den Rücken, weil er sich sagen mußte, daß dieser Rauch aus einer Esse kam, in der die Leute ihre Kugeln heiß machten. Nicht lange mehr, und das Fort überschüttete sie mit einem Hagel glühender Geschosse, gegen die es, soweit Bush ermessen konnte, keine wirksame Abwehr gab, weil er jetzt und später außerstande war, seine Rohre so weit zu heben, daß sie ihr Ziel erreichten, während umgekehrt das Fort die *Renown* von seiner beherrschenden Höhe aus jederzeit mühelos eindecken konnte. Er richtete sich auf und ging nach Backbord hinüber, wo Hornblower in ähnlicher Stellung neben einer Kanone kauerte und durch die Pforte hinausspähte.

»Da drüben springt eine Landzunge vor«, sagte Hornblower. »Sehen Sie die flachen Stellen? Das Fahrwasser führt da offenbar im Bogen herum. Und auf der Landzunge liegt eine Batterie – was sagen Sie zu dem Rauch? Offenbar macht man die Geschosse heiß.«

»Ohne Zweifel«, meinte Bush.

Bald lagen sie also unter schwerstem Kreuzfeuer, und man konnte nur hoffen, daß sie ihm nicht allzulange ausgesetzt blieben. Jetzt ertönten von Deck her laute Befehle, die Masten knackten, als die Rahen herunterkamen – die *Renown* steuerte durch die Biegung der tiefen Rinne.

»Das Fort hat Feuer eröffnet, Sir«, meldete der Steuermannsmaat, dem die vorderen Geschütze der Steuerbordseite unterstanden.

»Danke, Mr. Purvis«, sagte Bush. Er ging hinüber und blickte hinaus.

»Haben Sie den Einschlag beobachtet?«

»Nein, Sir.«

»Jetzt schießen sie auch von dieser Seite«, meldete Hornblower.

»Danke sehr.«

Das Fort spuckte dicken, weißen Pulverdampf. Während Bush noch hinsah, stieg gerade zwischen seinem Auge und dem Fort eine Wassersäule von der golden glitzernden Fläche auf, und im gleichen Augenblick krachte dicht über seinem Kopf irgend etwas Hartes in die Bordwand. Die Kugel war vom Wasser abgeprallt und stak nun irgendwo in den halbmeterdicken Eichenbohlen, aus denen die Seiten der *Renown* gezimmert waren.

Gleich darauf brach ein wahres Höllenkonzert von Krachen und Splittern los – die erste wohlgezielte Salve hatte eingeschlagen.

»Vielleicht kann ich jetzt die Batterie auf meiner Seite eben erreichen, Sir«, sagte Hornblower.

»Dann sehen Sie zu, was Sie ausrichten können.«

Jetzt erschien Buckland in eigener Person. Er schrie in furchtbarer Aufregung den Niedergang herunter.

»Können Sie denn immer noch nicht Feuer eröffnen, Mr. Bush?«

»Eben ist es soweit, Sir.«

Hornblower stand am mittleren Vierundzwanzigpfünder. Der Geschützführer schob die Richtspake unter die Lafette und hängte sich mit seinem ganzen Gewicht daran, um das Schwanzende anzulüften. Zwei Mann an jeder Seitentalje holten und fierten unter seiner Leitung, um dem Geschütz die genaue Seitenrichtung aufs Ziel zu geben. Der Keil für die Höhenrichtung war ganz unter dem Bodenstück herausgezogen, das Rohr stand also im steilsten Winkel nach oben. Jetzt schlug der Geschützführer den Schutzdeckel des Zündlochs zurück, überzeugte sich, daß die Mulde voll Pulver war, und stieß mit dem Ruf »Achtung!« den glühenden Luntenstock hinein. Der Schuß erfüllte den engen Raum mit ohrenbetäubendem Lärm, beizender Mündungsqualm wehte durch die Pforten zurück ins Schiff.

»Noch eine Kleinigkeit zu kurz«, meldete Hornblower von der nächsten Pforte aus. »Wenn die Rohre erst heiß sind, reichen sie hin.«

»Erste Gruppe: Feuer eröffnen!« schrie Hornblower.

Die vier vordersten Geschütze donnerten fast gleichzeitig los.

»Zweite Gruppe!«

Bush fühlte, wie das Deck unter seinen Füßen unter dem Druck von Entladung und Rückstoß schwankte. Scharfer, bitter schmeckender Qualm erfüllte das enge, niedrige Deck, und der Lärm war vollends entsetzlich.

»Noch einmal so, Männer!« brüllte Hornblower. »Die Gruppenkommandeure besser auf die Seitenrichtung achten!«

Dicht neben Bush gab es plötzlich einen furchtbaren Krach, eine Masse heulte an ihm vorüber und bohrte sich nicht weit von seinem Kopf knirschend in einen Decksbalken. Das Ding war durch die offene Pforte hereingeflogen und hatte den Verstärkungsring am Bodenstück des Geschützes getroffen. Zwei Mann, die dort gestanden hatten, waren zusammengestürzt, der eine lag reglos an Deck, der andere wand sich jämmerlich in seinen Schmerzen. Eben wollte Bush befehlen, sie zu bergen, da fiel ihm etwas noch weit Schlimmeres ins Auge. In dem Decksbalken zu seinen Häupten klaffte ein breiter Riß, aus dessen Tiefe Rauch hervordrang. Offenbar war die glühende Kugel beim Auftreffen auf das Bodenstück in Trümmer gegangen. Ein ziemlich großes, wenn nicht das größte ihrer Stücke war tief in den Decksbalken eingedrungen, und schon begann das Holz zu schwelen.

»Feuereimer heran!« schrie Bush.

Zehn Pfund glühendes Eisen, eingebettet in das trockene Holz des Schiffes, konnten in wenigen Sekunden den schönsten Brand verursachen. Im gleichen Augenblick hörte man von oben das Geräusch rennender Füße, das Poltern bewegten Geschirrs und dann das Klippklapp von Pumpen. Also war man auch am Oberdeck schon damit beschäftigt, ausbrechende Brände zu bekämpfen. Hornblowers Kanonen donnerten nach Backbord, ihre Lafetten ratterten über das Deck. Die Hölle war losgelassen, ihr Brodem wirbelte um ihn her.

Wieder krachten die Masten beim Schwenken der Rahen. Trotz allen Tumults, den der Kampf mit sich brachte, mußte das Schiff durch das gewundene Fahrwasser gesegelt werden. Bush peilte durch eine Pforte hinaus, aber als er sich dazu zwang, die Entfernung in Ruhe zu schätzen, da sagte ihm sein Auge, daß das Fort auf der Höhe immer noch außer Schußweite war. Es hatte keinen Sinn, die Munition daran zu verschwenden. Er richtete sich wieder auf und warf einen Blick in die düstere Batterie. Da hatte er plötzlich das Gefühl, als wäre mit dem Schiff unter seinen Füßen etwas los. Er reckte sich auf die Zehen, um dem tollen Verdacht weiter nachzuspüren. Richtig, das Deck war ein klein wenig geneigt und kam ihm plötzlich seltsam starr und unbeweglich vor. Gott im Himmel! Hornblower sah sich nach ihm um und stach mit dem Finger nach unten, wodurch er seine schreckliche Vermutung bestätigt sah. Die *Renown* saß auf Grund. Sie mußte so weich und langsam in den Schlick gelaufen sein, daß sie ohne wahrnehmbaren Stoß die Fahrt verlor. Dennoch saß sie anscheinend ziemlich weit auf dem Trockenen, weil die Neigung des Decks nach achtern schon deutlich zu spüren war.

Wieder und wieder krachte es im Holz, als immer mehr Kugeln von Land her einschlugen, wieder und wieder hörte man rennende, hastende Füße, wenn die Feuerlöschgruppen hinzueilten, um die Gefahr sofort zu bekämpfen. Sie saßen fest auf Grund und waren dazu verurteilt, durch die verdammten Forts langsam in Stücke geschossen zu werden, wenn sie das Feuer der Artillerie nicht vorher in Brand setzte, so daß sie auf ihrer Sandbank bei lebendigem Leibe schmoren mußten. Hornblower stand neben ihm, er hielt seine Uhr in der Hand.

»Die Flut steigt noch«, sagte er, »in einer Stunde haben wir Hochwasser. Aber ich fürchte, wir sitzen recht gründlich auf Dreck.«

Bush konnte ihn nur anschauen und fluchen, er wußte seinen überspannten Gefühlen nicht mehr anders Luft zu machen als durch einen Strom gemeiner Schimpfworte.

Hornblower wandte sich von ihm ab und nahm eine Geschützbedienung aufs Korn, die sich um ihre Kanone drängte.

»Ruhe, Duff, Ruhe!« schrie er. »Wischen Sie gefälligst das Rohr ordentlich aus! Oder wollen Sie, daß Ihnen das Pulver beim nächsten Laden die Hände wegreißt?«

Als Hornblower sich Bush wieder zukehrte, hatte dieser seine Selbstbeherrschung wiedergewonnen.

»Eine Stunde bis Hochwasser, sagen Sie?« fragte er.

»Jawohl, Sir, nach Carberrys Berechnung ist es noch so lange hin.«

»Dann steh uns Gott bei!«

»Meine Geschütze können die Batterie auf der Landzunge eben noch erreichen. Solange ich ihre Wälle und Schießscharten bestreiche, setze ich wenigstens ihre Feuergeschwindigkeit herab, wenn ich sie schon nicht ganz zum Schweigen bringen kann.«

Wieder krachte ein Einschlag in das Holz und gleich darauf noch einer.

»Das Fort auf meiner Seite ist leider außer Schußweite.«

»Ja, das ist bedauerlich«, sagte Hornblower.

Die Pulverjungen rannten mit frischen Ladungen für die Geschütze mitten durch das Getriebe. Da erschien der Befehlsübermittlerfähnrich und schob sie eilig beiseite.

»Mr. Bush, Sir! Sie möchten sich bitte bei Mr. Buckland melden, Sir. Wir sitzen auf Grund, Sir, mitten im feindlichen Feuer!«

»Halten Sie Ihren Schnabel! Mr. Hornblower, ich übergebe Ihnen hier das Kommando.«

»Aye, aye, Sir.«

Oben auf dem Achterdeck blendete die Sonne. Buckland stand ohne Hut an der Reling und versuchte krampfhaft, seine heftig arbeitenden Gesichtsmuskeln zu beherrschen. Dampf zischte und brodelte auf, als ein Mann den Wasserstrahl aus einem Schlauch auf ein glühendes Kugelbruchstück richtete, das in der Schottwand steckte. Tote lagen im Wassergang. Verwundete wurden weggeschleppt. Ein Schuß oder einer der Splitter, die bei jedem Einschlag durch die Luft wirbelten, mußte den Rudergänger getötet haben, so daß das Schiff für kurze Minuten steuerlos war und auf Grund lief.

»Wir müssen uns freiwarpen«, sagte Buckland.

»Aye, aye, Sir.«

Das hieß, daß man einen Anker ausfahren und dann die Trosse mit dem Spill einhieven mußte, um das Schiff mit Menschenkraft von Grund zu holen. Bush warf einen Blick in die Runde und sah, was die Lage des Schiffes betraf, alles das bestätigt, was er trotz seiner beschränkten Sicht schon von unten aus festgestellt hatte. Der Bug saß fest im Schlick, man mußte das Schiff also über den Achtersteven freihieven. Ein Schuß heulte dicht über seinen Kopf weg, er mußte alle Selbstbeherrschung zusammennehmen, um sich nicht zu ducken.

»Sie werden eine Ankertrosse durch eine der Heckpforten ausstecken lassen.«

»Aye, aye, Sir.«

»Roberts fährt mit der Barkaß den Stromanker aus.«

»Aye, aye, Sir.«

Daß Buckland das formelle Mister wegließ, war bezeichnend für seinen Gemütszustand und für die Notlage, in der sich das Schiff befand.

»Ich nehme die Leute von meinen Geschützen, Sir«, sagte Bush.

»Gut.«

Jetzt konnte sich erweisen, was Disziplin und gute Ausbildung vermochten. Die *Renown* hatte das Glück, daß gut die Hälfte ihrer Besatzung alteingefahrene Leute waren, die während der Blockade von Brest eine Menge gelernt hatten. In Plymouth hatten sie lediglich ihren Bestand mit gepreßten Mannschaften aufgefüllt. Was nur Ausbildung und praktische Übung gewesen war, als die *Renown* noch zur Kanalflotte gehörte, das wurde hier zu einem Manöver, von dem die Existenz des ganzen Schiffes abhing. Hier handelte es sich nicht mehr um jenen etwas oberflächlichen »Betrieb«, der meist im Wettbewerb mit den übrigen Schiffen des Geschwaders veranstaltet wurde. Bush sammelte seine Geschützmannschaften um sich und machte sich an die Aufgabe, eine Ankertrosse aus dem Raum heraufzuholen, während oben Roberts' Leute bereits die Stag- und Rahtakel bemannten, um die Barkaß auszusetzen.

Unten in den Decks war die Hitze noch größer als oben in der brennenden Sonne. Der Qualm aus Hornblowers Geschützen wirbelte in dicken Schwaden unter den Decksbalken. Hornblower hielt den Hut in der Hand und wischte sich mit dem Taschentuch über das schweißnasse Gesicht. Als Bush wieder unten erschien, begrüßte er ihn mit einem kurzen Nicken, und Bush brauchte ihm nicht erst zu erklären, welche Aufgabe er nun zu erfüllen hatte. Weiter donnerten die Geschütze, weiter wirbelte der Qualm, rannten die Pulverjungen mit neuen Ladungen und die Löschgruppen mit ihren Feuereimern, und mitten in all dem Trubel mannten Bushs Männer das Ankerkabel aus der Tiefe des Raumes. Diese hundert Faden Trosse wogen reichlich ein paar Tonnen; klare Überlegung und fachkundige Leitung waren nötig, um dieses dicke, sperrige Stück Tauwerk klar nach achtern auszulaufen. Aber da war Bush in seinem Element. Eine fest umrissene Aufgabe, der er seine ungeteilte Aufmerksamkeit widmen konnte, entsprach am besten seinen Fähigkeiten. Bis der Kutter unter dem Heck erschien, um den Tampen in Empfang zu nehmen, hatte er das Kabel klar längsdeck geschossen und paßte nun scharf auf, daß das mächtige Ding auch klar und ohne Kinken durch die Heckpforte auslief. Während er achtern hinaussah, kam die Barkaß in sein Gesichtsfeld, an deren Spiegel bereits die schwere Last des Stromankers hing. Jedenfalls war es eine Erleichterung, zu wissen, daß die knifflige Aufgabe, den Anker ins Boot zu geben, ohne Zwischenfall gelungen war. Der zweite Kutter fuhr von der Ankerklüse her das Springkabel aus. Roberts leitete das Manöver, Bush hörte, wie er den Kuttern Befehle gab, als sich die drei Boote langsam vom Heck nach achtern entfernten. Plötzlich sprangen zwischen den Booten Wassersäulen auf. Die eine oder die andere Landbatterie – oder waren es gar beide – hatten ihr Ziel gewechselt. Ein Treffer in die Barkaß hätte die endgültige Katastrophe bedeutet, ein Treffer in einen der Kutter mindestens eine ernste Verzögerung des ganzen Manövers.

»Verzeihung, Sir«, hörte Bush Hornblower neben sich sagen und riß den Blick gewaltsam von der glitzernden Wasserfläche los.

»Ja, was ist?«

»Könnte ich nicht ein paar der vordersten Geschütze nach achtern bringen lassen?« fragte Hornblower. »Die Gewichtsverlagerung würde bestimmt von Nutzen sein.«

»Da können Sie recht haben«, gab Bush zu. Während er noch überlegte, ob seine Befehlsgewalt ausreichte, so etwas auf eigene Verantwortung anzuordnen, fiel ihm auf, daß Hornblowers Gesicht von Schweiß und Pulverdampf ganz schmutzig und verschmiert war. »Aber holen Sie lieber von Mr. Buckland die Erlaubnis dazu ein. Wenn Sie wollen, fragen Sie ihn in meinem Namen.«

»Aye, aye, Sir.«

Die Vierundzwanzigpfünder der Unterbatterie wogen jeder über zwei Tonnen. Brachte man einige dieser schweren Kanonen von vorn nach achtern, dann konnte das entscheidend dazu beitragen, daß man den Bug aus dem Schlick freibekam. Bush warf wieder einen Blick durch die Heckpforte. James, der Fähnrich im ersten Kutter, peilte achteraus, um festzustellen, daß er das Kabel auch wirklich genau in Verlängerung der Mittschiffslinie ausgefahren hatte. Jeder Knick in der Kabelführung vom Anker bis zum Spill hätte ja einen bedenklichen Verlust an Zugkraft zur Folge gehabt. Jetzt schoren Kutter und Barkaß zusammen, um die Kabel anzustecken. Es war also bald so weit, daß der Anker fallen konne. Plötzlich kochte das Wasser rings um die Boote auf, eine Salve von der Küste war dicht bei ihnen eingeschlagen, und die Spritzer der Kugeln verrieten, daß sie vom Fort auf der Höhe kam. In Anbetracht der großen Entfernung schossen die Leute dort erstaunlich gut. Aber schon blitzte das Blatt einer Axt in der Sonne auf, die am Spiegel der Barkaß geschwungen wurde, und Bush hatte dieses Blitzen sofort gesehen. Man war also endlich dabei, die Zurrings durchzuschlagen, die den Anker dort an seinem Kranbalken hielten. Gott sei Dank! Hornblowers Geschütze donnerten immer wieder los und ließen das ganze Schiff unter ihrem Rückstoß erzittern, zugleich sagte ihm ein splitterndes Krachen über seinem Kopf, daß die andere Batterie nach wie vor das Schiff beschoß und einen Treffer um den anderen erzielte. Immer noch begab sich alles zur gleichen Zeit. Hornblower hatte eine Gruppe von Mannschaften abgeteilt, die jetzt damit beschäftigt war, den vordersten Vierundzwanzigpfünder der Steuerbordseite achteraus zu schaffen, ein nicht ganz einfaches Manöver, bei dem der Lafettenschwanz durch die auf Rollen laufende Richtspake angehoben werden mußte. Die Blockräder der Lafette quietschten schauderhaft, als sich die Männer ins Zeug legten, um das schwere Ding herumzuschwenken, und es dann schwitzend Meter für Meter durch die von Menschen und Dingen überfüllte Batterie schafften. Aber Bush konnte sich mit Hornblowers Tätigkeit nicht länger befassen, denn schon war es höchste Zeit für ihn, an Oberdeck zu eilen und vorn am Gangspill nach dem Rechten zu sehen.

Unter Aufsicht von Smith und Booth nahmen dort die Männer eben ihre Plätze an den Spaken ein; die Oberdecksgeschütze hatten ihre letzten Bedienungsmannschaften abgeben müssen, damit genügend Leute zu Gebote standen. Die Männer waren von den Hüften aufwärts nackt, sie spuckten sich in die Hände und versuchten, ob sie guten Halt für ihre Füße fänden. Man brauchte ihnen nicht erst zu erzählen, wie ernst die Lage war, und Booth fand keinen Anlaß, seinen Knotenstock zu schwingen.

»Hiev rund!« rief Buckland vom Achterdeck.

»Hiev rund!« brüllte Booth. »Hiev, daß die Toten erwachen!«

Die Männer warfen sich mit ihrem ganzen Gewicht gegen die Spaken, der Spillkopf drehte sich rasch im Kreis, und die Pallen ließen ein munteres Geklapper hören, solange es nur galt, die Lose einzuholen. Das ging so schnell, daß die Jungen mit den Stoppern am Kabelar kaum Schritt halten konnten. Aber damit war es bald zu Ende, das Klappern wurde träger, die Drehung verlangsamte sich. Mühsam ging es noch rund: Klick – Klick – Klick. Jetzt kam erst Druck darauf, die Beting krachte, als das Kabel steif kam. Klick – Klick. Das Kabel war ganz neu, man konnte annehmen, daß es um einiges reckte. Plötzlich heulte ein Geschoß heran – welche Fügung lenkte es genau an diese Stelle? –, Splitter flogen durch die Luft, Männer brachen zusammen. Die Kugel hatte sich mitten durch die gedrängte Menschenmenge ihre Bahn gepflügt. Rotes Blut floß in Strömen an Deck und leuchtete in der Sonne, in begreiflicher Verwirrung wichen die Leute vor ihren blutig zerfetzten Kameraden zurück.

»Alles bleibt auf den Plätzen!« schrie Smith. »Ihr Jungen da, schafft diese Männer beiseite! Eine neue Spillspake her! Macht fix, macht fix!«

Die Unglückskugel hatte ihre Kraft im Menschenfleisch noch längst nicht verausgabt, sie hatte auf ihrem weiteren Flug noch die Seitenteile einer Lafette zerschmettert und war dann endlich tief in der Bordwand steckengeblieben. Ebensowenig schien Menschenblut ihre Glut gelöscht zu haben, denn aus dem Loch, in dem sie steckte, begann es sofort zu qualmen. Bush griff persönlich nach dem nächstbesten Feuereimer und klatschte seinen Inhalt auf die glühende Kugel. Dampf mischte sich mit dem Qualm, und das Wasser zischte und spuckte. Ein einziger Eimer Wasser reichte eben längst nicht aus, um vierundzwanzig Pfund glühendes Eisen abzulöschen, aber da kam auch schon eine Löschgruppe angerannt, um die schwelende Gefahr mit ganzen Fluten zu ersticken.

Die Toten und Verwundeten waren geborgen, die Männer standen wieder am Spill.

»Hiev!« donnerte Booth. Klick – Klick – Klick – langsam und immer langsamer drehte sich das Spill. Zuletzt kam es ganz zum Stillstand, die Beting ächzte unter dem gewaltigen Zug.

»Hiev! Hiev!«

Klick – dann zögernd und nach langer Pause noch einmal Klick. Jetzt war endgültig Schluß. Eine erbarmungslose Sonne brannte auf die von der Kraftanstrengung gespannten Rückenmuskeln der Männer nieder, ihre hornhäutigen Sohlen suchten Halt an jedem Augbolzen im Deck, während sie sich mit aller Kraft gegen die Spaken stemmten. Bush ließ sie weiterwuchten und begab sich wieder unter Deck. Er konnte noch eine Menge Leute aus der Unterbatterie heraufschicken und setzte diesen Gedanken sofort in die Tat um, damit die Spillspaken dreifach besetzt werden konnten. Eine Gruppe von Leuten war in dem rauchigen Zwielicht noch hart an der Arbeit, um auch das letzte in Frage kommende Geschütz nach achtern zu schaffen. Hornblower stand jetzt wieder bei seinen Kanonen und überwachte das Richten. Bush setzte seinen Fuß auf das Ankerkabel. Es fühlte sich nicht mehr an wie ein Tau, sondern steif und unelastisch wie eine hölzerne Spiere. Dann fühlte er durch die Schuhsohle hindurch die Spur eines leisen Zitterns, so schwach, daß es kaum zu fühlen war – offenbar legten sich die Männer am Spill mit verstärkter Kraft in die Spaken. Das Klick eines neugewonnenen Palls pflanzte sich durch die Verbände des Schiffes fort, das Kabel bebte einen Augenblick etwas stärker und stand dann gleich wieder unbeweglich steif. Keinen Achtelfuß war es unter Bushs Schuhsohlen weitergekrochen, obwohl sich, wie er wußte, oben an den Spaken an die hundertfünfzig Mann die Seele aus dem Leibe quälten. Wieder entlud sich eins von Hornblowers Geschützen, und Bush fühlte den Ruck des Rückstoßes durch das Kabel. Vom Niedergang her hörte man gedämpft die anfeuernden Rufe von Smith und Booth oben am Spill, aber das Kabel kam nicht einen Zoll. Jetzt trat Hornblower heran und hob vor Bush grüßend die Hand an den Hut.

»Spüren Sie etwas, wenn ich schieße, Sir?«

Als er die Frage gestellt hatte, winkte er dem Geschützführer einer Mittschiffskanone, die geladen und ausgerannt war. Der Geschützführer senkte seine Lunte auf das Zündloch, das Geschütz brüllte auf und rollte in einer Wolke von Qualm zurück. Bush prüfte mit dem Fuß auf dem Kabel die Wirkung.

»Nur einen kleinen Ruck – nein – doch.« Bush kam eine plötzliche Erleuchtung. Er wußte bereits, was ihm Hornblower auf seine Frage antworten würde. »Woran denken Sie?«

»Ich könnte meine ganze Breitseite auf einmal abfeuern; das könnte genügen, den Sog des Schlicks zu überwinden.«

Das war zweifellos richtig. Die *Renown* lag in einem Bett von Schlick, der sie wie mit Saugnäpfen festhielt. Erfuhr ihr Rumpf eine heftige Erschütterung und wurde zugleich die Ankertrosse eisern steif gehalten, dann gelang es unter Umständen, diese Saugkraft zu brechen.

»Weiß Gott, ich glaube, das wäre einen Versuch wert«, sagte Bush.

»Gut, Sir. Meine Geschütze sind in drei Minuten geladen und schußfertig.« Hornblower wandte sich an seine Batterie und bildete mit den Händen einen Trichter um den Mund.

»Feuer einstellen! Überall Feuer einstellen!«

»Ich werde denen am Spill Bescheid sagen«, sagte Bush.

»Jawohl, Sir.« Hornblower fuhr fort, seine Befehle zu geben. »Mit doppelten Ladungen – geladen! Zündladungen klar – rennt aus!«

Das war das Letzte, was Bush noch hörte, als er an Oberdeck stieg, um Smith von der Idee zu unterrichten. Der nickte sofort zustimmend, als er begriffen hatte.

»Fest hieven!« rief Smith, und die schwitzenden Männer an den Spaken durften ihren müden Rücken endlich eine kurze Ruhepause gönnen. Es war nötig, daß Buckland Meldung über den Plan erhielt. Er hörte sich alles an und war dann ebenfalls sofort überzeugt. Der unglückliche Mann war ja dazu verurteilt, den Fehlschlag seines ersten selbständigen Unternehmens als Kommandant mit anzusehen.

Er wußte sehr wohl, daß sein Schiff in höchster Gefahr schwebte. Hell verzweifelt klammerte er sich an die Reling und würgte mit beiden Händen daran, als wollte er sie zu einem Korkenzieher zusammendrehen. Um sein Unglück voll zu machen, kam Smith mit einer neuen Schreckenskunde.

»Roberts ist tot«, stieß er durch die Zähne hervor.

»Nein!«

»Jawohl. Ein Treffer in die Barkaß riß ihn in Stücke.«

»Ach du großer Gott!«

Es sprach für Bush, daß er Roberts' Tod herzlich bedauerte, ehe ihm überhaupt zum Bewußtsein kam, daß er damit Erster Offizier eines Linienschiffes geworden war. Aber jetzt war keine Sekunde Zeit, an Trauer oder Freude zu denken – nicht, solange die *Renown* im feindlichen Feuer auf Grund saß. Bush rief den Niedergang hinunter.

»Unterbatterie! Mr. Hornblower!«

»Sir?«

»Sind Ihre Geschütze klar?«

»In einer Minute, Sir.«

»Lassen Sie steifhieven«, sagte Bush zu Smith, dann in lauterem Ton nach unten: »Warten Sie auf meinen Befehl, Mr. Hornblower.«

»Aye, Aye, Sir.«

Die Männer legten sich wieder gegen die Spillspaken, stemmten die Beine ein und hievten an.

»Hiev!« rief Bush. »Hiev!«

Aber nach dem ersten Zoll gaben die Spaken nichts mehr her. Nach dem Erfolg zu schließen, hätten sie ebensogut an einer Kirchenmauer schieben können.

»Hiev!«

Bush kehrte ihnen den Rücken und rannte nach unten. Er setzte wieder den Fuß auf das steife Kabel und nickte Hornblower zu.

Die fünfzehn Kanonen – zwei von der Backbordseite waren ebenfalls nach achtern geschafft worden – waren ausgerannt und feuerbereit, die Bedienungen erwarteten ihre Befehle.

»Geschützführer klar bei Lunten!« kommandierte Hornblower. »Alles andere zurücktreten. Ich befehle eins, zwei, drei. Auf drei wird gezündet. Ist das verstanden?«

Ein kurzes Stimmengewirr bedeutete »jawohl«.

»Ist alles klar? Brennen die Lunten?« Die Geschützführer schwangen ihre Luntenstücke durch die Luft, daß sie so hell wie möglich glühten. »Achtung! Eins – zwei – drei!«

Schon senkten sich die Luntenstücke in die Zündlöcher, und die Geschütze donnerten fast gleichzeitig los. Selbst der unvermeidliche Unterschied der Pulvermenge in den Zündlöchern konnte nicht bewirken, daß die erste und die letzte der fünfzehn Detonationen auch nur eine Sekunde auseinanderlagen. Bush fühlte mit seinem Fuß am Kabel, wie der Rückstoß das Schiff überlegte, die doppelte Ladung in den Rohren hatte diese Wirkung noch erhöht. Der Qualm wirbelte durch das glühend heiße Deck, aber Bush fand jetzt keine Zeit, darauf zu achten. Während des Überholens begann sich das Kabel unter seinem Fuß zu bewegen! Kein Zweifel, es wanderte aus. Das Schiff kam! Schon mußte er seinen Fuß ein Stück weiterrücken. Dann hörte alles ein Klick – das Zeichen, daß am Spill ein Pall gewonnen war. Wieder Klick – Klick. Irgendwo im Pulverdampf brüllte einer hurra, und schon fielen alle anderen ein.

»Ruhe!« schrie Hornblower.

Klick – Klick – Klick, es ging zwar langsam und zögernd, aber das Schiff kam. Das Kabel kroch Zoll um Zoll binnenbords wie ein zu Tode verwundetes Untier aus grauer Vorzeit. Wenn sie es nur in Gang halten konnten! Klick – Klick – Klick, die Pausen dazwischen wurden immer kürzer – auch Bush mußte sich das eingestehen. Rascher und rascher wanderte die schwere Ankertrosse längsdeck.

»Mr. Hornblower, bitte übernehmen Sie hier das Kommando«, sagte Bush und eilte an Oberdeck. Wenn das Schiff frei war, gab es für den Ersten Offizier sofort eine Menge dringender Aufgaben. Die Pallen schienen ein fröhliches Lied aufzuspielen, so lebendig klang ihr Geklapper, während das Spill sich munter weiterdrehte.

Zweifellos gab es an Oberdeck eine Menge zu tun. Vor allem war jetzt sofort eine Reihe von Entscheidungen zu treffen, die durchaus keinen Aufschub duldeten.

»Bitte um Befehle, Sir.«

Buckland warf ihm einen unglücklichen Blick zu.

»Wir haben die Flut verpaßt«, sagte er.

Das war richtig. Zur Zeit mußte gerade Hochwasser sein. Wenn sie jetzt noch einmal Grund berührten, dann war das Freiwarpen nicht mehr so einfach.

»Jawohl, Sir«, sagte Bush.

Die Entscheidung lag einzig und allein bei Buckland, niemand konnte ihm seine Verantwortung abnehmen. Allerdings war es bitter hart für den Mann, sich eingestehen zu müssen, daß er bei seinem ersten selbständigen Kommando gleich eine Niederlage erlitten hatte. Buckland folgte mit seinem Blick den Ufern der Bucht, als erwartete er von irgendwoher eine Eingebung. Hoch über dem brodelnden Pulverqualm der Batterien wehten hüben und drüben die rotgoldenen Flaggen Spaniens – von dort her kam ihm gewiß keine Erleuchtung.

»Hier kommen wir nur mit der Landbrise wieder heraus«, sagte Buckland.

»Jawohl, Sir.«

Und diese Landbrise dürfte kaum noch lange stehen, fügte Bush in Gedanken hinzu, denn das wußte Buckland schließlich genausogut wie er selbst.

Ein Schuß vom Fort her schlug in diesem Augenblick in die Großrüsten. Es gab einen nervenzerreißenden Krach, dann prasselte ein Hagel von Splittern an Deck. Wieder einmal hörte man den Ruf nach der Feuerlöschpumpe, und darüber fand auch Buckland endlich zu seinem bitteren Entschluß.

»Lassen Sie das Springkabel einhieven«, ordnete er an, »und drehen Sie das Schiff mit dem Bug nach See.«

»Aye, aye, Sir.«

Rückzug – Niederlage, das war der Sinn und Inhalt dieses Befehls. Diesen Rückzug mußte man sich noch dazu ertrotzen. Auch nachdem der Befehl dazu einmal gegeben war, blieb nämlich noch eine Menge zu tun, ehe das Schiff aus dem Bannkreis drohender Gefahr geborgen war, in dem es sich noch immer befand. Bush wandte sich ab, um seine Befehle zu geben.

»Fest hieven am Spill!«

Das Klappern hörte auf, und die *Renown* lag frei an ihrem Heckanker in dem aufgewühlten Schmutzwasser der Bucht. Wenn sie sich zurückziehen wollte, mußte sie zuerst der Bucht das Heck zukehren, das heißt, in dieser engen Rinne kehrtmachen, dann erst konnte sie unter Segeln nach See zu ablaufen. Glücklicherweise waren die Vorkehrungen zu diesem Manöver bereits getroffen. Wollte man das Schiff auf engstem Raum umdrehen, dann brauchte man jetzt nur die Bugtrosse einzuhieven, die bis dahin lose zwischen Klüse und Anker gelegen hatte.

»Heckankerkabel los vom Kabelar!«

Alles ging leicht und rasch vonstatten, das Ganze war ja ein altgewohntes Stück Seemannschaft, und da verschlug es wenig, daß die Arbeit im Feuer glühender Kugeln vor sich ging. Die Boote lagen noch bemannt zu Wasser und konnten das arg mitgenommene Schiff zur Not in ihrem Schlepp in Sicherheit bringen, wenn die launische Brise vorzeitig schlafen ging. Der Bug der *Renown* schwang unter dem Zug des Bugkabels langsam herum, als das Spill daran zu hieven begann. Obgleich der Wind allmählich zu einer drückenden Flaute erstarb, wuchs von Minute zu Minute die Aussicht, doch noch dem Schußbereich jener verfluchten Küstenartillerie zu entkommen. Während sich das Schiff unter dem Zug des Spills noch Meter für Meter auf seinen Anker zu bewegte, sagte sich Bush, daß diese einmal eingeleitete Bewegung auf keinen Fall zum Stillstand kommen durfte. Er trat wieder grüßend zu Buckland heran.

»Soll ich gleich bis vor die Bucht weiterwarpen?«

Buckland stand am Kompaßhaus und starrte geistesabwesend auf das Fort. Der Mann war alles andere als feige – das lag auf der Hand –, aber der Schock der Niederlage und die Aussicht auf ein schwarzes persönliches Schicksal hielten ihn offenbar noch so in Bann, daß er keinen logischen Gedanken fassen konnte. Erst Bushs Frage riß ihn in die Gegenwart und ihre drängenden Probleme zurück.

»Ja«, sagte Buckland, und Bush ging sofort ans Werk. Er war glücklich, endlich eine nützliche Arbeit leisten zu können, die er von Grund auf verstand.

Ein zweiter Anker mußte Backbord vorn abgesetzt werden, ein zweites Kabel wurde aus der Last geholt. James, der das Kommando über die Boote hatte, seit Roberts gefallen war, wurde durch Zuruf von dem neuen Manöver unterrichtet und zugleich unter den Bug befohlen, damit der Anker an seine Barkaß gehängt werden konnte. Das war der kniffligste Teil des ganzen Unternehmens. Dann legten sich die Barkaßgäste in die Riemen, ihr Boot lag unter dem Gewicht des hinter dem Spiegel hängenden Ankers bis an die Reling im Wasser und schleppte obendrein das schwere Ankerkabel nach, das vom Schiff aus nachgesteckt wurde. Zum eintönigen Geklapper des Spills kroch jetzt die *Renown* Meter um Meter bis an ihren ersten Anker. Als dessen Trosse auf- und niederzeigte, erhielt James, der jetzt mit seiner Barkaß schon weit vor dem Schiff herfuhr, durch Schwenken einer Flagge den Befehl, seinen Anker fallen zu lassen und unter den Bug zurückzukehren, um hier den Stromanker in Empfang zu nehmen, der eben vollends gelichtet wurde. Von diesem Anker mußte vorher das Heckkabel abgesteckt werden, das seinen Dienst getan hatte, so daß es nunmehr eingeholt werden konnte. Zugleich wurde der Zug des Spills von dem einen Kabel auf das andere übertragen, und außerdem erhielten die beiden Kutter Leinen zugeworfen, damit auch sie ihr bescheidenes Teil zu der großen Aufgabe beitragen konnten, das schwere Schiff voranzuschleppen. Wenn sie es auch nur kaum bemerkbar zu bewegen vermochten, so war dieser Beitrag dennoch wertvoll, da es jetzt vor allem darauf ankam, die *Renown* außer Schußweite zu bringen.

Unter Deck war Hornblower an der Arbeit, die Geschütze wieder nach vorn zu schaffen, die er vorher achteraus gebracht hatte. Das Rumpeln und Quietschen der Lafettenräder war durch das ganze Schiff zu hören und übertönte sogar das eintönige Klicken des Spills. Dazu brannte die Sonne erbarmungslos vom Himmel und weichte das Pech in den Nähten auf, während das große Schiff mühsam Meter um Meter, Kabellänge um Kabellänge über die glitzernde, stille Wasserfläche dem Ausgang der Bucht von Samaná näher kroch, um den glühenden Kugeln zu entgehen. Endlich war es soweit, sie waren endgültig außer Reichweite der Landbatterien, den Männern war eine kurze Pause vergönnt, damit sie ihren kümmerlichen halben Liter warmen, stinkenden Wassers trinken konnten, ehe sie wieder an ihre schwere Arbeit gingen. Es galt, die Toten zu bestatten, die Schäden auszubessern und mit dem Bewußtsein der erlittenen Niederlage fertig zu werden. So mancher mochte sich fragen, ob nicht der böse Geist des Kommandanten immer noch umging, obwohl er ein armer hilfloser Narr war.

7

Als die Dunkelheit der Tropennacht auf die hart mitgenommene *Renown* niedersank, lag sie auf ablandigem Kurs und führte dabei kleine Segel, die eben hinreichten, sie so zu stützen, daß sie stetig über die atlantischen Roller hinwegritt, die ihr der Passat, verstärkt durch den Seewind, entgegensandte. Buckland saß in seiner Kammer und besprach voll Sorge die Lage mit seinem neuen Ersten Offizier. Trotz der Brise glühte der kleine Raum wie ein Ofen; die beiden Laternen, die von den Decksbalken herabhingen, um die Karte zu beleuchten, verbreiteten eine unerträgliche Hitze. Bush fühlte, wie ihm unter der Uniform der Schweiß herablief; der hohe enge Rockkragen würgte seinen kräftigen Hals, so daß er alle Augenblicke zwei Finger dazwischensteckte und kräftig daran riß, ohne daß ihm diese Prozedur Erleichterung gebracht hätte. Es wäre die einfachste Sache der Welt gewesen, den schweren Uniformrock abzulegen und den quälenden Kragen aufzuhaken, aber solche Möglichkeiten kamen ihm überhaupt nicht in den Sinn. Körperliches Unbehagen gehörte zu den Dingen, die man in dieser harten Welt klaglos hinzunehmen hatte. Gewohnheit und Stolz leisteten dazu wertvolle Hilfe.

»Sie meinen also, wir sollten abhalten und Jamaika anlaufen?« fragte Buckland.

»Ich möchte mich nicht dazu versteigen, Ihnen das zu raten, Sir«, antwortete Bush vorsichtig.

Die Verantwortung lag nach dem Gesetz der Marine bei Buckland, allein und ausschließlich bei ihm. Bush war etwas ärgerlich darüber, daß er sie auf diese Art sozusagen mit ihm teilen wollte.

»Was bleibt uns denn am Ende anderes zu tun?« fragte Buckland. »Was schlagen Sie vor?«

Bush erinnerte sich an den Schlachtplan, den ihm Hornblower entwickelt hatte, aber er brachte ihn nicht gleich vor, denn er hatte ihn selbst noch nicht sorgfältig genug durchdacht und wußte überhaupt noch nicht, ob er sich durchführen ließ. Darum suchte er zunächst einmal Zeit zu gewinnen.

»Wenn wir Kurs auf Jamaika nehmen, Sir«, sagte er, »dann benehmen wir uns, bei Licht besehen, wie ein Hund, der mit eingezogenem Schwanz davonrennt.«

»Das läßt sich nicht leugnen«, gab Buckland mit einer hilflosen Geste zu. »Zu allem Überfluß ist da noch der Kommandant.«

»Ja, ja, der Kommandant«, sagte Bush.

Wenn sich die *Renown* mit einer strahlenden Liste von Erfolgen beim Admiral in Kingston melden konnte, dann bestand natürlich mehr Aussicht, daß vergangene Ereignisse nicht allzu scharf unter die Lupe genommen wurden. Kam sie jedoch geschlagen und zerzaust in den Hafen gehinkt, dann war weit eher anzunehmen, daß man alle möglichen lästigen Fragen stellte: Warum der Kommandant in Haft genommen wurde, warum Buckland die geheime Order gelesen hatte, warum er die Verantwortung auf sich nahm, zu diesem Angriff auf Samaná anzusetzen.

»Der junge Hornblower sagte mir neulich genau dasselbe«, nörgelte Buckland. »Ich wollte, ich hätte ihm überhaupt nicht zugehört.«

»Wonach haben Sie ihn denn gefragt, Sir?« fragte Bush.

»Ich kann nicht behaupten, daß ich ihn überhaupt etwas fragte«, beschwerte sich Buckland weiter. »Eines Abends fügte es sich eben, daß wir auf dem Achterdeck miteinander schwatzten. Soviel ich weiß, hatte er die Wache.«

»Ja, ich kann mich erinnern, Sir«, half Bush nach.

»Wir unterhielten uns eben, und da sagte dieser kleine Teufelskerl genau das gleiche wie Sie – ich weiß überhaupt nicht mehr, wie es anfing, aber dann kam wohl die Rede auf Antigua und ob wir dort anlaufen sollten. Hornblower meinte, es wäre besser, wenn wir Gelegenheit hätten, etwas zu leisten, ehe man die Sache mit dem Kommandanten aufrolle. Er sagte sogar, das Schicksal böte mir eine unerhörte Gelegenheit. Wissen Sie, ich glaube, er hatte recht. Das war wohl wirklich meine große Chance. Wenn man aber Hornblower so reden hörte, dann meinte man tatsächlich, man würde morgen schon Kommandant und bekäme ein Schiff in die Hand gedrückt. Und jetzt...« Bucklands Geste deutete an, wie wenig Aussicht er sich jetzt noch zumaß, je einmal Kommandant eines Schiffes zu werden.

Bush dachte an den Bericht, den Buckland über das Geschehene einreichen mußte: Neun Tote und zwanzig Verwundete hatte es gegeben, der Angriff der *Renown* war schmählich abgeschlagen, und die Samaná-Bucht war als Schlupfwinkel für Kaperschiffe so sicher wie je zuvor. Er war froh, daß er nicht in Bucklands Haut steckte, aber zugleich war er sich durchaus im klaren, daß von dieser ganzen Geschichte auch an ihm nur allzu leicht etwas hängenbleiben konnte. War er nicht neuerdings sogar Erster Offizier dieses Schiffes? Gehörte er nicht zu den Offizieren, die sich mit der Dienstenthebung Sawjers abgefunden hatten – sofern nicht überhaupt eine schlimmere Bezeichnung für ihre Haltung am Platze war? So war auch für ihn ein militärischer Erfolg unerläßlich, wenn er vor seinen Vorgesetzten auch nur einigermaßen bestehen wollte.

»Ach was«, sagte Buckland, »wir haben schließlich getan, was wir konnten. War es denn unsere Schuld, daß der Rudergänger ausfiel? In dem verdammten Fahrwasser wäre jeder andere genauso auf Grund geraten. Ich möchte den sehen, der trotz dieses Kreuzfeuers die Einfahrt in die Bucht hätte erzwingen können.«

Das Ganze war ein rührender Versuch, sich von der eigenen Schuld an der Schlappe freizusprechen.

»Hornblower schlug eine Landung von der Seeseite vor. In der Scotchmans Bay, Sir.« Bush wählte seine Worte so vorsichtig wie möglich.

»Wieder so ein Hirngespinst von diesem Hornblower!« sagte Buckland.

»Ich glaube, er hatte sich das von Anfang an so zurechtgelegt, Sir. Eine Landung mit anschließendem überraschendem Angriff.« Wahrscheinlich zog Bush nur die Lehre aus dem fehlgeschlagenen Versuch – jedenfalls war ihm jetzt auf einmal sonnenklar, daß es aufgelegter Unsinn war, ein Holzschiff so zu führen, daß es in ein Kreuzfeuer glühender Kugeln geriet.

»Was halten *Sie* von der Sache?«

»Nun, Sir ...«

Bush wußte selbst nicht genau, was er von diesem Plan hielt, jedenfalls stand seine Ansicht darüber nicht so fest, daß er sie in bestimmten Worten hätte ausdrücken können. Ganz allgemein sagte er sich aber, daß es schließlich nicht mehr darauf ankam, nach dem ersten Fehlschlag auch noch einen zweiten zu riskieren. Am Ende war es gleichgültig, ob man wegen eines ausgewachsenen Schafes oder wegen eines Lämmchens gehängt wurde. Bush war eine echte Mannesseele, sein ganzes Wesen sträubte sich dagegen, vor einer schwierigen Lage die Waffen zu strecken, darum war es ihm auch im Innersten zuwider, wenn jetzt nach dem ersten Rückschlag gleich von feigem Davonlaufen gesprochen wurde. Die Schwierigkeit bestand nur darin, einen neuen, besseren Schlachtplan zu entwerfen. Das alles suchte er Buckland auseinanderzusetzen und geriet darüber in solchen Eifer, daß er sogar seine ursprüngliche Zurückhaltung vergaß.

»Ich verstehe«, sagte Buckland. Die Schatten der schwingenden Laternen huschten über sein zerquältes Gesicht und machten den Zwiespalt, der in ihm wühlte, noch sinnfälliger. Plötzlich kam er zu einem Entschluß. »Hören wir uns an, was er zu sagen hat.«

»Aye, aye, Sir. Smith hat jetzt die Wache, Hornblower hat Mittelwache – ich nehme an, daß er noch schläft, bis es soweit ist.«

Buckland war müde, so müde wie jeder andere Mensch an Bord – wahrscheinlich war die Mehrzahl seiner Leute nicht so erschöpft wie er. Der Gedanke, daß dieser Hornblower jetzt bequem in seiner Koje lag, während seine Vorgesetzten über nervenaufreibenden Fragen brüten mußten, brachte Buckland irgendwie in Harnisch und verlieh ihm eine explosive Entschlußkraft, die ihm sonst wohl nicht zu Gebote gestanden hätte. Blitzschnell entschied er sich dafür, sofort zu handeln und nicht erst bis morgen zu warten.

»Ich lasse ihn bitten«, befahl er.

Hornblower erschien in bemerkenswert kurzer Zeit in der Kammer, sein Haar war allerdings zerzaust, und man sah auf den ersten Blick, daß er in größter Hast in seine Sachen gefahren war. Er sah sich mit einem unruhigen Blick in der Kammer um. Was wollten seine Vorgesetzten zu so später Stunde von ihm? Man merkte ihm an, daß ihm diese Frage ernste und wohl auch begründete Sorge bereitete.

»Ich höre da von einem Plan, den Sie entwickelt haben sollen?« fragte

Buckland. »Wenn ich recht verstanden habe, handelt es sich um einen Sturm auf das Fort, nicht wahr, Mr. Hornblower?«

Hornblower platzte nicht gleich mit einer Antwort heraus. Er brachte erst Ordnung in seine Gedanken und überlegte rasch, welche Möglichkeiten sein erster Plan angesichts der neuen Lage noch bieten konnte. Bush mußte sich eingestehen, daß es kaum recht und billig war, Hornblower jetzt zur Darlegung seiner Ideen aufzurufen, nachdem die *Renown* zunächst einmal eine Schlappe erlitten und sich dadurch des wichtigsten Vorteils, nämlich des Überraschungsmoments, begeben hatte. Alsbald bemerkte er jedoch, daß Hornblower der neuen Lage durchaus Rechnung trug.

»Ich hatte eine Landung für aussichtsreicher gehalten«, sagte Hornblower, »aber da wußten die Dons noch nichts davon, daß ein Linienschiff in der Nähe war.«

»Und jetzt denken Sie wohl anders darüber?«

Bucklands Frage klang zugleich erleichtert und enttäuscht – erleichtert, weil er so hoffen konnte, weiterer Entschlüsse überhoben zu sein, enttäuscht, weil ihm kein leichter Weg mehr gezeigt wurde, doch noch zu einem Erfolg zu kommen. Aber Hornblower hatte inzwischen genügend Zeit gewonnen, sich seine Gedanken zurechtzulegen und vor allem auch Zeiten und Entfernungen zu berücksichtigen.

»Ich glaube, man könnte doch noch einen Versuch wagen, Sir, sofern er nur ohne Verzug unternommen wird.«

»Ohne Verzug?« Jetzt war es Nacht, die Besatzung war zum Umfallen müde. Bucklands Ton verriet, daß ihm die Zumutung, sofort zu handeln, überraschend kam. »Sie meinen doch nicht etwa heute nacht?«

»Doch, Sir, heute nacht wäre zweifellos die günstigste Zeit. Die Dons haben mit angesehen, daß wir mit eingezogenem Schwanz von der Bildfläche verschwanden – Verzeihung, Sir, aber so sah es jedenfalls für sie aus. Zuletzt konnten sie noch beobachten, wie wir bei Sonnenuntergang aus der Samaná-Bucht herauskreuzten. Jetzt bilden sie sich natürlich eine Menge auf ihre Leistung ein. Sie wissen doch, wie diese Leute sind, Sir. Die sind auf alles andere gefaßt, als daß wir schon bei Anbruch des nächsten Tages aus einer ganz anderen Richtung, nämlich über Land, einen Angriff auf sie unternehmen könnten.«

Diese Überlegung schien Bush doch sehr beherzigenswert, und er konnte nicht umhin, seiner Zustimmung durch ein leises, beifälliges Brummen Ausdruck zu geben. Ausführlicher zu diesem Meinungsaustausch beizutragen, hätte er nie über sich gebracht.

»Und wie denken Sie sich diesen Angriff, Mr. Hornblower?« fragte Buckland.

Hornblower hatte jetzt seinen Plan klar im Kopf, alle Müdigkeit war verflogen, seine Wangen schienen vor Begeisterung zu glühen.

»Der Wind steht günstig zur Ansteuerung von Scotchmans Bay, Sir. Wir könnten in weniger als zwei Stunden, das heißt noch vor Mitternacht, dort sein. Bis dahin kann die Landungsabteilung aufgestellt und ausgerüstet sein. Hundert Matrosen und die Seesoldaten werden genügen. Es gibt dort ein zum Landen geeignetes Stück Strand – wir haben es gestern gesehen. Das Land dahinter ist anscheinend sumpfig, jedenfalls bis dort, wo die Hügel die Halbinsel bilden, aber wir können ohne Schwierigkeit an der Stelle landen, wo das Sumpfgelände in die Halbinsel übergeht. Ich habe mir diese Stelle gestern genau gemerkt.«

»Und was weiter?«

Hornblower mußte mit der Erkenntnis fertig werden, daß es tatsächlich Menschen gab, denen die eigene Einbildungskraft auch dann nicht weiterhalf, wenn man sie schon auf die Spur gesetzt hatte.

»Die Landungsabteilung kann dann ohne Schwierigkeit auf den Kamm des Höhenzuges gelangen, Sir. Da die See auf der einen, die Bucht von Samaná auf der anderen Seite liegt, kommt ein Verirren nicht in Frage. Wenn die Truppe oben angelangt ist, rückt sie auf dem Höhenkamm weiter vor und stürmt dann in der Morgendämmerung das Fort. Ich kann mir nicht denken, Sir, daß die Dons nach dem Sumpf und der Steilküste so scharf Ausguck halten werden.«

»So, wie Sie es darstellen, klingt alles sehr einfach, Mr. Hornblower – aber mit hundertachtzig Mann?«

»Die dürften genügen, Sir.«

»Wie kommen Sie darauf?«

»Das Fort schoß mit sechs Geschützen auf uns, Sir, das macht im Höchstfall neunzig Mann Bedienungspersonal, wahrscheinlich sind es aber nur sechzig. Dazu kommen die Munitionsmänner und die Leute, die die Kugelöfen heizen, im ganzen haben sie also schlimmstenfalls hundertfünfzig Mann, vielleicht sind es sogar nur hundert.«

»Wer sagt Ihnen, daß die Besatzung nicht doch viel stärker ist?«

»Die Dons haben auf dieser Seite der Insel nichts zu fürchten. Sie stehen in Abwehr gegen die Schwarzen, vielleicht auch gegen die Franzosen, und außerdem natürlich gegen die Engländer in Jamaika. Daß sich die Schwarzen versucht fühlen könnten, sie durch den Sumpf hindurch anzugreifen, ist doch wohl nicht anzunehmen. Die Hauptgefahr liegt für sie südlich der Bucht von Samaná. Aus diesem Grunde haben die Dons bestimmt dort, und nicht auf der Nordseite, alles zusammengefaßt, was eine Muskete tragen kann. Dort liegen nämlich die Städte, und von dort her bedroht sie vor allem dieser Bursche, der Toussaint oder wie er heißt.«

Der letzte Satz dieser langen Rede klang wie ein beiläufiger Einfall. Hornblower wollte es ganz offensichtlich vermeiden, seinem Vorgesetzten diese unmittelbar in die Augen springenden Zusammenhänge in allzu lehrhaftem Ton darzulegen. Bush bemerkte, wie sich Buckland vor Unbehagen förmlich wand, als so ganz nebenbei von den Schwarzen und den Franzosen die Rede war. Der Geheimbefehl – den Bush noch nicht hatte lesen dürfen – enthielt allem Anschein nach besonders scharfe Weisungen im Hinblick auf die unklare politische Lage auf Santo Domingo, wo die aufständischen Sklaven, die Franzosen und die Spanier (obwohl die letzteren beiden Nationen anderswo in der Welt dem Namen nach Verbündete waren) in ständigem Kampf um die Herrschaft lagen.

»Wir wollen die Franzosen und die Schwarzen aus dem Spiele lassen«, sagte Buckland und bekräftigte damit Bushs Verdacht.

»Jawohl, Sir, aber die Dons tun das nicht«, gab Hornblower zur Antwort, ohne sich einschüchtern zu lassen. »Im Augenblick fürchten sie die Schwarzen mehr als uns.«

Buckland wechselte kopfschüttelnd das Thema.

»Sie meinen also, daß ein solcher Angriff Erfolg haben könnte?« fragte er.

»Ich halte das für durchaus möglich, Sir. Aber die Zeit schreitet fort.«

Buckland sah die beiden jüngeren Offiziere mit einem Ausdruck qualvoller Unentschlossenheit an, so daß Bush richtig Mitleid mit ihm bekam. Eine zweite blutige Niederlage – oder, was noch schlimmer gewesen wäre, die Einschließung und Gefangennahme der ganzen Landungsabteilung – hätte Bucklands sicheren Untergang bedeutet.

»Ist das Fort erst in unserer Hand, Sir«, sagte Hornblower, »dann können wir mit den Kaperschiffen in der Bucht leicht fertig werden. Sie wären künftig nie mehr in der Lage, dort unterzuschlüpfen.«

»Das stimmt«, pflichtete ihm Buckland bei. Gelang das Unternehmen, dann hatte er seine Aufgabe elegant und ohne große Opfer gelöst und dadurch das gefährdete Vertrauen seiner Vorgesetzten wieder gewonnen.

Die Verbände der *Renown* knarrten im rhythmischen Auf und Nieder, während sie über die langen atlantischen Wogen ritt. Ein frischer Hauch des Passatwindes fand seinen Weg in die enge Kammer, erneuerte die dumpfe, verbrauchte Luft und strich kühlend über Bushs schweißüberströmtes Gesicht.

»Hol's der Teufel!« rief Buckland in einem plötzlichen Ausbruch wilder Entschlossenheit. »Die Sache wird gemacht.«

»Zu Befehl, Sir.«

Es kostete Bush einige Überwindung, seine Freude über diese Lösung für sich zu behalten. Auch Hornblower hatte seine Meinung nur in streng sachlichem Ton vertreten – jeder Versuch, Buckland allzu eifrig in eine bestimmte Richtung zu drängen, hätte vielleicht das genaue Gegenteil des gewünschten Erfolges bewirkt und ihn womöglich noch im letzten Augenblick dazu bestimmt, seine schon getroffene Entscheidung wieder umzustoßen.

Außerdem tauchte jetzt, nachdem diese Entscheidung endlich erreicht war, sofort eine zweite, fast ebenso wichtige Frage auf, die eine sofortige Lösung verlangte.

»Wer soll die Landungsabteilung führen?« fragte Buckland. Die Frage konnte nur rhetorische Bedeutung haben, denn außer Buckland selbst stand niemand eine Antwort darauf zu. Bush und Hornblower waren sich dessen wohl bewußt, sie hatten schweigend abzuwarten, wie ihr Vorgesetzter entschied.

»Wenn der arme Roberts noch lebte, wäre ihm diese Aufgabe zugefallen«, sagte Buckland, dann musterte er Bush mit einem ernsten Blick. »Mr. Bush, Sie übernehmen das Kommando.«

Bush erhob sich von seinem Stuhl und stand mit unbequem gebeugtem Nacken unter den niedrigen Decksbalken.

»Wen wollen Sie unter sich haben?«

Hornblower hatte während der ganzen Besprechung gestanden, jetzt trat er unruhig von einem Bein auf das andere.

»Werde ich noch gebraucht, Sir?« fragte er Buckland.

Bush warf ihm einen Blick zu, aber er vermochte nicht zu erraten, was in ihm vorging. Hornblower zeigte die Haltung eines ehrerbietigen, diensteifrigen jungen Offiziers, sonst nichts. Wer kam denn überhaupt in Frage? Bush dachte an Smith, den einzigen Leutnant, der außer den Anwesenden noch an Bord war, er dachte an Whiting, den Hauptmann der Seesoldaten, der selbstverständlich an der Landung teilnahm. Es gab noch eine Reihe von Fähnrichen und Steuermannsmaaten, die man als Unterführer einteilen konnte. Er war im Begriff, die Verantwortung für einen gewagten, verwegenen militärischen Handstreich zu übernehmen – von nun an stand also sein eigener Ruf genauso auf dem Spiel wie der Bucklands. Wen sollte er sich für diese folgenschwersten Stunden seiner ganzen Laufbahn zur Unterstützung an seine Seite wünschen? Wenn er einen zweiten Leutnant verlangte, dann galt dieser als sein Stellvertreter und konnte mit Recht von ihm erwarten, daß er vor jeder entscheidenden Maßnahme gehört wurde.

»Brauchen wir Mr. Hornblower noch, Mr. Bush?« fragte Buckland.

Ja, dieser Hornblower! Er war als Untergebener gewiß besonders energisch und tatkräftig – mit anderen Worten: unbequem. Man mußte darauf gefaßt sein, daß er jedes Wort und jede Handlung kritisierte, zum mindesten in Gedanken. Bush konnte sich jedenfalls vorstellen, daß es keine reine Freude war, das Landungsunternehmen zu führen, wenn ein Hornblower mit gespitzten Ohren auf jeden seiner Befehle lauschte. Diese ganze gedankliche Auseinandersetzung vollzog sich bei Bush nicht etwa in klar umrissenen Vorstellungen und mit wohlgeordneten Gründen für und wider, sie lief vielmehr auf einen dumpfen Widerstreit zwischen Vorurteilen und Instinkten hinaus, den man als das Ergebnis langjähriger Erfahrung im Dienst bezeichnen konnte und für den Bush wohl niemals Worte gefunden hätte. Es stand für ihn schon fest, daß er weder Smith noch Hornblower brauchen konnte – bis sein Blick zum anderen Mal auf Hornblower fiel.

Hornblower versuchte möglichst teilnahmslos dreinzuschauen, dennoch blieb es der mitfühlenden Hellsicht Bushs nicht verborgen, wie brennend der junge Mann danach verlangte, zur Teilnahme an dem Unternehmen aufgefordert zu werden. Selbstverständlich hätte sich jeder Offizier gewünscht, so etwas mitmachen zu können, weil er dabei Gelegenheit bekam, sich auszuzeichnen, aber Hornblower hatte natürlich noch andere, weit schwerer ins Gewicht fallende Beweggründe für sein stummes Begehren.

Jetzt stand er immer noch in militärischer Haltung vor seinen Vorgesetzten und hielt die Hände vorschriftsmäßig an der Hosennaht. Da fiel Bush auf, wie er mit seinen langen Fingern gegen die Schenkel trommelte, wie er sich plötzlich beherrschte und dann unter dem Druck einer unbezähmbaren Nervosität von neuem damit begann. Die Gründe, die Bush am Ende zu seiner Entscheidung bestimmten, kamen jedenfalls aus anderen Bereichen als denen kühl wägender Vernunft. Was gab ihm also den Ausschlag? Vielleicht war es seine angeborene Herzensgüte, vielleicht überwog sogar noch ein Gefühl persönlicher Neigung. Eins war nämlich sicher: Er hatte diesen fixen, wendigen Jungen von Herzen liebgewonnen und hegte nicht mehr den geringsten Zweifel an seinem persönlichen Mut.

»Ich möchte Mr. Hornblower mitnehmen, Sir«, sagte er, und es schien, als wären ihm diese Worte fast ungewollt entglitten. So ähnlich mochte ein freundlich gesinnter älterer Bruder sprechen, der aus Herzensgüte sein kleines Brüderchen mitschleppen will, wenn er einen fröhlichen Ausflug vorhat.

Während er noch sprach, traf ihn als Antwort Hornblowers stummer Blick und brachte jede Spur von Reue zum Schweigen, die ihn überkommen haben mochte, weil er seinen Gefühlen nachgegeben hatte, statt unbeirrbar der Vernunft zu folgen. In diesem einen kurzen Blick lag nämlich so viel erlöstes Aufatmen und so viel Dankbarkeit, daß es Bush ganz warm und weit ums Herz wurde. Seine Großmut machte ihn in seinen eigenen Augen zu einem edleren und besseren Menschen. Natürlich sah er im Augenblick nichts Ungereimtes darin, daß ihm Hornblower für eine Entscheidung Dank wußte, die ihn mit Sicherheit in Lebensgefahr brachte.

»Gut, Mr. Bush«, sagte Buckland. »Haben Sie noch etwas auf dem Herzen, Mr. Hornblower?«

»Nein, Sir.«

»Doch, Sie wollten eben etwas sagen. Nur heraus damit!«

»Es war nichts von Bedeutung, Sir. Ich fragte mich eben nur, ob es nicht an der Zeit wäre, Kurs zu ändern. Wir könnten jetzt gleich nach der Scotchmans Bay abhalten, dann brauchen wir keinen Zeitverlust mehr zu gewärtigen.«

»Dem steht wohl nichts im Wege.«

Buckland wußte so gut wie jeder andere Seeoffizier, daß auf die Launen von Wind und Wetter kein Verlaß war und daß man daher Maßnahmen von irgendwie entscheidender Bedeutung niemals unnötig aufschieben durfte. Dennoch kam es immer wieder vor, daß er diesen Grundsatz vergaß, wenn er nicht von anderen daraufgestoßen wurde. »Gut, bringen wir das Schiff vor den Wind. Geben Sie mir bitte den Kurs.«

Nachdem der Lärm des Halsemanövers abgeebbt war, ging Buckland den anderen voran in seine Kammer zurück und warf sich müde auf seinen Stuhl.

»Wir haben Mr. Hornblower für den Augenblick zufriedengestellt«, sagte er. »Jetzt lassen Sie mich bitte hören, Mr. Bush, was Sie für das Unternehmen brauchen.«

Die nun folgende Besprechung nahm den üblichen Verlauf. Sie drehte sich um die Leute, die für die Landung in Frage kamen, die Ausrüstung, die an sie auszugeben war, den Treffpunkt, der für den folgenden Morgen vereinbart werden mußte. Hornblower hielt sich mit Absicht bescheiden im Hintergrund, während diese Fragen erörtert wurden.

»Haben Sie noch Vorschläge, Mr. Hornblower?« fragte Bush zuletzt. Seine Höflichkeit legte ihm diese Frage in den Mund, vielleicht steckte allerdings auch etwas Berechnung dahinter.

»Nur einen, Sir. Wir könnten ein paar Bootsdraggen mit Leinen mitnehmen. Wenn wir die Mauern erklettern müssen, könnten sie uns von Nutzen sein.«

»Richtig«, stimmte Bush ihm bei, »lassen Sie die Dinger ausgeben.«

»Aye, aye, Sir.«

»Brauchen Sie einen Befehlsübermittler, Mr. Hornblower?« fragte Buckland.

»Vielleicht wäre es gut, wenn ich einen hätte, Sir.«

»Haben Sie jemand Besonderen im Auge?«

»Am liebsten hätte ich Wellard, Sir, wenn Sie nichts dagegen einzuwenden haben. Er hat einen klaren Kopf und ist fix im Denken.«

»Gut, einverstanden.« Buckland maß Hornblower mit einem scharfen Blick, als Wellards Name fiel, aber er kam dann nicht weiter auf dieses Thema zurück.

»Sonst noch etwas? Nein? Mr. Bush? Ist alles klar?«

»Jawohl, Sir«, sagte Bush.

Buckland trommelte mit den Fingern auf dem Tisch. Die Kursänderung bedeutete noch keine unwiderrufliche Entscheidung, er hatte sich damit auf keine Weise festgelegt. Erst der nächste Befehl brachte das Räderwerk erbarmungslos in Gang. Wenn die Männer geweckt waren und ihre Waffen empfangen hatten, wenn sie ihre Unterweisungen für das Landungsunternehmen bekommen hatten, dann konnte er kaum mehr zurück. Dieser zweite Versuch brachte vielleicht den zweiten Fehlschlag – oder gar die Katastrophe.

Es stand nicht in seiner Macht, dem Erfolg zu gebieten, wohl aber war es ihm gegeben, den Mißerfolg zu vermeiden, indem er sich davor hütete, ihn heraufzubeschwören. Er hob den Blick und begegnete den beiden Augenpaaren seiner Untergebenen, die ihn unerbittlich anstarrten. Nein, es war schon jetzt zu spät – es war ein Irrtum, zu glauben, es gäbe noch ein Zurück. Damit war es vorbei.

»Dann sind also nur noch die Befehle zu erteilen, nicht wahr?« sagte er. »Ich bitte Sie, das zu veranlassen.«

»Aye, aye, Sir.«

Er und Hornblower waren schon im Begriff, die Kammer zu verlassen, da stellte Buckland die Frage, die er schon seit langem mit sich herumtrug. Er mußte dazu ganz unvermittelt das Thema wechseln, aber die Neugier, die ihn zu seiner Frage trieb, hatte soeben dadurch neue Nahrung bekommen, als Hornblower den Namen Wellard erwähnte. Jedenfalls faßte sich Buckland noch im Vollgefühl seiner männlichen Entschlußkraft ein Herz und platzte mit der bewußten Frage heraus. Ein Mensch in gehobener Stimmung war offenherziger als sonst und gab darum auch ein Geheimnis leichter preis.

»Ach, Mr. Hornblower«, sagte er, »können Sie uns wirklich nicht verraten, wie es kam, daß der Kommandant in den Niedergang stürzte?«

Bush sah, wie Hornblowers Gesicht seinen begeisterten Ausdruck verlor und in Sekundenschnelle zu einer starren Maske gefror. Es dauerte eine ganze Weile, bis die Antwort kam.

»Er muß das Gleichgewicht verloren haben, Sir«, sagte Hornblower höchst respektvoll, aber in gänzlich unbeteiligtem Ton. »Sie werden sich erinnern, Sir, daß das Schiff in jener Nacht recht lebendig war.«

»Ja ja, das kann schon sein«, sagte Buckland. Seine Stimme verriet Enttäuschung und peinliche Verlegenheit. Er starrte Hornblower an, aber aus diesem Gesicht war nichts zu lesen.

»Na, schön, gehen Sie an Ihren Dienst.«

»Aye, aye, Sir.«

8

Die Seebrise war mit der fortschreitenden Abkühlung des Landes schlafen gegangen, und damit hatten jene erstickend schwülen Nachtstunden begonnen, die die Folge des Druckausgleichs zwischen Ozean und Inseln waren. Wenige Meilen seewärts wehte wie seit Ewigkeiten der Passat, hier unter Land war es dumpf und feucht und still. Die lange Dünung des Atlantiks verlor schon an den äußersten Sänden weit vor der Küste ihre volle Gewalt, aber sie lebte dennoch weiter. Matt wie ein einstmals starker Mann, den eine Krankheit geschwächt hat, rollte sie westwärts der Küste zu, bis sie rhythmisch aufrauschend zu Gischt zerbarst. Hier, wo die Kalksteinklippen der

Halbinsel Samaná begannen, gab es einen geschützten Winkel. Gerade am äußersten östlichen Ende des breiten Strandes hatte nämlich ein kleiner Wasserlauf ein breites Bett in den Hang des Kliffs gefressen.

See und Brandung und Küste schienen in Flammen zu stehen, so stark strahlte das Meerleuchten in der dunklen Nacht. Es erhob sich in der Brandung, lief mit den Brechern den Strand hinauf und ließ die Blätter der Riemen hell erstrahlen, als die Barkassen zur Küste ruderten. Die Boote schienen in einem Feuermeer zu schwimmen, das sich an ihren vorübergleitenden Rümpfen immer neu entzündete. Jede der Barkassen hinterließ eine flammende Kielspur und rechts und links davon zwei weitere, von den Riemen aufgewühlte glühende Bahnen.

Landung und erster Anstieg gingen am unteren Ende der erwähnten Wasserrinne leicht vonstatten. Die Barkassen wühlten sich knirschend in den Sand, und die Landungsabteilung brauchte nur herauszuklettern. Das Wasser – nein, das flüssige Feuer – reichte ihnen anfangs bis zu den Hüften, sorgsam hielten sie ihre Musketen samt Munition über die Köpfe, damit sie ja nicht naß wurden. Auch die ältesten Seeleute der Abteilung hatten noch nie ein Meerleuchten von solchem Glanz gesehen, auf die Neulinge machte es einen solchen Eindruck, daß sie alle aufgeregt durcheinander zu schwatzen begannen und mit scharfen Worten zur Ruhe verwiesen werden mußten. Bush war als einer der ersten aus der Barkaß geklettert; er patschte den anderen voran ans Ufer und mußte sich erst eine Weile an den festen Boden unter den Füßen gewöhnen, als er mit triefender Hose an Land stand und auf seine Männer wartete.

Von der anderen Barkaß her trat ein dunkler Schatten auf ihn zu.

»Meine Gruppe ist vollzählig an Land, Sir«, meldete die Gestalt.

»Danke sehr, Mr. Hornblower.«

»Darf ich mit der Vorhut den Anstieg in der Rinne beginnen, Sir.«

»Gewiß, Mr. Hornblower, handeln Sie nach Ihrem Befehl.«

Bush war so gespannt und aufgeregt, wie es seine stoische Erziehung und seine phlegmatische Wesensart überhaupt zuließen. Er hätte sich am liebsten sofort in den Kampf gestürzt, aber das ließ der wohldurchdachte, gemeinsam mit Hornblower aufgestellte Plan für das Unternehmen nicht zu. Er stand beiseite, während seine eigene Abteilung antrat; ein Stückchen abseits gab Hornblower seinen Leuten gedämpfte Kommandos.

»Kolonne zu Einem! Der erste folgt mir dicht auf, jeder hält Fühlung mit seinem Vordermann! Denkt daran, daß eure Musketen nicht geladen sind, es hat keinen Zweck, mit dem Hahn zu schnappen, wenn wir auf einen Feind stoßen. Da hilft nur kalter Stahl. Sollte es aber einem von euch in seiner Dummheit einfallen, zu laden und zu schießen, dann kann sich der gleich morgen am Fallreep auf vier Dutzend Hiebe gefaßt machen. Das garantiere ich ihm. Woolton!«

»Sir!«

»Sie machen den Beschluß. So, und nun geht's los. Vom rechten Flügel – folgen!«

Hornblowers Abteilung verschwand Mann für Mann in der Dunkelheit. Schon kamen die Seesoldaten an Land, ihre roten Waffenröcke hoben sich als dunkle Schatten gegen das Meerleuchten ab, und als sie angetreten waren, stand ihr weißes Riemenzeug wie eine doppelt helle Zickzacklinie gegen den nächtlichen Hintergrund. Ihre Unteroffiziere eilten geschäftig hin und her und traktierten die Männer mit gedämpften Befehlen. Bush hielt die Linke immer noch am Säbelgriff, mit der Rechten prüfte er wieder und wieder, ob seine Pistolen richtig im Koppel steckten und ob er die Patronen in der Tasche hatte. Eine schwarze Schattengestalt trat vor ihn hin und klappte militärisch die Hacken zusammen.

»Abteilung vollzählig angetreten, Sir – klar zum Abrücken!« meldete Whiting.

»Besten Dank. Dann setzen wir uns gleich in Marsch. Mr. Abbott!«

»Sir?«

»Sie wissen ja, was Sie zu tun haben. Ich rücke jetzt mit den Seesoldaten ab. Sie folgen uns dicht auf.«

»Aye, aye, Sir.«

Der Aufstieg durch die Rinne war lang und beschwerlich. An Stelle des sandigen Bodens zeigte sich bald blanker Fels, Kalkgestein in breiten flachen Stufen. Aber der Fels war nicht etwa kahl, dank dem reichlichen Regen, der hier an der Nordseite der Insel fiel, wuchs aus allen seinen Ritzen dichtes Buschwerk. Nur das eigentliche Bachbett, das jetzt trocken war, da der poröse Fels alles Wasser eingesogen hatte, bot einen einigermaßen gangbaren Weg – soweit von Weg überhaupt die Rede sein konnte, denn auch hier ging es über scharfkantiges Geröll und häßliche Steine, auch hier verbaute einem alle Augenblicke ein steiler Absatz den Weg, über den sich Bush jedesmal auf allen vieren emporquälen mußte. Schon nach wenigen Minuten war er in Schweiß gebadet, aber er kletterte verbissen weiter. Die Seesoldaten krochen schwerfällig hinter ihm drein, ihre Sohlen knirschten im Gestein, ihre Waffen und Ausrüstungsstücke klapperten, so daß man unwillkürlich meinte, man müßte die Kolonne meilenweit hören.

Jetzt rutschte einer aus und begann laut zu fluchen.

»Halt gefälligst den Rand!« schnauzte ein Korporal.

»Ruhe da!« knurrte Whiting böse über seine Schulter hinweg.

So ging es langsam immer weiter bergan. Hier und dort standen die Bäume und Sträucher so hoch und dicht, daß sie das schwache Licht der Sterne vollends verdunkelten, dann konnte sich Bush nur noch mit den Händen von Stein zu Stein vorwärtstasten, sein Atem ging keuchend, er mußte sich trotz seiner Riesenkräfte völlig verausgaben. Hie und da geriet er beim

Klettern in einen Schwarm von Glühwürmchen; er hatte seit Jahren keine mehr gesehen, aber heute vermochten sie ihn trotzdem nicht zu fesseln. Dafür riefen sie bei den nachfolgenden Seesoldaten alsbald ein aufgeregtes Geschnatter hervor, so daß Bush über diese unbeherrschten Tölpel in helle Wut geriet, weil sie durch ihre dummen Bemerkungen womöglich alles aufs Spiel setzten – ihr eigenes Leben so gut wie den Erfolg des ganzen Unternehmens.

»Ich will den Brüdern den Kopf zurechtsetzen«, sagte Whiting und fiel zurück, um sich von der Kolonne überholen zu lassen.

Ein Stück weiter oben klang Bush aus der Dunkelheit eine helle Knabenstimme entgegen, deren Besitzer offenbar nach Kräften bemüht war, gedämpft zu sprechen.

»Mr. Bush, Sir?«

»Ja, der bin ich.«

»Hier ist Wellard, Sir. Mr. Hornblower schickt mich zurück, daß ich als Führer dienen kann. Nur noch etwas höher, dann beginnt grasbewachsenes Land.«

»Sehr schön«, sagte Bush.

Er machte eine Weile halt und wischte sich mit dem Rockärmel den Schweiß vom Gesicht, während die Kolonne hinter ihm aufrückte. Als er sich wieder in Bewegung setzte, brauchte er wirklich nicht mehr lange zu klettern; Wellard führte ihn nur noch an einer Gruppe dunkler Schattenbäume vorüber, und schon fühlte er – o Wohltat! – das weiche Gras unter den Füßen. Jetzt schritt sich's auch gleich leichter aus; es ging zwar noch immer bergan, aber dieser sanfte Hang war nur noch Spielerei im Vergleich mit der steilen, felsigen Rinne. Von vorn kam ein leiser Anruf.

»Gut Freund«, antwortete Wellard. »Hier ist Mr. Bush.«

»Willkommen, Sir«, sagte eine andere Stimme, sie gehörte Hornblower. Hornblower löste sich aus der Dunkelheit und kam herbei, um seine Meldung zu machen.

»Meine Abteilung hat ein wenig weiter vorn gesammelt, Sir; ich habe Saddler mit zwei zuverlässigen Leuten als Spähtrupp vorausgeschickt.«

»Sehr gut«, sagte Bush – man merkte, daß es ihm von Herzen kam. Der Feldwebel der Seesoldaten machte Whiting Meldung. »Alles zur Stelle, Sir, außer Chapman, Sir; hat sich den Knöchel verstaucht oder behauptet es wenigstens, Sir. Mußte ihn zurücklassen, Sir.«

»Lassen Sie Ihre Männer rasten, Hauptmann Whiting«, sagte Bush.

Das Leben auf dem engen Raum eines Schiffes war natürlich alles andere als die richtige Vorbereitung auf eine Felskletterei in den Tropen. Dazu kam, daß der vorangegangene Tag ohnhin bis zur Erschöpfung anstrengend gewesen war. Die Seesoldaten ließen sich fallen, wo sie standen, einige stöhnten erleichtert auf, was ihnen sofort von ihrem Feldwebel mit kräftigen Fußtritten heimgezahlt wurde.

»Wir sind hier auf dem Kamm, Sir«, sagte Hornblower. »Ein Stückchen weiter vorn können Sie schon in die Bucht hinuntersehen.«

»Dann hätten wir also noch drei Meilen bis zum Fort?« Eigentlich wollte Bush keine Frage stellen, da er ja die Führung hatte, aber Hornblower war mit seinen Auskünften so rasch und sicher zur Hand, daß er unwillkürlich weiter in ihn drang.

»Ja, wahrscheinlich. Mehr als vier auf keinen Fall, Sir. In vier Stunden beginnt die Dämmerung, und der Mond geht in einer halben Stunde auf.«

»Ja.«

»Wie zu erwarten war, haben wir auf dem Kamm eine Art Pfad oder Steig entdeckt, Sir. Er dürfte zum Fort führen.«

»Das ist anzunehmen.«

Dieser Hornblower war wirklich ein angenehmer Untergebener. Bush fand es jetzt auch ganz natürlich, daß auf dem Kamm der Halbinsel ein Weg entlangführte – es war wohl das Gegebene –, und doch hatte er bis zu diesem Augenblick nicht an eine solche Möglichkeit gedacht.

»Wenn Sie gestatten, Sir«, fuhr Hornblower fort, »dann möchte ich jetzt James das Kommando über meine Abteilung übergeben und selbst mit Saddler und Wellard vorstoßen, um das Gelände näher zu erkunden.«

»Einverstanden, Mr. Hornblower.«

Kaum war Hornblower in der Dunkelheit verschwunden, als sich bei Bush eine unbestimmte Gereiztheit gegen ihn geltend machte. Nahm sich der junge Mensch nicht allzuviel heraus? Bush gehörte nicht zu den Leuten, die sich einen Einbruch in ihre Befehlsgewalt gefallen lassen. Er wurde von diesem unerfreulichen Gedanken wieder abgelenkt, als jetzt die zweite Matrosenabteilung schwitzend und keuchend auf dem Plan erschien und damit wieder Anschluß an das Gros gefunden hatte. Da er noch genau wußte, wie erschöpft er selbst bei seiner Ankunft gewesen war, gewährte er auch diesen Männern noch eine ausreichende Rast, ehe er mit seiner gesammelten Streitmacht weiter vorrückte. Sogar in dieser dunklen Nacht hatte eine Wolke von Mücken die schweißdampfende Kolonne entdeckt; sie sangen auch Bush unablässig um die Ohren und traktierten ihn bei jeder Gelegenheit mit wütenden Stichen. Die Besatzung der *Renown* war lange auf See gewesen und hatte darum offenbar ein besonders süßes, wohlschmeckendes Blut. Immer wieder klatschte sich Bush fluchend ins Gesicht, und seine Untergebenen folgten eifrig seinem Beispiel.

»Mr. Bush, Sir?«

Es war Hornblower. Er war also von seiner Erkundung zurückgekehrt.

»Ja?«

»Es handelt sich um einen ausgetretenen Pfad, Sir. Dicht vor uns kreuzt er einen Graben, aber der bildet kein ernstes Hindernis.«

»Danke, Mr. Hornblower. Wir wollen uns wieder in Marsch setzen. Bitte, treten Sie mit Ihrer Abteilung an.«

»Aye, aye, Sir.«

Der Vormarsch begann. Die runden Kalksteinkuppen, die den Kamm der Halbinsel bildeten, waren mit langem Gras bedeckt und hier und dort mit einzelnen Bäumen bestanden. Abseits des Pfades war das Gehen nicht ganz einfach, da das Gras in dichten, unregelmäßigen Büscheln wucherte, auf dem Weg selbst ging es sich verhältnismäßig leicht, jedenfalls konnten sich die Männer wohlaufgeschlossen in einer Art Marschkolonne voranbewegen. Ihre Augen hatten sich völlig an die Dunkelheit gewöhnt, so daß sie in der sternhellen Nacht ohne Schwierigkeit den Weg erkennen konnten. Der Graben, von dem Hornblower gesprochen hatte, entpuppte sich als ein flacher Einschnitt mit sacht abfallenden Seiten und bot keinerlei Hindernis. Bush stapfte mit Whiting an seiner Seite an der Spitze der Seesoldaten voran, die dunkle Tropennacht schlug sich um seine Glieder wie ein feuchtwarmes Handtuch. Der ganze Marsch hatte für ihn überhaupt etwas Traumhaftes, was sich wahrscheinlich dadurch erklären ließ, daß er volle vierundzwanzig Stunden nicht geschlafen hatte und von den Anstrengungen des verflossenen Tages noch wie vor den Kopf geschlagen war. Der Pfad stieg immer noch langsam an – natürlich, das war nicht anders zu erwarten, da er ja nach dem höchsten Punkt der Halbinsel führte, auf dem das Fort gelegen war.

»Ah!« sagte Whiting plötzlich. Der Weg hatte sich allmählich mehr nach rechts gezogen, damit führte er weiter vom Meere weg und näher zur Bucht hin. Jetzt hatten sie das Rückgrat der Halbinsel überquert, und jenseits desselben tat sich der Blick über die Bucht auf. Rechter Hand reichte das Auge über die Einfahrt bis nach See hinaus, dort war es nicht so dunkel wie anderwärts, weil sich das schwache Licht des aufgehenden Mondes durch die tief über der Kimm hängenden Wolkenbänke fraß.

»Mr. Bush, Sir?«

Das war Wellard, er hatte seine Stimme diesmal besser in der Gewalt.

»Ja? Hier bin ich.«

»Mr. Hornblower hat mich zurückgesandt, Sir. Vorn kommt noch ein weiterer Graben quer über den Weg. Außerdem sind wir auf eine Viehherde gestoßen. Die Tiere schliefen dicht am Weg, und wir haben sie geweckt. Jetzt laufen sie überall herum.«

»Danke, ich bin im Bilde«, sagte Bush.

Bush hielt bitter wenig vom sogenannten gemeinen Mann samt all den sogenannten Unterführern, die die Masse der ihm unterstellten Truppe ausmachten. Wenn Leute dieses Schlages auf einem nächtlichen Marsch unversehens auf Kühe stießen, dann dachten sie unter Garantie, sie hätten den Feind vor sich. Das gab Aufregung und Lärm, womöglich fingen sogar irgendwelche Idioten an zu schießen.

»Sagen Sie Mr. Hornblower, ich werde fünfzehn Minuten Marschpause einlegen.«

»Aye, aye, Sir.«

Solange noch genügend Zeit war, konnte eine Rast den müden Männnern nur guttun. Außerdem bot sie der Kolonne wieder einmal Gelegenheit zum Aufschließen. Während der Marschpause konnte man die Leute persönlich und einzeln vornehmen und auf die Begegnung mit dem Vieh vorbereiten. Durchsagen allein tat nie den gleichen Dienst, das wußte Bush genau. Die Männer waren müde und schwer von Begriff, da kam am Ende der größte Unsinn heraus. Er gab also den Haltbefehl, und die Kolonne kam zum Stillstand. Natürlich rannte der und jener verschlafen gegen seinen Vordermann, das gab Gepolter und Gemurmel, und die Unteroffiziere hatten alle Mühe, dem Lärm mit zischend hervorgestoßenen Flüchen ein Ende zu machen. Während die im Gras liegenden Leute noch auf das Zusammentreffen mit der Viehherde vorbereitet wurden, trat schon die nächste Sorge an Bush heran. Ein Maat meldete ihm:

»Matrose Black, Sir. Er ist betrunken, Sir.«

»Wie, betrunken?«

»Jawohl, Sir, er muß Schnaps in seiner Feldflasche gehabt haben, Sir. Man riecht es an seinem Atem. Ich weiß nicht, wie er darangekommen ist, Sir.«

Wenn man hundertachtzig Matrosen und Seesoldaten unter sich hatte, konnte man damit rechnen, daß mindestens einer davon betrunken war. Die Findigkeit des britischen Seemanns im Aufspüren von Alkohol und seine Neigung, des Guten zuviel zu tun, gehörten sozusagen zu seiner körperlichen Konstitution und waren so wenig von ihm wegzudenken wie seine Ohren oder seine Nase.

»Wo ist denn der Kerl jetzt?«

»Er hat Krach gemacht, Sir, da habe ich ihm eins aufs Ohr gegeben, jetzt hält er die Schnauze.«

Es war für Bush nicht schwer zu erraten, daß dieser kurze Satz manches unausgesprochen ließ, aber er hatte keine Veranlassung, der Sache weiter nachzugehen. Viel wichtiger war, daß er gleich die richtigen Maßnahmen ergriff.

»Suchen Sie einen zuverlässigen Mann aus und lassen Sie ihn mit Black zurück, wenn wir den Marsch fortsetzen.«

»Aye, aye, Sir.«

Damit war die Landungsabteilung nicht nur um den betrunkenen Black schwächer geworden, sondern noch um einen zweiten Mann, der bei ihm bleiben mußte, um weiteren Unfug zu verhindern. Ein Glück immerhin, daß es bis jetzt nicht noch mehr solche Nachzügler gab. Als sich die Kolonne eben wieder in Bewegung setzte, tauchte vorn im schwachen Mondlicht ein schlaksiger Schatten auf. Es war unverkennbar Hornblower. Er fiel neben Bush in Schritt und machte seine Meldung.

»Ich habe das Fort gesichtet, Sir.«

»Wirklich?«

»Jawohl, Sir. Etwa eine Meile von hier kommt wieder ein Graben, und jenseits davon liegt das Fort. Man kann es gegen den Mond ganz deutlich erkennen. Vom Graben aus ist es höchstens noch eine halbe Meile bis dorthin, vielleicht sogar noch weniger. Ich habe Wellard und Saddler im Graben zurückgelassen; sie haben Befehl, die Kolonne dort anzuhalten.«

»Besten Dank.«

Bush stapfte unverdrossen über das unebene Gelände voran. Jetzt wuchs trotz aller Müdigkeit seine innere Spannung; er glich einem Tiger, der endlich Witterung von seiner Beute hat und die Muskeln zum Sprunge spannt. Bush war eine echte Kampfnatur, das Bewußtsein, unmittelbar am Feind zu stehen, wirkte auf ihn wie ein berauschender Trunk. Noch zwei Stunden bis Sonnenaufgang, das war fast länger, als ihm lieb war.

»Sie sagen, vom Graben zum Fort sei es noch eine halbe Meile?« fragte er.

»Kaum so viel, Sir.«

»Gut, dann mache ich dort halt und warte, bis es hell wird.«

»Jawohl, Sir. Darf ich mich jetzt abmelden, um zu meiner Abteilung zurückzukehren?«

»Bitte, Mr. Hornblower.«

Bush und Whiting mäßigten ihr Marschtempo zu einem kurzen, taktfesten Schritt, bei dem auch der langsamste und schwerfälligste Mann der ganzen Kolonne mitkam. In diesen Minuten bedeutete es für Bush einen harten Verzicht, daß er dem Feind nicht sofort im Sturmschritt entgegeneilen konnte. Hornblower rannte mit großen Schritten nach vorn, und Bush bemerkte dabei seinen linkischen Gang, aber er konnte nicht umhin, sich zu der erstaunlichen Tatkraft seines jungen Untergebenen aufs wärmste zu beglückwünschen. Dann begann er, mit Whiting den Plan für den Sturm auf das Fort zu besprechen.

In der Nähe des Grabens erwartete sie ein Unteroffizier. Bush ließ durch die Linien sagen, daß gleich gehalten würde, und befahl dann Halt. Zunächst ging er ein Stück nach vorn, um das Gelände zu erkunden. Whiting und Hornblower neben sich, hielt er Ausschau nach dem Fort, das sich als kantiger Schatten deutlich gegen den Nachthimmel abhob. Es war so sichtig, daß man sogar die dunkle Linie des Flaggenmastes zu unterscheiden meinte. Jetzt ließ seine Nervenspannung nach; er sah nicht mehr so finster drein wie während der letzten Phase des Vormarsches, sondern strahlte geradezu vor guter Laune, die er unter den gegebenen Umständen allerdings nicht so recht an den Mann bringen konnte.

Alle weiteren Anordnungen waren rasch getroffen, Befehle und Meldungen liefen durch die Reihen zurück und wieder nach vorn, die letzten Einzelheiten wurden noch einmal eingeschärft. Dieser Augenblick war darum für das Gelingen des Ganzen besonders gefährlich, weil die Leute jetzt längs der Bodenrinne verteilt und zum Sturm angesetzt werden mußten. Eine geflüsterte Frage Whitings kostete Bush mehr als einen Augenblick gründlicher Überlegung.

»Soll ich die Leute laden lassen, Sir?«

»Nein«, entschied Bush endlich, »kalter Stahl!«

Es wäre allzu gewagt gewesen, alle diese Musketen im Dunklen laden zu lassen. Nicht nur die Ladestöcke hätten dabei ein untragbares Geklapper verursacht, man mußte außerdem gewärtigen, daß irgendein Trottel am Drücker zog und schoß. Hornblower entfernte sich nach links, Whiting mit seinen Seesoldaten nach rechts. Bush bildete mit seiner Abteilung die Mitte der Angriffsfront und legte sich zwischen seinen Leuten in Deckung. Seine Beine schmerzten ihn von der ungewohnten Anstrengung, und als er lag, wollte ihm vor Müdigkeit und Schlafmangel schwindlig werden. Da riß er sich zusammen und setzte sich auf, um sich wieder in die Gewalt zu bekommen. Abgesehen von diesen Anfällen von Müdigkeit, fand er das Warten nicht einmal lästig. Alle die Jahre auf See mit ihren zahllosen Wachen, auf denen nichts geschah, und alle die Jahre des Krieges mit ihrer endlosen Langeweile hatten ihn gegen Wartenmüssen abgehärtet. Manche von den Matrosen versuchten es in der steinigen Rinne wahrhaftig mit einem Schläfchen, öfter als einmal hörte Bush ein beginnendes Schnarchkonzert, das aber jedesmal von den Knüffen der Nachbarn roh unterbrochen wurde.

Wurde rechts voraus, gerade über das Fort hinweg, der Himmel nicht schon etwas heller? Oder schien es nur so, weil der Mond jetzt über den Rand der Wolkenbank gestiegen war? Überall in der Runde, allein mit Ausnahme dieser einen Stelle, war der Himmel wie purpurner Samt und strahlte noch im Glanz der Sterne. Aber dort, dort kam jetzt ein Schimmer auf, der vorher nicht dagewesen war. Bush wechselte seine Stellung und fühlte wieder einmal nach den drückenden Pistolen in seinem Koppel. Sie waren halb gespannt, er durfte also nicht vergessen, die Hähne vollends zurückzuziehen, wenn er schießen wollte. An der Kimm zeigte sich jetzt wirklich die Andeutung einer Röte, die sich in die Nacht des Sternenhimmels mischen wollte.

»Weitergeben durch die Linie!« sagte Bush. »Klarhalten zum Sturm.«

Er wartete, bis der Befehl durch war, aber ehe er noch die Enden der Linie erreicht haben konnte, machten sich überall schon Lärm und Unruhe breit. Jene Dummköpfe, die es in jeder Truppe gibt, hatten sich sofort mit großem Geräusch erhoben, als sie der Befehl erreichte, und vergaßen wahrscheinlich sogar darüber, ihn weiterzusagen. Aber ihr Beispiel wirkte ohnedies ansteckend. Von den Flügeln bis zur Mitte, wo Bush lag, wanderte ein doppeltes Geratter die Linie entlang, als sich die Männer erhoben. Bush stand ebenfalls auf. Er zog seinen Säbel und wog ihn in der Hand; als er mit dem Griff zufrieden war, zog er mit der Linken eine Pistole aus dem Koppel und spannte ihren Hahn. Weiter nach rechts hörte man plötzlich metallisches Geklapper – die Seesoldaten pflanzten ihre Bajonette auf. Jetzt war es schon so hell, daß Bush die Gesichter der Männer rechts und links von ihm zu unterscheiden vermochte.

»Auf!« kommandierte er, und schon quoll es zu beiden Seiten aus dem Graben. »Langsam! Zeit lassen!«

Die letzten Worte hatte er fast mit erhobener Stimme gerufen. Man mußte darauf gefaßt sein, daß einzelne Hitzköpfe früher oder später zu rennen begannen, je länger man sie davon abhielt, desto besser war es. Er wollte, daß seine Leute das Fort gleichzeitig in einer einzigen Angriffswelle erreichten und nicht keuchend und atemlos einer nach dem anderen anlangten. Zur Linken hörte er deutlich, wie auch Hornblower »langsam, langsam!« rief. Der Lärm der Angriffsbewegung mußte jetzt im Fort zu hören sein, mußte auch die schläfrigen, sorglosen spanischen Wachen aus der Ruhe scheuchen. Es dauerte bestimmt nicht mehr lange, bis einer dieser Posten nach seinem Unteroffizier rief. Der Unteroffizier kam, horchte selbst, überlegte vielleicht noch einen Augenblick und gab dann Alarm. Das Fort erhob sich vor Bush wie ein kantiges, böses Untier; seine Umrisse standen immer noch schwarz gegen die junge Morgenröte. Jetzt konnte er sich einfach keinen Zwang mehr antun, er mußte rascher voran. Die Linie nahm sofort sein Tempo auf und hielt mit ihm Schritt. Dann begann einer zu schreien, die anderen Hitzköpfe schrien natürlich mit, schon fing die ganze Linie an zu rennen, und Bush stürmte als einer der ersten mit vor. Wie durch Zauberei gelangten sie unangefochten an den Rand des Grabens, dessen Böschung sechs Fuß tief und fast senkrecht in den Felsen eingeschnitten war.

»Weiter, nicht stehenbleiben!« schrie Bush.

Samt Säbel und Pistole rutschte er in den Graben hinunter, er kehrte dazu dem Fort den Rücken und hielt sich mit den Ellenbogen an der Kante fest, ehe er sich fallen ließ. Der Boden des trockenen Grabens war schlüpfrig und uneben, aber er gelangte mit großen Sprüngen rasch zur gegenüberliegenden Böschung, wo sich die Männer bereits schreiend drängten und einander hochklettern halfen.

»Helft mir rauf!« rief Bush den Leuten rechts und links von ihm zu.

Sie setzten ihm die Schultern unter das Gesäß und warfen ihn buchstäblich auf den Grabenrand. Jedenfalls landete er auf dem Gesicht oben auf dem schmalen Absatz zwischen der Grabenböschung und dem Fuß der Mauer. Ein paar Meter weiter versuchte ein Matrose bereits, seinen Draggen über die Krone der Mauer zu werfen. Er kam polternd wieder herunter und verfehlte Bush dabei um kaum einen Meter. Ohne ihn eines Blickes zu würdigen, holte der Matrose den Draggen wieder zu sich heran, nahm ein zweitesmal Schwung und schleuderte den kleinen Anker mit aller Wucht von neuem über die Mauer. Jetzt endlich blieb er hängen, der Matrose stemmte seine Füße gegen die Mauer, griff mit beiden Händen in die Leine und begann wie ein Wilder aufzuentern. Ehe er noch halbwegs oben war, langte schon ein zweiter nach der Leine und stieg hinter ihm her. Um den Tamp der Leine herum drängten sich schreiende, aufgeregte Männer, von denen jeder der nächste sein wollte.

Ein Stück weiter hatte noch ein Draggen gefaßt, auch dort drängten sich die Leute mit lautem Gebrüll um die Leine. Jetzt hörte man lautes, lebhaftes Musketenfeuer, und Bush roch auch schon, daß ihm Pulverdampf um die Nase strich. Auf die frische Nachtluft hin, die er die ganzen Stunden über geatmet hatte, empfand er diesen Geruch als besonders scharf und widerwärtig. An der Wasserfront des Forts zu seiner Rechten versuchten die Seesoldaten, durch die Geschützscharten in das Innere der Befestigungsanlagen einzudringen. Bush wandte sich weiter nach links, um zu sehen, was dort zu unternehmen war, und machte dabei gleich die entscheidende Entdeckung. Dort, im geschützten Winkel der vorspringenden Eckbastion, befand sich nämlich die Ausfallpforte des Forts, ein breites hölzernes Tor, das mit starken eisernen Beschlägen bewehrt war. Zwei kopflose Matrosen feuerten mit ihren Musketen auf die Köpfe, die sich oben auf der Mauer zu zeigen begannen – an das Tor vor ihrer Nase dachten sie nicht. Dem Durchschnittsseemann eines englischen Kriegsschiffes konnte man eben mit gutem Gewissen keine Muskete in die Hand drücken. Bush erhob seine Stimme, daß sie den Lärm wie eine Trompete übertönte.

»Äxte her, Äxte, Äxte!«

Noch immer wimmelten eine Menge Leute unten im Graben herum, die noch keine Zeit gefunden hatten, die innere Böschung zu erklettern. Einer von diesen drängte sich gleich mit geschwungener Axt durch die Menge und begann, sich in die Höhe zu arbeiten. Aber Silk, der herkulische Bootsmannsmaat, der eine Gruppe in Bushs Abteilung kommandierte, kam sofort am Grabenrand herbeigeeilt und riß ihm die Axt aus der Hand. Dann begann er, das Tor mit genau berechneten, sausenden Hieben zu bearbeiten, wobei er jedesmal alle seine Kraft zusammennahm und dann den Stahl mit voller Wucht in das splitternde Holz jagte. Gleich darauf erschien ein zweiter Axtträger, schob Bush kurzerhand beiseite und begann gleichfalls, auf das Tor loszuhacken. Aber es erwies sich, daß er es weder an Kraft noch an Geschicklichkeit mit Silk aufnehmen konnte. Der ganze Mauerwinkel dröhnte vom Krachen ihrer Hiebe. Jetzt öffnete sich ein eisenvergittertes Guckloch im Tor, und dahinter schimmerte es wie von stählernen Musketenläufen. Bush hob blitzschnell die Pistole und feuerte hinein. Silks Axt durchschlug mit einem letzten, mächtigen Hieb die starken Bohlen, er riß ihr Blatt mit Gewalt aus dem entstandenen Loch, dann wechselte er sein Ziel und begann, den mittleren Teil des Tors mit waagerechten Zirkelschwüngen zu bearbeiten. Nach drei gewaltigen Hieben hielt er inne und wies den zweiten Axtträger an, wohin er seine Hiebe richten sollte. Wieder und wieder krachte Silks Axt in das Tor, endlich stellte er sie beiseite, griff mit den Händen in das zerfetzte Loch, das sie geschlagen hatte, stemmte den Fuß gegen die Planken und riß mit einer einzigen gewaltigen Kraftanstrengung ein ganzes Stück des Tores heraus. Drinnen lag ein Balken quer über der Öffnung. Silk ging sofort auf das neue Hindernis los und hieb auch dieses mit seiner Axt in Stücke. Dann stürzte er sich, die Axt noch immer in der Rechten, mit heiserem Gebrüll durch das gezackte Loch ins Innere des Forts.

»Mir nach, ihr Männer!« brüllte Bush, was seine Lunge hergab, und eilte hinter ihm drein.

Sie fanden sich in einem offenen Hofraum wieder. Bush wäre ums Haar über einen Toten gefallen, der ihm vor den Füßen lag. Als er sich wieder gefangen hatte, sah er sich einer Gruppe von Männern gegenüber, die teils splitternackt, teils nur mit Hemden bekleidet waren. Sie hatten kaffeebraune Gesichter und trugen lange, wildgewachsene Schnurrbärte, in ihren Händen schwangen sie blitzende Messer und Pistolen. Silk warf sich wie ein Rasender mit hochgeschwungener Axt zwischen sie. Einer der Spanier brach unter einem Axthieb zusammen, Bush sah einen abgetrennten Finger zu Boden fallen, als die Axt die vergeblich zum Schutz erhobene Hand durchschlug. Pistolen knallten, Pulverdampf wirbelte durch die Luft, als auch Bush jetzt vorwärtsstürmte. Immer mehr Gegner drangen auf ihn ein. Sein Säbel klirrte gegen ein Entermesser, dann wandte sich die angreifende Schar plötzlich zur Flucht. Er hieb mit aller Kraft nach der nackten Schulter eines Flüchtenden, das Fleisch klaffte blutigrot auseinander, und der rennende Mann brüllte wie am Spieß. Dann war er unversehens fort – verschwunden wie ein Gespenst, und Bush eilte weiter, um andere Gegner zu finden. Jetzt kam ihm einer der rotröckigen Seesoldaten entgegengestürmt, der Mann hatte seinen Tschako verloren, seine Haare waren wild zerzaust, seine Augen glänzten wie im Fieber, und zu all dem brüllte er ununterbrochen wie ein Berserker. Bush mußte tatsächlich mit aller Kraft parieren, sonst hätte er ihn mit seinem Bajonett durchbohrt.

»Paß doch auf, dämlicher Hund!« brüllte Bush und merkte erst, als ihm die Worte entschlüpft waren, daß auch er mit aller Lungenkraft geschrien hatte. In den Wahnsinnsaugen des Seesoldaten blitzte etwas wie Erkennen auf; er wandte sich, immer noch mit gefälltem Bajonett, zur Seite und stürmte weiter. Im Hintergrund tauchten noch mehr Seesoldaten auf, die mußten also durch die Schießscharten eingedrungen sein. Sie brüllten alle aus Leibeskräften und waren offenbar ganz trunken vom Kampf. Hier kam eine Gruppe Matrosen angestürmt, sie rutschten in Schwärmen die Wälle herunter, die sie eben überklettert hatten. Am anderen Ende des Hofraums standen hölzerne Baulichkeiten, die Stürmenden rannten um ihre Ecken, und aus dem Inneren hörte man einzelne Schüsse und Schreie. Dort lagen offenbar die Unterkünfte und Vorratsmagazine des Forts, und es sah so aus, als hätte sich die Besatzung dahin geflüchtet, um vor der Wut der Sturmtruppen Schutz zu finden. Jetzt erschien Whiting auf der Bildfläche; sein roter Waffenrock war voll Schmutz, der Säbel baumelte ihm am Riemen vom Handgelenk. Er sah Bush aus trüben, schwimmenden Augen an.

»Bringen Sie die Kerle zur Vernunft!« sagte Bush und schüttelte das

Kampffieber mit einer verzweifelten Anstrengung von sich ab. Whiting brauchte offenbar eine ganze Weile, bis er wußte, wen er vor sich hatte, und den Befehl begriff.

»Jawohl, Sir«, sagte er schließlich.

Eine neue Schar Matrosen kam hinter den Gebäuden in Sicht, offenbar war auch Hornblower von der anderen Seite her der Einbruch in das Fort geglückt. Bush sah sich um und rief eine Gruppe seiner eigenen Leute herbei, die gerade in seiner Nähe auftauchte.

»Folgen!« befahl er und eilte weiter.

Eine schwach geneigte Rampe führte innen zu den Wällen empor. Halbwegs nach oben lag ein Toter, aber Bush hielt sich nicht länger bei ihm auf, als es seine Eile zuließ. Am oberen Ende der Rampe war die Hauptbatterie eingebaut, sechs riesige Kanonen, die durch ihre Einschnitte drohend auf die Bucht hinunterwiesen. Und dahinter leuchtete in feuriger Glut der Morgenhimmel – fast halbwegs zum Zenit reichte die blutige Fata Morgana. Aber während Bush noch innehielt, um das Schauspiel in sich aufzunehmen, brach auch schon der erste goldene Sonnenstrahl durch die Wolken über der Kimm, das Rot begann sichtlich zu verblassen, und blauer Himmel mit weißen Wolken und strahlendem Sonnenschein trat an seine Stelle. Wie lange hatte also dieses ganze Unternehmen gedauert? Offenbar nur die wenigen Minuten, die von der ersten Dämmerung zum tropischen Sonnenaufgang reichten. Bush suchte staunend mit dieser Erkenntnis fertig zu werden, denn angesichts der Fülle seiner eigenen Erlebnisse hätte er sich nicht gewundert, wenn es schon später Nachmittag gewesen wäre.

Hier von den Geschützständen aus schweifte der Blick frei über die ganze Bucht. Man sah das gegenüberliegende Ufer, die Untiefe, auf der die *Renown* gestern gesessen hatte (war es wirklich erst gestern gewesen?), das wellige Land, das sich drüben unvermittelt zu größeren Höhen erhob, die scharfen Umrisse der Batterie am Fuß der Landzunge. Nach links zu fiel die Halbinsel in einer Anzahl scharf zerklüfteter Kaps zum blauen Ozean ab, weiter nach der anderen Seite öffnete sich die saphirene Fläche der Scotchmans Bay, und dort lag beigedreht die alte, gute *Renown*. Sie wirkte von hier aus so klein und zart wie ein köstliches Spielzeug; ihr backgesetztes Kreuzmarssegel leuchtete hell in der Morgensonne. Bush hielt bei ihrem Anblick den Atem an, nicht weil ihn ihre Schönheit ergriffen hätte, sondern weil ihm leicht ums Herz wurde, als er sie entdeckte. Das Bild seines Schiffes und alles, was es an Gedanken und Vorstellungen in ihm weckte, vertrieb die letzten Nebel des Kampfrausches aus seinem Gehirn und ließ ihn mit einem Schlage wieder zu sich kommen. Jetzt gab es zunächst einmal tausenderlei Dinge zu tun.

Hornblower kam die entgegengesetzte Rampe herauf und nahm sich in seiner zerfledderten Uniform wahrhaftig aus wie eine Vogelscheuche. Genau wie Bush hielt er den Säbel in der einen, eine Pistole in der anderen Hand.

Neben ihm schwang der kleine Wellard ein überlebensgroßes Entermesser, und dicht hinter ihm folgte ein rundes Dutzend Matrosen mit aufgepflanzten Bajonetten und kampfbereit gefällten Musketen, Leute, die offenbar nicht so außer Rand und Band geraten waren wie die Masse der anderen.

»Guten Morgen, Sir«, sagte Hornblower. Sein reichlich mitgenommener Dreispitz saß ihm noch auf dem Kopf, er hätte also ohne weiteres grüßen können und wollte auch schon die Hand dazu heben, als ihm im letzten Augenblick einfiel, daß er ja noch den gezogenen Säbel damit hielt.

»Guten Morgen«, sagte Bush mechanisch.

»Meinen Glückwunsch, Sir«, sagte Hornblower. Er war sehr blaß, das Lächeln auf seinen Lippen nahm sich aus wie das Grinsen eines Totenkopfes. Dichte Bartstoppeln sprossen ihm auf Kinn und Wangen.

»Ich danke Ihnen«, sagte Bush.

Hornblower stieß seine Pistole in das Koppel und steckte den Säbel in die Scheide.

»Ich habe diese ganze Seite des Forts besetzt, Sir«, fuhr er fort und zeigte dabei hinter sich. »Soll ich mit der Durchsuchung der Räume fortfahren?«

»Ja, machen Sie nur weiter, Mr. Hornblower.«

»Aye, aye, Sir.«

Diesmal konnte Hornblower zu seiner Antwort grüßend den Hut berühren. Durch einen raschen Befehl setzte er einen Unteroffizier und eine Gruppe von Männern als Posten bei den Geschützen ein.

»Sehen Sie dort, Sir«, sagte Hornblower und zeigte nach dem Hang vor dem Fort. »Ein paar sind uns doch entwischt.«

Bush warf einen Blick den steilen Abhang hinunter, der geradenwegs zur Bucht abfiel, und erkannte ziemlich weit unten ein paar Gestalten.

»Wenn das alle sind, können sie uns nicht viel anhaben«, sagte er. Seine Gedanken begannen eben erst, wieder zuverlässig zu arbeiten.

»Nein, Sir, das können sie nicht. Ich habe drüben am Haupttor vierzig Gefangene unter Bewachung. Whiting sammelt, wie ich sehe, soeben den Rest. Wenn ich darf, möchte ich jetzt weitermachen, Sir.«

»Tun Sie das, Mr. Hornblower.«

So hatte also wenigstens ein Mensch während des ganzen Durcheinanders einen klaren Kopf behalten. Bush ging die Rampe auf der anderen Seite hinunter. Ein Unteroffizier und einige Matrosen standen dort auf Wache. Als Bush näherkam, machten sie ihre Ehrenbezeigung.

»Was macht ihr hier?«

»Das ist das Pulvermagazin, Zör«, sagte der Unteroffizier – es war Ambrose, Toppältester im Vortopp, der trotz all seiner langen Dienstjahre in der Marine das breite Devonshire-Englisch seiner Kindheit nicht verleugnen konnte. »Wir sollen das bewachen.«

»Befehl von Mr. Hornblower?«

»Jawohl, Zör.«

Am Haupttor hockte ein elendes Häufchen Gefangener. Hornblower hatte sie ihm gemeldet. Aber da waren auch Posten, von denen er noch nichts wußte – einer am Brunnen, ein paar weitere am Tor. Woolton, der zuverlässigste Unteroffizier der ganzen Abteilung, war an einem langen hölzernen Schuppen neben dem Tor aufgezogen, er hatte nicht weniger als sechs Posten unter sich.

»Was ist Ihre Aufgabe?« fragte Bush.

»Wache beim Proviantlager, Sir. Es enthält Schnaps.«

»Gut, danke.«

Wenn die Burschen, die den Sturmangriff gemacht hatten – jener Seesoldat zum Beispiel, der mit dem Bajonett auf Bush losgegangen war –, außer Rand und Band, wie sie waren, zuletzt noch an den Schnaps geraten wären, dann hätte sich auch der letzte Rest von Zucht und Ordnung aufgelöst.

Abbott, der Bushs eigener Abteilung zugeteilte Fähnrich, kam atemlos herbeigestürzt.

»Sagen Sie, wo stecken Sie eigentlich?« fragte Bush gereizt. »Seit Beginn des Angriffs haben Sie sich nicht mehr in meiner Nähe blicken lassen.«

»Ich bitte um Entschuldigung, Sir«, sagte Abbott kleinlaut. Sicher hatte auch er sich von der Wucht des Sturmangriffs mitreißen lassen, aber das war natürlich keine Entschuldigung, war es um so weniger, wenn man sich das Beispiel des jungen Wellard vor Augen hielt, der gewissenhaft an Hornblowers Seite geblieben war und unverdrossen seinen Pflichten nachkam.

»Machen Sie jetzt schleunigst das Signal an das Schiff klar«, sagte Bush. »Vor fünf Minuten mußten Sie das schon fertig haben! Die drei Schuß klar! Wer hat eigentlich die Flagge? Suchen Sie den Mann, und stecken Sie unsere Flagge über der spanischen an. Los jetzt, sonst mache ich Ihnen Beine!«

Gesiegt zu haben war ein köstliches Gefühl, aber dieses Gefühl hatte auf Bushs Stimmung keinerlei Einfluß mehr, nachdem die Reaktion auf die Erregung des Gefechts einmal eingesetzt hatte. Er hatte nicht geschlafen und nicht gefrühstückt, und obwohl seit der Einnahme des Forts höchstens zehn Minuten vergangen waren, lagen ihm eben diese zehn Minuten schon jetzt wie eine Zentnerlast auf dem Gewissen. Was hätte man in dieser Zeit nicht alles tun sollen? Da war es eine richtige Erholung, sich einmal von der Betrachtung der eigenen Unvollkommenheiten loszureißen und mit Whiting über die Bewachung der Gefangenen zu konferieren. Sie waren jetzt alle aus den Unterkünften herausgeschafft, es handelte sich um hundert halbnackte Männer und mindestens zwei Dutzend Frauen mit lang herabhängenden losen Haaren, die mit ein paar dürftigen Fetzen mühsam ihre Blöße bedeckten. In einem friedlicheren Augenblick hätte Bush wohl ein Auge auf diese weiblichen Wesen geworfen, aber so wie die Dinge lagen, machte ihn der Gedanke an diese zusätzliche Belastung nur nervös, und darum nahm er auch nur sozusagen statistisch von ihnen Notiz.

Unter den Männern fand sich ein kleiner Einschuß von Negern und Mulatten, weitaus die meisten waren jedoch richtige Spanier. Fast alle Toten, die hier und dort herumlagen, trugen weiße Uniformen mit blauen Aufschlägen – das waren die Posten und die Hauptwache, die die Strafe für ihre mangelnde Wachsamkeit getroffen hatte.

»Wer hatte hier eigentlich das Kommando?« wollte Bush von Whiting wissen.

»Das weiß ich nicht, Sir.«

»Fragen Sie doch einmal bei den Leuten herum.«

Bush sprach nur seine englische Muttersprache, und bei Whiting stand es, nach seinem unglücklichen Gesicht zu urteilen, nicht viel anders.

»Bitte Sie etwas fragen zu dürfen, Sir...« Das war der Sanitätsmaat Pierce, der verzweifelt versuchte, sich bei Bush Gehör zu verschaffen. »Kann ich eine Gruppe Krankenträger haben? Die Verwundeten müssen in den Schatten gebracht werden.«

Ehe Bush ihm antworten konnte, rief Abbott von den Geschützständen her: »Die Geschütze sind klar, Sir. Kann ich die Pulverladungen aus dem Magazin holen?«

Wieder fand Bush keine Zeit, ihm das zu erlauben, denn schon erschien der junge Wellard auf dem Plan und suchte Pierce gleich mit dem Ellbogen wegzudrängen, um ja sofort Bushs Aufmerksamkeit zu erregen.

»Bitte, Sir, bitte, Sir! Mr. Hornblower läßt gehorsamst fragen, ob Sie einen Augenblick auf den Turm kommen könnten. Mr. Hornblower meint, es sei dringend, Sir.«

Bush war von Herzen froh, daß er einen Grund hatte, den lästigen Fragern den Rücken zu kehren und zu Hornblower auf den kleinen Wachtturm zu steigen, der die Südwest-Bastion krönte. Über ihren Köpfen wehte die englische über der spanischen Flagge. Diese beiden Flaggen und die drei verabredeten Schüsse hatten die *Renown* inzwischen wohl davon unterrichtet, daß das Fort gefallen war.

Aber die Aufmerksamkeit der beiden Offiziere galt jetzt nicht der *Renown*, sondern vier kleinen Schiffen, die in der Tiefe der Bucht, vor der Stadt Samaná vor Anker lagen. Das waren offenbar jene Kaperschiffe, die die Mona-Passage unsicher machten und in den Pausen zwischen ihren Unternehmungen hier friedlich liegen konnten, weil sie sich im Schutz der Küstenbatterien sicher fühlen durften. Jetzt hatten sie wahrscheinlich längst entdeckt, daß es mit dieser Sicherheit vorbei war.

»Sie wissen natürlich, daß wir dieses Fort in Händen haben«, sagte Hornblower zu Bush. »Sie werden also leicht erraten können, daß ihnen die *Renown* bald unangenehm nahe auf den Pelz rücken wird. Aber was macht ihnen das am Ende. Sie haben ihre langen Riemen, sie können ihre Schiffe schleppen und wenn sie wollen auch warpen. Ehe wir es uns versehen, sind sie aus der Bucht verschwunden. Sind sie aber erst bei Engano Point, dann haben sie ständig guten Wind nach Martinique.«

»Es wird das beste sein, wenn wir die Geschütze bemannen«, sagte Bush, »dann sind wir wenigstens bereit, wenn sie kommen.«

»Jawohl, Sir«, stimmte Hornblower bei, »aber wir werden sie nicht lange in Reichweite haben. Sie haben bestimmt nicht viel Tiefgang und können darum die Ecke da drüben wesentlich dichter schneiden als die *Renown.*«

»Dafür sind sie auch um so leichter versenkt«, sagte Bush. »... Oh, ich weiß, worauf Sie hinauswollen.«

»Jawohl, Sir, glühende Kugeln geben unter den vorliegenden Umständen vielleicht den Ausschlag.«

Als Bush seine Zustimmung gegeben hatte, nahm es Hornblower in die Hand, den Spaniern mit den gleichen Mitteln heimzuzahlen, die jene tags zuvor gegen die *Renown* angewandt hatten, obwohl er im Schießen mit glühenden Kugeln noch keinerlei Erfahrung besaß. Aber sein logischer Verstand und ein paar unangenehme Erfahrungen lehrten ihn bald, worauf es ankam. Die Kugeln durften natürlich nie mit Pulver in Berührung kommen, sie durften erst kurz vor dem Schuß geladen werden, damit sie die nassen Pfropfen nicht durchbrannten, die sie von der Pulverladung trennten, und sie durften vor allem nicht zu heiß sein, weil sie sonst nicht mehr in die Rohre paßten.

Alles war rechtzeitig bereit, als sich das erste Schiff, ein größerer Schoner, im Schlepp seiner Boote näherte. Sowie er in Reichweite war, spie ihm die Batterie, Salve um Salve, ihre feurige Ladung entgegen, und bald konnte Hornblower den entscheidenden Treffer beobachten, der das Schiff in Brand setzte und seinen Kapitän dazu zwang, es auf Grund laufen zu lassen. Die halbe Besatzung war schon in den Booten und floh in Richtung Samaná, die andere Hälfte kam ums Leben, als die explodierende Pulverkammer das Schiff in Stücke riß.

»Das wäre geschafft«, sagte Bush, als Hornblower von seinem Beobachtungsposten auf der Brustwehr heruntersprang.

Sie blickten beide auf das brennende Wrack.

»Eigentlich ist das kein schöner Anblick«, bemerkte Hornblower nachdenklich, aber Bush konnte ihm darin nicht folgen. Für ihn gab es keine gemischten Gefühle, wenn er einen Gegner in Flammen aufgehen sah.

Jetzt erst, als die Spannung nachließ, merkte Hornblower, wie müde er war. Er konnte sich nur noch mit Anspannung aller Willenskraft auf den Beinen halten und wankte wie ein Betrunkener. Dennoch ließ er die Bucht nicht aus dem Auge.

»Da kommt schon der zweite!« rief er plötzlich, und alle Müdigkeit fiel wie durch Zauberei von ihm ab.

Wieder eröffnete die Artillerie das Feuer und tastete sich langsam immer näher an das Ziel heran. Als die vierte Salve ganz dicht bei dem Schoner einschlug, der sich noch im Schlepp seiner Boote befand und eben im Begriff war, Segel zu setzen, da verlor sein Kapitän augenscheinlich die Nerven. Die schon gesetzten Segel wurden wieder aufgegeit, und die schleppenden Boote holten den Bug des Schiffes auf Gegenkurs.

»Er reißt aus!« rief Bush in die Batterie. »Faßt ihn, solange es noch geht.«

Damit war es bald vorbei, und die Batterie stellte ihr Feuer ein.

»Er hat sich die Geschichte überlegt«, meinte Hornblower.

»Ja«, sagte Bush, »und die beiden anderen haben wohl auch wieder geankert, so sieht es wenigstens aus.«

So war es in der Tat. Sie hatten dem Gegner fürs erste den Weg in die offene See verlegt und konnten nun ruhig abwarten, bis die *Renown* wieder vor der Bucht erschien.

»Es wird das beste sein, wenn wir den Männern zu essen geben«, sagte Bush. »Ich möchte vor allem unsere Verwundeten besuchen, und außerdem müssen wir uns unbedingt mit den Gefangenen befassen. Auch die neue Wache muß eingeteilt werden, damit abgelöst werden kann und die Freiwache Ruhe bekommt.«

»Jawohl, Sir«, sagte Hornblower und riß sich gewaltsam aus dem Schlaf, der ihn im Stehen übermannen wollte. »Ich werde sofort alles Nötige veranlassen.«

9

Die Mittagssonne brannte auf das Fort Samaná. Seine Wälle und Mauern warfen die Hitze zurück und strahlten sie in mörderischer Konzentration nach innen zu aus, so daß man es selbst in schattigen Winkeln kaum aushielt. Die Seebrise hatte noch nicht eingesetzt, die Kriegsflagge hing wie tot am Flaggenmast und bedeckte halb die spanische Flagge, die ebenso leblos darunterhing. Dennoch herrschten Ordnung und Disziplin. Auf jeder Eckbastion standen die Ausguckposten in der brennenden Sonne und sicherten das Fort gegen überraschende Überfälle. Schildwachen der Seesoldaten wanderten gemessenen Schrittes und, wie es in ihrer Dienstvorschrift hieß, »straff und in militärischer Haltung« innerhalb ihrer Postenbereiche auf und ab.

Vor dem Hauptmagazin saß Leutnant Bush auf einer Bank und gab sich alle Mühe, wach zu bleiben. Er verfluchte die Hitze, er verfluchte seine eigene Gutmütigkeit, die ihn dazu bewogen hatte, den jüngeren Offizieren zuerst Gelegenheit zur Rast zu geben und solange selbst die Verantwortung des Offiziers vom Dienst auf sich zu nehmen.

Plötzlich kam ein Läufer um die Ecke gerannt.

»Mr. Bush, Sir! Ein Boot kommt von der Batterie auf der anderen Seite.«

Bush starrte den Läufer verständnislos an.

»Wie? Was heißt das? Wohin steuert das Boot?«

»Genau auf uns zu, Sir. Es führt eine Flagge – eine weiße Flagge, wie es scheint.«

»Na ja, ich werde mir das selbst anschauen«, sagte Bush. »Keine Ruh' bei Tag und Nacht!« Mit krachenden Gelenken raffte er sich auf und stelzte steif und müde über die Rampe zur Batterie hinauf. Dort wartete der Unteroffizier vom Dienst schon mit dem Fernrohr auf ihn, er war von seinem Ausguckturm heruntergestiegen, um ihm entgegenzueilen. Bush setzte das Glas ans Auge. Wie ein schwarzer Käfer inmitten der blauen Fläche der Bucht, kam eine sechsriemige Jolle geradenwegs auf das Fort zugepullt. Es war so, wie der Läufer gemeldet hatte. Der Flaggenstock am Bug des Bootes zeigte eine Flagge. Sie konnte weiß sein, mit Sicherheit war das allerdings nicht festzustellen, da sie in der schwachen Brise zu wenig auswehte. Für das Fort bestand jedoch keine unmittelbare Gefahr, denn in dem Boot befanden sich alles in allem nicht mehr als zehn Mann. Der Weg quer über die glitzernde Bucht war für ein Ruderboot recht weit. Bush beobachtete, wie es von Minute zu Minute stetig näher kam. Die niedrigen, felsigen Hänge, die auf dieser Seite der Halbinsel Samaná zum Wasser abfielen, bildeten in der Nähe des Forts eine sanfte Böschung, über die ein Weg zur Landungsbrücke hinunterführte. Dieser Pfad konnte, wie Bush bereits festgestellt hatte, von den beiden rechten Flügelgeschützen der Batterie bestrichen werden. Aber es erübrigte sich, diese Geschütze zu besetzen, weil man auf den ersten Blick sah, daß kein Angriff beabsichtigt war. Wie zur Bekräftigung ließ jetzt ein stärkerer Windstoß endlich die Bootsflagge auswehen – es zeigte sich, daß sie wirklich weiß war.

Ohne vom Kurs abzuweichen, kam das Boot auf den Landungssteg zugerudert und ging zuletzt dort längsseit. Jetzt blitzte es in der Sonne metallisch auf, gleich darauf stieg ein schmetterndes Trompetensignal hell und klar in die heiße Mittagsluft und drang an die Ohren der britischen Besatzung. Dann kletterten zwei Männer aus dem Boot auf die Landungsbrücke. Sie trugen weiß-blaue Uniformen, einer hatte einen Säbel an der Seite, der andere hielt die blitzende Trompete in der Hand, die er gleich wieder an die Lippen setzte, um ein zweites Mal zu blasen. Durchdringend klar hallten die Klänge von den Felsen wider, die Vögel, die in der Mittagshitze geschlafen hatten, flatterten mit lauten Klagerufen auf, weil ihnen das Geschmetter dieser Trompete wohl fast noch unangenehmer war als der Donner der Artillerie am Morgen. Der Offizier mit dem Säbel entrollte eine weiße Fahne und machte sich dann mit dem Trompeter daran, den Pfad zum Fort heraufzusteigen. Nach internationalem Kriegsbrauch handelte es sich ohne Zweifel um einen Parlamentär. Die Trompetensignale sollten zeigen, daß keine Überraschung beabsichtigt war, die weiße Flagge bescheinigte schon von weitem die friedliche Absicht des Trägers.

Während Bush die kleine Gruppe langsam näher kommen sah, überlegte er rasch, welche Vollmacht er besaß, auf eigene Faust mit dem Gegner zu verhandeln, zugleich wurde ihm recht zweifelhaft zumute, wenn er an die Schwierigkeiten dachte, die sich für solche Abmachungen allein aus der Verschiedenheit der Sprache ergaben.

»Die Wache auf!« befahl er dem Unteroffizier, dann sagte er zum Läufer: »Bestellen Sie Mr. Hornblower, ich ließe ihn bitten, so schnell wie möglich hierherzukommen.«

Wieder scholl die Trompete den Bergpfad herauf, viele der Schläfer im Fort erwachten von ihren Tönen, und daß die übrigen sich nicht dadurch stören ließen, mag als Beweis dafür gelten, wie müde sie waren. Unten im Hof verriet das Getrampel gestiefelter Füße und der Widerhall kurzer Befehle, daß die Wache der Seesoldaten antrat. Die weiße Flagge hatte inzwischen fast die Kante der Grabenböschung erreicht. Dort blieb ihr Träger stehen und warf einen Blick zur Brustwehr hinauf, während der Trompeter noch ein letztes Signal blies, dessen stürmische Noten auch den letzten Schläfer im Fort aus seinen Träumen rissen.

»Zur Stelle, Sir«, meldete sich Hornblower.

Der Hut, zu dem er grüßend die Hand hob, saß ihm schief auf dem Kopf, er wirkte in seiner verwitterten Uniform weiß Gott wie eine Vogelscheuche. Sein Gesicht hatte er inzwischen gewaschen, um so auffallender wirkten die dicken schwarzen Stoppeln um sein Kinn. Bush wies mit dem Daumen auf den spanischen Offizier.

»Können Sie genug Spanisch, um mit dem Mann dort zu verhandeln?«

»Ich weiß nicht, Sir, doch, jawohl.«

Die letzten beiden Worte waren Hornblower eigentlich ungewollt entfahren, er hätte lieber noch ein bißchen Zeit gewonnen, ehe er sich festlegte, aber dann war ihm doch die klare Antwort entschlüpft, die sich unter Soldaten allein geziemte.

»Nun, dann lassen Sie hören, was Sie können.«

»Aye, aye, Sir.«

Hornblower trat auf die Brustwehr. Der spanische Offizier zog seinen Hut, als er ihn vom Grabenrand aus erblickte, und machte eine höfliche Verbeugung. Hornblower erwiderte seinen Gruß auf die gleiche Weise. Offenbar folgten jetzt noch von beiden Seiten höfliche Begrüßungsworte, dann erst wandte sich Hornblower wieder zu Bush zurück:

»Wollen Sie ihm Zutritt zum Fort gewähren, Sir?« fragte er. »Er sagt, es gäbe viele Vereinbarungen zu treffen.«

»Nein«, sagte Bush ohne Zögern, »ich will nicht, daß er hier herumspioniert.«

Im Grunde konnte sich Bush nicht vorstellen, was der Spanier ausfindig machen sollte, aber er war eben von Natur aus ein argwöhnischer, vorsichtiger Mensch.

»Jawohl, Sir.«

»Sie werden zum Verhandeln schon zu ihm hinaus müssen, Mr. Hornblower, aber ich werde Sie von hier aus durch die Seesoldaten decken.«

»Aye, aye, Sir.«

Nach einem neuerlich kurzen Austausch von Höflichkeiten verließ Hornblower die Brustwehr und ging eine Rampe hinunter, während die Seesoldatenwache auf Bushs Befehl die andere hinaufmarschierte. Bush konnte von einer Schießscharte aus den Ausdruck der Spanier beobachten, als jetzt in den anderen Schießscharten die Tschakos, die roten Waffenröcke und die gefällten Musketen der Seesoldaten sichtbar wurden. Gleich danach kam Hornblower um die Ecke des Forts, nachdem er den Graben auf dem schmalen Damm überquert hatte, der vom Haupttor aus hinüberführte. Wieder wurden die Hüte gezogen, wieder tauschten Hornblower und der Spanier Verbeugungen aus, wobei sie sich in lächerlicher Festlandsmanier gegenseitig mit ihren Kratzfüßen überboten. Der Spanier brachte schließlich ein Papier zum Vorschein, das er Hornblower mit einer neuen Verbeugung zum Lesen bot – wahrscheinlich war das sein Beglaubigungsschreiben. Hornblower warf einen Blick hinein und reichte es ihm zurück. Eine Geste in Richtung Bush, der auf der Brustwehr stand, sollte wohl seine eigene geschriebene Vollmacht ersetzen. Dann sah Bush, wie der Spanier sofort überstürzt zu fragen begann und Hornblower ruhig seine Antworten gab. Aus seinem Kopfnicken konnte er entnehmen, daß diese Antworten bejahend ausfielen, und machte sich einen Augenblick ernstliche Sorgen, ob Hornblower seine Befugnisse nicht überschritt. Dabei machte ihm die Tatsache, daß er bei der Führung dieser Verhandlungen von einem anderen abhing, im Grunde nicht viel aus, denn der Gedanke, daß er selbst etwas Spanisch sprechen könnte, lag ihm weltenfern. Ein Dolmetscher war für seine Begriffe einfach ein notwendiges Requisit, vergleichbar etwa einer Trosse, die man brauchte, um einen Anker zu lichten, oder dem Wind, ohne den man niemals an sein Ziel kam.

Interessiert verfolgte er alles, was geschah, und vermochte bei seiner gespannten Aufmerksamkeit sogar zu erraten, wenn das Thema des Gesprächs gewechselt wurde. Nach einer Weile deutete Hornblower plötzlich nach der Mündung der Bucht, der Spanier wandte sich alsbald hastig um und entdeckte dort die *Renown,* die sich eben anschickte, die Spitze der Halbinsel zu runden. Er starrte lange und mit zusammengezogenen Brauen auf das mächtige Schiff, ehe er sich wieder zu Hornblower zurückwandte, um die Verhandlung fortzusetzen. Der Parlamentär war ein großer, sehr hagerer Mann, sein kaffeebraunes Gesicht wirkte durch den schmalen schwarzen Schnurrbart wie halbiert. Die Mittagssonne brannte noch eine ganze Weile auf die beiden herab – der dritte, der Trompeter, hatte sich außer Hörweite zurückgezogen, bis Hornblower sich endlich umwandte und Bush einen Blick zuwarf.

»Wenn Sie gestatten, komme ich jetzt meine Meldung machen, Sir«, rief er.

»Bitte, Mr. Hornblower.«

Bush ging ihm in den Hof entgegen. Hornblower fuhr grüßend mit der Hand an den Hut und wartete dann mit seiner Meldung, bis er gefragt wurde.

Auf Bushs neugieriges »Nun?« sah er sich endlich in der Lage, zu beginnen.

»Der Parlamentär ist Oberst Ortega, seine Vollmacht stammt von dem General Villanueva, der offenbar am gegenüberliegenden Ufer der Bucht sitzt.«

»Was will er eigentlich von uns?« fragte Bush und versuchte, einstweilen mit dieser ersten, ziemlich unverdaulichen Neuigkeit fertig zu werden.

»Er wollte zuallererst jede Einzelheit über die Gefangenen hören, Sir«, sagte Hornblower, »besonders über die Frauen.«

»Sie haben ihm natürlich gesagt, daß keiner der Frauen etwas zugestoßen ist, nicht wahr?«

»Jawohl, Sir. Er war sehr besorgt um sie. Ich habe ihm versprochen, daß ich Sie in seinem Namen um die Erlaubnis zum Mitnehmen der Frauen bitten würde.«

»Was Sie hiermit einlösen wollen, nicht wahr?« fragte Bush.

»Jawohl, Sir. Ich dachte, es könnte uns unsere Aufgabe hier nur erleichtern, wenn wir die Frauen loswürden. Außerdem scheint er eine Menge anderer Dinge auf dem Herzen zu haben; da hielt ich es für richtig, mich möglichst entgegenkommend zu zeigen, damit es ihm nachher um so leichter fällt, sich offen auszusprechen.«

»Hm«, sagte Bush.

»Er wollte auch Auskunft über die anderen Gefangenen, Sir, die Männer. Vor allem, ob welche gefallen seien. Als ich ihm das bejahte, fragte er mich nach den Namen. Ich konnte sie ihm nicht nennen, weil ich sie selbst nicht wußte, aber ich sagte ihm, daß Sie ihm ohne Zweifel eine Liste der Gefallenen zur Verfügung stellen würden. Er meinte, die meisten Leute hätten ihre Frauen dort drüben (Hornblower zeigte nach der anderen Seite der Bucht), und die machten sich jetzt schwere Sorgen um ihre Männer.«

»Einverstanden, er soll seine Liste haben«, sagte Bush.

»Vielleicht könnte er außer den Frauen auch die Verwundeten mitnehmen, Sir. Damit bekämen wir hier etwas mehr Luft, wir sind ohnehin nicht imstande, die Burschen richtig zu behandeln.«

»Das müßte ich mir noch gründlich überlegen«, sagte Bush.

»Ich frage mich überhaupt, Sir, ob wir nicht diese Gelegenheit wahrnehmen sollten, unsere ganzen Gefangenen loszuwerden. Wahrscheinlich wäre es nicht schwer, ihn auf Ehrenwort zu verpflichten, daß sie nicht mehr zum Waffendienst herangezogen werden, solange die *Renown* in diesen Gewässern kreuzt.«

»Ehrenwort? Wenn das nur kein fauler Zauber ist!« sagte Bush, der allen Ausländern gründlich mißtraute.

»Ich glaube, daß er sein Wort halten wird, Sir. Er ist ein spanischer Gentleman. Wenn wir die Leute loswerden, dann brauchen wir sie nicht zu bewachen und nicht zu ernähren, Sir. Und was sollen wir schließlich mit ihnen anfangen, wenn wir dieses Fort hier eines Tages wieder räumen? Können wir sie an Bord der *Renown* verstauen?«

Hundert Gefangene an Bord der *Renown* wären eine schreckliche Belastung gewesen. Man konnte rechnen, daß sie täglich hundert Liter Frischwasser verbrauchten, außerdem mußten sie die ganze Zeit bewacht werden. Aber Bush ließ sich nicht gern zu übereilten Entschlüssen verleiten, und es war ihm nicht ganz recht, daß Hornblower so vieles für ausgemachte Sache hielt, was er am liebsten noch lange und gründlich überlegt hätte.

»Ich will mir das noch durch den Kopf gehen lassen«, sagte Bush.

»Da war noch ein anderer Punkt, den er nur andeutete, Sir. Er wollte keine endgültigen Vorschläge machen, und ich zog es vor, ihn nicht dazu zu drängen.«

»Worum handelt es sich?«

Hornblower hielt einen Augenblick inne, ehe er antwortete. Das allein sagte Bush, daß es sich hier um kein so einfaches Problem handelte.

»Die Sache ist viel wichtiger als all die Abmachungen wegen der Gefangenen, Sir.«

»Nun, was hat er Ihnen denn gesagt?«

»Es könnte möglich sein, eine Kapitulation zu erreichen, Sir.«

»Was meinen Sie damit?«

»Eine Übergabe, Sir. Den Rückzug der Dons von diesem Ende der Insel.«

»Herr im Himmel!«

Das war eine unerwartete, eine tolle Möglichkeit. Bush zog sofort die Folgerungen, die sich daraus ergaben. Eine solche Kapitulation war ein Ereignis von internationaler Bedeutung, vielleicht sogar ein glänzender Erfolg, der in den Gazetten nicht nur einen Absatz, sondern eine ganze Seite füllte. Man würde belohnt, ausgezeichnet – vielleicht sogar befördert. Bei dieser Vorstellung schreckte Bush plötzlich zurück, als ob der Pfad, dem er in Gedanken gefolgt war, am Rande eines Abgrunds endete. Je wichtiger ein Ereignis war, desto genauer wurde es unter die Lupe genommen, desto kritischer wurde es von denen beurteilt, die ohnehin nicht damit einverstanden waren. Die politische Lage hier in Santo Domingo war alles andere als einfach, das wußte

Bush, obwohl er nie versucht hatte, den Verhältnissen wirklich auf den Grund zu gehen oder gar ihren Ursachen nachzuspüren. Er war beiläufig darüber im Bilde, daß auf dieser Insel französische und spanische Interessen aufeinanderstießen und daß der Negeraufstand, dem jetzt ein Erfolg in den Schoß gefallen war, sich gegen beide richtete. Das war so ungefähr alles. Noch weniger wußte er über die sogenannte Antisklavereibewegung im Parlament, die die öffentliche Aufmerksamkeit fortwährend gerade auf die Vorgänge hier auf dieser Insel lenkte. Allein der Gedanke, daß das Parlament, das Kabinett oder gar der König seine Berichte sorgfältig und kritisch studieren könnten, flößte Bush geradezu einen eisigen Schrecken ein. Was bedeuteten alle Ehren und Auszeichnungen, von denen er zu träumen wagte, wenn er die Gefahren dagegenhielt, die ihm aus jener Richtung drohten? Traf er jetzt zum Beispiel eine Abmachung, die der Regierung aus irgendeinem Grunde nicht paßte, dann ließ sie ihn ganz einfach fallen – sofort und ohne Bedenken –, und er konnte sicher sein, daß sich keine Hand rührte, um dem mittellosen Leutnant zu helfen, der über keinerlei Beziehungen verfügte. Es war ihm nicht entgangen, wie sorgenvoll Buckland getan hatte, wenn auf solche Fragen auch nur angespielt worden war. Der Geheimbefehl verstand in dieser Hinsicht offenbar keinen Spaß.

»Nichts da!« sagte Bush. »Davon lassen wir die Finger. Gehen Sie mit keinem Wort auf solche Dinge ein.«

»Aye, aye, Sir. Ich soll ihn also auch nicht anhören, wenn er den Punkt von sich aus zur Sprache bringt?«

»Hm ...« Das konnte wieder so aussehen, als ob er sich von seiner Pflicht zu drücken suchte. »Die Entscheidung liegt auf jeden Fall bei Buckland, ich kann ihm unmöglich vorgreifen.«

»Jawohl, Sir. Darf ich Ihnen einen Vorschlag unterbreiten, Sir?«

»Und der wäre?« Bush wußte nicht, ob er sich ärgern oder freuen sollte, daß dieser Hornblower schon wieder einen Trumpf auszuspielen hatte. Aber er hielt eben nicht besonders viel von seiner eigenen Geschicklichkeit im Feilschen und Verhandeln, weil er nur zu genau wußte, daß ihm die bei solchen Geschäften nötigen Schliche und Kniffe nicht lagen.

»Wenn Sie zunächst einmal ein Abkommen über die Gefangenen treffen wollten, Sir, dann dürfte seine Ausführung gleich erhebliche Zeit in Anspruch nehmen. Da wäre zunächst einmal die Frage des Ehrenworts, über dessen Fassung sich eine ganze Weile streiten ließe. Nachher dauert es wieder ziemlich lange, bis die Gefangenen hinübergeschafft sind; Sie könnten zum Beispiel darauf bestehen, daß immer nur ein Boot an der Brücke liegen darf, das wäre eine sehr verständliche Vorsichtsmaßnahme. Mit all diesen Verzögerungen könnten wir so viel Zeit gewinnen, daß die *Renown* inzwischen in die Bucht gelangt. Sie könnte dann eben außer Schußweite der anderen Batterie vor Anker gehen. Damit wäre das Loch endgültig verstopft, und zugleich wären wir noch in Fühlung mit den Dons, so daß Mr. Buckland die Verhandlungen weiterführen kann, wenn er es wünscht.«

»Ihr Vorschlag hat einiges für sich«, sagte Bush. Auf jeden Fall nahm ihm dieses Verfahren viel von der Last der Verantwortung, die so schwer auf seinen Schultern lag. Zugleich schien es ihm eine hübsche Idee, mit Fragen zweiter Ordnung so lange Zeit zu vertun, bis die *Renown* auf der Bildfläche erschien und das Gewicht ihrer ehernen Argumente mit in die Debatte warf.

»Sie geben mir also Vollmacht, über die Freigabe der Gefangenen gegen Ehrenwort zu verhandeln, Sir?« fragte Hornblower.

»Ja«, sagte Bush, der sich plötzlich zu einem Entschluß durchgerungen hatte. »Aber diese Vollmacht erstreckt sich auf keine einzige andere Frage. Halten Sie das im Auge, Mr. Hornblower, wenn Ihnen Ihr Offizierspatent lieb ist.«

»Aye, aye, Sir. Allerdings müßte ich auch vereinbaren, daß die Feindseligkeiten so lange unterbrochen werden, bis die Gefangenen übergeben sind. Darf ich das, Sir?«

»Ja«, sagte Bush mit einigem Widerstreben. Eine vorübergehende Einstellung der Feindseligkeiten ergab sich schließlich als logische Folgerung aus der beschlossenen Handlungsweise. Aber das Wort selbst klang ihm deshalb doch irgendwie verdächtig, nachdem Hornblower einmal angedeutet hatte, daß die Gegenseite über dieses Thema weiterzuverhandeln wünschte.

Mittag war längst vorüber, der Nachmittag schritt immer weiter vor. Eine volle Stunde hatte es allein gedauert, bis der Wortlaut der ehrenwörtlichen Verpflichtung ausgehandelt war, auf Grund deren die gefangenen Soldaten entlassen werden sollten. Es wurde zwei Uhr, bis über diesen Punkt endlich Einigkeit erzielt war, und dann verging wieder eine ganze Weile, bis zunächst die Frauen, ihre gebündelten Siebensachen auf dem Kopf, an Bush vorüber aus dem Haupttor zogen. Das Boot erwies sich als zu klein, um sie alle auf einmal aufzunehmen, es mußte zwei Fahrten machen, ehe das Übersetzen der Männer, und zwar zuerst der Verwundeten, beginnen konnte. Bush freute sich wie ein kleiner Junge zu Weihnachten, als endlich die *Renown* hinter dem Kap zum Vorschein kam. Mit der aufkommenden Seebrise rauschte sie stolz in die Bucht hinein.

Jetzt erschien von neuem Hornblower und trat grüßend zu Bush heran. Er war offensichtlich so müde, daß er kaum noch einen Fuß vor den anderen setzen konnte.

»Die *Renown* weiß nichts von der Unterbrechung der Feindseligkeiten, Sir«, sagte er. »Wenn man von Bord aus das Boot mit den spanischen Soldaten über die Bucht rudern sieht, dann wird man todsicher sofort das Feuer eröffnen.«

»Wie wollen wir sie denn von dem Geschehenen in Kenntnis setzen?«

»Ich habe das mit Ortega besprochen, Sir. Er leiht uns ein Boot, daß wir eine Meldung an Bord senden können.«

»Hm, na ja!«

Schlaflosigkeit und Erschöpfung hatten Bush an und für sich in einen gereizten Zustand versetzt. Als jetzt Hornblower wieder einen neuen Vorschlag brachte und seinen vor Müdigkeit halb gelähmten Verstand in Anspruch nahm, lief ihm plötzlich die Galle über.

»Sie befassen sich immerzu mit Dingen, die Sie nichts angehen, Mr. Hornblower«, sagte er. »*Ich* habe hier das Kommando, merken Sie sich das!«

»Jawohl, Sir«, sagte Hornblower in militärischer Haltung, während Bush ihn immer noch anstarrte und nach diesem plötzlichen Zornesausbruch seine Gedanken zu sammeln suchte. Es war nicht zu leugnen, die *Renown* mußte schleunigst von allem in Kenntnis gesetzt werden, was geschehen war. Wenn sie das Feuer eröffnete, dann war das eine Verletzung eines feierlich geschlossenen Abkommens, das er selbst mitunterzeichnet hatte.

»Himmeldonnerwetter!« sagte Bush nach einer Weile. »Machen Sie doch, was Sie wollen. Wen wollen Sie denn schicken?«

»Ich könnte selbst fahren, Sir. Dann könnte ich Mr. Buckland unmittelbar alles Erforderliche melden.«

»Sie meinen über die ... über die ...« Bush scheute sich, das gefährliche Wort in den Mund zu nehmen.

»Jawohl, Sir, über die Möglichkeit zu weiteren Verhandlungen«, sagte Hornblower standhaft. »Er muß früher oder später davon erfahren – und solange Ortega noch hier anwesend ist ...« Hornblowers Schlußfolgerungen waren ohne Zweifel richtig, und sein Vorschlag schien durchaus vernünftig zu sein.

»Ja, schön, es wird das beste sein, Sie fahren selbst. Aber das eine sage ich Ihnen, Mr. Hornblower: Lassen Sie mir ja keinen Zweifel darüber, daß ich keine Verhandlungen über jene Fragen gestattet habe, auf die Sie immer wieder anspielen. Es wurde also kein Wort darüber gesprochen, und ich weise jede Verantwortung für solche Dinge weit von mir. Haben Sie mich verstanden?«

»Aye, aye, Sir.«

10

Drei Offiziere saßen in dem Raum, der früher das Kommandantenzimmer des Forts Samaná gewesen war und den man insofern auch jetzt noch so nennen konnte, als Bush von hier aus das Kommando über die Befestigung weiterführte. In einer Ecke stand ein Bett unter einem Moskitonetz, ihm gegenüber saßen jetzt Buckland, Bush und Hornblower in lederbezogenen Sesseln. Von einem Balken an der Decke hing eine Lampe herab, die das Zimmer mit beißendem Gestank erfüllte und ihren Schein auf die schweißnassen Stirnen der drei Männer warf. Die Luft war hier noch heißer und dumpfer als an Bord, aber man brauchte hier wenigstens nicht dauernd daran zu denken, daß auf der anderen Seite des Schotts ein wahnsinniger Kommandant lag.

»Ich zweifle keinen Augenblick daran«, sagte Hornblower, »daß Villanueva den Oberst Ortega nicht nur hierhersandte, um über die Gefangenen zu verhandeln, sondern daß er ihm außerdem den Auftrag gab, wegen dieser Räumungsangelegenheit bei uns vorzufühlen.«

»Woher wollen Sie das so sicher wissen?« meinte Buckland.

»Bitte, Sir, versetzen Sie sich einmal in die Lage Ortegas. Würden Sie es wagen, auch nur ein Wort über eine Frage von solcher Bedeutung zu verlieren, wenn Sie keinen Auftrag dazu hätten? Wenn es Ihnen nicht ausdrücklich befohlen wäre, Sir?«

»Nein, das käme natürlich nicht in Frage«, sagte Buckland.

Niemand, der Buckland kannte, hätte bezweifelt, daß er damit die Wahrheit sprach, darum fühlte er sich jetzt auch völlig überzeugt.

»Also dachte Villanueva sofort daran, zu kapitulieren, als er erfuhr, daß wir dieses Fort hier genommen hatten und daß er die *Renown* nicht mehr daran hindern konnte, in der Bucht zu ankern. So müssen die Dinge stehen, Sir, eine andere Erklärung scheint es nicht zu geben.«

»Sie mögen recht haben«, sagte Buckland zögernd.

»Wenn er aber bereit ist, mit uns über eine Kapitulation zu verhandeln, dann ist er entweder ein Feigling, Sir, oder aber er befindet sich in einer ernsten Gefahr.«

»Na, na ...«

»Für uns ist es ganz unwichtig, Sir, welche dieser beiden Möglichkeiten zutrifft und ob die Gefahr echt oder nur eingebildet ist, da es uns ausschließlich darauf ankommt, bei diesem Handel möglichst viel herauszuschlagen.«

»Sie reden ja wie der schlimmste Winkeladvokat«, sagte Buckland.

Er sah sich durch Hornblowers Logik zu einem folgenschweren Entschluß gedrängt, gegen den er sich trotz allem innerlich heftig sträubte. In seinem Zwiespalt entfuhr ihm unversehens dieser beleidigende Vergleich.

»Ich bitte um Entschuldigung, Sir«, sagte Hornblower, »wenn ich Ihnen nicht die gebührende Achtung entgegenbrachte. Meine Zunge ist mir wieder einmal durchgegangen. Natürlich liegt es nur bei Ihnen, Sir, zu entscheiden, was Ihnen die Pflicht zu tun gebietet.«

Bush bemerkte wohl, wie das bloße Wort Pflicht Buckland den Nacken steifte.

»Was meinen Sie also, was hinter diesem ganzen Manöver steckt?« fragte Buckland. Vielleicht wollte er damit nichts anderes als Zeit zum Nachdenken gewinnen, immerhin erhielt Hornblower dadurch Gelegenheit, seine Ansicht über die Lage weiterzuentwickeln.

»Villanueva hält dieses Ende der Insel seit Monaten gegen die Aufständischen, Sir. Wir wissen nicht, wie groß das Gebiet ist, das er einstweilen noch beherrscht, aber wir können leicht erraten, daß es sich nicht allzu weit ins Innere erstreckt, vielleicht nur bis zum Kamm der Berge, dort jenseits der Bucht. Wahrscheinlich leidet er unter bitterem Mangel an allen möglichen Dingen: Pulver, Blei, Flintsteinen, Schuhen und so weiter.«

»Nach dem Zustand unserer Gefangenen zu urteilen ist das richtig, Sir«, warf Bush ein. Es wäre schwierig gewesen, nachträglich festzustellen, welche Gründe ihn dazu veranlaßten, sich mit dieser Bemerkung an dem Gespräch der beiden anderen zu beteiligen, vielleicht kam es ihm wirklich nur darauf an, der Wahrheit um ihrer selbst willen zu dienen.

»Das kann schon sein«, sagte Buckland.

»Seit Sie angekommen sind, Sir, ist er völlig von der See abgeschnitten. Dadurch ist seine Lage erst recht unhaltbar geworden. Er weiß ja nicht, wie lange wir hier bleiben wollen, weil er Ihre Befehle nicht kennt.«

»Kennst du sie denn?« dachte Bush mit einem Blick auf Hornblower, während Buckland auf die Anspielung mit sichtlicher Unruhe reagierte.

»Sprechen wir nicht von dem Befehl«, sagte er.

»Villanueva sieht sich, wie gesagt, abgeschnitten, seine Vorräte schrumpfen zusammen. Wenn er die Dinge so weiterlaufen läßt, muß er eines Tages doch kapitulieren. Darum nimmt er lieber jetzt gleich Verhandlungen auf, solange er sich noch halten kann, solange er noch etwas in die Waagschale zu werfen hat, als daß er damit bis zum letzten Augenblick wartet und schließlich zur bedingungslosen Übergabe gezwungen ist.«

»Das leuchtet mir ein«, sagte Buckland.

»Dazu kommt, daß er sich lieber uns in die Hände gibt als den Schwarzen«, schloß Hornblower seine Beweisführung.

»Ja, das ist sicher«, sagte Bush. Jedermann hatte von den Schrecken des Sklavenaufstands gehört, der diese unglückliche Insel schon seit acht Jahren mit Mord und Brand verwüstete. Die drei Männer saßen eine Weile schweigend und ließen sich Hornblowers letzte Bemerkung durch den Kopf gehen.

»Also gut«, sagte Buckland endlich, »hören wir uns den Mann an.«

»Soll ich ihn hereinbringen, Sir? Er wartet schon recht lange. Ich könnte ihm die Augen verbinden.«

»Ach, tun Sie, was Sie wollen«, sagte Buckland mit einer müden Geste.

Aus der Nähe und nachdem ihm das Taschentuch von den Augen genommen worden war, sah Oberst Ortega wesentlich jünger aus, als man von weitem angenommen hatte. Er war sehr schlank gewachsen und zeigte auch in seiner zerschlissenen Uniform noch Haltung und vornehme Lebensart. Ein Muskel seiner linken Wange zuckte ununterbrochen auf und ab. Buckland und Bush erhoben sich langsam von ihren Plätzen, als ihnen Hornblower den Spanier vorstellte.

»Oberst Ortega gibt an, er spreche kein Englisch«, sagte Hornblower. Er legte nur die leiseste Betonung auf die Worte »gibt an«, sein Blick ruhte nur um einen Herzschlag länger auf den beiden Vorgesetzten, als er es aussprach, aber sie mußten die Warnung verstanden haben.

»Gut, fragen Sie ihn, was er wünscht«, sagte Buckland.

Der Gedankenaustausch in spanischer Sprache nahm einen steifen, förmlichen Verlauf. Die einleitenden Worte beider Kontrahenten nahmen sich aus wie ein vorsichtiges Kreuzen der Waffen, bei dem jeder die Schwächen des Gegners zu entdecken, die eigenen zu verbergen suchte. Dann aber trat ein Wechsel in der Tonart ein; der Augenblick konnte sogar Bush nicht entgehen, obwohl er kein Wort der Unterhaltung verstand. Offenbar war man mit den unverbindlichen Redensarten zu Ende und begann nun die konkreten Vorschläge zu erörtern. Ortega gab sich dabei, als hätte er Gnaden zu verteilen, und Hornblower hatte alle Mühe, darzutun, daß er sich keine Gnaden wünschte. Am Ende wandte er sich in englischer Sprache an Buckland: »Er hat uns formulierte Kapitulationsbedingungen vorzulegen«, sagte er.

»Was schlägt er vor?«

»Bitte, lassen Sie sich nicht anmerken, was Sie davon halten, Sir. Er verlangt freien Abzug für die ganze Truppe, Schiffe, Mannschaften, zivile Angehörige und möchte Geleitbriefe für die Schiffe von hier nach einer anderen spanischen Besitzung – mit anderen Worten nach Kuba oder Puerto Rico. Als Gegenleistung will er uns alles, was zurückbleibt, unbeschädigt übergeben: die militärischen Vorratslager, die Batterie auf der anderen Seite, kurzum alles.«

»Aber ...« Buckland mußte sich alle Mühe geben, seine Gefühle nicht zu verraten.

»Ich habe bis jetzt nichts Erwähnenswertes dazu geäußert, Sir«, sagte Hornblower.

Ortega war dem Gespräch der beiden Offiziere mit größter Spannung gefolgt. Jetzt wandte er sich stolz erhobenen Hauptes von neuem an Hornblower. Seine Worte hatten einen leidenschaftlichen Klang, aber dann unterstrich er eine seiner Bemerkungen mit einer Geste, die zu der Würde seiner Haltung seltsam kontrastierte – er fuhr sich mit der Hand in einer Art an den Hals, daß man unwillkürlich an einen Menschen dachte, der sich übergab.

»Er sagt, wenn wir nicht auf seine Bedingungen eingingen, dann würde bis zum letzten Mann gekämpft«, verdolmetschte Hornblower. »Man könnte sich darauf verlassen, daß der spanische Soldat lieber in den Tod ginge, als daß er seine Ehre verspiele. Er meint, wir könnten ihnen nichts Schlimmeres antun, als es bereits geschehen sei, wir hätten, mit anderen Worten, unser Pulver an ihnen verschossen. Uns auf der Insel festzusetzen und ihn auszuhungern, könnten wir nämlich nicht riskieren, weil uns das gelbe Fieber – il vomito negro – drohe, Sir.«

In der Aufregung der letzten Tage hatte Bush überhaupt nicht an diese Gefahr gedacht. Jetzt hatte er selbst das Gefühl, daß er bei ihrer plötzlichen Erwähnung ein besorgtes Gesicht machte, und bemühte sich eilends, wieder eine recht gleichgültige Miene aufzusetzen. Ein Seitenblick auf Buckland zeigte ihm, daß auch dessen Ausdruck diese Wandlung durchmachte.

»Ich verstehe«, sagte Buckland.

Es war nicht auszudenken! Wenn auf der *Renown* das gelbe Fieber ausbrach, dann hatte das Schiff vielleicht schon binnen einer Woche nicht mehr genug Leute zum bloßen Bedienen der Segel.

Ortega begann mit einem neuen leidenschaftlichen Redeschwall, und Hornblower übersetzte weiter.

»Er sagt, seine Truppen hätten ihr ganzes Leben hier zugebracht und bekämen daher das gelbe Fieber nicht so leicht wie unsere Leute, viele von ihnen hätten es schon gehabt und seien dagegen immun. Auch er hätte es schon gehabt, Sir.«

Bush erinnerte sich, wie heftig Ortega dazu an seine Brust geschlagen hatte.

»Die Schwarzen hielten uns Engländer für ihre schlimmsten Feinde, meint er, und daran seien die Ereignisse in Dominica schuld. Er könnte sich leicht mit ihnen gegen uns verbünden, dann würde schon morgen eine schwarze Armee gegen das Fort hier anrücken. Aber erwecken Sie bitte nicht den Anschein, als ob wir ihm das glaubten, Sir.«

»Da soll der Teufel weiterkommen«, schimpfte Buckland voll Zorn. Er versuchte vergebens, sich zu besinnen, was denn in Dominica vorgefallen war. Geschichte – auch die zeitgenössische – war nicht seine starke Seite. Wieder sprach Ortega.

»Er sagt, das sei sein letztes Wort, Sir, er hätte einen verständigen Vorschlag gemacht und ließe sich kein Jota davon abhandeln. Ich möchte vorschlagen, daß Sie ihn jetzt wegschicken, nachdem Sie alles von ihm gehört haben, und ihm sagen, daß er morgen Ihre Antwort erfahren werde.«

»Ja, gut.«

Jetzt waren wieder feierliche Reden auszutauschen, Ortegas Verbeugungen waren so höflich und formvollendet, daß Buckland und Bush trotz allen Widerstrebens nicht umhin konnten, sie stehend entgegenzunehmen und nach bestem Können zu erwidern. Hornblower verband Ortega von neuem mit einem Taschentuch die Augen und führte ihn hinaus.

»Was halten Sie von dieser Sache?« sagte Buckland zu Bush.

»Ich möchte mir erst alles gründlich durch den Kopf gehen lassen, Sir«, gab Bush zur Antwort.

Als Hornblower wieder hereinkam, steckten sie bereits tief in der Erörterung aller Gründe und Gegengründe. Er blickte erst den einen, dann den anderen an und wandte sich schließlich an Buckland. »Werde ich heute abend noch benötigt, Sir?«

»Weiß der Teufel, ja! Ich möchte, daß Sie hierbleiben, weil Sie mehr über diese Degos wissen als wir beide. Was halten *Sie* von dem ganzen Kram?«

»Er wußte seine Sache recht gut zu begründen, Sir.«

»Sehen Sie, das finde ich auch«, sagte Buckland, sichtlich erleichtert.

»Können wir den Kerlen nicht doch noch irgendwie Daumenschrauben ansetzen, Sir?« meinte Bush. Wenn ihm auch selbst keine andere Möglichkeit einfiel, so war er doch von Natur aus viel zu mißtrauisch, um sich ohne weiteres auf einen Handel einzulassen, den so ein Ausländer vorschlug, ganz gleich, wie verlockend er sich auch ausnahm.

»Wir könnten das Schiff in die Bucht hineinbringen«, meinte Buckland, »aber das Fahrwasser ist schwierig, das haben wir ja gestern erlebt.«

Mein Gott, war es wirklich erst gestern gewesen, daß die *Renown* versucht hatte, diese Passage unter einem Hagel glühender Kugeln zu erzwingen? Buckland hatte einen friedlichen Tag hinter sich, darum mutete ihn das Wort »gestern« wohl nicht so seltsam an.

»Außerdem haben wir immer noch das Feuer der Batterie drüben auf der anderen Seite in Kauf zu nehmen«, fuhr Buckland fort, »auch wenn diese hier in unserer Hand ist.«

»Wenn wir uns dicht an unserer Seite halten, Sir«, versuchte Bush einzuwenden, »sollten wir uns eigentlich daran vorüberdrücken können.«

»Und wenn wir ungeschoren vorbeikommen, was dann? Die anderen haben ihre Schiffe wieder tief in die Bucht hineingewarpt – und diese Schiffe haben sechs Fuß weniger Tiefgang als wir. Wenn sie ein bißchen Verstand haben, leichtern sie sie jetzt noch gründlich, so daß sie sie weiter über flaches Wasser warpen können. Stellen Sie sich vor, wie dumm wir uns vorkommen, wenn wir uns da hineinbemühen, um am Ende zu erleben, daß sie für unsere Geschütze unerreichbar sind. Dann bliebe uns nichts anderes übrig, als wieder auszulaufen, vielleicht gar unter feindlichem Feuer! Das gäbe ihnen so viel Oberwasser, daß sie nachträglich noch die Bedingungen verwerfen würden, die uns der Bursche da eben gemacht hat.«

Buckland schien allein die Vorstellung aufzuregen, er könnte womöglich noch einen zweiten erfolglosen Vorstoß zu melden haben.

»Jawohl, das muß ich zugeben«, sagte Bush ganz kleinlaut.

»Lassen wir uns auf die Bedingungen ein«, sagte Buckland, der sich sichtlich für diesen Gedanken erwärmte, »dann spielen wir den Schwarzen diesen ganzen Teil der Insel in die Hand. Von da an kann diese Bucht nicht mehr von Kaperschiffen angelaufen werden. Die Neger selbst haben keine Schiffe und könnten sie nicht bemannen, wenn sie sie hätten. Das heißt: Wir hätten unseren Befehl ausgeführt. Nun, Mr. Hornblower, stimmt das nicht?«

Bush wandte den Blick zu dem Angeredeten. Hornblower hatte schon am Morgen todmüde ausgesehen und war den ganzen Tag über fast nicht zur

Ruhe gekommen. Jetzt wirkten seine Züge natürlich erst recht abgespannt, seine Augenlider waren vor Überanstrengung gerötet.

»Es gibt vielleicht doch ein Mittel, ihnen die Daumenschrauben anzusetzen, Sir«, sagte er.

»Und wie wollten Sie das erreichen?«

»Es wäre ein gewagtes Unternehmen, die *Renown* in den inneren Teil der Bucht zu bringen. Aber vielleicht können wir die Kaperschiffe hier von der Halbinsel aus trotzdem unter Feuer nehmen, wenn Sie die entsprechenden Anordnungen geben.«

»Herr Gott noch mal, was ist das nun wieder?« entfuhr es Bush.

»Und was für Befehle sollte ich da geben?« fragte Buckland.

»Wenn es uns gelingt, nahe dem Beginn oder der Basis dieser Halbinsel ein Geschütz in Stellung zu bringen, dann liegt das innere Ende der Bucht in unserem Feuerbereich, Sir. Dort hätten wir es nicht einmal nötig, die Kugeln glühend zu machen, weil wir den ganzen Tag Zeit haben und sie in aller Ruhe in Stücke schießen können, ganz gleich, wie oft sie ihren Ankerplatz verlegen.«

»Weiß Gott, Sie haben recht«, sagte Buckland, dessen Gesichtsausdruck sich sichtlich belebte. »Würden Sie es auf sich nehmen, eines der Geschütze aus dem Fort dorthin zu bringen?«

»Ich habe darüber nachgedacht, Sir, und muß leider sagen, daß das nicht ohne weiteres zu machen ist – zum mindesten nicht schnell. Diese Vierundzwanzigpfünder wiegen zweieinhalb Tonnen und sind auf Festungslafetten montiert. Pferde haben wir nicht zur Verfügung, wie aber sollten wir sie sonst über alle die Wasserläufe wegbringen und vier Meilen, wenn nicht mehr, transportieren? Hundert Mann würden dazu nicht ausreichen.«

»Ja, Donnerwetter!« fuhr Buckland auf. »Was hat es dann für einen Zweck, überhaupt davon anzufangen?«

»Wir brauchen ja nicht unbedingt ein Geschütz aus dem Fort zu nehmen, Sir«, sagte Hornblower. »Eins von Bord würde den gleichen Dienst leisten, zum Beispiel einer der langen Neunpfünder, die wir als Buggeschütze haben. Die langen Rohre tragen fast ebenso weit wie die kurzen Vierundzwanziger.«

»Aber wie bekommen wir die Kanone hin?«

Bush war bereits im Bilde, ehe Hornblower mit seiner Antwort begann. »Lassen Sie sie in die Barkaß verladen, Sir, geben Sie die nötigen Taljen und Trossen mit und schicken Sie sie ungefähr dorthin, wo wir gestern gelandet sind. Dort fällt das Kliff steil zum Wasser ab, und es finden sich überall dicke Bäume, an denen wir die Trossen festmachen können. So dürfte es gar nicht schwer sein, das Geschütz schwebend auf die Höhe zu bringen. Diese Neunpfünder wiegen ja nur eine Tonne.«

»Das weiß ich«, warf Buckland in gereiztem Ton ein.

Ein unerwarteter Vorschlag war nicht so schwer anzubringen – wollte man dagegen einem alten Offizier Dinge erzählen, die er sich längst an den Schuhsohlen abgelaufen hatte, dann machte man sich offenbar weniger beliebt.

»Gewiß, Sir. Aber wenn wir diesen leichten Neunpfünder erst einmal oben auf dem Kliff haben, dann wird es verhältnismäßig einfach sein, ihn über den Höhenrücken der Halbinsel hinwegzuschaffen, so daß wir die innere Bucht unter Feuer nehmen können. Irgendwelche Gräben oder Rinnen wären dort nicht zu passieren. Eine halbe Meile bergauf – nicht einmal besonders steil, Sir –, und es wäre geschafft.«

»Und was würde sich Ihrer Meinung nach daraus ergeben?«

»Wir könnten diese Schiffe unter Feuer nehmen, Sir. Nur mit einem Neunpfünder, gewiß, aber diese leichten Schoner halten nicht viel aus, und wenn wir zwölf Stunden lang Schuß um Schuß auf sie abgeben, dann sind sie auf alle Fälle zu Wracks zersplittert. Vielleicht brauchen wir nicht einmal so lange dazu. Ich nehme an, daß wir sogar die Kugeln glühend machen könnten, wenn wir wollten, aber notwendig wird es nicht sein. Wahrscheinlich brauchen wir überhaupt nur das Feuer zu eröffnen, Sir.«

»Wie kommen Sie zu dieser Ansicht?«

»Die Dons setzen diese Schiffe auf keinen Fall aufs Spiel, Sir. Ortega redete zwar große Töne über ein Bündnis mit den Schwarzen, aber in Wirklichkeit glaubt er ja selbst nicht an das, was er da sagt, Sir. Die Neger warten ja nur auf eine Gelegenheit, um jedem Weißen, der in ihre Hände fällt, die Gurgel abzuschneiden. Und, verzeihen Sie, Sir, ich finde, sie haben damit nicht einmal so unrecht.«

»Hm, meinen Sie?«

»Es ist bestimmt so, Sir. Diese Schiffe bieten den Dons die einzige Möglichkeit zu entkommen. Wenn sie sehen, daß wir sie ihnen versenken, dann bekommen sie einen tödlichen Schreck, denn das hieße für sie, daß sie sich den Schwarzen auf Gnade und Ungnade ausliefern müssen, wenn sie nicht alle – Männer wie Frauen – umkommen wollen. Ich glaube, Sir, da ziehen sie es doch wohl vor, sich in unsere Hände zu geben.«

»Weiß Gott, das glaube ich auch«, sagte Bush.

»Meinen Sie wirklich, man könnte sie auf diese Art dazu bringen, von ihrem hohen Roß herabzusteigen?«

»Jawohl, Sir, ich könnte mir das denken. Wahrscheinlich wären Sie dann in der Lage, Ihre Bedingungen zu stellen: Bedingungslose Übergabe für alle Soldaten.«

»Das haben wir schon zu Anfang festgestellt«, sagte Bush. »Wenn sie schon die Waffen strecken müssen, dann tun sie das immer noch lieber vor uns als vor den Schwarzen.«

»Sie könnten ihnen in einigen Punkten entgegenkommen«, schlug Hornblower vor, »um ihre Gefühle zu schonen. Zum Beispiel könnten Sie sich damit einverstanden erklären, daß ihre Frauen von uns nach Kuba oder Puerto

Rico gebracht werden, wenn sie das wünschen. Darum könnten Sie dennoch in allen wichtigen Punkten festbleiben. Vor allem müssen die Schiffe als unsere Prisen gelten.«

»Prisen! Weiß Gott, daran hatte ich noch gar nicht gedacht«, rief Buckland.

Prisen bedeuteten Prisengelder, und als Kommandant stand ihm natürlich der Löwenanteil daran zu. Aber das war noch nicht alles – das Geld war vielleicht sogar der kleinste Vorteil, viel wichtiger war, daß solche Prisen im Triumph in den Hafen gebracht wurden und darum einen weitaus größeren Eindruck hinterließen, als die ruhmreichsten Nachrichten von Gefechten und Versenkungen, die außerhalb des Gesichtskreises der hohen Vorgesetzten stattgefunden hatten. Und dann: das Wort »bedingungslose Kapitulation« allein klang unbedingt nach etwas Endgültigem, ein für alle Male Erledigtem, es war an und für sich schon ein Beweis, daß der Sieg nicht vollständiger sein konnte.

»Nun, was sagen Sie zu diesem Plan, Mr. Bush?« fragte Buckland.

»Ich meine, man könnte es damit versuchen, Sir«, sagte Bush. Er hatte sich darein gefunden, Hornblower so zu nehmen, wie er war. Der Mann warf einen mit seiner Tatkraft und seinem Feuerwerk von Einfällen ganz einfach über den Haufen, so daß einem am Ende nicht viel anderes übrigblieb, als ihm zu folgen. Und doch steckte hinter Bushs Verhalten neben bloßer Resignation auch ein gerüttelt Maß ehrlicher Bewunderung. Bush war nämlich ein grundanständiger Mensch und kannte keine unlauteren Motive. Die kluge Umsicht, mit der Hornblower seinen Vorgesetzten behandelte, hatte ihren Eindruck auf ihn nicht verfehlt, und er beneidete den Jüngeren im stillen um den Takt, den er dabei entwickelt hatte. Bush war auch ehrlich genug, sich zuzugeben, daß er sich wohl innerlich heftig dagegen gesträubt hatte, Ortegas Bedingungen anzunehmen, aber dennoch gar nicht auf den Gedanken gekommen war, auf ihre Änderung hinzuarbeiten, indes Hornblower dieses Ziel sofort ins Auge faßte. Logischerweise kam er zu dem Schluß, daß Hornblower ein Offizier von ganz hervorragenden Qualitäten war. Bush selbst hatte sich nie etwas auf seine Qualitäten eingebildet, in diesem Augenblick hatte er auch noch den letzten Schritt getan und den heimlichen Argwohn überwunden, den er gegen solche »Leuchten« fast gewohnheitsmäßig hegte. Er zwang sich dazu, seine Zurückhaltung hintanzusetzen und unzweideutig für den jungen Hornblower einzutreten.

»Ich glaube, daß Mr. Hornblower volles Vertrauen verdient«, sagte er.

»Gewiß«, sagte Buckland. Die leise Überraschung, die in seinem Ton zum Ausdruck kam, schien jedoch anzudeuten, daß er doch nicht so ganz daran glaubte. Jedenfalls hielt er es für richtig, diesem Thema nicht weiter nachzugehen.

»Wir wollen morgen früh mit dem Manöver beginnen«, fuhr er fort. »Ich will die beiden Barkassen zu Wasser bringen, sobald die Leute gefrühstückt haben. Gegen Mittag ... na, was ist denn, Mr. Hornblower, wollten Sie etwas sagen?«

»Sir ...«

»Los, heraus damit!«

»Ortega kommt morgen früh wieder, um unsere Entscheidung zu hören, Sir. Ich nehme an, daß er bei Hellwerden, oder doch nicht viel später, aufsteht. Er wird etwas frühstücken, vielleicht ein paar Worte mit Villanueva sprechen und dann zu uns herüberfahren. Bis acht Glasen kann er hier sein, höchstens etwas später ...«

»Was geht es uns an, wann dieser Ortega frühstückt? Worauf wollen Sie mit all dem Zeug denn eigentlich hinaus?«

»Nehmen wir an, Sir, Ortega erscheint hier um zwei Glasen am Vormittag (also um 9 Uhr). Wenn er sieht, daß wir keine Minute Zeit verloren haben, wenn ich ihm sagen kann, daß Sie seine Bedingungen von Anfang bis zu Ende zurückweisen, Sir, wenn wir ihm vor allem aufgefahrene Geschütze zeigen können und ihm sagen, daß wir in einer Stunde das Feuer auf seine Schiffe eröffnen, sofern er nicht bedingungslos kapituliert, dann macht das einen viel größeren Eindruck auf den Mann.«

»Das ist wohl richtig, Sir«, sagte Bush.

»Verzichten wir auf diesen Vorteil, dann werden sich die weiteren Verhandlungen als bedeutend schwieriger erweisen, Sir. Sie müssen dann entweder von neuem auf Zeitgewinn bedacht sein, bis das Geschütz in Stellung ist, oder Sie müssen mit Drohungen operieren. Ich werde ihm also dann sagen müssen: *Wenn* Sie nicht ja sagen, dann werden wir ein Geschütz dort oben hinaufbringen, und so weiter. In jedem Fall geben Sie ihm gerade das, was er am dringendsten braucht, nämlich Zeit. Vielleicht genügt sie ihm, auf einen anderen Ausweg aus seiner Lage zu sinnen, vielleicht verschlechtert sich inzwischen das Wetter, es ist nicht einmal ausgeschlossen, daß ein Zyklon heranzieht. Aber wenn er gleich von vornherein sieht, daß wir nicht mit uns spaßen lassen, Sir ...«

»Das ist sicher die beste Art, diese Kerle zu behandeln«, sagte Bush.

»Auch wenn wir schon mit Tagesanbruch beginnen ...«, sagte Buckland. Erst als er mit seinem Satz so weit gekommen war, fiel ihm ein, daß es ja noch eine andere Möglichkeit gab. »Oder meinen Sie etwa, wir könnten gleich damit anfangen?«

»Wir haben die ganze Nacht vor uns, Sir. Sie könnten schon die Barkassen aussetzen und eine davon mit der Kanone beladen. Stroppen, Trossen und eine Art Transportgestell wären vorzubereiten. Und dann wäre noch die Bedienungsmannschaft abzuteilen ...«

»So daß das Manöver bei Hellwerden beginnen könnte, nicht wahr?«

»Bei Hellwerden könnten die Boote schon drüben auf der anderen Seite unter Land liegen, so daß sie bei Tagesanbruch landen können, Sir. Sie könnten gleich ein paar Mann mit hundert Faden Leine von Bord hierher schicken. Die können dann noch vor Tagesanbruch den Pfad entlanggehen, bis sie über die Landungsstelle kommen. Dadurch könnten wir eine Menge Zeit sparen.«

»Ja, ja, das stimmt!« sagte Bush, dem es nicht schwerfiel, sich ein Bild von den seemännischen Problemen zu machen, mit denen man sich auseinandersetzen mußte, wenn es hieß, eine Kanone über einen Steilhang hochzuheißen.

»Wir sind an Bord schon recht knapp an Leuten«, meinte Buckland. »Da werde ich zu dem Manöver beide Wachen brauchen.«

»Das wird den Brüdern nicht weh tun, Sir«, sagte Bush. Er hatte nun schon zwei Nächte keinen Schlaf bekommen und sah bereits voraus, daß noch eine dritte folgen würde.

»Noch eins. Ich möchte, daß ein Offizier das Manöver verantwortlich leitet. Wen könnte ich da schicken? Der Betreffende soll vor allem ein guter Seemann sein.«

»Ich will gern gehen, wenn Sie mich haben wollen, Sir«, sagte Hornblower.

»Nein, das geht nicht. Sie müssen hierbleiben und mit Ortega verhandeln. Wenn ich aber Smith schicke, dann bleibt mir an Bord kein einziger Leutnant mehr.«

»Vielleicht könnten Sie mir die Aufgabe übertragen«, sagte Bush. »In diesem Fall müßte allerdings Mr. Hornblower hier im Fort das Kommando übernehmen.«

»Hm«, machte Buckland. »Mir fällt für den Augenblick auch keine andere Lösung ein. Kann ich Ihnen das zutrauen, Mr. Hornblower?«

»Ich werde mir alle Mühe geben, Sir.«

»Nun, wir werden ja sehen«, sagte Buckland.

»Ich könnte gleich mit Ihnen in Ihrer Gig an Bord fahren, Sir«, sagte Bush. »Dann ginge keine Zeit verloren.«

Es war für Bush etwas Neues, einen Vorgesetzten durch solche Listen zum Handeln anzustacheln, aber er machte in dieser Kunst rasche Fortschritte. Die Tatsache, daß sie sich noch vor kurzem alle drei gegen ihren Kommandanten verschworen hatten, machte es jetzt leichter, den richtigen Ton zu finden, und als das Eis einmal gebrochen war, als Buckland sich zum erstenmal bereitgefunden hatte, den Rat seiner jüngeren Kameraden anzunehmen, da stellten sich diesem freien Gedankenaustausch bald keine Hemmungen mehr entgegen.

»Ja, ich glaube, das ist wirklich das beste«, sagte Buckland und konnte kaum umhin, es Bush nachzutun, als dieser daraufhin sofort auf die Füße sprang.

Bush warf noch einen Blick auf Hornblowers zusammengesunkene Gestalt.

»Und Sie, Mr. Hornblower«, sagte er, »legen sich jetzt am besten eine Weile schlafen. Sie brauchen vor allem Ruhe.«

»Ich habe Whiting um Mitternacht als Offizier vom Dienst abzulösen, Sir«, sagte Hornblower, »außerdem muß ich meine Ronden gehen.«

»Das mag alles sein. Aber bis Mitternacht sind immer noch zwei Stunden Zeit. Packen Sie sich solange in die Koje, und lassen Sie sich jedenfalls um vier Uhr wieder von ihm ablösen.«

»Aye, aye, Sir.«

Schlafen! Der bloße Gedanke, sich ausstrecken und die Augen schließen zu können, ließ Hornblower vor Müdigkeit schwanken.

»Am besten wäre es, wenn Sie es ihm ausdrücklich befehlen würden«, meinte Bush zu Buckland.

»Was soll das nun wieder? Nun ja, meinetwegen. Also hören Sie, Mr. Hornblower: Ich befehle Ihnen, sich auszuruhen, solange es Ihr Dienst irgend zuläßt.«

»Aye, aye, Sir.«

Bush stieg hinter Buckland vorsichtig den steilen Pfad zur Anlegebrücke hinab und nahm dann in der Achterplicht der Gig an seiner Seite Platz.

»Ich kann aus diesem Hornblower nicht klug werden«, warf Buckland gelegentlich etwas mürrisch ins Gespräch, während die Gig auf die vor Anker liegende *Renown* zustrebte.

»Er ist bestimmt ein guter Offizier, Sir«, gab Bush zur Antwort. Aber er war schon nicht mehr ganz bei der Sache, im Geist befaßte er sich nämlich schon mit der Aufgabe, einen langen Neunpfünder auf das steile Kliff zu heißen. Er überschlug bereits, was er dazu an Geschirr und Ausrüstung brauchte, und legte sich zugleich die nötigen Anordnungen zurecht. Die Boje mußte mit zwei schweren Ankern, nicht etwa nur mit leichten Bootsdraggen verankert werden. Die Duchten der Barkaß wurden am besten abgesteift, damit sie das Gewicht des Geschützes trugen. Man brauchte Laufblöcke und Stroppen – zum Anheißen war es wohl am sichersten, das Geschütz an den Schildzapfen und am Bodenstück zugleich aufzuhängen.

Bush gehörte nicht zu dem intellektuellen Menschenschlag, der seine Freude an theoretischen Überlegungen findet. Eine Unternehmung zu planen, sich im Geist in die Lage des Gegners zu versetzen und die Gedanken anderer zu denken, Überraschungen und Improvisationen auszuklügeln, das alles entsprach nicht seinen Fähigkeiten und konnte ihm daher auch nicht liegen. Wenn es aber darum ging, eine klar umrissene, handgreifliche Aufgabe zu lösen, wenn mit Trossen, Taljen und Bruchbelastungen zu rechnen war, das heißt, wenn es sich darum handelte, ein seemännisches Meisterstück zu liefern, dann war Leutnant Bush nicht zu schlagen, weil er nicht nur eine natürliche Veranlagung für den Seemannsberuf besaß, sondern darüber hinaus von Jugend auf mit allen seinen Künsten und Kniffen verwachsen war.

Er machte sich denn auch mit Hingabe, ja mit Begeisterung ans Werk. Eine Aufgabe, wie sie Bush gestellt war, verlangte von ihrem Leiter aber nicht nur die Beherrschung des seemännischen Handwerks, sondern vor allem auch jene kluge Voraussicht, die allen denkbaren Gefahren und Schwierigkeiten vorbeugt, indem sie sich schon in der Vorstellung damit befaßt, ihnen zu begegnen. Grundlage dieser Fähigkeit kann natürlich nur langjährige Erfahrung sein, denn schließlich ist nur für den alten Seemann »alles schon einmal dagewesen«. So schloß auch Bush mit seinem gesunden Menschenverstand vom Erlebten, Erfahrenen her auf die Gesetzlichkeit dieser neuen Aufgabe, die ihm von Minute zu Minute vertrauter wurde – und kam zu brauchbaren Ergebnissen. Als das schwierige Manöver begann, hatte er auf diese Art alles vorausberechnet, was sich überhaupt vorausberechnen ließ. Sein Plan hatte keine Lücke, er mußte nach menschlichem Ermessen gelingen.

Dennoch wußte er nur zu genau, daß die dem Seemann so vertraute Tücke des Objekts immer noch Überraschungen bereithielt, denen man oft in Sekundenschnelle zu begegnen hatte. Darum verfolgte er voll Spannung, immer in Erwartung des Unerwarteten, wie das schwere Rohr, vorgeheißt von einer starken Gruppe kräftiger Männer, Pull um Pull den Steilhang emporschwebte, wie es dort endlich wieder festen Boden erreichte und schließlich von einem Dutzend Seesoldaten das letzte Stück Wegs bis zu seinem Aufstellungsort getragen wurde. Dem Rohr folgte auf dem gleichen Weg die Lafette, dann wurde das Geschütz auf der inzwischen gezimmerten Plattform montiert.

Damit war nach stundenlanger Arbeit in sengender Sonne für alle und so manchen angstvollen Sekunden für Bush die gestellte Arbeit in der Hauptsache gelöst. Als auch die Munition zur Stelle war, ergab ein Probeschuß, daß die Reichweite des Geschützes genügte, um die vor Anker liegenden Kaperschiffe unter Feuer zu nehmen. Jetzt erst konnte Bush seinen Männern etwas Ruhe gönnen und fand Zeit, sich den Schweiß von der Stirn zu wischen und den Blick wieder einmal in die Ferne zu richten. Dort, wo das Fort lag, entdeckte er eine winzige Gestalt, die offenbar auf ihn zukam. Er hob das Glas ans Auge, der Mensch dort hatte eine weiße Hose an, bald rannte er, bald fiel er in Schritt und winkte dazwischen hier und da mit dem Arm, als ob er die Aufmerksamkeit auf sich ziehen wollte. Der Gestalt nach konnte es Wellard sein. Er war es wirklich, jetzt konnte man schon deutlich erkennen, wie er durch das wellige Gelände bald rennend, bald gehend angestolpert kam. Als er beim Geschütz anlangte, schnappte er keuchend nach Luft, und der Schweiß lief ihm in Strömen über das Gesicht.

»Bitte – Sir«, begann er, und Bush war schon drauf und dran, ihn wegen seiner unmilitärischen Haltung anzubrüllen. Aber Wellard kam ihm zuvor: er zog seinen Rock zurecht, setzte seinen komischen kleinen Hut auf den Kopf und trat so steif und zackig auf seinen Vorgesetzten zu, wie es seine keuchenden Lungen erlauben wollten. »Mr. Hornblower läßt sich empfehlen, Sir«, sagte er und hob dazu seine Hand an den Hutrand.

»Nun, Mr. Wellard?«

»Er läßt Sie bitten, das Feuer nicht mehr zu eröffnen, Sir.«

Wellards Atem ging immer noch keuchend, mehr konnte er zwischen zweimal Luftholen nicht hervorstoßen. Der Schweiß rann ihm in die Augen, daß er zwinkern mußte, aber er stand straff und militärisch wie ein Mann und ließ sich nichts von seinem Zustand anmerken.

»Darf ich auch erfahren, warum, Mr. Wellard?«

Bush konnte die Antwort leicht erraten, aber er stellte die Frage doch, weil dieser Junge verdiente, daß man ihn ernst nahm.

»Die Dons haben kapituliert, Sir.«

»Ausgezeichnet! Und was wird aus diesen Schiffen da?«

»Sind unsere Prisen, Sir.«

»Hurra!« schrie Berry und warf begeistert die Arme in die Luft. Fünfhundert Pfund für Buckland, fünf Shilling für Berry, so kam es am Ende heraus, aber Prisengeld war eben Prisengeld, und wenn es das gab, dann rief man auf alle Fälle hurra. Schließlich und endlich war ja ein schöner Sieg errungen, ein Piratennest war ausgehoben und ein ganzes spanisches Regiment gefangen. Endlich konnten die Geleitzüge unangefochten die Mona-Passage benutzen. Zu diesem ganzen Erfolg war es nur nötig gewesen, dieses eine Geschütz hier so aufzustellen, daß es die Ankerplätze bestreichen konnte. Das hatte die Dons auf einmal zur Vernunft gebracht.

»Sehr schön, Mr. Wellard, ich danke Ihnen.«

Endlich konnte Wellard zurücktreten und sich den Schweiß aus den Augen wischen. Bush dagegen stellte sich die bissige Frage, welche Klausel in den Bedingungen dieser Kapitulation wohl zur Folge haben würde, daß ihm auch in der nächsten Nacht der Schlaf versagt blieb.

II

Bush stand neben Buckland auf dem Achterdeck der *Renown* und hielt sein Glas auf das Fort gerichtet.

»Das Kommando rückt jetzt ab, Sir«, sagte er und fuhr nach einer Weile fort: »Das Boot setzt von der Landungsbrücke ab.«

Die *Renown* lag vor der Bucht von Samaná vor Anker, dicht neben ihr lagen die drei Prisen. Alle vier Schiffe waren mit Gefangenen vollgestopft, die sich den Siegern in die Hand gegeben hatten; die Segel waren klar zum Setzen, so daß man Anker lichten konnte, sobald die *Renown* das Signal gab.

»Das Boot ist schon gut frei«, sagte Bush. »Ich möchte wissen ... ah!«

Das Fort auf der Höhe war mit einer mächtigen dunklen Rauchfontäne in die Luft geflogen, Mauerbrocken und alle möglichen anderen Dinge wirbelten darin hoch. Ein paar Sekunden später folgte erst der Donner der Explosion. Zwei Tonnen Schießpulver, angesteckt durch die Lunte, die das Zerstörungskommando brennend zurückgelassen hatte, taten ganze Arbeit. Wälle und Bastionen, Turm und Plattform, alles stürzte in Trümmer. Am Fuß des Steilhangs lagen bereits die traurigen Reste der Geschütze, abgesprengte Schildzapfen, aufgerissene Mündungen, vernagelte Zündlöcher. Wenn die Aufständischen anrückten und den Platz besetzten, fanden sie kein Hilfsmittel vor, die Verteidigung der Bucht neu zu organisieren – auch die andere Batterie auf der Landzunge jenseits des Wassers war schon gesprengt.

»Ich glaube, wir haben die Werke gründlich außer Gefecht gesetzt, Sir«, sagte Bush.

»Ja«, sagte Buckland, der mit seinem Kieker die Ruinen betrachtete, als sie allmählich aus dem Qualm und Staub auftauchten. »Bitte, lichten Sie Anker, sobald das Boot eingesetzt ist.«

»Aye, aye, Sir«, sagte Bush.

Als das Boot glücklich in seinen Klampen saß, wurde das Spill bemannt und das Schiff mit viel Schweiß und Muskelkraft kurzstag gehievt; dann war der Anker glücklich aus dem Grund, und schon breiteten sich unter allen Rahen die Segel. Das backgesetzte Großmarssegel gab der *Renown* ein wenig Fahrt über den Achtersteven, mit hartgelegtem Ruder und backgesetzten Vorsegeln fiel sie dabei nach der gewünschten Seite ab. Die angebraßten Marssegel füllten sich, der Rudergänger wirbelte die Speichen seines Rades herum, schon gehorchte das Schiff dem leisesten Druck und gewann von Sekunde zu Sekunde Fahrt. Leicht überliegend, glitt die *Renown* geräuschlos durch das ruhige Gewässer, und die Wellen spielten friedlich unter ihrem Galionsschech, als sie hart am Wind nach draußen strebte, um Kap Engano zu runden. Vorn auf der Back begann einer der Männer hurra zu rufen, und schon im nächsten Augenblick fiel die ganze Mannschaft begeistert ein, als die *Renown* sich anschickte, den Schauplatz ihres Sieges zu verlassen. Auch die Prisen waren bereits in Fahrt, und ihre Besatzungen ließen es sich natürlich nicht nehmen, die Hurras mindestens ebenso herzhaft zu erwidern. Bush konnte durch sein Glas bald Hornblower ausfindig machen; er stand an Deck des großen vollgetakelten Schoners *La Gaditana* und schwenkte gerade seinen Hut nach der *Renown* herüber.

»Ich möchte jetzt dafür sorgen, daß unter Deck alle nötigen Sicherheitsvorkehrungen getroffen werden, Sir«, sagte Bush.

Vor dem Fähnrichsquartier standen Seesoldatenposten mit geladenen Musketen und aufgepflanzten Bajonetten. Bush lauschte einen Augenblick an der Wand und hörte von drinnen ein tolles Durcheinander von Stimmen. Nicht weniger als fünfzig Frauen und fast ebenso viele Kinder drängten sich in diesem engen Raum. Das war natürlich schlimm, aber man konnte eben nicht umhin, die Leute einzusperren, solange das Manöver des Inseegehens dauerte. Später war es dann wohl möglich, sie vielleicht gruppenweise an Deck zu lassen, damit sie frische Luft und Bewegung bekamen. Die Niedergänge zur Unterbatterie waren durch feste Grätings geschlossen, und jeder Niedergang war durch einen Posten bewacht. Durch die Öffnungen dieser Grätings drang ein penetranter Gestank nach Menschen herauf, denn dort unten vegetierten jetzt nicht weniger als vierhundert spanische Soldaten unter Verhältnissen, die denen auf einem Sklavenschiff wenig nachgaben. Sie waren erst am frühen Morgen hinuntergebracht worden, und dennoch herrschte jetzt schon dieser unerträgliche Gestank. Man mußte daher unbedingt dafür sorgen, daß diese Männer, ebenso wie die Frauen, gruppenweise an die frische Luft kamen. Das machte unendliche Mühe und erforderte zugleich größte Vorsicht. Bush hatte schon das schwierige Problem gelöst, die Gefangenen wenigstens regelmäßig mit Essen und Trinken zu versorgen. Jedes Wasserfaß war gefüllt, und zwei Bootsladungen Jams waren von Land gekommen. Angenommen, der Wind stand so gleichmäßig durch, wie zu erwarten war, dann dauerte die Fahrt nach Kingston nicht ganz eine Woche. Dort aber waren alle Sorgen zu Ende, die Gefangenen wurden der Kommandantur übergeben – und waren darüber wahrscheinlich ebenso froh wie Bush.

Nach einer Weile kam Bush wieder an Deck und warf noch einmal einen Blick auf die grünen Höhen von Santo Domingo, die an Steuerbord vorüberzogen, als die *Renown* an der Küste entlangglitt. Auf der gleichen Seite, in Lee, wie es ihm der Befehl vorschrieb, stand Hornblower mit seinen drei Prisen, die unter gekürzten Segeln liefen. Sogar bei dieser frischen Siebenmeilenbrise und obwohl die *Renown* alle ihre Segel führte, hätten ihr die drei mit Leichtigkeit davonlaufen können, wenn es ihnen darauf angekommen wäre. Kaperschiffe konnten ihre Beute nur erjagen und ihren Gegnern nur entwischen, wenn sie besonders gute Am-Wind-Eigenschaften besaßen, d. h., wenn sie in der Lage waren, sich rasch nach Luv zu arbeiten. So hätte auch Hornblower die *Renown* in kürzester Zeit weit hinter sich lassen können, wäre er nicht durch seinen Befehl gebunden gewesen, sich ständig in Lee und in Sicht des Linienschiffes zu halten, so daß dieses ohne weiteres auf ihn abhalten konnte, um ihn gegen etwa auftauchende Gegner zu schützen. Die Prisenbesatzungen waren weiß Gott nicht zahlreich, und ebenso wie auf der *Renown* steckten daher auch auf Hornblowers Schiffen alle Gefangenen bei geschalkten und bewachten Luken unter Deck.

Bush hob grüßend die Hand an den Hut, als Buckland das Achterdeck betrat.

»Wenn Sie gestatten, Sir, möchte ich jetzt anfangen, die Gefangenen der Reihe nach an die Luft zu bringen.«

»Bitte, richten Sie das ganz so ein, Mr. Bush, wie Sie es für richtig halten.«

Das Achterdeck war den Frauen vorbehalten, auf dem Großdeck hielten sich die Männer auf. Es war schwer, den Leuten verständlich zu machen, daß sie abwechselnd an die Luft kommen sollten. Die Frauen, die als erste an Deck geführt wurden, schienen sich einzubilden, daß sie für immer von denen getrennt werden sollten, die unten geblieben waren. So gab es denn wilde Klagen und Vorhaltungen, die sich nur schwer mit dem üblichen steifen und würdevollen Benehmen auf dem Achterdeck eines englischen Linienschiffes in

Einklang bringen ließen. Die Kinder kannten erst recht keine Disziplin und rannten schreiend hierhin und dorthin, so daß einzelne Matrosen zu ihrer besonderen Erbauung hinter ihnen herlaufen mußten, um sie ihren Müttern zurückzubringen. Andere Matrosen mußten abgeteilt werden, um den Gefangenen Essen und Wasser zu bringen. Bush, der jedes schwierige Problem in Angriff nahm, sobald es auftauchte, kam allmählich zu der Überzeugung, daß das Leben als Erster Offizier eines Linienschiffes, das ihm früher einmal als herrlicher, aber unerreichbarer Wunschtraum erschienen war, in Wahrheit herzlich wenig Verlockendes hatte.

Im achteren Zwischendeck unter der Kajüte waren dreißig Offiziere zusammengepfercht, angefangen vom eleganten Villanueva bis hinunter zum Zweiten Steuermann der *Gaditana*, und diese Leute machten Bush allein fast ebensoviel zu schaffen wie alle anderen Gefangenen zusammen. Sie hatten nämlich zum Auslüften die Heckgalerie zur Verfügung und stellten alles mögliche an, um sich von dort aus mit ihren Frauen auf dem Achterdeck zu unterhalten, was ja verhältnismäßig einfach war. Außerdem mußten sie aus den Vorräten der Offiziersmesse verpflegt werden, die bei dem unersättlichen Appetit der spanischen Herren entsprechend rasch zusammenschrumpften. Bush konnte allmählich kaum mehr erwarten, daß sie endlich in Kingston ankamen. Er hatte jetzt weder Zeit noch Lust, darüber nachzugrübeln, welche Aufnahme ihnen dort wohl bevorstand, und das war unter den gegebenen Umständen bestimmt ganz gut. Denn wenn er auch einerseits für den Erfolg beim Sturm auf Santo Domingo auf Anerkennung rechnen durfte, so hatte er doch zugleich das Ergebnis der Untersuchung zu fürchten, die sich noch mit der Dienstenthebung des Kapitäns Sawjer samt all ihren Begleitumständen zu befassen hatte.

Tag um Tag blieb der Wind gleich günstig, Tag um Tag rauschte die *Renown* durch das blaue Karibische Meer, und genau in ihrem Lee, das hieß in diesem Fall an Backbord voraus, liefen ihre drei Prisen auf demselben Kurs mit. Die Gefangenen, selbst die Frauen, begannen sich allmählich von der Seekrankheit zu erholen, ihre Verpflegung und Bewachung hatte sich inzwischen eingespielt und nahm daher auch alle Beteiligten entsprechend weniger in Anspruch. Im Norden kam Kap Beata in Sicht, man konnte Backbord anbrassen und steuerte nun Kurs auf Kingston. Abgesehen von diesem einen Mal, brauchten die Segel kaum angerührt zu werden; der Wind wehte stetig in gleicher Richtung und Stärke, und der allstündliche Logwurf ergab in fast eintöniger Wiederkehr eine Fahrt von acht Knoten. Die Sonne tauchte jeden Morgen in märchenhaftem Glanz hinter ihnen aus dem Meer, Abend für Abend wies das Bugspriet in die flammende Pracht ihres Untergangs. Tagsüber brannte sie erbarmungslos auf Schiff und Menschen nieder, sofern nicht eine der harten Regenböen einfiel und Sonne und See für kurze Minuten den Blicken entzog. In den Nächten wiegte sich die *Renown* unter dem Geglitzer unzähliger Sterne weich in den von achtern auflaufenden Seen.

So eine dunkle, wundervolle Sternennacht war auch wieder angebrochen, als Bush seine Abendronde beendet hatte und zu Buckland in die Kammer trat, um ihm die vorgeschriebene Meldung zu machen. Die Wachen und Posten standen, die Freiwache schlief, alle Lampen unter Deck waren gelöscht, die Wache hatte die Royals festgemacht, damit das Schiff nicht zu viel Segel führte, wenn es im Dunkeln unversehens von einer Regenbö überrascht wurde. Kurs war West zu Nord, Mr. Carberry hatte die Wache an Deck, das Prisengeleit war Backbord vorn, eine Meile entfernt, in Sicht. Der Posten vor der Kajüte des kranken Kommandanten war ordnungsmäßig aufgezogen. Alle diese Einzelheiten berichtete Bush, getreu der geheiligten Tradition der Marine, und Buckland hörte sie sich so geduldig an, wie es die gleiche heilige Tradition von ihm verlangte.

»Ich danke Ihnen, Mr. Bush.«

»Besten Dank, Sir. Gute Nacht, Sir.«

»Gute Nacht, Mr. Bush.«

Bushs Kammer mündete auf das Halbdeck; die Luft darin war so heiß und dumpf, wie das die Tropen mit sich brachten. Aber Bush ließ sich durch solche Kleinigkeiten nicht anfechten. Er hatte die Morgenwache übernommen, das bedeutete, daß ihm jetzt sechs volle Stunden Schlaf zu Gebote standen. Um keinen Preis hätte er auch nur eine Minute davon verschenkt. Mit ein paar raschen Bewegungen fuhr er aus seinen Sachen. Als er gleich darauf im Hemd dastand und schon im Begriff war, das Licht zu löschen, sah er sich nur rasch noch einmal in seiner Kammer um. Schuhe und Hose lagen auf seiner Seekiste, so daß er sie im Notfall sofort greifen und anziehen konnte. Säbel und Pistolen hingen in ihren Haltern am Schott. Das war also in Ordnung. Ein Läufer, der ihn wecken kam, mußte ohnehin eine Lampe mitbringen, das war Befehl. So legte er denn die Hände an den Mund, um besser zielen zu können, und blies seine Laterne aus. Dann warf er sich rücklings auf die Koje, spreizte Arme und Beine weit auseinander, daß der Schweiß besser verdunsten konnte, und schloß die Augen. Dank seiner gesegneten Gemütsverfassung war er schon nach ein paar Atemzügen eingeschlafen. Um Mitternacht wurde er nur so lange munter, daß er die Wache pfeifen hörte, und stellte befriedigt fest, daß er noch vier Stunden weiterschlafen konnte. Er hatte noch nicht einmal so stark geschwitzt, daß es ihm in der Koje ungemütlich geworden wäre. Später erwachte er ein zweites Mal. Er schlug die Augen auf und starrte sekundenlang fassungslos in das Dunkel über ihm, denn seine Ohren hatten ihm verraten, daß sich irgend etwas Ungewöhnliches zutrug. Er hörte laute Schreie, er hörte Fußgetrappel über sich. Vielleicht war eine Regenbö überraschend von vorn eingefallen, so daß jetzt alle Segel back standen. Aber das hätte anders geklungen. War das nicht eben ein Schmerzensschrei? Hatte da nicht eine Frau aufgekreischt? Hatten sich etwa die verdammten Weiber wieder bei den Haaren? Schon wieder Fußgetrappel und dann ein Gebrüll, daß Bush wie der Blitz aus der Koje sprang. Er riß die Kammertür auf und hörte im gleichen Augenblick den Knall einer Muskete. Jetzt gab es keinen Zweifel mehr, was da im Gange war. Er sprang zurück, um Säbel und Pistole an sich zu reißen, kaum aber stand er wieder vor seiner Kammer, als plötzlich gellendes Gebrüll das ganze Schiff erfüllte. Die Niedergänge glichen wahrhaftig den Pforten zur Hölle, aus denen böse unterirdische Mächte hervorquollen und alle nachtdunklen Winkel des Schiffes mit ihrem Triumphgeschrei erfüllten.

Als er eben vor seine Tür getreten war, feuerte der Posten unter der Laterne seine Muskete ab. Die Laterne und der Schuß warfen ihren Schein auf eine Menschenwoge, die schon im nächsten Augenblick über dem armen Seesoldaten zusammenschlug und ihn unter sich begrub. Dabei erhaschte Bush einen Blick auf eine Frau, die den Haufen anzuführen schien, eine hübsche junge Mulattin, die mit einem der Kaperschiffsoffiziere verheiratet war. Jetzt stürmte sie schreiend mit aufgerissenem Mund und glasigen Augen dem Haufen voraus. Bush hob die Pistole und schoß, aber schon drängte die Bande an ihn heran. Er zog sich in den engen Rahmen seiner Tür zurück, Hände griffen nach der nackten Klinge seines Säbels, er zog sie aber mit einem Ruck durch die zupackenden Fäuste, er hieb mit seiner verschossenen Pistole drein, er stieß mit den bloßen Füßen, um sich von den drängenden, greifenden Gegnern zu befreien. Rückhändig stach er wieder und wieder mit dem Säbel in die enggepreßte Masse Mensch hinein, die mit aller Gewalt auf ihn eindrang. Zweimal schlug er mit dem Kopf heftig an die Decksbalken, aber er fühlte keinen Schmerz; dann war die Flut plötzlich vorüber, das Lärmen und Schreien entfernte sich — er war verschont geblieben. Die stöhnenden Opfer, die sich vor ihm in ihren Schmerzen wanden, hatten seine Gegner wohl abgeschreckt. Seine bloßen Füße rutschten in dem heißen Blut der Verwundeten.

Sein erster Gedanke war Buckland, aber ein einziger Blick nach achtern sagte ihm, daß er als einzelner keine Aussicht hatte, ihm irgendwie nützlich zu sein. Sonst aber gab es jetzt nur einen Platz für ihn, das Achterdeck. Den Säbel in der Faust, rannte er los, um dorthin zu gelangen. Am Fuß des Aufgangs tobte wieder ein Haufe brüllender Spanier, und von oben her hörte man ebenfalls lautes Geschrei — dort schlugen sich offenbar die Achtergäste mit den Meuterern herum. Auch vorn wurde überall gekämpft. Im matten Licht der Sterne leuchteten die weißen Hemden der Matrosen auf, die sich verzweifelt gegen die anstürmenden Scharen wehrten. Unbewußt fiel Bush in das Gebrüll der anderen ein, ein Haufen Männer ging auf ihn los, als er sich näherte, und er fühlte den harten Schlag eines eisernen Belegnagels auf seinem Säbelblatt. Wenn aber Bush erst einmal in richtige Wut geriet, dann wurde er zu einem höchst gefährlichen Gegner, weil er nicht nur Riesenkräfte, sondern zugleich eine erstaunliche Gewandtheit entwickelte. Dreinschlagend und parierend sprang er katzenhaft schnell auf dem engen Deck umher, sein Gehirn faßte während dieser blutrünstigen Minuten nur noch einen Gedanken: Kampf dem Feind, das Schiff zurückgewinnen, und wenn er auch allein mit seinem Säbel gegen alle stand! Dann, als er einen aus der Gruppe seiner Gegner niedergeschlagen hatte, wich der Rausch wieder etwas von ihm. Da sah er ein, daß er vor allem die Besatzung sammeln mußte. Sein Beispiel sollte die Männer befeuern und eine unwiderstehliche, geschlossen kämpfende Truppe aus ihnen machen. Er hob die Stimme zu einem lauten Gebrüll:

»Renown! Renown! Hier Renown! Alles heranschließen!«

Das Handgemenge an Oberdeck flammte von neuem auf. Bush fühlte einen brennenden Schmerz quer über das Schulterblatt, er fuhr blitzschnell herum, seine linke Hand griff eine Gurgel, dann spannte er seine Muskeln und raffte alle Kraft zusammen – ein Ruck, ein Schwung, und der Gegner krachte an Deck.

»Renown!« schrie er von neuem.

Mit lautem Getrampel kam eine Schar Matrosen angestürzt und sammelte sich um ihn.

»Los, haut sie zusammen!«

Aber der Angriff, den er führte, begegnete einer ganzen Mauer von Menschen, die von achtern nach vorn drängten. Bush und seine kleine Schar wurden quer über das Deck zurückgeworfen und standen zuletzt in fürchterlicher Bedrängnis mit dem Rücken gegen die Reling. Dicht vor ihm rief einer etwas auf spanisch, es gab einen Wirbel in dem Ring, der sie umgab, dann blitzte krachend eine Muskete auf. Ihr Mündungsfeuer schien sekundenschnell auf wilde Gesichter, in seinem Schein blitzte das Bajonett, das auf der Mündung der Muskete saß, der Mann neben Bush stieß einen lauten Schrei aus und stürzte an Deck – Bush konnte fühlen, wie er um sich schlug und gegen seine Beine stieß. Ein Mann zum mindesten hatte sich also einer Feuerwaffe bemächtigt – entweder stammte sie aus einem Waffenregal oder von einem Seesoldaten – und hatte es sogar ermöglicht, sie neu zu laden. Wenn er mit seinen Leuten da stehenblieb, wo sie jetzt standen, dann wurden sie hoffnungslos zusammengeschossen.

»Auf!« schrie Bush und stürzte nach vorn.

Aber die kleine Schar hinter ihm hatte den Mut verloren und rührte sich nicht von der Stelle. Bush allein konnte es nicht gelingen, eine Bresche in den Menschenring zu schlagen, er mußte wieder zurück. Eine zweite Muskete blitzte und krachte, und wieder fiel ein Mann. Irgendwer erhob im Dunkeln seine Stimme und rief sie auf spanisch an. Bush verstand kein Wort, aber er konnte leicht erraten, daß er aufgefordert wurde, sich zu ergeben.

»Geh zum Teufel, du Hund!« schrie er.

Er hätte vor Wut beinahe geheult. Der Gedanke, daß sein herrliches Schiff in fremde Hände fallen könnte, schien ihm um so schrecklicher, je mehr er fürchten mußte, daß er sich verwirklichte. Es war nicht auszudenken. Ein englisches Linienschiff gekapert und in irgendeinen kubanischen Hafen entführt! Was sagte England dazu? Was die Marine? Lieber sterben, als das erfahren müssen. Bush war jetzt völlig außer sich, er hatte mit dem Leben abgeschlossen. Wieder sprang er die Gegner an, aber diesmal nicht mit einem Kampfruf an seine Männer, sondern nur noch mit einem wilden, tierhaften Gebrüll – wie ein Irrer tobte er gegen den Feind und entwickelte dabei übermenschliche Kräfte. So gelang ihm, was zuerst unmöglich schien: Hauend und stechend durchbrach er den Ring seiner Feinde. Aber er blieb mit seinem Erfolg allein, niemand von seinen Leuten tat es ihm nach. Ihm öffnete sich endlich freie Bahn, aber hinter ihm schlossen sich gleich die Reihen, und der ungleiche Kampf ging weiter.

Seine Raserei wich allmählich ruhigerer Besinnung. Als er wieder in die Wirklichkeit zurückfand, lehnte er an einem der Achtzehnpfünder, die das Oberdeck bestückten – oder schien es nicht vielmehr, als wollte er sich hinter der Kanone verstecken? Man hatte ihn für den Augenblick vergessen, er hielt noch immer seinen Säbel in der Hand und bemühte sich, trotz seiner Benommenheit ein Bild der Lage zu gewinnen. Wie konnte dieses Unglück entstehen? Ohne Zweifel steckte nichts als sinnliche Begierde dahinter, die wohl einige Leute dazu verleitet hatte, das ganze Schiff aufs Spiel zu setzen. Nicht, als ob es dabei einen richtigen Handel gegeben hätte, bestimmt hatte sich keine dieser Frauen in der ausdrücklichen Absicht hingegeben, damit einen Verrat zu erkaufen. So war es bestimmt nicht gewesen. Aber es war nicht schwer zu erraten, daß sich die Frauen samt und sonders nicht eben abweisend benahmen und daß einige von den Wachmannschaften ihre Pflicht vernachlässigt hatten, um diese schöne Gelegenheit nicht ungenutzt vorübergehen zu lassen. So konnte es sehr wohl kommen, daß die Absperrung nicht mehr ganz dicht hielt. Einzelne Gefangene schlüpften durch, wahrscheinlich vor allem die Offiziere im Fähnrichsquartier, und das Ende war die wohlvorbereitete allgemeine Erhebung. Da waren sie dann in Massen aus den Luken gequollen, hatten die Posten überwältigt und sich gleich als erstes der Waffen bemächtigt. Die Freiwache schlief in ihren Hängematten und leistete natürlich keinen Widerstand, sie wurde wie eine Schafherde nach vorn getrieben, gegen das Schott gedrängt und dort durch eine Schar Bewaffneter im Schach gehalten, während andere Gruppen nach achtern eilten, um sich der Offiziere zu bemächtigen, und unterwegs an Oberdeck jeden niedermachten oder gefangensetzten, der ihnen entgegentrat. An allen möglichen Stellen des Schiffes gab es bestimmt noch verstreute Gruppen von Matrosen und Seesoldaten, die ebenso frei waren wie er selbst, aber keine Waffen in Händen hatten und auch keinen Mut zu weiterem Widerstand aufbrachten. Es war zu erwarten, daß die Spanier bei Tagesanbruch zuallererst eine richtige Kampfabteilung bildeten, die das ganze Schiff durchkämmte und alle noch vorhandenen Widerstandsnester eines nach dem anderen überwand. Unvorstellbar, daß so etwas überhaupt geschehen konnte, und doch war es bittere Wirklichkeit. Für vierhundert wohldisziplinierte Soldaten, die ihr Leben rücksichtslos in die Schanze schlagen und von tapferen Offizieren geführt sind, liegt eben auch das Unwahrscheinlichste noch im Bereich der Möglichkeit.

Laute Befehle – spanische Befehle – schollen über das Deck der *Renown*. Das Schiff war in den Wind geluvt, so daß die Segel backschlugen, als die Rudergänger an ihrem Rad überwältigt worden waren. Jetzt lag es, bald luvend und bald abfallend, quer in der See, und oben in der Takelage flappten und donnerten die losen Segel. Die Spanier hatten auch Seeoffiziere – die der Prisen – an Bord, die gewiß imstande waren, das Schiff binnen weniger Minuten in ihre Gewalt zu bringen. Selbst mit einer Besatzung von Landratten mußte es ihnen möglich sein, die Rahen zu brassen, das Ruder zu besetzen und am Wind durch den Jamaikakanal zu steuern. Jenseits dieser Durchfahrt, nur eine gute Tagereise entfernt, lag ja das rettende Santiago. Am Himmel zeigte sich bereits die erste leise Spur der Dämmerung. Nicht mehr lange, dann war der Morgen da, an dem sich das Grauen vollenden mußte. Bush krampfte die Hand fester um seinen Säbelgriff, der Kopf schwindelte ihm, er fuhr sich mit dem Arm über das Gesicht, um die Spinnweben wegzuwischen, die sich gleich einem Schleier vor seinen Blick zu legen schienen.

Plötzlich, schattengleich, aber doch deutlich gegen den Himmel zu erkennen, zeigte sich auf der gegenüberliegenden Seite des Schiffes die Takelage eines anderen Fahrzeuges, das sich längsseit langsam nach vorn schon – Masten, Rahen, das stehende Gut, ein Marssegel, das langsam herumschwenkte. Auf der *Renown* ertönte wildes Geschrei, es folgte ein knirschendes Krachen, als die beiden Schiffe in der See zusammenschlugen, dann eine qualvolle Pause, vergleichbar dem Augenblick, bevor ein Brecher sich am Strand überschlägt. Endlich tauchten über der Reling der *Renown* die Köpfe und Schultern von Männern auf, die Tschakos von Seesoldaten, das kalte Blinken von Bajonetten und Entermessern. Da war Hornblower – ohne Hut, den Säbel in der Faust, schwang er die Beine über die Reling und sprang leichtfüßig an Deck. Rechts und links von ihm polterten zugleich seine Männer herab. Trotz Schwäche und halber Ohnmacht konnte Bush doch noch klar genug denken, um sich auszurechnen, daß Hornblower die Prisenbesatzungen von allen drei Fahrzeugen zusammengeholt haben mußte, ehe er mit der *Gaditana* längsseit kam. Nach Bushs Berechnung konnte er also dreißig Seesoldaten und dreißig Matrosen ins Gefecht führen. Aber während Bush mit einem Teil seines Gehirns noch so klar und logisch denken konnte, war der andere offenbar auf irgendeine Art gehemmt oder gefesselt, denn alles, was sich vor seinen Augen an Deck begab, spielte sich für sein Gefühl so langsam ab, wie man es manchmal in einem Alptraum erlebt. Als zum Beispiel die Enterabteilung über die Reling kam, da nahm sich das etwa aus wie Exerzierdienst im langsamen Schritt. Alles war plötzlich anders als sonst, alles machte einen unwirklichen Eindruck.

Das Geschrei der Spanier klang für sein Ohr nicht viel anders als das schrille Stimmengewirr spielender Kinder. Bush sah, wie die Musketen angelegt und abgefeuert wurden, aber die ungeordnete Salve hörte sich für ihn nicht lauter an als das Geknatter von Knallbüchsen. Dann wurde der Angriff längsdeck vorgetragen; Bush wollte mit einspringen und daran teilnehmen, aber seltsamerweise versagten ihm seine Beine den Dienst. Er merkte plötzlich, daß er an Deck lag, und seine Arme hatten keine Kraft, als er versuchte, sich hochzustemmen.

So mußte er untätig dem wilden, blutigen Kampf zusehen, der nun von neuem entbrannte. Das Durcheinander war ebenso groß, und beide Seiten kämpften genauso verbissen wie zuvor. Kleine Gruppen von Männern schienen plötzlich aus dem Nichts aufzutauchen und stürzten sich auf der einen oder der anderen Seite in den Kampf. Schon kam eine neue Welle angerannt, lauter halb- und dreiviertelnackte Matrosen, geführt von dem gewaltig starken Silk, der den Ansetzer einer Kanone schwang. Mit dieser ungeschlachten Urweltwaffe drosch er nach rechts und links auf die Spanier los, die diesem Ansturm von Kraft nicht standhielten. Hin und her wogte der Kampf. Ein spanischer Soldat mit einer Schenkelwunde suchte hinkend zu entkommen, ein britischer Matrose setzte mit seiner Enterpike hinter ihm her und jagte sie dem Unglücklichen unter den Rippen in den Leib. Dann eilte er weiter und ließ den Getroffenen erbarmungslos in seinem Blute liegen.

Das Oberdeck war endlich vom Feind gesäubert, nur die herumliegenden Leichen gaben noch Kunde von dem Kampf, der hier getobt hatte. Unter Deck sah es offenbar anders aus, man hörte berstendes Krachen, Lärm, Schüsse – das hieß, daß dort das Ringen noch weiterging. Bush kam es auch vor, als ob die Geräusche dort allmählich leiser würden, aber das lag nur an seiner eigenen Schwäche, und die war alles andere als erfreulich. Wie gern hätte er Pflicht und Verantwortung vergessen und den müden Kopf auf den Arm gelegt, aber sowie er diesem Bedürfnis nachgab, sprangen ihn gleich die grausigen Gespenster an, die schon am Rande seines Bewußtseins lauerten und deren Nähe ihn immer wieder tödlich erschreckte. Je mehr er sich jedoch bemühte, sie abzuwehren, desto schlimmer wurde seine Schwäche. Trotz allen Widerstandes sank ihm schließlich der Kopf auf den Arm, und es war unendlich anstrengend, ihn wieder zu heben. Wie die Zeit verging, kam es ihn härter und härter an, und doch versuchte er, sich immer von neuem dazu zu zwingen. Er wollte unbedingt hoch, wieder auf den Beinen stehen und jetzt, da es so nötig war, als Erster Offizier seine Pflicht tun.

Eine harte, laute Stimme dröhnte ihm schmerzhaft in den Ohren. »Da ist Mr. Bush, Sir, hier liegt er!« Zwei Hände hoben seinen Kopf, die Sonne stach ihm in die Augen, und er schloß ganz fest die Lider.

»Bush, Bush!« Das war Hornblowers Stimme, sie hatte einen zärtlichen, fast flehenden Klang: »Bush, bitte, so sprich doch!«

Zwei zärtliche Hände hielten sein Gesicht; Bush konnte sich gerade noch dazu zwingen, die Lider so weit aufzuschlagen, daß er Hornblower sah, wie er sich über ihn beugte. Zu sprechen hätte mehr Kraft verlangt, als er noch zur Verfügung hatte. Alles, was ihm jetzt noch gelang, war ein leises Kopfschütteln, und dazu lächelte er ein wenig, weil von Hornblowers Händen ein unbeschreibliches Gefühl des Wohlseins und der Geborgenheit auf ihn überströmte.

Die *Renown* erreichte Kingston auf Jamaika. Der verwundete Bush lag regungslos in seiner heißen Kammer in der Koje, jede Bewegung machte ihm Schmerzen. Clive hatte seine zahlreichen Wunden mit über fünfzig Nadeln geschlossen, aber sein Zustand ließ doch noch alles zu wünschen übrig. Schlimmer als alle Schmerzen aber waren die Sorgen, die ihm den Schlaf raubten und um so drückender auf ihm lasteten, je näher sie dem Ziele kamen. Jetzt wurde Salut geschossen, jetzt hörte er Hornblowers Kommando zum Aufdrehen, jetzt rauschte die Ankertroß donnernd durch die Klüse. Dann trat Ruhe ein. War das das Ende, ein Ende auch für ihn?

Was auf der *Renown* geschehen war, schrie ja geradezu nach einem Kriegsgericht, nach einer ganzen Reihe von Kriegsgerichten. Bush dachte an das Schicksal des Kommandanten – jetzt war er tot, eine Gruppe von Meuterern war in die Kajüte eingedrungen, und einer hatte den armen, hilflosen Irren kurzerhand niedergemacht. Ein grausames, aber vielleicht doch ein gnädiges Ende. Sawjer war tot, der Leutnant Smith war im Kampf um das Achterdeck gefallen – aber Buckland lebte noch, und sein Los war vielleicht das härteste von allen. Die ausgebrochenen Gefangenen hatten ihn im Schlaf überwältigt und mit seinem eigenen Kojenzeug gefesselt, so daß er von seiner Kammer aus mit anhören mußte, wie der blutige Kampf um sein Schiff bis zum bitteren Ende ausgefochten wurde. Ja, der arme Buckland hatte manches zu erklären, wenn es zur Untersuchung kam.

Bush war mit seinen Gedanken noch nicht zu Ende, als die Tür aufging und Buckland in seiner besten Uniform, den Säbel an der Linken, zu ihm in die Kammer trat. In der Hand trug er den versiegelten Umschlag mit den Meldungen, deren eine von ihm – Bush – abgefaßt war.

»Sie wollen sich melden, Sir?« fragte Bush, da Buckland eine ganze Weile kein Wort über die Lippen brachte.

»Ja – ach, ich wünschte, ich wäre tot!«

»Um Gottes willen, sagen Sie das nicht, Sir«, erwiderte Bush so fröhlich, wie es ihm seine eigenen Sorgen und seine Schwäche erlaubten.

»Ihre Gig liegt längsseit, Sir«, hörte man Hornblowers Stimme aus dem Hintergrund, »und die Prisen gehen eben hinter unserem Heck zu Anker.«

Bush begriff sofort, daß Hornblower die Prisen nur erwähnte, um dem verzweifelten Buckland etwas Mut zu machen.

»Danke«, sagte Buckland, dann platzte er plötzlich wieder mit seiner alten

Frage heraus: »Sagen Sie mir eins, Mr. Hornblower – es ist ja heute die letzte Gelegenheit dazu –, wie kam es, daß der Kommandant den Niedergang hinunterfiel?«

»Dazu kann ich Ihnen nichts sagen, was Sie nicht bereits wissen, Sir«, sagte Hornblower.

»Ich weiß so gut wie nichts. Man wird mich aber danach fragen.«

»Dann sagen Sie einfach, wie es gewesen ist, Sir. Der Kommandant wurde am Fuß des Niedergangs gefunden, und die Untersuchung förderte kein anderes Ergebnis zutage, als daß er durch einen unglücklichen Zufall das Gleichgewicht verloren haben muß.«

»Ich wollte, ich wäre meiner Sache so sicher«, sagte Buckland.

»Sie wissen alles, was es über diesen Fall zu wissen gibt, Sir. Verzeihung, Sir.« Hornblower streckte die Hand aus und zupfte Buckland ein Fädchen vom Rock, ehe er fortfuhr: »Der Admiral wird über unseren Erfolg in Samaná hocherfreut sein. Wahrscheinlich hat er vor Sorgen um seine Geleitzüge schon graue Haare bekommen. Außerdem haben wir drei Prisen eingebracht, von denen er ein Achtel des Wertes erhält. Glauben Sie, daß er darüber böse sein wird? Jetzt erwartet er sich gute Nachrichten von Ihnen und wird nicht geneigt sein, viele Fragen an Sie zu richten.«

»Später kommen die Fragen doch«, sagte Buckland.

»Heute ist heut, Sir. Eines ist jedenfalls sicher: Admirale warten nicht gern, Sir.«

Buckland kam so rasch nicht wieder, dennoch brauchte man auf der *Renown* nicht lange auf die Anordnungen des Geschwaderchefs zu warten. Die Gefangenen wurden von einem Kommando Seesoldaten in Schuten verladen und an Land gebracht, Chefarzt Dr. Sankey holte Leutnant Bush persönlich von Bord, um ihn in sein Lazarett zu bringen, und Hornblower – jetzt der einzige Leutnant an Bord – empfing am Fallreep den neuen, zunächst für begrenzte Zeit eingesetzten Kommandanten, Kapitän Cogshill, der, wie es die Vorschrift wollte, beim Anbordkommen seine Bestallungsorder verlas.

Bushs Genesung machte im Lazarett gute Fortschritte, Hornblower blieb weiter rührend um ihn besorgt, hielt ihn bei seinen häufigen Besuchen über alle Ereignisse auf dem laufenden und verscheuchte vor allem die trüben Gedanken, die ihn auf seinem Krankenlager immer wieder heimsuchen wollten. Er wußte zu berichten, daß der Admiral die Prise *Gaditana* als Glattdeckskorvette in die Marine übernommen und ihr den sinnigen Namen *Retribution* gegeben habe. Wer wohl der Glückliche war, dem dieses neue Kommando in den Schoß fiel?

Aus der Wertschätzung, die die beiden füreinander empfanden, wurde in dieser Zeit eine echte und treue Freundschaft. Jetzt konnte Bush sogar vergessen, was er bisher seinem Dienstalter schuldig zu sein glaubte, und bat Hornblower, das förmliche »Sir« in der Anrede fortzulassen.

Eines Tages erschien Kapitän Cogshill persönlich im Lazarett. Er erkundigte sich nach Bushs Befinden und fragte Dr. Sankey, wann sein Patient frühestens in der Lage sei, vor dem Untersuchungsgericht zu erscheinen, das der Admiral zur Prüfung der Vorfälle auf der *Renown* eingesetzt habe.

Bush überlief es kalt, als er das hörte. Ein Untersuchungsgericht! Also kein richtiges Kriegsgericht, aber doch schon schlimm genug.

Der Chefarzt zuckte erst zögernd die Achseln, erklärte sich aber schließlich bereit, Bush in drei Tagen freizugeben.

»In drei Tagen«, sagte Cogshill. »Das wäre also kommenden Freitag.«

Am Freitag! Noch zweiundsiebzig endlose Stunden, noch drei schlaflose Nächte.

Bush lag grübelnd in seinem heißen Verschlag im Lazarett und malte sich in den schwärzesten Farben aus, was ihnen allen bevorstand – bis Hornblower an seine Koje trat und mit seiner ansteckenden Zuversicht die dunklen Schatten verjagte.

Dann war es soweit. Schwach und steif vom langen Liegen, zog Bush seine beste Uniform an und fuhr mit einer ratternden Kutsche zum Hafen. Dort lag an der Treppe bereits das Boot, das ihn an Bord bringen sollte.

12

Ein Untersuchungsgericht war schon rein äußerlich lange nicht so beängstigend wie ein richtiges Kriegsgericht. Da wurde kein Kanonenschuß abgefeuert, keine Gerichtsflagge gesetzt, die Kommandanten, die zusammen die Untersuchungskammer bildeten, trugen ihre Alltagsuniformen, und die Zeugen brauchten ihre Aussagen nicht zu beeiden. Gerade dieser letzte Punkt fiel Bush erst wieder ein, als er vor die Richter gerufen wurde.

»Bitte, nehmen Sie Platz, Mr. Bush«, sagte der Vorsitzende. »Wie ich höre, leiden Sie noch unter der Nachwirkung Ihrer Verwundung.«

Bush humpelte auf den angebotenen Stuhl zu, seine Kraft langte gerade noch aus, dorthin zu kommen, und er war froh, als er sich setzen konnte. In der geräumigen Kommandantenkajüte der *Renown*, wo noch vor kurzem der arme Kapitän Sawjer, besessen von sinnloser Angst, geweint und gezittert hatte, herrschte eine wahre Bruthitze. Der Vorsitzende hatte Logbuch und Journal vor sich liegen, und Bush erkannte auch gleich das Schriftstück wieder, das er jetzt in seinen Händen hielt: Es war seine Meldung über den Angriff auf Samaná, die er damals an Buckland gegeben hatte.

»Diese Meldung hier macht Ihnen Ehre, Mr. Bush«, sagte der Vorsitzende. »Wie ich daraus entnehme, ist es Ihnen gelungen, das Fort mit nur sechs Mann Verlust in Ihren Besitz zu bringen, obwohl es regelrecht von Gräben, Brustwehren und Wällen umgeben war, durch eine Besatzung von siebzig

Mann verteidigt wurde und eine Bestückung von Vierundzwanzigpfündern besaß.«

»Wir hatten das Glück, daß uns ein überraschender Überfall gelang, Sir«, sagte Bush.

»Darin liegt ja gerade Ihr Verdienst.«

Dieser Auftakt vor Gericht kam dem guten Bush mindestens ebenso überraschend wie sein Überfall von damals der Besatzung von Samaná – er hatte sich alles andere erwartet als ein Lob und war vor allem auf eine endlose, bohrende Ausfragerei gefaßt gewesen. Ein Blick hinüber zu Buckland wirkte wesentlich weniger beruhigend, denn Buckland machte einen blassen, unglücklichen Eindruck. Aber ehe ihn der Anblick Bucklands ablenkte, mußte er unbedingt noch etwas sagen.

»Das Verdienst an dem Gelingen der Unternehmung kommt vor allem Leutnant Hornblower zu«, erklärte er. »Der Plan stammt nämlich von ihm.«

»Das haben Sie mit anerkennenswerter Großzügigkeit auch in Ihrer schriftlichen Meldung zum Ausdruck gebracht. Das Gericht ist, wie ich Ihnen hiermit gleich bekanntgeben möchte, nach eingehender Untersuchung zu der Überzeugung gelangt, daß Ihr Verhalten bei der Erstürmung des Forts Samaná und der nachfolgenden Kapitulation seiner Besatzung den besten Überlieferungen der britischen Marine würdig an die Seite zu stellen ist.«

»Danke, Sir.«

»Damit gehen wir zum nächsten Punkt über, dem Versuch der Gefangenen, sich der *Renown* zu bemächtigen. Sie waren doch zu dem fraglichen Zeitpunkt Erster Offizier dieses Schiffes, nicht wahr, Mr. Bush?«

»Jawohl, Sir.«

Nun wurden die Geschehnisse jener furchtbaren Nacht von neuem, eins nach dem anderen, vor Bush aufgerollt. Er war Buckland für die Bewachung und Verpflegung der Gefangenen verantwortlich gewesen. Fünfzig Frauen, Ehefrauen der Gefangenen, nicht wahr, waren im Fähnrichsquartier untergebracht und wurden von einem Posten bewacht. Jawohl, es war besonders schwierig, sie ebenso gut unter Aufsicht zu halten wie die Männer. Jawohl, er war nach »Ruhe im Schiff« noch seine Ronde gegangen, dann hatte er plötzlich den Lärm gehört, und so weiter.

»Und dann wurden Sie zwischen den Toten aufgefunden. Schwer verwundet und bewußtlos, nicht wahr?«

»Jawohl, Sir.«

»Ich danke Ihnen, Mr. Bush.«

Am Ende der Tafel meldete sich ein junger Kapitän mit knabenhaft frischen Zügen und stellte noch eine Frage:

»Und während dieser ganzen Ereignisse befand sich also Kapitän Sawjer als Gefangener in seiner Kajüte, bis er zuletzt ermordet wurde?«

Der Vorsitzende legte sich sofort ins Mittel:

»Kapitän Hibbert, über die Krankheit Kapitän Sawjers hat uns doch schon Mr. Buckland alles Nötige mitgeteilt.«

Der Blick, den der Vorsitzende dem Kapitän Hibbert bei diesen Worten zuwarf, war alles andere als freundlich, und dieser Umstand wirkte auf Bush wie eine plötzliche Erleuchtung. Sawjer hatte eine Frau, Kinder und Freunde gehabt, denen alles daran gelegen war, zu verheimlichen, daß er in geistiger Umnachtung den Tod gefunden hatte. Wahrscheinlich hatte der Vorsitzende sogar den ausdrücklichen Befehl, an diese unerfreuliche Geschichte möglichst überhaupt nicht zu rühren. Fragen, die sich dennoch damit befaßten, waren ihm darum bestimmt mindestens ebenso unwillkommen wie Bush selbst, zumal Sawjer am Ende doch noch für sein Vaterland gefallen war. Offenbar war auch Buckland nicht sehr genau darüber ausgefragt worden. Sein unglückliches Gesicht kam also wohl allein daher, daß man ihm auferlegt hatte, seine eigene, unrühmliche Rolle beim Überfall auf die *Renown* darzustellen.

»Kann ich die Vernehmung schließen, oder hat einer der Herren noch eine Frage an Mr. Bush?« erkundigte sich der Vorsitzende in einem Ton, der jede weitere Frage von selbst ausschloß. »Gut, dann rufen Sie Leutnant Hornblower auf.«

Hornblower machte seine Verbeugung vor dem Gericht, er trug wieder jene gleichgültige Miene zur Schau, die ihm, wie Bush jetzt wußte, in Wirklichkeit nur den Aufruhr in seiner Seele zu verbergen half. Über Samaná legte man auch ihm nur wenige Fragen vor.

»Es ist hier ausgesagt worden«, sagte der Vorsitzende, »daß der Sturm auf das Fort und der Transport des Bordgeschützes auf den Höhenkamm auf Ihr tatkräftiges Drängen zurückzuführen waren.«

»Ich kann mir nicht denken, Sir, warum hier derartiges behauptet wurde. Mr. Buckland trug für das ganze Unternehmen die Verantwortung.«

»Nun gut, ich will nicht weiter in Sie eindringen, Mr. Hornblower. Ich glaube, wir sind ohnedies im Bilde. Aber nun erzählen Sie uns bitte über die Rückeroberung der *Renown*. Wodurch wurden Sie zuerst darauf aufmerksam, daß sich dort etwas Besonderes abspielte?«

Es bedurfte vieler zäher Fragen, bis die ganze Geschichte aus Hornblower herausgeholt war. Er hatte zuerst ein paar Musketenschüsse gehört und war dadurch schon unruhig geworden; dann sah er, wie das Schiff in den Wind schoß: das gab ihm den Beweis, daß drüben ein ernstes Unglück geschehen war. Er hatte daraufhin sofort die Prisenbesatzungen aller drei Fahrzeuge gesammelt und die *Renown* kurzerhand geentert.

»Hatten Sie denn keine Angst, unterdessen die anderen Prisen zu verlieren, Mr. Hornblower?«

»Es war immer noch besser, die Prisen zu verlieren, als das Schiff, Sir. Abgesehen davon . . .«

»Abgesehen wovon, Mr. Hornblower?«

»Ich meine, es wäre ihnen nicht so rasch gelungen, zu entkommen, Sir. Ehe wir von Bord gingen, ließ ich nämlich alle Fallen und Schoten kappen. Bis sie neue geschoren hätten, wäre ich auf alle Fälle wieder da gewesen.«

»Sie scheinen wirklich an alles gedacht zu haben, Mr. Hornblower«, sagte der Vorsitzende, und zugleich erhob sich am Richtertisch ein allgemeines Gemurmel der Anerkennung. »Ja, und dann haben Sie, wie es scheint, sofort mit allem Nachdruck angegriffen. Sie haben gar nicht erst versucht, sich ein Bild von der Lage und ihren Gefahren zu machen, nicht wahr? Wie nun, wenn Sie zu spät gekommen wären, ich meine, wenn der Angriff der Gefangenen schon vor Ihrem Eingreifen fehlgeschlagen wäre? Damit mußten Sie doch rechnen?«

»Das hätte nichts gemacht, Sir. Schaden wäre keiner entstanden, abgesehen höchstens von den durchgeschnittenen Fallen und Schoten auf den Prisenschiffen. War aber das Schiff bereits in die Hand der Gefangenen gefallen, dann kam es vor allem darauf an, den Angriff sofort anzusetzen, ehe es den Gegnern gelingen konnte, sich für eine Verteidigung zu rüsten.«

»Ich glaube, die Herren sind Ihnen alle gefolgt. Besten Dank, Mr. Hornblower.«

Damit war die Untersuchung so gut wie abgeschlossen. Der Obersteuermann Carberry lag an seinen Wunden noch so schwer danieder, daß er unmöglich aussagen konnte, und Whiting, der Hauptmann der Seesoldaten, war tot. Das Gericht beriet nur wenige Minuten und gab dann das Ergebnis der Ermittlungen bekannt:

»Das Gericht hat entschieden«, verkündete der Vorsitzende, »daß unter den spanischen Gefangenen mit allem Nachdruck Ermittlungen angestellt werden sollen, um herauszufinden, wer Kapitän Sawjer ermordet hat, und daß gegen den Mörder, falls er noch am Leben ist, Anklage erhoben werden soll. Nach Vernehmung der überlebenden Offiziere von *H.M.S. Renown* haben wir ferner entschieden, daß sich alle weiteren Schritte erübrigen.«

Also kein Kriegsgericht! Bush ertappte sich dabei, daß er aufatmend grinste, während er Hornblowers Blick zu begegnen suchte. Endlich war ihm das gelungen, und nun mußte er obendrein feststellen, daß sein Lächeln recht kühl aufgenommen wurde. Da versuchte er seine Freude ebenfalls zu verstecken und dreinzuschauen, als hätte er ein so gutes Gewissen, daß es ihm gleich sein konnte, ob er vor ein Kriegsgericht kam oder nicht. Ein Blick auf Buckland verwandelte seine gehobene Stimmung mit einem Schlag in heftiges Mitleid. Man sah dem Mann nur zu deutlich an, daß er todunglücklich war, und er hatte auch allen Grund dazu, denn seine beruflichen Zukunftsträume waren nun mit einem Schlage ausgeträumt. Nach der Übergabe von Samaná konnte er noch berechtigte Hoffnung hegen, denn nach diesem entscheidenden Erfolg und angesichts der Dienstunfähigkeit des Kommandanten lag wirklich die Vermutung nahe, daß ihm der wichtige Sprung zum Commander, vielleicht sogar der zum Kapitän gelang. Dann kam das Unglück, daß ihn die revoltierenden Gefangenen in der Koje überraschten, und schon war alles aus. Wenn fortan sein Name fiel, dann dachte jedermann sogleich an diese unrühmliche Geschichte, von der man sich sicher auch dann noch erzählen würde, wenn längst kein Mensch mehr um die Zusammenhänge wußte. Unter diesen Umständen war er dazu verurteilt, als Leutnant alt und grau zu werden.

»Willkommen, Mr. Bush«, sagte Kapitän Cogshill. »Ich freue mich, Sie wieder auf den Beinen zu sehen, und hoffe, daß Sie an Bord bleiben, weil ich Sie zum Dinner als meinen Gast begrüßen möchte. Soweit es an mir liegt, werden uns auch die anderen Herren Leutnants Gesellschaft leisten.«

»Ich werde mit größtem Vergnügen erscheinen, Sir«, sagte Bush. Das war die Antwort, die jeder Leutnant auf eine Einladung seines Kommandanten zu geben hatte.

»Ausgezeichnet! In einer Viertelstunde also, ja?«

Die Kommandanten, die zusammen das Untersuchungsgericht gebildet hatten, gingen genau in der Reihenfolge ihres Dienstalters von Bord. Die Pfiffe der Bootsmannsmaate schrillten jedesmal über das Deck, wenn wieder einer durch die Fallreepspforte trat und zum Dank für die Ehrenbezeigung lässig die Hand an den Hutrand führte. So gingen sie im Schmuck ihrer goldenen Achselstücke und Tressen einer um den anderen von Bord, diese Glückskinder, denen alles in den Schoß gefallen war, was sich ein Sterblicher zu erträumen wagte, und ihre blitzblanken Gigs pullten sie in rascher Fahrt zu ihren Schiffen zurück.

»Bleiben Sie zu Tisch an Bord, Sir?« wandte sich Hornblower fragend an Bush.

»Ja.«

Hier, an Bord ihres Schiffes klang Hornblowers Anrede »Sir« wieder durchaus angemessen und selbstverständlich, so wie es auch natürlich gewesen war, daß er sie bei seinem kameradschaftlichen Besuch im Landlazarett weggelassen hatte. Hornblower wandte sich rasch ab und trat grüßend vor Buckland hin.

»Darf ich die Wache an Hart übergeben, Sir? Ich bin zum Dinner in die Kajüte geladen.«

»Bitte, Mr. Hornblower.« Buckland zwang sich ein Lächeln ab.

»Wir werden ja bald zwei neue Leutnants bekommen, dann sind Sie nicht mehr der jüngste.«

»Darüber werde ich nicht gerade unglücklich sein, Sir.«

Die beiden hatten nun zusammen so vieles erlebt – und doch klammerten sie sich jetzt plötzlich an die banalsten Redensarten, um irgendwie ein Gespräch in Gang zu halten, weil sie fürchten mußten, daß sonst unversehens bitterernste Dinge ihre häßlichen Fratzen zeigten.

»Ich glaube, es wird Zeit, daß wir uns melden«, sagte Buckland. Kapitän

Cogshill war ein Gastgeber von hohen Graden. Die ganze Kajüte war mit Blumen geschmückt, die während des Gerichtsverfahrens wahrscheinlich in seiner Schlafkammer versteckt geblieben waren, damit sie niemand ungebührlich ablenken konnten. Die Kajütenfenster standen weit offen, und ein Windsack brachte sogar einen Hauch frischer Luft in den Raum.

»Was da vor Ihnen steht, Mr. Hornblower, ist Landkrabbensalat. Diese Landkrabben werden mit Kokosnüssen gefüttert. Manche finden ihn besser als Schweinefleisch von milchgefütterten Schweinen. Wollen Sie so freundlich sein, die Schüssel denen weiterzureichen, die sich davon nehmen möchten?«

Der Steward brachte einen riesigen, dampfenden Braten herein.

»Lammrücken von frischem Lamm«, verkündete der Kommandant. »Schafe gedeihen auf dieser Insel nicht gut, ich weiß also nicht, ob Ihnen das Zeug schmecken wird, aber ein Versuch kann ja nicht schaden. Mr. Buckland, wollen Sie die Güte haben zu tranchieren? Sie sehen, meine Herren, ich habe sogar noch ein paar echte Kartoffeln – die Yams ißt man sich allzu rasch über. Mr. Hornblower, ein Glas Wein?«

»Danke, Sir, mit Vergnügen.«

»Ihr Wohl, Mr. Bush – auf Ihre baldige Genesung, Sir.«

Bush leerte sein Glas durstig bis auf die Neige. Ehe er heute das Lazarett verließ, hatte ihm Sankey zwar eigens eingeschärft, er solle nicht so viel trinken, da sich sonst seine Wunden entzünden könnten, aber das war jetzt alles vergessen. Es war zu schön, den Wein durch die Kehle rinnen zu lassen und dabei zu spüren, wie ihm angenehme Wärme durch die Glieder rieselte. Das Dinner ging weiter.

»Diejenigen unter den Herren, die schon einmal hier stationiert waren, dürften dieses Gericht kennen und zu schätzen wissen«, sagte der Kommandant mit einem liebevollen Blick in die dampfende Schüssel, die eben vor ihn hingesetzt worden war. »Es ist ein westindischer Pfeffertopf – ich glaube allerdings, in Trinidad versteht man sich noch besser darauf. Mr. Hornblower, wollen Sie es als erster damit versuchen? ... Herein!«

Es hatte geklopft. Auf den Ruf des Kommandanten trat ein besonders gut gekleideter Fähnrich in die Kajüte. Seine ausgesucht elegante Uniform und sein gewandtes Benehmen verrieten sofort, daß er jener Sonderklasse von Seeoffizieren angehörte, die über einen fetten Wechsel von zu Hause, wenn nicht gar über eigenes Vermögen verfügten. Wahrscheinlich war das irgendein Sproß aus adligem Hause, der hier seine gesetzlich vorgeschriebene Zeit abdiente, bis ihn Günstlingswirtschaft und väterlicher Einfluß die militärische Stufenleiter emportragen konnten.

»Ich komme im Auftrage des Herrn Admirals«, meldete er.

Natürlich, dachte Bush, dessen Beobachtungsgabe der Wein geschärft hatte. Ein junger Dachs in so geschniegeltem Zeug und mit solchen Manieren konnte ja nur zum Stabe gehören.

»Und was bringen Sie uns Schönes?« fragte Cogshill.

»Herr Admiral lassen sich empfehlen, Sir. Er bittet Sie, Mr. Hornblower an Bord des Flaggschiffes zu senden, sobald es Ihnen tunlich scheint.«

»Dabei sind wir kaum zur Hälfte mit unserem Dinner fertig«, bemerkte Cogshill mit einem Blick auf Hornblower.

Aber »sobald als tunlich« aus dem Munde eines Admirals hieß ganz einfach sofort, ganz gleich, ob es tunlich war oder nicht. Dabei handelte es sich wahrscheinlich obendrein noch um eine höchst unwichtige Angelegenheit.

»Wenn Sie gestatten, möchte ich mich verabschieden, Sir«, sagte Hornblower. Er blickte zu Buckland hinüber: »Kann ich ein Boot bekommen, Sir?«

»Verzeihung, Sir«, fiel ihm der Fähnrich ins Wort, »der Admiral sagte, das Boot, mit dem ich gekommen bin, stünde Ihnen für die Fahrt zum Flaggschiff zur Verfügung.«

»Dann ist ja alles klar«, meinte Cogshill. »Sie machen sich am besten gleich auf den Weg, Mr. Hornblower. Wir heben Ihnen Ihren Anteil an diesem Pfeffertopf auf, bis Sie zurückkommen.«

»Besten Dank, Sir«, sagte Hornblower und erhob sich von seinem Platz.

Sobald er die Tür hinter sich geschlossen hatte, drängte sich dem Kommandanten die unvermeidliche Frage über die Lippen:

»Ich möchte wirklich wissen, was der Admiral von Hornblower will?« Er sah einen um den anderen fragend an, aber niemand wußte ihm zu antworten. Bush beobachtete nur ganz im stillen, daß Buckland plötzlich einen verzerrten Zug um seinen Mund bekam, so daß es fast schien, als ob ihn sein Unglück hellsichtig gemacht hätte. »Nun, wir werden es ja früh genug erfahren«, sagte Cogshill. »Der Wein steht neben Ihnen, Mr. Buckland, lassen Sie ihn nicht schal werden.«

Das Dinner nahm seinen Fortgang. Der Pfeffertopf verbrannte Bush Zunge und Magen, so daß ihm der Wein erst recht gut schmeckte. Als der Käse aufgetragen war, wurde das Tischtuch entfernt, dann setzte der Steward silberne Schalen mit Früchten und Nüssen auf den Tisch.

»Das ist 1779er Portwein«, sagte Kapitän Cogshill, »ein guter Jahrgang. Über den Kognak hier weiß ich nicht viel zu sagen, man muß in solchen Zeiten nehmen, was man bekommt.«

Kognak konnte nur aus Frankreich kommen, er war also bestimmt geschmuggelt oder irgendwie vom Gegner eingehandelt.

»Aber hier«, fuhr der Kommandant fort, »habe ich noch einen ausgezeichneten holländischen Genever – ich habe ihn beim Verkauf der Prisenladung erstanden, als wir die *St. Eustatius* genommen hatten. Und hier haben Sie noch etwas Holländisches, einen süßen Likör. Er kommt von Curaçao. Wenn Ihnen der starke Orangengeschmack nicht widersteht, finden Sie ihn vielleicht reizvoll. Was haben wir noch zu bieten? Da, schwedischen Schnaps, brennt wie Feuer, schmeckt aber ausgezeichnet. Wenn ich mich recht besinne, stammt er noch von der Einnahme der Insel Saba. ›Korn und Traube passen nicht unter eine Haube‹ sagen die weisen Leute, aber dieser Schnaps hier wird ja angeblich nicht aus Korn, sondern aus Kartoffeln gemacht und fällt darum nicht unter das Tabu. Nun, Mr. Buckland, was wählen Sie?«

»Mir bitte einen Schnaps«, sagte Buckland mit etwas belegter Stimme.

»Und Sie, Mr. Bush?«

»Ich schließe mich Ihnen an, Sir.«

So brauchte man nicht erst lange zu überlegen.

»Dann schlage ich Kognak vor. Auf Boney, meine Herren, und daß ihn bald der Teufel hole.«

Sie tranken auf den Spruch, der Kognak rann Bush wie Öl durch die Kehle und durchglühte ihn mit köstlicher Wärme. Er saß froh und glücklich auf seinem Platz und geriet nach zwei weiteren Trinksprüchen in eine beschwingte Laune, wie er sie seit dem Auslaufen der *Renown* aus Plymouth nicht mehr gekannt hatte.

»Herein!« rief der Kommandant.

Die Tür ging langsam auf, Hornblower stand in ihrer Öffnung wie in einem Rahmen. Sein Gesicht trug wieder den alten, angespannten Zug. Bush entging das nicht, obwohl Hornblowers Gestalt vor seinen Augen ein wenig zu flimmern schien – genau wie wenn man in Samaná über die Tragen mit den glühenden Kugeln hinwegsah –, so daß sie ihre scharfen Umrisse einbüßte.

»Kommen Sie herein, Mann, kommen Sie!« sagte der Kommandant. »Wir beginnen eben mit den Trinksprüchen. Setzen Sie sich auf Ihren alten Platz und geben Sie mir Ihr Glas – Branntwein, Kognak ist das einzig angemessene Getränk für Helden, das wußte schon unser alter Johnson in seiner abgründigen Weisheit. Bitte, Mr. Bush, die Reihe ist an Ihnen!«

»S - Sieg in b - blutiger Schlacht, einen H - Haufen Beute gemacht, an La - Land mit dem Mädel gelacht!« deklamierte Bush und war unbändig stolz darauf, daß er diesen hübschen Trinkspruch noch auswendig wußte und sofort bereit hatte, als er aufgerufen wurde.

»Trinken Sie aus, Mr. Hornblower, halten Sie sich ordentlich ran«, sagte der Kommandant. »Wir sind Ihnen schon um einiges voraus. Sie wissen ja, was es heißt, einen anderen von achtern her aussegeln zu wollen.«

Hornblower setzte sein Glas gehorsam wieder an die Lippen.

»Mr. Buckland, einen Toast!«

»Immer lu - lustig sein und - lustig sein u - und lustig sein und - und - und fröhlich sein«, sagte Buckland und mußte sich die größte Mühe geben, das letzte Wort noch einigermaßen verständlich herauszustottern. Sein Kopf war rot wie eine Runkelrübe und schien für Bushs überhitzte Phantasie der untergehenden Sonne gleich die ganze Kajüte mit seinem Schein zu erfüllen, ein Bild, das er im höchsten Maße belustigend fand.

»Sie kommen ja eben vom Admiral, Mr. Hornblower, nicht wahr?« sagte der Kommandant, dem plötzlich das Geschehene wieder einfiel.

»Jawohl, Sir.«

Die kurz angebundene Antwort schien hier in dieser Atmosphäre der Kameradschaft nicht recht am Platz. Bush spürte das genau und wußte auch die darauf folgende Gesprächspause richtig zu deuten.

»Na, ist alles klar?« fragte der Kommandant zuletzt. Er tat es eigentlich nur, um das allgemeine Schweigen zu brechen, obwohl es ihm im Grunde peinlich war, sich um Dinge zu kümmern, die ihn womöglich gar nichts angingen.

»Jawohl, Sir.« Hornblower drehte das Glas, das vor ihm auf dem Tisch stand, unablässig zwischen seinen schlanken, nervösen Händen hin und her, so daß es dem zuschauenden Bush scheinen wollte, als würden seine Finger dabei lang und länger. »Er hat mich zum Commander ernannt und als Kommandant der *Retribution* eingesetzt.«

Er hatte diese Worte ganz ruhig gesprochen, und doch knallten sie wie Pistolenschüsse in das allgemeine Schweigen.

»Donnerwetter noch mal, alle Achtung!« sagte der Kommandant. »Darauf müssen wir trinken. Drei Hurras auf unseren jüngsten Commander!«

Bush schrie begeistert mit und ließ sich dann seinen Kognak durch die Kehle rinnen.

»Mensch, Hornblower!« rief er immer wieder, »Mensch, Hornblower!« Für ihn war das wirklich eine Freudenbotschaft, er beugte sich zu Hornblower hinüber und schlug ihm kräftig auf die Schulter. Dabei strahlte er über das ganze Gesicht, und weil er das wußte, lehnte er sich gleich mit der Schulter auf den Tisch und wandte den Kopf zur Seite, damit Hornblower seine Freude auch richtig zu sehen bekam.

Buckland setzte knallend sein Glas auf den Tisch.

»Ach was!« zischte er. »Hol Sie der Teufel! Hol Sie der Teufel!«

»Scht!« fuhr der Kommandant sofort dazwischen. »Los, eingeschenkt! Aber bis zum Rand bitte, Mr. Buckland.«

»Meine Herren, auf unsere Heimat Britannien, die edelste, die schönste, die Königin aller Meere!«

Bucklands Zorn ertrank in der neuen alkoholischen Flut. Im weiteren Verlauf der Feier überkam ihn jedoch von neuem schwerer Kummer über sein Mißgeschick. Da saß er denn stumm an seinem Platz und weinte leise vor sich hin, daß ihm die Tränen über die Wangen liefen. Und doch reichte sein ganzer Jammer nicht hin, um Bush auch nur im mindesten in seiner guten Laune zu stören. Der fühlte sich so glücklich und zufrieden, daß er dieses Dinner zu den schönsten zählte, an denen er je teilgenommen hatte. Er konnte sich auch noch genau erinnern, wie ihm Hornblower zugelächelt hatte, als sie endlich aufbrachen.

»Heute können wir Sie beim besten Willen nicht mehr ins Lazarett zurückschicken«, hatte er zu ihm gesagt. »Das beste ist, Sie schlafen sich jetzt in Ihrer eigenen Koje richtig aus. Kommen Sie, ich bringe Sie hin.«

Das ging ganz wunderbar. Bush warf Hornblower von hinten die Arme über die Schultern und versuchte, so zu gehen. Was tat es, daß ihn seine Beine nicht tragen wollten und daß er seine Füße kraftlos nachschleifte, solange er diese Stütze hatte. Hornblower war ihm so lieb und wert wie kein anderer Mensch, und er hatte das unabweisbare Bedürfnis, das aller Welt zu verkünden, indem er immer wieder »Hoch soll er leben« anstimmte, während er den Gang zu seiner Kammer entlangtaumelte. Zuletzt ließ ihn Hornblower sachte auf die schwankende Koje gleiten und grinste fröhlich auf ihn hinunter, als er sah, wie Bush sich krampfhaft an den Seitenbrettern festhielt. Bush konnte sich nämlich nicht erklären, wie es kam, daß das Schiff so heftig schlingerte, obwohl es friedlich im Hafen vor Anker lag.

13

So kam es, daß Hornblower von der *Renown* Abschied nahm. Er hatte die begehrte Beförderung in der Hand und war vollauf damit beschäftigt, seine *Retribution* in Dienst zu stellen, sie seeklar zu machen und die zusammengewürfelte Besatzung in Schuß zu bringen, die man ihm an Bord gegeben hatte. Bush bekam ihn während dieser Zeit hier und da zu Gesicht und konnte ihm auch in nüchternem Zustand zu der einen Epaulette gratulieren, die ihn, auf der linken Schulter getragen, als Commander auswies. Von nun an gehörte also auch Hornblower zu jener goldbetreßten Elite, für die die Bootsmannsmaate Seite pfiffen und die ihrer Beförderung zum Kapitän mit Ruhe und Zuversicht entgegensehen konnten. Bush nannte ihn von nun an Sir, was ihm schon beim ersten Male ganz zwanglos gelang und auch durchaus angemessen schien.

Während der letzten paar Wochen hatte Bush etwas gelernt, das ihm in all den Jahren seiner Dienstzeit noch nicht aufgefallen war. Diese ganze lange Dienstzeit hatte sich bisher ausschließlich auf See abgespielt, umgeben von ihren Gefahren, inmitten der ewig wechselnden Gegebenheiten von Wind und Wetter, von offenem Meer und flacher Küste. Für die Linienschiffe, auf denen er gedient hatte, trafen auf Wochen und Monate reinen Seedienstes höchstens Minuten, in denen gekämpft wurde. Dadurch war er allmählich in die Vorstellung hineingewachsen, daß Seemannschaft das A und O für jeden Seeoffizier darstellte. Alle die zahllosen Einzelheiten zu meistern, die zur Führung und Handhabung eines hölzernen Segelschiffes gehörten, darauf kam es seiner Überzeugung nach vor allem an. Man mußte nicht nur imstande sein, ein solches Schiff unter Segel richtig zu manövrieren, sondern dazu gehörte auch, daß man mit all den kleinen und doch so wichtigen Dingen Bescheid wußte, daß man sich mit Tauwerk, Trossen und Pumpen, mit Salzfleisch und Trockenfäule des Holzes ebenso auskannte wie mit den Kriegsartikeln. Erst jetzt hatte er gelernt, daß für den Seeoffizier andere Fähigkeiten mindestens gleich wichtig waren wie gute Seemannschaft. Dazu rechneten zum Beispiel kühnes und doch überlegtes Handeln, moralischer und physischer Mut, taktvolle Behandlung sowohl der Vorgesetzten als auch der Untergebenen, Einfallsreichtum und Fixigkeit im Denken. Die Marine war zum Kampf bestimmt, darum taugten auch nur echte Kampfnaturen zu ihrer Führung.

Wenn er es auch auf Grund dieser weisen Erkenntnis völlig in der Ordnung fand, daß ihn Hornblower überflügelt hatte, so lag doch eine gewisse Ironie darin, daß ihm selbst ausgerechnet zur gleichen Zeit die Pflicht erwuchs, sich Hals über Kopf in den Kleinkram der elendesten und unwürdigsten Art zu stürzen. Auch dabei galt es, Krieg zu führen, aber diesmal nicht gegen Menschen, sondern gegen Ungeziefer. Die gefangenen Spanier hatten in der kurzen Woche ihres Aufenthalts an Bord alle jene Parasiten eingeschleppt, die wohl ihre ständigen Begleiter waren. Seitdem wimmelte es im ganzen Schiff von Flöhen, Läusen und Wanzen, die es nirgends besser treffen konnten als in den menschenüberfüllten Decks eines hölzernen Schiffs in den Tropen und darum auch eine unwahrscheinliche Fruchtbarkeit entwickelten. Die Köpfe wurden kurzgeschoren, sämtliches Kojenzeug wurde mit Schwefeldämpfen ausgeräuchert, und in einem verzweifelten Generalangriff auf die Wanzen wurde sogar alles Holzwerk unter Deck frisch gemalt – einen oder zwei Tage glaubte man den Erfolg in greifbare Nähe gerückt, dann waren die Quälgeister wieder da. Sogar die Kakerlaken und die Ratten, die schon immer dagewesen waren, schienen sich um ein Vielfaches vermehrt zu haben und machten sich jetzt überall entsetzlich breit.

Vielleicht traf es sich unglücklich, daß der Höhepunkt des Ärgers über diesen leidigen Zustand ausgerechnet mit der Auszahlung der Prisengelder für die in Samaná genommenen Schiffe zusammenfiel. Wenn man nämlich unter solchen Umständen plötzlich hundert Pfund in der Tasche hatte, von Kapitän Cogshill zwei Tage Urlaub bekam und obendrein erfuhr, daß Hornblower gleichzeitig freinehmen konnte, dann war es kein Wunder, daß man dem verwanzten Schiff den Rücken kehrte und einmal richtig an Land untertauchte.

Hornblower und Bush brachten es in heißen achtundvierzig Stunden fertig, jeder hundert Pfund für die fragwürdigen Genüsse auszugeben, die Kingston zu bieten hatte. Zwei tolle Tage, zwei tolle Nächte, dann kehrte Bush schlapp und zerschlagen auf die *Renown* zurück und freute sich mächtig, daß es nun wieder nach See zu ging, weil er sich da am schnellsten und besten erholte. Und als er später nach seiner ersten Kreuzfahrt unter Cogshill wieder in den Hafen kam, erschien alsbald Hornblower an Bord, um Abschied zu nehmen.

»Ich laufe morgen früh mit der Landbrise aus«, sagte er.

»Wohin, Sir, wenn ich fragen darf?«

»Nach England«, sagte Hornblower.

Bush pfiff unwillkürlich leise durch die Zähne, als er das hörte. Gab es doch Leute hier im Geschwader, die schon seit vollen zehn Jahren keinen Fuß mehr auf englischen Boden gesetzt hatten. »Ich komme gleich wieder zurück«, erklärte Hornblower. »Ein Geleitzug ist in die Downs zu bringen, außerdem habe ich Post an die bevollmächtigten Lords. Ich warte nur die Antwort ab und bringe einen anderen Geleitzug wieder heraus. Das ist so der übliche Törn.« Für eine Korvette war das in der Tat der übliche Törn. Die *Retribution* war mit ihren achtzehn Geschützen und ihrer ausgebildeten Marinemannschaft fast jedem Kaperschiff überlegen, das um jene Zeiten die Meere befuhr. Dank ihrer Geschwindigkeit und ihrer guten Manövriereigenschaften konnte sie einen Geleitzug wirksamer gegen Angriffe decken als ein schwerfälliges Linienschiff, ja sogar als die Fregatten, die größeren Geleitzügen beigegeben wurden, um ihnen besonders guten Schutz zu gewähren.

»Zu Hause wird Ihnen Ihre Beförderung bestätigt, Sir«, sagte Bush mit einem Blick auf Hornblowers Epaulette.

»Das will ich stark hoffen«, sagte Hornblower.

Die Bestätigung einer durch den Befehlshaber einer überseeischen Station ausgesprochenen Beförderung war eine reine Formsache.

»Das heißt«, setzte Hornblower hinzu, »wenn sie nicht bis dahin Frieden machen.«

»Das steht wohl kaum zu erwarten, Sir«, sagte Bush, und Hornblowers Grinsen zeigte ihm, daß auch dieser über die Aussichten auf Frieden nicht anders dachte als er selbst, obwohl die zwei Monate alten Zeitungen aus England über die Möglichkeit von Verhandlungen orakelten. Solange Bonaparte in Frankreich herrschte und seine ehrgeizigen, skrupellosen Pläne spann, solange man sich über keine der Fragen geeinigt hatte, die zwischen den beiden Ländern noch in der Schwebe waren, solange konnte kein Soldat im Ernst daran glauben, daß solche Verhandlungen zu einem Waffenstillstand oder gar zu einem Frieden führen konnten.

»Auf jeden Fall wünsche ich Ihnen das Allerbeste«, sagte Bush, und man spürte aus seinen Worten, daß sie mehr waren als bloße Höflichkeit.

Sie schüttelten einander die Hände und trennten sich. Es wollte wirklich viel sagen, daß sich Bush am nächsten Tag schon im grauen Dämmerlicht des Morgens aus der Koje wälzte und an Deck ging, um die *Retribution* zu verfolgen, wie sie sich unter ihren Marssegeln in der Morgenbrise geisterhaft um die Huk der Einfahrt stahl, während die Lotgäste in ihren Rüsten hingen und laufend die Tiefen aussangen. Als sie verschwunden war, wandte er sich ab – der Krieg brachte es mit sich, daß man immer wieder auseinandergehen mußte. Ihm aber oblag es jetzt, Krieg gegen die Wanzen zu führen.

Elf Wochen später kreuzte das Geschwader in der Mona-Durchfahrt gegen den Passat. Lambert hatte die Schiffe in der allen Admiralen gemeinsamen Doppelabsicht hierhergebracht, einmal, die Besatzungen tüchtig einzuexerzieren, und zum anderen, einen besonders wichtigen Geleitzug auf dem gefährlichsten Teil seiner Reise zu sichern. Augenblicklich waren die Höhen von Santo Domingo unter dem westlichen Horizont außer Sicht. Dafür lag die Insel Mona recht voraus und zeigte mit ihrem Hochplateau von hier aus den Umriß eines flachen Trapezes. Backbord voraus erkannte man Monas kleine Schwester Monita, die ihre Familienähnlichkeit nicht verleugnen konnte.

Die weit vorausstehende Aufklärungsfregatte heißte ein Signal. »Sie sind zu langweilig, Mr. Truscott«, schrie Bush den Signalfähnrich an, wie sich das auf einem ordentlichen Schiff gehörte.

»Segel in Sicht in Nordost«, las der Fähnrich mit dem Glas am Auge ab. Das konnte zunächst alles mögliche bedeuten, angefangen von der Vorhut eines französischen Geschwaders, das vielleicht aus Brest ausgebrochen war, bis zu einem harmlosen einsamen Handelsschiff.

Das Signal wurde niedergeholt und sofort durch ein neues ersetzt.

»Eigenes Segel in Sicht in Nordost«, las Truscott.

Da brach eine plötzliche Bö herein und verhüllte den Horizont. Die *Renown* mußte unter ihrem Anprall einen Augenblick abfallen; sie lag hart auf der Seite, und der Regen trommelte an Deck. Dann ließ der Wind plötzlich wieder nach, die Sonne brach durch die Wolken, und schon war der ganze Spuk vorüber. Bush mußte sich sogleich darum bemühen, wieder auf Station im Verband zu kommen, so daß die *Renown* genau zwei Kabellängen hinter ihrem Vordermann fuhr. Sie bildete den Schluß einer Linie von drei Schiffen, an deren Spitze das Flaggschiff stand. Der vorhin gemeldete Segler war jetzt schon gut über dem Horizont zu sehen. Der Kieker verriet, daß es sich um eine Korvette handelte, und Bush kam im ersten Augenblick auf den Gedanken, es möchte sogar die *Retribution* sein, die vielleicht nach einer besonders schnellen Hin- und Rückreise schon wieder in diesen Gewässern angelangt war. Aber ein zweiter, etwas genauerer Blick verriet ihm alsbald, daß dies doch nicht der Fall sein konnte. Truscott las ihr Unterscheidungssignal ab und sah in der Liste nach.

»Korvette *Clara,* Kapitän Ford«, meldete er.

Die *Clara* war drei Wochen vor der *Retribution* mit Post und Depeschen nach England gesegelt.

»Die *Clara* an Flaggschiff«, fuhr Truscott fort: »Habe Post für Sie.«

Die Korvette kam jetzt rasch näher. Auf dem Flaggschiff stieg eine Reihe schwarzer Bündel in den Topp, ein Ruck, und schon flatterte dort ein Signal.

»An alle Schiffe«, las Truscott mit lauter Stimme. Man merkte ihm seine Aufregung an, denn dieser Anruf bedeutete, daß das nächste Signal auch für die *Renown* galt. »Beidrehen!«

»Großmarsbrassen!« brüllte Bush über das Deck. »Mr. Abbott, melden Sie dem Kommandanten, das Geschwader dreht bei.«

Der Verband kam an den Wind und verlor die Fahrt, die Schiffe wiegten sich mit weichen Bewegungen in den blauen Rollern.

»Lassen Sie die Männer an den Brassen, Mr. Bush«, sagte Kapitän Cogshill. »Ich nehme an, daß wir gleich wieder vollbrassen, wenn die Post abgeliefert ist.«

Aber Cogshill hatte sich offenbar geirrt. Bush beobachtete durch sein Glas, wie der Offizier der *Clara* das Seefallreep des Flaggschiffs hochkletterte. Aber dann geschah lange Zeit nichts, Minute um Minute verstrich, das Flaggschiff lag immer noch beigedreht, und das Geschwader harrte leise stampfend auf den nächsten Befehl. Endlich kam er. Drüben stiegen wieder die schwarzen Bündel in den Topp. »An alle Schiffe«, las Truscott: »Kommandanten an Bord des Flaggschiffs kommen.«

»Die Gig klar!« ließ sich Bush sofort vernehmen.

Es mußten besonders wichtige oder zum mindesten ungewöhnliche Befehle oder Nachrichten vorliegen, daß der Admiral es für nötig hielt, seine Kommandanten sofort und persönlich davon zu unterrichten. Während der längeren Wartezeit, die nun folgte, ging Bush in eifrigem Gespräch mit Buckland auf dem Achterdeck auf und ab. Ob die französische Flotte ausgebrochen war? Oder krachte es wieder einmal in der Allianz des Nordens? Vielleicht war auch der König neuerlich erkrankt. Was konnte nicht alles geschehen sein? Sicher war nur eins, es war etwas Bedeutungsvolles vorgefallen. Die Minuten verstrichen, sie dehnten sich zu halben Stunden. Etwas Schlimmes konnte es nicht sein, sonst hätte Lambert nicht so viel kostbare Zeit geopfert und das Geschwader unnötig so weit nach Lee abtreiben lassen. Endlich trug der Wind vom Flaggschiff die zwitschernden Töne der Bootsmannsmaatenpfeifen herüber. Bush hob den Kieker ans Auge.

»Der erste legt ab«, sagte er.

Eine Gig nach der anderen löste sich von der hohen Bordwand des Flaggschiffs, und jetzt unterschieden sie auch schon die Gig der *Renown* und ihren Kommandanten achtern in der Plicht. Buckland trat ans Fallreep, um ihn zu empfangen, als er an Bord kam. Cogshill langte grüßend an den Hut, er machte einen seltsam versonnenen Eindruck.

»Wir haben Frieden«, sagte er.

Der Wind trug brausende Hurras vom Flaggschiff herüber – dort mußte man also die große Neuigkeit schon bekanntgegeben haben. Man mußte die Begeisterung hören, um zu begreifen, daß der Kommandant nicht nur träumte.

»Wie, Sir? Frieden?« fragte Buckland.

»Ja, Frieden. Die Präliminarien sind bereits unterzeichnet. Die Botschafter treffen nächsten Monat in Frankreich zusammen, um die Bedingungen zu formulieren, aber darum herrscht doch bereits jetzt Frieden. Alle Feindseligkeiten sind zu Ende – sie sind in allen Teilen der Welt mit dem Eintreffen dieser Nachricht einzustellen.«

»Frieden!« sagte Bush.

Neun Jahre hatte die Welt unter der Kriegsfurie gestöhnt, überall, in Ost und West, von Manila bis Panama hatten Schiffe gebrannt und Männer geblutet. Da fiel es einem schwer, zu begreifen, daß man nun mit einem Schlag auf einen anderen Planeten versetzt war, wo sich die Menschen nicht mit Kanonen beschossen, sobald sie einander ansichtig wurden. Cogshill hatte wohl Ähnliches gedacht, das zeigte seine nächste Bemerkung:

»Die Schiffe der französischen, batavischen und italienischen Republiken sind fortan zu salutieren, wie es Kriegsschiffen fremder Nationen zukommt.«

Buckland pfiff durch die Zähne, als er das hörte, und das konnte man gut verstehen. Hieß es doch, daß England jetzt diese roten Republiken anerkannte, die es so lange bekämpft hatte. Noch gestern hatte es fast als Verrat gegolten, das Wort Republik in den Mund zu nehmen, heute konnte es der Kommandant sogar in Verbindung mit einer dienstlichen Anordnung gebrauchen, als ob es immer so gewesen wäre.

»Und was, glauben Sie, wird aus uns, Sir?« fragte Buckland.

»Das bleibt abzuwarten«, meinte Cogshill. »Eins ist sicher: Die Marine wird auf Friedensstand gebracht. Das heißt, daß neun von zehn Schiffen außer Dienst gestellt werden.«

»Heiliger Moses!« rief Bush erschrocken.

Jetzt brach das Freudengeschrei auch auf dem Nachbarschiff los und hallte laut und schrill herüber.

»Lassen Sie ›Alle Mann‹ pfeifen«, sagte Cogshill. »Die Leute müssen hören, was sich ereignet hat.«

Die Besatzung der *Renown* war außer sich vor Freude über die gute Nachricht. Die Männer brüllten genauso toll hurra wie auf den anderen Schiffen, und das war nur zu begreiflich, denn für sie bedeutete diese Kunde, daß nun das Ende der rauhen Manneszucht und des unerhört harten Lebens an Bord abzusehen war. Endlich winkte ihnen die goldene Freiheit und die Rückkehr zu den Ihren in der Heimat. Bush blickte auf das Meer verzückter Gesichter hinunter und stellte sich die stumme Frage, was sich für ihn aus dieser neuen Lage ergab. Wahrscheinlich brachte sie auch ihm das Aufhören des Zwangs, die persönliche Freiheit; aber das hieß dann zwangsläufig, daß er vom Halbsold eines Leutnants leben mußte. Bis jetzt hatte er überhaupt noch nicht erfahren, was das bedeutete. Zwar herrschte noch Frieden, als er in seiner frühesten Jugend als Fähnrich in den Dienst der Marine trat, aber er konnte sich an diese Friedensmarine von damals kaum noch erinnern, und während der neun Jahre, die der Krieg gedauert hatte, war er nur zweimal für kurze Zeit beurlaubt gewesen. Darum wußte er jetzt nicht, ob er sich auf das neue Leben freuen sollte, das die Zukunft für ihn bereithielt.

Sein Auge suchte das Flaggschiff, und schon fuhr er herum, um sich den Signalfähnrich zu kaufen. »Mr. Truscott! Sehen Sie das Signal dort, oder sind Sie blind? Kümmern Sie sich gefälligst um Ihren Dienst, sonst bekommen Sie es mit mir zu tun, ganz gleich, ob Frieden ist oder nicht.«

Der arme Truscott nahm seinen Kieker ans Auge.

»An alle Schiffe«, las er ab: »Kiellinie am Wind mit Backbordhalsen.«

Bush holte mit einem Blick vom Kommandanten die Erlaubnis ein, das Manöver durchzuführen.

»An die Brassen!« brüllte er dann. »Rund das Großmarssegel! Eins, zwei, eins, zwei! Schneller, ihr Kröten, schneller! Rudergänger! Voll und bei! Sagen Sie, Mr. Cope, haben Sie denn keine Augen im Kopf? Noch einen Pull an der Luvbraß! Mein Gott noch mal! Genug! Fest Holen! Belegen!«

»An alle Schiffe!« las Truscott durch seinen Kieker ab, als die *Renown* Fahrt aufnahm und auf ihren Platz im Kielwasser des Vordermanns eingeschoren war: »Wenden in der Reihenfolge der taktischen Nummern.«

»Klar zum Wenden!« donnerte Bush über das Deck.

Mit scharfem Blick beobachtete er die Fahrt des Vordermanns, fand aber doch noch Zeit, die Wache zusammenzustauchen, weil sie so bummelig auf ihre Stationen zum Wenden ging.

»Ihr elende Bummelbande, ich werde euch Beine machen! Wartet nur, bald werden ein paar von euch mit dem Stock Bekanntschaft machen.« Der Vordermann hatte jetzt gewendet, und die *Renown* gelangte mit ihrem Bug in den schäumenden Strudel, den er an seinem Drehpunkt zurückgelassen hatte.

»Wenden!« kommandierte Bush. »Los die Vorschoten! Rhee!« Schwerfällig wälzte sich die *Renown* durch den Wind, und alsbald füllten sich die Segel von Steuerbord.

»Kurs Südwest zu West«, meldete Truscott als nächstes Signal. Südwest zu West. Der Admiral steuerte also zurück nach Port Royal, und es war nicht schwer zu erraten, daß dies den ersten Schritt zur Abrüstung der Flotte bedeutete. Die Sonne schien warm und wohlig, die *Renown* hatte befehlsgemäß vor den Wind gedreht und brauste jetzt mit höchster Fahrt durch die blaue Karibische See. Sie hielt dabei ausgezeichnet ihre Station in der Linie, so daß man nicht einmal nötig hatte, die Kreuzmarssegelschoten zu fieren, um dem Vordermann nicht aufzulaufen. Das war ein Leben, wie Bush es sich wünschte, und er konnte einfach nicht glauben, daß es jetzt ein Ende haben sollte. Er versuchte sich auszudenken, wie es war, wenn er an einem trüben englischen Wintertag an Land herumsaß und nicht wußte, was er mit sich anfangen sollte. Da gab es ja kein Schiff, das man mit allen Feinheiten manövrieren konnte, und Halbsold – seine beiden Schwestern bezogen jetzt schon seinen halben Sold –, das hieß, daß er ebensowenig zu leben hatte wie zu tun, nämlich nichts. Nein, so ein kalter englischer Wintertag war einfach unvorstellbar, darum gab er es lieber auf, noch länger darüber nachzugrübeln.

14

In Portsmouth herrschten tiefster Winter und klirrende Kälte, ein eisiger Ostwind fegte die Straßen entlang, als Bush aus dem Werfttor trat. Er schlug den Kragen seines Peajacketts über dem Wollschal hoch und vergrub die Hände in den Taschen, ehe er mit vorgebeugtem Kopf gegen den Wind anging. Seine Augen tränten, seine Nase tropfte, der beißende Ostwind schien ihm geradezu durch die Rippen zu blasen und bewirkte, daß ihn die Narben schmerzten, die seinen Oberkörper kreuz und quer bedeckten.

Ein paar Meter vor ihm bog ein Mann aus einer Seitenstraße ein und kämpfte, wie er selbst, gegen den eisigen Wind – es war ebenfalls ein Seeoffizier.

Dieser schlingernde Gang, die gegen den Wind gestemmten Schultern – wer anders konnte das sein als Hornblower.

»Sir! Sir!« rief er hinter dem anderen her. Da drehte sich Hornblower nach ihm um.

Zuerst traf Bush ein abweisender Blick, der aber sofort verschwand, als ihn Hornblower erkannte.

»Ah, das ist schön, das freut mich!« sagte er und streckte Bush die Hände entgegen.

»Und mich erst, Sir«, gab Bush strahlend zur Antwort.

»Bitte, nennen Sie mich nicht Sir«, sagte Hornblower.

»Nicht Sir? Warum? Wieso?«

Hornblower trug keinen Mantel, und auf seiner linken Schulter fehlte das Epaulett, das ihm als Commander zugestanden hätte. Bushs Blick fiel unwillkürlich auf die leere Stelle, die Löcher im Tuch zeigten ihm noch, wo es früher gesessen hatte.

»Ich bin nicht Commander«, sagte Hornblower. »Man hat meine Beförderung nicht bestätigt.«

»Ach du großer Gott!«

Hornblower war unnatürlich blaß – Bush kannte ihn ja nicht anders als tief gebräunt –, und seine Wangen waren hohl, aber er zeigte immer noch den alten undurchdringlichen Ausdruck, an den sich Bush so gut erinnern konnte.

»Ja, der Vorfriede wurde genau an dem Tage unterzeichnet, an dem ich in Plymouth einlief.«

»Das war wohl ein richtiges Höllenpech«, sagte Bush.

Jeder Leutnant wartete sein Leben lang auf irgendeine glückliche Fügung, die ihm die ersehnte Beförderung eintrug. Bei den meisten blieb alles Warten umsonst. Es war mehr als wahrscheinlich, daß jetzt auch Hornblower wieder zu denen gehörte, die bis in ihre alten Tage vergeblich warteten.

»Haben Sie sich um ein Kommando als Leutnant beworben?« fragte Bush.

»Ja. Vermutlich haben auch Sie einen Antrag eingereicht, nicht wahr?« meinte Hornblower.

»Ja.«

Man brauchte über dieses Thema keine weiteren Worte zu verlieren. Die Friedensmarine brauchte nur den zehnten Teil der Leutnants, die im Krieg Unterkommen fanden. Um zu den paar Auserwählten zu gehören, brauchte man ein sehr hohes Dienstalter oder aber einflußreiche Freunde.

»Ich war einen Monat in London«, sagte Hornblower. »Um die Admiralität und das Marineamt herum wimmelt es nur so von Offizieren.«

»Das kann ich mir vorstellen«, sagte Bush.

Der Wind pfiff heulend um eine Ecke.

»Mein Gott, ist das kalt«, sagte Bush.

Er spielte in Gedanken mit allen vorstellbaren Möglichkeiten, das Gespräch in Wärme und Gemütlichkeit fortzusetzen. Gingen sie jetzt zusammen in *Keppels Head*, dann hieß das, daß er mindestens zwei Glas Bier ausgeben mußte und Hornblower natürlich das gleiche.

»Ich gehe jetzt in die Long Rooms«, sagte Hornblower. »Wir sind gleich da. Kommen Sie doch mit – oder haben Sie etwas Besseres vor?«

»Nein, vor habe ich nichts«, sagte Bush unsicher. „Aber ...«

»Ach so – das geht klar«, sagte Hornblower, »kommen Sie ruhig mit.«

Hornblower sprach so sicher über diese Long Rooms, daß Bush unwillkürlich alle Bedenken verlor. Er kannte das Lokal nur vom Hörensagen, es verkehrten dort hauptsächlich See- und Landoffiziere, die viel Geld auszugeben hatten. Bush hatte schon oft von den hohen Einsätzen gehört, um die man dort spielte, und dem Wirt sagte man nach, daß er seinen Gästen alles bot, was gut und teuer war. Wenn es Hornblower so wenig ausmachte, dieses Lokal zu besuchen, dann konnte es ihm nicht so schlecht gehen, wie es den Anschein hatte. Sie überquerten die Straße, Hornblower hielt die geöffnete Tür für ihn fest und bat ihn, einzutreten. Sie gelangten in einen langgestreckten, eichegetäfelten Raum, zahlreiche brennende Kerzen machten die Düsternis des Tages freundlicher, und im Kamin prasselte ein mächtiges Feuer. In der Mitte stand eine Anzahl Kartentische mit je vier Stühlen darum, die beiden Enden waren mit bequemen Polstermöbeln ausgestattet. Ein Diener in grüner Schürze wischte die Tische ab und kam sofort auf sie zu, um beiden die Hüte und Bush den Mantel abzunehmen.

»Guten Tag, Sir«, sagte er.

»Guten Tag, Jenkins«, sagte Hornblower.

Dann eilte er mit unverhohlener Hast zum Kamin und wärmte sich am Feuer. Bush konnte sehen, daß seine Zähne klapperten.

»Um ohne Peajackett auszugehen, ist es heute reichlich kalt«, sagte er.

»Stimmt«, sagte Hornblower.

Seine Antwort war so kurz angebunden, daß sie nicht mehr so ganz gleichgültig klang, wie sie wohl hätte klingen sollen. Bush zog daraus den Schluß, daß Hornblower nicht etwa aus bloßer Spleenigkeit oder Gedankenlosigkeit an einem so bitterkalten Tag ohne Mantel ging. Auf diese Erkenntnis hin musterte er ihn mit einem scharfen, prüfenden Blick und hätte sich vielleicht sogar zu einer wenig taktvollen Frage an ihn verstiegen, wenn nicht in diesem Augenblick dicht neben ihnen eine Tür aufgegangen wäre, die wohl zu den rückwärtigen Räumen führte. Herein trat ein kleiner, dicker, aber ausgesucht eleganter Herr, der nach der allerletzten Mode gekleidet war, nur daß er sein Haar nach Väterweise lang, zurückgebunden und gepudert trug. Das machte es schwierig, sein Alter richtig einzuschätzen. Er blickte die beiden Leutnants mit scharfen dunklen Augen an.

»Guten Tag, Marquis«, sagte Hornblower. »Es ist mir ein Vergnügen, die Herren bekannt zu machen: Monsieur le Marquis de St. Croix – Leutnant Bush.«

Der Marquis machte eine elegante Verbeugung, und Bush versuchte, es ihm nachzutun, so gut es gehen wollte. Über seinen höfischen Bemühungen wurde er zunächst gar nicht gewahr, daß ihn der Marquis mit kalt abschätzenden Augen musterte. So sah sich etwa ein Leutnant einen Matrosen an, ob er wohl kräftig genug war, so prüfte ein Bauer ein Schwein auf dem Markt, ehe er sich zum Kauf entschloß. Endlich merkte auch Bush, was vorging, und hatte bald erraten, daß der Marquis sich ein Bild davon machen wollte, für welche Summe Bush am Spieltisch gut war. Darüber fiel ihm plötzlich siedend heiß ein, wie schäbig und abgetragen sein Uniformrock aussah. Offenbar war der Marquis sehr bald bei der gleichen Beobachtung gelandet. Dennoch eröffnete er jetzt die Unterhaltung.

»Ein bitterkalter Wind«, sagte er.

»Ja«, sagte Bush.

»Da wird es im Kanal allerhand Seegang geben«, fuhr der Marquis fort, indem er höflich ein Thema anschlug, das den Herren beruflich vertraut war.

»Das kann man wohl sagen«, stimmte ihm Bush bei.

»Von Westen her kommt bei solchem Wetter kein Schiff auf.«

»Ausgeschlossen.«

Der Marquis sprach ein ausgezeichnetes Englisch. Er wandte sich jetzt an Hornblower. »Haben Sie Mr. Truelove in letzter Zeit gesehen?« fragte er.

»Nein«, sagte Hornblower, »aber ich traf Mr. Wilson.«

Die Namen Truelove und Wilson waren auch Bush wohlvertraut. Die beiden waren die bekanntesten Prisenagenten in ganz England. Ein Viertel der Marine bediente sich dieser Firma, um ihre gekaperten Schiffe und Güter zu Geld zu machen. Der Marquis wandte sich wieder an Bush: »Ich hoffe, das Glück hat auch Ihnen Prisengelder in Fülle beschert, Mr. Bush.«

»Nun ja, es hätte mehr sein können«, meinte Bush und dachte an die hundert Pfund, die er in Kingston in zwei Tagen durchgebracht hatte.

»Die Summen, die die beiden umsetzen, sind phantastisch, es gibt kein anderes Wort dafür als phantastisch. Ich höre, daß die Besatzung der *Caradoc* nicht weniger als siebzigtausend Pfund bekommen wird, sobald das Schiff einläuft.«

»Das dürfte nicht übertrieben sein«, sagte Bush. Er hatte schon von den Prisen gehört, die der *Caradoc* in der Biskaya in die Hände gefallen waren.

»Solange aber dieser Ostwind weht, müssen die armen Kerle noch warten und dürfen ihr Glück nicht genießen. Sie wurden bei Friedensschluß nicht gleich abgemustert, sondern nach Malta geschickt, um einen Teil der abgelösten Inselbesatzung an Bord zu nehmen. Aber jetzt werden sie täglich zurückerwartet.«

Für einen eingewanderten Zivilisten zeigte der Marquis ein anerkennenswertes Interesse an allem, was mit der britischen Marine zusammenhing. Außerdem war er ein bestrickend liebenswürdiger Mann, was gleich seine nächste Bemerkung bewies.

»Ich hoffe sehr, daß Sie sich hier wie zu Hause fühlen, Mr. Bush«, sagte er. »Für den Augenblick muß ich mich leider entschuldigen, da mich eine Menge Arbeit erwartet.«

Damit verschwand er hinter einer anderen, mit einem Vorhang verhängten Tür. Bush und Hornblower sahen einander an.

»Ein seltsamer Heiliger«, sagte Bush.

»Er ist gar nicht so seltsam, wenn man ihn näher kennenlernt«, erwiderte Hornblower.

Das Feuer hatte ihn allmählich erwärmt, und seine Wangen zeigten jetzt ein bißchen Farbe.

»Was, in aller Welt, treiben Sie hier?« fragte Bush, dessen Neugier nachgerade aller Höflichkeit ein Schnippchen schlug.

»Ich? Ich spiele Whist«, sagte Hornblower.

»Whist?«

Bush wußte nur, daß Whist ein todlangweiliges Spiel war, das vor allem den Gehirnathleten etwas abgab. Wenn Bush einmal spielte, dann wollte er das Glück versuchen und nicht nur denken und rechnen.

»Eine ganze Menge Offiziere kommen hierher zum Whist«, erzählte Hornblower. »Ich mache dann immer gern den vierten Mann.«

»Aber ich hatte doch gehört . . .«

Bush hatte von allen möglichen anderen Spielen gehört, die angeblich in den Long Rooms getrieben wurden: Hasard, Vingt et un und sogar Roulette.

»Um hohe Sätze wird da drinnen gespielt«, sagte Hornblower und wies auf die vorhangbewehrte Tür. »Ich bleibe hier.«

»Das ist sehr weise von Ihnen«, sagte Bush, aber er war zugleich davon überzeugt, daß er noch keineswegs alles wußte. Darum drang er unwillkürlich weiter in Hornblower, und man hätte nicht einmal sagen können, daß ihn einfache Neugier dazu trieb. Es waren vielmehr nur die aufrichtige Neigung, die er zu Hornblower gefaßt hatte, und sein Interesse an ihm schuld daran, wenn er ihn jetzt weiter ausfragte.

»Gewinnen Sie denn auch?« fragte er.

»Häufig«, sagte Hornblower. »Es reicht zum Leben.«

»Sie haben doch Ihren Halbsold?« fuhr Bush fort.

Angesichts dieser Hartnäckigkeit mußte Hornblower endlich gestehen: »Nein«, sagte er, »ich bekomme nichts.«

»Was? Sie bekommen nichts?« Bush hatte seine Stimme um einen halben Ton erhoben. »Aber Sie sind doch aktiver Leutnant?«

»Das schon. Aber ich war vorübergehend Commander und habe drei Monate lang die Bezüge dieses Dienstgrades empfangen. Dann weigerte sich die Admiralität, meine Beförderung zu bestätigen.«

»Aha, da hat man Ihnen die Zahlungen gestoppt!«

»Ja, bis ich das zuviel empfangene Geld abgezahlt habe.« Das Lächeln, das Hornblower bei diesen Worten zeigte, sah nicht einmal sehr gezwungen aus. »Zwei solche Monate habe ich schon hinter mir, noch fünf, und ich bekomme wieder meinen Halbsold.«

»Heiliger Strohsack!« stieß Bush hervor.

Halbsold war an sich schon schlimm genug, Halbsold hieß ewige Sorge, ewige Sparsamkeit, aber man konnte doch wenigstens leben. Hornblower hatte überhaupt nichts. Jetzt wußte Bush auch, warum er keinen Mantel besaß. Darüber packte ihn plötzlich heiliger Zorn. Ein Bild stand ebenso lebhaft vor seinem inneren Auge, wie dieser schöne Raum hier vor seinem äußeren. Er sah Hornblower vor sich, wie er mit geschwungenem Säbel auf das Deck der *Renown* herabgesprungen war und sich rücksichtslos in einen Kampf geworfen hatte, der ihm nur Sieg oder Tod bringen konnte. Dieser Mensch hatte unermüdlich gearbeitet und geplant, um den Enderfolg sicherzustellen – er hatte als letzten und höchsten Einsatz sein Leben in die Schanze geschlagen, um eine halbverlorene Sache doch noch zum Guten zu wenden. Und heute stand dieser gleiche Hornblower mit klappernden Zähnen am Kamin, um sich zu wärmen, solange es ihm das Mitleid des dicken französischen Froschfressers hier erlaubte, der diese Spielhölle betrieb und im übrigen aussah wie ein zweifelhafter Tanzmeister.

»Das ist ein Skandal, der zum Himmel stinkt!« sagte Bush und platzte dann mit seinem Vorschlag heraus. Er bot Hornblower kurzerhand sein Geld an, obwohl er sich im gleichen Augenblick sagen mußte, daß er dann selbst zum Hungern verurteilt war und daß es seinen beiden Schwestern nicht viel besser gehen würde. Wenn sie auch nicht gerade hungern mußten wie er, so hatten sie doch bestimmt nicht genug zu essen. Aber Hornblower schüttelte den Kopf.

»Besten Dank«, sagte er, »ich werde Ihnen das nie vergessen. Aber ich kann dieses Angebot nicht annehmen. Sie wissen ja selbst, daß ich es nicht könnte. Jedenfalls werde ich Ihnen immer dankbar sein, dankbar auch aus einem anderen Grund. Wissen Sie, daß die Welt für mich wieder hell geworden ist, weil Sie das gesagt haben?«

Hornblowers Absage konnte Bush nicht davon abschrecken, sein Angebot zu wiederholen, ja, er drängte sich förmlich auf, aber Hornblower blieb eisern bei seiner Weigerung. Vielleicht rührte ihn Bushs Niedergeschlagenheit, jedenfalls fühlte er sich bemüßigt, ihm noch mehr von sich zu erzählen, weil er ihn dadurch ein bißchen aufzuheitern hoffte.

»Ganz so schlimm steht es nun auch wieder nicht«, sagte er. »Sie wissen ja noch nicht, daß ich ein festes Einkommen habe, ein ständiges Salär von unserem Freund, dem Marquis.«

»Das habe ich allerdings nicht gewußt«, sagte Bush.

»Ja, einen halben Sovereign die Woche«, erklärte Hornblower. »Zehn Shilling sechs Pence, jeden Samstagvormittag, ob es regnet oder ob die Sonne scheint.«

»Und was müssen Sie dafür tun?« Bushs Halbsold betrug mehr als doppelt soviel.

»Nur Whist spielen«, erklärte Hornblower, »sonst nichts. Von zwölf Uhr mittags bis zwei Uhr früh muß ich mit jedweder Gruppe von dreien spielen, die einen vierten Mann braucht.«

»So ist das also«, sagte Bush.

»Der Marquis ist so großzügig, mir hier freien Zutritt zu gewähren. Ich zahle kein Abonnement und kein Tischgeld – und kann vor allem meine Gewinne behalten.«

»Aber Ihre Verluste müssen Sie selber bezahlen, nicht wahr?«

Hornblower zuckte die Achseln.

»Natürlich. Aber man verliert nicht so oft, wie Sie vielleicht glauben, und zwar aus einem sehr einfachen Grund. Wer es schwer hat, Partner zum Whist zu finden, weil ihm jeder, den er darum angeht, die kalte Schulter zeigt, der ist in der Regel ein elender Stümper. Aber seltsamerweise sind gerade solche Leute besonders auf ihr Spiel versessen. Ist nun der Marquis gerade hier, wenn Major Jones, Admiral Smith und Mr. Robin krampfhaft nach ihrem vierten Mann Ausschau halten und alle anderen Leute so tun, als merkten sie nichts davon, dann wirft er mir einen Blick zu – etwa so, wie eine Frau ihren Mann tadelnd ansieht, wenn er bei einem feierlichen Dinner zu laut wird –, und schon erhebe ich mich und biete mich an, einzuspringen. Das kostet die Leute dann immer Geld, aber merkwürdigerweise fühlen sie sich sogar geschmeichelt, wenn sie mit Hornblower spielen dürfen.«

»So ist das also«, sagte Bush zum zweiten Male und mußte unwillkürlich an den Hornblower von damals denken, wie er in Samaná an der Esse stand und das Kunststück fertigbrachte, die spanischen Kaperschiffe mit glühenden Kugeln einzudecken.

»Natürlich ist ein solches Leben nicht immer eitel Wonne«, fuhr Hornblower fort, der sein Mitteilungsbedürfnis nicht länger bändigen konnte, nachdem der Bann einmal gebrochen war. »Wenn man so seine vier Stunden mit richtigen Patzern gespielt hat, dann ist man jedesmal fertig. Sollte ich in die Hölle kommen, dann muß ich dort bestimmt zur Strafe mit Whistpartnern spielen, die nicht darauf achten, was ich abwerfe. Immerhin sind mir zwischendurch auch ein paar Rubber mit guten Spielern vergönnt. Aber manchmal bin ich wirklich so weit, daß ich lieber gegen einen guten Spieler verlieren als von einem schlechten gewinnen möchte.«

»Damit wären wir wieder beim springenden Punkt«, sagte Bush. »Mir ist es immer noch schleierhaft, wie Sie mit Ihren Verlusten fertig werden.«

Dieser Gedanke ließ ihn offenbar nicht los. Er selbst hatte ja fast jedesmal verloren, wenn er sich an den Spieltisch wagte, und dachte jetzt, da er vor dem Ernst des Lebens stand, mit recht gemischten Gefühlen an jene leichtsinnigen Stunden zurück.

»Das geht ganz gut«, sagte Hornblower und tippte auf seine Brusttasche. »Da drinnen stecken zehn Pfund, als Corps de Reserve, verstehen Sie. Die helfen mir immer über eine ganze Kette von Verlusten hinweg. Sollte dieser eiserne Bestand zusammenschrumpfen, so muß er sofort wieder aufgefüllt werden, wenn es auch Opfer kostet.«

Opfer, das heißt, daß er Mahlzeiten überschlägt, dachte Bush voll Ingrimm und machte dazu ein so bekümmertes Gesicht, daß ihm Hornblower unbedingt das Herz erleichtern mußte.

»In fünf Monaten ist ja das Schlimmste überstanden«, sagte er, »dann bin ich wieder auf Halbsold. Vielleicht habe ich auch schon eher das Glück, daß mir irgendein Kommandant über den Weg läuft und mich an Bord holt.«

»Das könnte natürlich sein«, sagte Bush.

Ja, es konnte sein. Aber wie sah es in Wirklichkeit damit aus? Ab und zu kam es auch jetzt noch vor, daß Schiffe wieder in Dienst gestellt wurden, dann suchte der neue Kommandant vielleicht noch einen Leutnant. Theoretisch bestand in diesem Fall die Möglichkeit, daß er Hornblower aufforderte, die Stelle zu übernehmen. Aber jeder Kapitän war ohnehin schon ständig von Freunden und Bekannten umlagert, die unterkommen wollten, und überdies sprach auch die Admiralität noch ein Wörtchen mit, wo immer die dienstältesten Leutnants – und die mit den mächtigsten Verbindungen Schlange standen. Es gab wohl kaum einen Kommandanten, der es sich leisten konnte, eine solche Empfehlung von höchster Stelle unbeachtet zu lassen. Jetzt ging die Tür auf, und eine Gruppe von Herren betrat den Raum.

»Höchste Zeit, daß meine Kundschaft erscheint«, sagte Hornblower grinsend zu Bush. »Lassen Sie sich bitte bekannt machen.«

Der Saal belebte sich mit den roten Röcken der Armee, den blauen Röcken der Marine, den flaschengrünen oder schnupftabaksbraunen Fräcken des Zivils. Als alles vorgestellt war, räumten Bush und Hornblower ihre Plätze am Feuer den frierenden Ankömmlingen, die sich mit klaffenden Schwalbenschwänzen einer neben den anderen über die Glut beugten, um sich die Hände zu wärmen. Aber die Klagen über die Kälte waren rasch verstummt, und die höfliche Konversation ging bald zu Ende.

»Wie wär's mit einer Partie Whist?« schlug einer der neuen Gäste vor.

»Nichts für mich, nichts für uns«, gab der älteste der Rotröcke zur Antwort. »Das neunundzwanzigste Infanterie-Regiment jagt auf edleres Wild. Wir haben eine ständige Verabredung mit unserem Freund, dem Marquis, dort nebenan. Kommen Sie, Herr Major, wir wollen sehen, ob wir heute den großen Coup landen können.«

»Wie ist es mit Ihnen, Mr. Hornblower? Wären Sie bereit, den vierten Mann zu machen? Oder Sie, Mr. Bush?«

»Danke, ich spiele nicht«, sagte Bush.

»Aber ich bin gern bereit«, sagte Hornblower. »Sie werden mich gewiß solange entschuldigen, Mr. Bush. Dort auf dem Tisch liegt die neueste Nummer der *Naval Chronicle*. Da finden Sie auf der letzten Seite einen amtlichen Beitrag, der Ihnen vielleicht für eine Weile die Zeit vertreiben wird. Außerdem steht noch eine andere Nachricht darin, die Ihnen ebenfalls nicht ganz gleichgültig sein dürfte.«

Bush konnte erraten, was in dem Beitrag stand, ehe er noch die Zeitschrift zur Hand nahm; aber als er dann die Spalte gefunden hatte und seinen eigenen Namen gedruckt las, packte ihn wieder der gleiche freudige Schreck wie beim ersten Male: *In gehorsamster Ergebenheit bin ich und so weiter ... Wm. Bush.* In diesen Friedenszeiten war die Redaktion der *Naval Chronicle* offenbar in einiger Verlegenheit, wie sie ihre Spalten füllen sollte, und war darum auf den Gedanken verfallen, solche alten dienstlichen Depeschen noch einmal abzudrucken.

Schreiben des Vizeadmirals Sir Richard Lambert an Evan Nepean, Esq., Sekretär der beauftragten Lords der Admiralität. Das waren Lamberts Begleitschreiben zu den Berichten. Dann folgte gleich der erste davon – er erinnerte sich mit seltsamer Rührung, wie er Buckland bei seiner Abfassung geholfen hatte, als die *Renown* grade längs der Küste von Santo Domingo nach Westen lief, es war einen Tag, ehe die Gefangenen ausbrachen. Der Bericht enthielt Bucklands Darstellung von den Kämpfen um Samaná. Am längsten verweilte Bush bei dem Absatz, in dem es hieß: *Die Landoperationen wurden durch den Ersten Offizier, Leutnant William Bush, dessen Bericht gesondert beiliegt, in mustergültiger Weise durchgeführt.* Und nun folgte sein höchst persönliches schriftstellerisches Erzeugnis, so wie es Buckland beigeheftet hatte.

H. M. S. Renown vor Santo Domingo, am 9. Januar 1802

Sir,

ich habe die Ehre, Ihnen folgenden Bericht zu unterbreiten.

Das war nun gerade ein Jahr her, aber Bush glaubte, jede Einzelheit aufs neue zu erleben, so lebendig stand ihm alles wieder vor Augen, als er jetzt seine eigenen Worte las, diese Worte, die ihm damals so viel Mühe und Schweiß gekostet hatten, obwohl er sich beim Schreiben aus den Berichten anderer Offiziere immer wieder Rat geholt hatte, damit er sich auf keinen Fall im Stil vergriff.

... Ich kann diesen Bericht nicht schließen, ohne ausdrücklich auf die hervorragende Tapferkeit und die außerordentlich wertvollen Anregungen des Leutnants Horatio Hornblower hinzuweisen, der mir als Zweitkommandierender unterstellt war. Seine ausgezeichneten Leistungen haben im besonderen Maße zu dem Gesamterfolg des Unternehmens beigetragen.

Und jetzt saß dieser selbe Hornblower dort am Tisch und spielte mit einem pensionierten Kapitän und zwei zweifelhaften Geschäftemachern Karten.

Bush blätterte die *Naval Chronicle* weiter durch. Hier war der Brief aus Plymouth, der alles brachte, was sich während des letzten Monats Tag um Tag im dortigen Hafen zugetragen hatte. *Heute ging hier der Befehl ein, folgende Schiffe abzumustern ... – Von Gibraltar eingelaufen: La Diana, 44 Geschütze, und Tamar, 38 Geschütze, beide Schiffe sollen abmustern und aufgelegt werden, sobald sie in den Binnenhafen verholt haben. – Ausgelaufen: Caesar, 80 Geschütze, nach Portsmouth zur Außerdienststellung.* Dann kam eine Nachricht, die mindestens ebenso deutlich zeigte, wie jetzt oben der Wind wehte: *Gestern fand hier eine Versteigerung großer Mengen für den zivilen Bedarf geeigneter Waren statt, die von verschiedenen abgerüsteten Kriegsschiffen stammten.* Die Marine schrumpfte von Tag zu Tag mehr zusammen, und mit jedem Schiff, das abmusterte, lag wieder eine Handvoll Leutnants auf der Straße, die sich auf die Suche nach einem Unterkommen machten. Hier stand einmal etwas anderes: *Heute nachmittag kenterte ein Fischerboot, das aus dem Atwater auslaufen wollte, beim Halsen. Leider ertranken dabei zwei tüchtige Fischer, die beide Ernährer großer Familien gewesen waren.*

So also sah jetzt die *Naval Chronicle* aus, deren Seiten einstmals kaum ausgereicht hatten, die Ruhmestaten von Camperdown und Aboukir zu verkünden. Heute verbreitete sie sich über jeden Unfall, der ein paar wackeren Fischern zustieß. Bush war viel zu sehr mit seinen eigenen Sorgen beschäftigt, als daß er Mitleid mit ihren großen Familien empfunden hätte.

Vom Tod durch Ertrinken handelte auch die letzte Nachricht. Bush wollte sie achtlos überfliegen, da fielen ihm plötzlich ein Name und dann gleich noch ein zweiter in die Augen. Sein Puls schlug rascher, als er den Absatz aufmerksam von vorn las:

Als die zu Seiner Majestät Zollkutter Rapid gehörige Jolle gestern abend nach Ablieferung der Dienstpost an Bord zurückkehren wollte, wurde sie im Nebel vom Ebbstrom auf die Ankertrosse eines vor Fishers Nose liegenden Handelsschiffes gesetzt und kenterte. Zwei Matrosen und der Fähnrich Henry Wellard ertranken. Mr. Wellard galt als besonders tüchtiger junger Mann und hatte den Dienst auf dem Kutter Rapid erst in jüngster Zeit angetreten. Er hatte zuvor als Freiwilliger auf H. M. Linienschiff Renown gedient.

Bush las den Absatz Wort für Wort und grübelte lange Zeit darüber nach. Diese Nachricht erfüllte ihn so sehr, daß er die *Naval Chronicle* zu Ende las, ohne irgend etwas von ihrem weiteren Inhalt in sich aufzunehmen. Zuletzt entdeckte er zu seiner Überraschung, daß er schleunigst gehen mußte, wenn er den Fuhrmannswagen nach Chichester noch erreichen wollte.

Jetzt kam die Eingangstür überhaupt nicht mehr zur Ruhe, jeder Augenblick brachte neue Gäste. Einige davon waren Seeoffiziere, mit denen Bush auf Grüßfuß stand. Alle strebten zunächst einmal zum Feuer, um sich zu wärmen, ehe sie mit dem Spiel begannen. Da erhob sich Hornblower von seinem Platz, der Rubber war offenbar zu Ende. Bush nutzte die gute Gelegenheit und bedeutete ihm durch ein Zeichen, daß er sich verabschieden wollte. Hornblower kam gleich zu ihm herüber, und sie schüttelten einander mit aufrichtigem Bedauern die Hände.

»Wann sehen wir uns wieder?« fragte Hornblower.

»Ich komme jeden Monat hierher, um meinen Halbsold abzuholen«, sagte Bush. »Meistens bleibe ich über Nacht, weil mein Fuhrmann nicht am gleichen Tage zurückfährt. Vielleicht könnten wir zusammen essen ...«

»Mich finden Sie immer hier«, sagte Hornblower. »... Haben Sie denn ein festes Quartier?«

»Nein«, gab Bush zur Antwort, »aber ich finde immer etwas Passendes.« Er brauchte Hornblower nicht zu erklären, daß er damit etwas Billiges meinte.

»Ich wohne in der Highbury Street – einen Augenblick, ich werde Ihnen die Adresse aufschreiben.«

Hornblower trat rasch an ein Schreibpult in der Ecke, schrieb einen Zettel und gab ihn Bush.

»Wollen Sie nicht mein Zimmer mit mir teilen, wenn Sie das nächste Mal kommen? Meine Wirtin ist allerdings schrecklich aufs Geld aus und wird Ihnen zweifellos für Ihre Koje etwas abnehmen, aber trotzdem ...«

»Trotzdem wird es billiger«, ergänzte Bush und steckte den Zettel in die

Tasche. Was er bei seinen nächsten Worten fühlte, verbarg sich hinter einem breiten Grinsen: »Und außerdem habe ich dann mehr von Ihnen.«

»Das ist es ja gerade«, sagte Hornblower. Hier ging es wieder einmal um Dinge, für die man nie die richtigen Worte fand.

Jenkins hatte Bush den Mantel gebracht und half ihm hinein. Sein Benehmen ließ den armen Bush keinen Augenblick im Zweifel, daß ihn jeder Gentleman in den Long Rooms mit mindestens einem Shilling entlohnte, wenn er ihm in den Mantel half. Zuerst wollte sich Bush nicht darauf einlassen, eher sollte die Welt untergehen, als daß er diesem Menschen einen Shilling Trinkgeld gab. Aber dann fiel ihm etwas ein, das seinen Entschluß über den Haufen warf. Womöglich gab Hornblower Jenkins den Shilling, wenn er es nicht tat. Da langte er lieber selbst in die Tasche und gab dem Diener das Geld.

»Danke, Sir«, sagte Jenkins.

Als Jenkins außer Hörweite war, wäre Bush nur zu gern mit einer Frage herausgeplatzt, aber er fand einfach nicht die richtigen Worte. Darum pirschte er sich erst einmal an das Thema heran.

»Schlimm das mit dem jungen Wellard, nicht wahr?« sagte er.

»Ja«, sagte Hornblower.

»Was ist Ihre Ansicht?« fuhr Bush mit Todesverachtung fort. »Hatte er damals beim Absturz des Kommandanten die Hand im Spiel oder nicht?«

»Ich kann darüber keine Ansicht äußern«, antwortete Hornblower, »dazu bin ich selbst über den Vorfall viel zuwenig unterrichtet.«

»Aber ...«, wollte Bush beginnen, unterbrach sich jedoch sofort, weil ihm Hornblowers Miene sagte, daß alles weitere Fragen zwecklos war.

Der Marquis hatte eben den Saal betreten und sah sich unauffällig prüfend um. Natürlich fiel ihm sofort auf, daß noch nicht alle Herren beim Spiel saßen, während Hornblower müßig an der Tür stand und sich unterhielt. Bush konnte das genau verfolgen und sah auch den mahnenden Blick, den er jetzt zu Hornblower herübersandte. Da verließen ihn plötzlich die Nerven.

»Leben Sie wohl«, sagte er hastig und wandte sich zur Tür.

Der eisige Nordost, der ihn draußen auf der Straße empfing, schien ihm nicht so grausam zu sein wie die ganze übrige Welt.

15

Als Bush klopfte, öffnete ihm eine kleine Frau mit harten Zügen. Sie sah womöglich noch härter drein, als er nach Leutnant Hornblower fragte.

»Oben unter dem Dach«, sagte sie endlich und überließ es Bush, seinen Weg zu finden.

Hornblowers Freude über das Wiedersehen war unverkennbar. Ein offenes Lächeln erhellte sein Gesicht, er zog Bush sofort ins Zimmer, während er ihm noch die Hand schüttelte. Dieses »Zimmer« war eine gewöhnliche Dachkammer mit schräger Decke, es enthielt nur ein Bett, einen Nachttisch und einen Stuhl, sonst konnte Bush bei seiner ersten flüchtigen Umschau nichts, aber auch gar nichts darin entdecken.

»Wie geht es Ihnen denn?« fragte Bush und setzte sich auf den angebotenen Stuhl, während Hornblower auf dem Bettrand Platz nahm.

»Nicht übel«, erwiderte Hornblower – aber hatte er vor dieser Antwort nicht für den Bruchteil einer Sekunde schuldbewußt gezögert? Auf jeden Fall verwischte er die Wirkung seines verräterischen Zögerns durch die sofortige Gegenfrage: »Und wie steht es bei Ihnen?«

»So, so, la, la«, sagte Bush.

Eine Zeitlang sprachen sie über lauter gleichgültige Dinge, Hornblower wollte dies und jenes über das Häuschen in Chichester wissen, wo Bush bei seinen Schwestern wohnte.

»Wir müssen uns vor allem gleich um Ihr Bett kümmern«, sagte Hornblower, als ihnen für den Augenblick der Gesprächsstoff ausging. »Ich werde einmal hinuntergehen und mit Mrs. Mason sprechen.«

»Das beste ist, ich komme gleich mit«, sagte Bush.

Mrs. Mason lebte offenbar in einer harten, bösen Welt, sie ließ sich den Vorschlag sekundenlang durch den Kopf gehen, ehe sie ihn endlich annahm.

»Gut, einen Shilling für das Bett. Bei diesen Seifenpreisen kann ich das Bettzeug nicht billiger waschen.«

»Einverstanden«, sagte Bush.

Er sah, wie ihm Mrs. Mason gleich die Hand hinstreckte, und legte ihr einen Shilling hinein. Ihre Geste ließ keinen Zweifel, daß sie von Hornblowers Freunden im voraus bezahlt werden wollte. Hornblower war rasch in die Tasche gefahren, als er ihre unzweideutige Handbewegung sah, aber Bush war ihm zuvorgekommen.

»Sie reden natürlich die ganze Nacht miteinander«, sagte Mrs. Mason. »Daß Sie mir ja meine anderen Zimmerherren nicht stören. Und machen Sie wenigstens das Licht aus, wenn Sie sich miteinander unterhalten, sonst verbrennen Sie mir ja allein für einen Shilling Talg.«

»Selbstverständlich tun wir das«, sagte Hornblower.

»Maria! Maria!« rief Mrs. Mason.

Eine junge Frau – nein, so ganz jung konnte sie nicht mehr sein – kam aus den unteren Regionen des Hauses die Treppe heraufgeeilt.

»Ja, Mutter?«

Maria hörte sich geduldig an, wie und wo sie in Mr. Hornblowers Zimmer ein Feldbett aufschlagen sollte.

»Ist heute kein Unterricht, Maria?« fragte Hornblower freundlich.

»Nein, Sir.« Ein Lächeln erhellte ihr unscheinbares Gesicht und verriet, wie sehr sie sich über diese teilnehmende Frage freute.

»Ist denn schon Galläpfeltag? Nein, noch nicht, auch Königs Geburtstag ist noch nicht. Warum wird also gefeiert?«

»Der Mumps ist daran schuld, Sir«, sagte Maria. »Außer Bristow hat bei uns alles den Mumps.«

»Paßt ausgezeichnet zu dem, was Sie mir sonst über diesen famosen Johnnie Bristow erzählt haben«, sagte Hornblower.

»Ja, das stimmt, Sir«, sagte Maria und strahlte ihn wieder an. Offenbar freute sie sich, daß Hornblower so lustig mit ihr plauderte und daß er sogar noch wußte, was sie ihm von ihrer Schule erzählt hatte. Als die beiden Leutnants nach dieser Exkursion wieder in ihrer Dachkammer saßen, vertieften sie sich gleich wieder in ein Gespräch, das sich diesmal in ernsteren Bahnen bewegte. Sie befaßten sich mit der Lage in Europa.

»Dieser Bonaparte«, sagte Bush, »ist doch ein ewiger Unruhestifter.«

»Das ist die richtige Bezeichnung für den Burschen«, stimmte ihm Hornblower zu.

»Kann er denn nicht genug kriegen? Sechsundneunzig, als ich auf der alten *Super* im Mittelmeer diente – damals bekam ich grade mein Leutnantspatent –, da war er noch ein kleiner General. Ich kann mich noch gut erinnern, daß ich seinen Namen zum erstenmal hörte, als wir gerade Toulon blockierten. Dann zog er nach Ägypten – und jetzt ist er Erster Konsul, nicht wahr, so nennt er sich doch?«

»Ja, und aus dem Bonaparte ist gleichzeitig ein Napoleon geworden. Erster Konsul auf Lebenszeit.«

»Komischer Name: Napoleon. Ich möchte nicht so heißen.«

»Leutnant Napoleon Bush«, sagte Hornblower, »das klänge wirklich nicht sehr schön.«

Sie lachten beide herzlich über diese lustige Zusammenstellung.

»*Morning Chronicle* weiß zu melden, daß er angeblich bereits den nächsten Schritt vorbereite«, fuhr Hornblower fort. »Das heißt, er will sich zum Kaiser proklamieren lassen.«

»Zum Kaiser?«

Auch Bush wußte die Bedeutung dieses Titels zu ermessen, der einen universalen Machtanspruch in sich begriff.

»Ob er den Verstand verloren hat?« fragte Bush.

»Wenn ja, dann ist er bestimmt der gefährlichste Narr in ganz Europa.«

»Ich sage Ihnen, diesem Handel mit Malta traue ich nicht – nicht über den Weg«, sagte Bush mit dem Nachdruck der Überzeugung. »Denken Sie an mich, wenn es wieder losgeht, ich sage Ihnen, es dauert nicht mehr lange. Boney braucht endlich eine Lektion, die er nicht so leicht vergißt, dazu müssen wir noch einmal gegen ihn antreten. So wie bisher geht es beim besten Willen nicht weiter.«

»Da gebe ich Ihnen vollkommen recht«, sagte Hornblower. »Je eher wir ihn packen, desto besser.«

»Dann würde ja...«, stammelte Bush.

Er konnte unmöglich zugleich reden und denken, wenn sein ganzes Wesen in Aufruhr war. Das aber hatte plötzlich eine einfache und doch zwingende Schlußfolgerung bewirkt. Krieg mit Frankreich bedeutete sofortige Wiederaufrüstung der Marine. Die Invasionsdrohung Bonapartes und der Zwang, die Handelsschiffahrt zu schützen, bewirkten unter allen Umständen, daß jedes kleine Fahrzeug in Dienst gestellt wurde, das überhaupt noch schwamm und eine Kanone trug. Für ihn bedeutete dies das Ende der bösen Halbsoldmonate, bedeutete es, daß er endlich wieder ein Deck unter den Füßen haben und ein Schiff unter Segel führen durfte. Zugleich aber hieß es, wieder alles ertragen, was der Krieg an Schwerem mit sich brachte, neue Härten und Gefahren, neue Ängste und immer wieder endlose Langeweile. Alle diese Gedanken und Vorstellungen stürmten blitzschnell und ohne Unterbrechung auf ihn ein, bis sein armer Verstand einem tosenden Wirbel glich, in dem Gutes und Böses, Schönes und Häßliches einander jagten und eines das andere aus seinem Bewußtsein zu verdrängen suchte.

»Der Krieg ist und bleibt ein übles Geschäft«, sagte Hornblower feierlich. »Denken Sie nur an das, was wir schon selbst erlebt und gesehen haben.«

»Da mögen Sie recht haben«, sagte Bush. Es hatte wenig Sinn, über diese Frage zu rechten, allerdings war er über die Bemerkung Hornblowers einigermaßen überrascht. Aber Hornblower grinste ihn an und löste die entstandene Spannung, indem er bemerkte:

»Meinetwegen soll sich Boney Kaiser nennen. Für mich ist die Hauptsache, daß ich jetzt in Long Rooms meinen halben Sovereign verdienen muß.«

Bush wollte Hornblower bei dieser Gelegenheit fragen, ob er in der letzten Zeit gut abgeschnitten habe, als er auf der Treppe draußen ein Gepolter hörte. Gleich darauf klopfte es an der Tür.

»Aha, da kommt Ihr Bett«, sagte Hornblower und trat zur Tür, um zu öffnen.

Maria wuchtete das Ding ins Zimmer und sah die beiden lächelnd an.

»Hierhin oder dorthin?« fragte sie.

Hornblower warf einen fragenden Blick auf Bush.

»Das ist mir ganz gleich«, sagte Bush.

»Dann stellen Sie es dort an die Wand.«

»Lassen Sie mich helfen«, sagte Hornblower.

»Nein, nein, Sir, Gott bewahre, Sir, ich schaffe das leicht allein.«

Hornblowers Aufmerksamkeit schmeichelte ihr, Bush konnte sehen, daß sie wirklich kräftig genug war und keine Hilfe brauchte. Um ihre Verlegenheit zu verbergen, begann sie auf das Bettzeug loszuklopfen und die Kissen in ihre Bezüge zu stopfen.

»Ich hoffe, Sie haben den Mumps schon gehabt, Maria«, sagte Hornblower.

»O ja, Sir, schon als Kind, auf beiden Seiten.«

Die körperliche Anstrengung und die aufregende Nähe der beiden Männer hatten ihre Wangen gerötet. Mit kräftigen, aber geschickten Händen breitete sie das Leinentuch aus, hielt aber mittendrin plötzlich inne, weil ihr einfiel, was Hornblower mit seiner Frage gemeint haben konnte.

»Sie brauchen sich keine Sorgen zu machen, Sir, ich stecke Sie nicht an, wenn Sie den Mumps noch nicht gehabt haben sollten.«

»Daran hatte ich wirklich nicht gedacht«, sagte Hornblower.

»Ach, Sir«, sagte Maria und zog das Leinentuch faltenlos glatt. Sie breitete noch die Decken darüber und blickte erst auf, als sie fertig war.

»Gehen Sie jetzt gleich aus, Sir?«

»Ja, eigentlich sollte ich schon weg sein.«

»Geben Sie mir nur noch auf eine Minute Ihren Rock, Sir. Ich könnte ihn ein bißchen anfeuchten und auffrischen.«

»Ich möchte aber nicht, daß Sie sich solche Mühe machen, Maria.«

»Es macht mir keine Mühe, nicht die Spur. Bitte, lassen Sie mich machen, Sir. Der Rock sieht ja aus ...«

»Er sieht eben aus, wie ein abgetragener Rock aussieht«, sagte Hornblower und sah an sich hinunter. »Gegen Altersschwäche ist noch kein Mittel erfunden.«

»Bitte, lassen Sie mich machen, Sir. Unten haben wir Hirschhorngeist, Sie werden sehen, wie der wirkt, glauben Sie mir, Sir.«

»Aber ...«

»Wenn ich Sie darum bitte, Sir.«

Hornblower hob zögernd die Hand und öffnete den obersten Knopf.

»In einer Minute bin ich wieder da«, sagte Maria und sprang mit ausgestreckten Händen herbei, um auch die anderen Knöpfe zu lösen, aber Hornblower kam ihr mit seinen beweglichen Fingern zuvor. Er schlüpfte aus dem Rock, und sie nahm ihn gleich in Empfang. »Dieses Hemd haben Sie natürlich selbst genäht«, sagte sie vorwurfsvoll.

»Ja, das habe ich allerdings.«

Hornblower war es peinlich, sein verschlissenes, fadenscheiniges Hemd zur Schau stellen zu müssen. Maria musterte den aufgesetzten Flicken.

»Das hätte ich doch gern gemacht, Sir, wenn Sie es mir nur gesagt hätten.«

»Dann wäre die Arbeit gewiß erheblich besser ausgefallen.«

»Das wollte ich nicht damit sagen, Sir. Aber ich finde es nicht richtig, daß Sie Ihre eigenen Hemden flicken.«

»Für wen sollte ich sie denn sonst flicken?«

»Sie wissen immer gleich eine Antwort, da kommt unsereins nicht mit«, sagte sie. »Aber jetzt unterhalten Sie sich einen Augenblick mit dem Leutnant hier, ich will nur eben den Rock ein bißchen auffrischen.«

Sie eilte aus dem Zimmer, und man hörte, wie sie die Treppe hinunterlief. Hornblower sah Bush etwas wehmütig an.

»Aus irgendeinem Grunde tut es einem wohl, zu wissen«, sagte er, »daß es wenigstens einem Menschen auf der Welt nicht gleichgültig ist, ob man lebt oder nicht. Warum einem das wohl tut, das ist eine Frage, deren Beantwortung wir am besten der philosophischen Spekulation überlassen.«

»Ja, das leuchtet uns nicht so ohne weiteres ein«, sagte Bush.

Er hatte selbst zwei Schwestern, die ihn mit aller denkbaren Liebe umhegten, wenn immer es möglich war, und er war von jeher so an diese Fürsorge gewöhnt, daß er zu Hause ihre Dienste wie etwas Selbstverständliches entgegennahm.

Von der Kirche her hörte man die halbe Stunde schlagen, darüber fiel ihm ein, daß er ja noch einiges vorhatte.

»Sie gehen wohl gleich in die Long Rooms, nicht wahr?« fragte er.

»Ja, und Sie werden wohl nach der Werft gehen wollen, um der Kasse Ihren monatlichen Besuch abzustatten?«

»Ja.«

»Dann können wir zusammen bis zu den Long Rooms gehen – wenn Sie Lust haben, heißt das –, sobald mir die gute Maria meinen Rock wiederbringt.«

»Genau das hatte ich auch im Sinn«, sagte Bush.

Es dauerte nicht lange, da klopfte Maria wieder an die Tür.

»Fertig«, sagte sie und hielt Hornblower den Rock hin. »Jetzt sieht er wieder sauber und adrett aus.«

Aber ihr Benehmen war jetzt irgendwie verändert, sie wirkte fast ein bißchen besorgt oder verängstigt.

»Was ist denn auf einmal mit Ihnen, Maria?« fragte Hornblower, der den Wandel sofort herausfühlte.

»Oh, nichts – ich wüßte wirklich nicht...«, wehrte sie ab und wechselte dann das Thema. »Ziehen Sie jetzt den Rock an, sonst kommen Sie noch zu spät.«

Während sie die Highbury Street entlanggingen, stellte Bush endlich die Frage, die ihn schon die ganze Zeit beschäftigt hatte. Er wollte wissen, wie es Hornblower seit ihrem letzten Zusammensein in den Long Rooms ergangen war. Hornblower sah ihn von der Seite an.

»Nicht ganz nach Wunsch«, sagte er.

»Also schlecht?«

»Ja, ziemlich schlecht. Die Asse meiner Gegner sitzen neuerdings mit konstanter Bosheit mordlüstern hinter meinen Königen. Und die Könige meiner Gegner sitzen hinter meinen Assen, so daß sie alle Gefahren überstehen, wenn sie sich aus der Sicherheit der Hand hervorwagen und ihrem Herrn und Meister obendrein den Stich einbringen. Auf lange Sicht sind Glück und

Unglück nach den Regeln der Mathematik gerecht verteilt, manchmal aber senkt sich eben die Waage für eine gewisse Zeit hartnäckig nach der falschen Seite, und das kann dann höchst unangenehm werden.«

»Ja, das begreife ich«, sagte Bush, obwohl er keineswegs so sicher war, daß er es wirklich begriffen hatte. Eines allerdings war ihm klargeworden: Hornblower hatte schwer verloren. Seine leichte Art, darüber zu reden, konnte ihn nicht einen Augenblick täuschen, denn dazu kannte er ihn nachgerade zu genau. Wenn er so wegwerfend sprach, dann hieß es, daß er sich größere Sorgen machte, als er zugeben wollte.

Jetzt hatten sie die Long Rooms erreicht und blieben vor dem Eingang stehen.

»Kommen Sie doch auf dem Rückweg herein und holen Sie mich ab«, forderte Hornblower auf. »In der Broad Street gibt es ein billiges Speisehaus, wo man für das Stammgericht nur vier Penny zahlt, mit Pudding kostet es sechs. Wollen wir da zusammen hingehen?«

»Ausgezeichnet, das tun wir. Besten Dank und alles Gute«, sagte Bush und setzte nach kurzem Zögern hinzu: »Seien Sie um Gottes willen vorsichtig.«

»Oh, ich passe schon auf«, sagte Hornblower und verschwand durch die Tür.

Bei Bushs letztem Besuch in Portsmouth hatte ganz anderes Wetter geherrscht als heute. Damals war klirrender Frost gewesen, und der Ostwind hatte schneidend kalt geweht, heute spürte man schon einen Hauch von Frühling in der Luft. Als Bush den Hard entlangging, tat sich zu seiner Linken die Hafeneinfahrt auf. Ihr schmutziges Wasser funkelte in der klaren, durchsichtigen Luft; eine schmucke Glattdeckskorvette lief mit der Ebbe aus, der leichte Windhauch aus Nordwest gab ihr gerade so viel Fahrt, daß sie dem Ruder gehorchte. Vielleicht hatte sie Post für Halifax an Bord oder Geld, um die Garnison von Gibraltar auszuzahlen. Es konnte aber auch sein, daß sie nur den Zollkuttern Verstärkung brachte, die jetzt so schwere Zeiten hatten, weil der Schmuggel seit dem Friedensschluß immer mehr überhand nahm. Was immer das Ziel dieses Schiffes war, seine Offiziere waren auf jeden Fall glücklich zu preisen: sie hatten ihren Posten und ihren dreijährigen Anstellungsvertrag, sie hatten ein Deck unter den Füßen und eine Messe, in der es zu essen gab. Es war nicht auszudenken! Bush erwiderte den Gruß des Pförtners am Tor und betrat die Werft.

Der Nachmittag war schon vorgeschritten, als er wieder auftauchte und den Weg nach den Long Rooms einschlug.

Hornblower saß an einem Ecktisch und warf ihm einen lächelnden Blick zu, als er eintrat. Das Kerzenlicht gab seinen Zügen einen warmen Schimmer. Bush suchte nach der letzten *Naval Chronicle* und machte sich's bequem, um das Blatt zu lesen. Neben ihm ereiferte sich eine Anzahl Land- und Seeoffiziere in gedämpftem Ton über Bonaparte und hob hervor, wie schwer es sei, mit ihm auf der gleichen Erde zu leben, wobei immer wieder die gleichen Namen Malta und Genua, Santo Domingo und Miquelet in die Debatte geworfen wurden.

»Denken Sie an mich, wenn es soweit ist«, sagte einer der Offiziere und hieb sich mit der Faust in die hohle Hand. »Ich sage Ihnen, es kann nicht mehr lange dauern, dann haben wir wieder Krieg.«

Daraufhin erhob sich allgemeines zustimmendes Gebrumm.

»Aber dann geht es bis aufs Messer«, meldete sich ein anderer. »Wenn er uns zum Äußersten treibt, dann werden wir bestimmt nicht eher ruhen, als bis Mr. Napoleon Bonaparte am nächsten Baum hängt.«

Jetzt vergaßen seine Zuhörer in ihrer Begeisterung alle Rücksicht und brüllten los wie wilde Tiere im Käfig.

»Aber, meine Herren«, sagte einer der Spieler an Hornblowers Tisch und warf dazu einen Blick über seine Schulter. »Wir wären Ihnen wirklich verbunden, wenn Sie die Liebenswürdigkeit hätten, Ihr zweifellos aktuelles Gespräch in der entgegengesetzten Ecke dieses Saales fortzusetzen. Dieser Teil hier ist nämlich der Pflege des interessantesten und schwierigsten aller Spiele vorbehalten.«

Die Worte wirkten keineswegs unfreundlich und wurden in einer angenehmen hellen Tenorstimme gesprochen. Und doch blieb man keinen Augenblick im Zweifel, daß der Sprecher unbedingt Gehorsam heischte.

»Jawohl, sofort, Mylord«, sagte einer der Seeoffiziere dienstbeflissen.

Das veranlaßte Bush, schärfer hinzuschauen, und alsbald hatte er den Sprecher auch erkannt, obwohl es schon sechs Jahre her war, seit er ihn zuletzt gesehen hatte. Es war der Admiral Lord Parry, der nach Camperdown zum Peer von England ernannt worden war und jetzt den Posten eines Seelords der Admiralität bekleidete. Er gehörte also zu jenen Männern, die über das Wohl und Wehe eines Seeoffiziers zu befinden hatten. Der schneeweiße Lockenkranz um seine Glatze, der gütige Zug seines Altmännergesichts und der milde Tonfall seiner Stimme wollten schlecht zu dem Spitznamen »Knochenschinder« passen, den ihm seine Untergebenen vor langen Jahren im Amerikakrieg beigelegt hatten. Hornblower bewegte sich offenbar in illustrer Gesellschaft. Bush sah, wie Lord Parry seine magere weiße Hand ausstreckte und für Hornblower abhob. Seine bleiche Hautfarbe verriet auf den ersten Blick, daß er ebenso wie Hornblower lange nicht mehr auf See gewesen war. Hornblower teilte die Karten aus, und das Spiel nahm in lähmender Stille seinen Fortgang. Man hörte kaum, wie die Karten auf das grüne Tuch des Tisches niederfielen; wer einen Stich gewonnen hatte, nahm ihn geräuschlos an sich und ließ höchstens ein leises Schnappen hören, wenn er ihn zu den anderen legte. Die Reihe der Stiche, die vor Parry lagen, wurde länger und länger, sie glich einer Schlange, die lautlos über eine Felsplatte glitt, jetzt schloß sie sich zu einem Ring, jetzt reckte sie sich von neuem aus – dann war das Spiel zu Ende, und die Karten wurden zusammengeworfen.

»Klein Schlemm«, sagte Parry, und schon griff alles nach den Merktafeln. Mehr wurde nicht gesprochen, aber diese beiden kurzen Worte klangen so klar und deutlich durch die Stille wie zwei Glasen auf einer Mittelwache. Jetzt hob Hornblower ab, und das Spiel nahm unter dem gleichen geheimnisvollen Schweigen seinen Fortgang. Bush fand diese Art zu spielen wenig reizvoll, er zog Spiele vor, bei denen es erlaubt war, zu schreien, wenn man verlor, und zu jubeln, wenn man gewann, vor allem fand er es viel schöner, wenn eine einzige Karte über Gewinn und Verlust entschied und nicht jedesmal alle zweiundfünfzig durchgespielt werden mußten. Aber damit hatte er natürlich unrecht. Whist übte zweifellos einen Zauber aus, einen gefährlichen, giftigen Zauber. War es etwa eine Art Opium? Nein, gewiß nicht. Es erforderte blitzschnelles Denken, es glich darin einem eleganten Gefecht mit blinkenden Floretts, das mit rohem, polterndem Säbelschwingen nichts gemein hat, und es konnte ebenso tödlich sein. Eine Florettklinge, die die Lunge durchbohrt, tötet ja mindestens so sicher, nein sicherer noch, als der Hieb eines Säbels. »Ein kurzer Rubber«, bemerkte Parry und brach damit das Schweigen, als die Karten nach dem letzten Spiel wieder auf einem Haufen lagen.

»Jawohl, Mylord«, sagte Hornblower.

Bush, den die Sorge scharfsichtig gemacht hatte, verfolgte gespannt jede Einzelheit. Er sah, wie Hornblower die Hand in die Brusttasche steckte, die nach seinen eigenen Worten den eisernen Bestand enthielt, und ein dünnes Päckchen Pfundnoten herauszog. Als er seinen Verlust gezahlt hatte, wanderte nur noch eine einzige Note in seine Tasche zurück.

»Sie haben wirklich ausgesuchtes Pech gehabt«, sagte Parry, während er seinen Gewinn einsteckte. »Ein um das andere Mal haben Sie beim Geben ausgerechnet die Farbe als Trumpf aufgelegt, von der Sie nur eine einzige Karte besaßen. Ich kann mich an kein Spiel erinnern, bei dem so ein Pech gleich zweimal hintereinander vorgekommen wäre.«

»Wenn man nur lange genug spielt, Mylord«, sagte Hornblower, »kann man erwarten, daß jede denkbare Kombination der Karten zustande kommt.« Er sprach mit so viel wohlerzogenem Gleichmut, daß Bush im ersten Augenblick zu hoffen wagte, sein Verlust könnte nicht so groß gewesen sein, aber dann fiel ihm gleich wieder die einzelne Note ein, die er als Rest seiner ganzen Barschaft noch in der Brusttasche verwahrte.

»Immerhin, so hartnäckiges Pech erlebt man selten«, sagte Parry. »Dabei sind Sie ein ausgezeichneter Spieler, Mr. – Mr. –? Ich bitte sehr um Entschuldigung, daß mir Ihr Name bei der Vorstellung entgangen ist.«

»Hornblower«, sagte Hornblower.

»Ach ja, richtig. Übrigens ist mir Ihr Name bestimmt schon einmal aufgefallen, ich weiß nur nicht mehr bei welchem Anlaß.«

Bush warf einen raschen Blick auf Hornblower. War das nicht eine einzigartige Gelegenheit für ihn, einem leibhaftigen Seelord unter die Nase zu reiben, daß seine Beförderung zum Commander nicht bestätigt worden war?

»Als ich noch Fähnrich war, Mylord«, sagte Hornblower, »da wurde ich auf der *Justinian* einmal seekrank, obwohl das Schiff auf dem Spithead vor Anker lag. Ich glaube, die Geschichte machte damals überall die Runde.«

»Nein, das war es nicht«, gab Parry zur Antwort. »Ihren Namen habe ich in einem anderen Zusammenhang gehört. Aber wir sind von dem abgekommen, was ich eigentlich sagen wollte. Ich möchte Ihnen mein Bedauern ausdrücken, daß ich Ihnen nicht sofort Revanche geben kann, obwohl es mich lebhaft interessieren würde, Ihr Spiel noch eine Weile länger zu studieren.«

»Sie sind sehr gütig, Mylord«, sagte Hornblower. Bush wand sich förmlich in Krämpfen, als er das hörte – er hatte es schon die ganze Zeit getan, seit Hornblower diese unwiederbringliche Gelegenheit einfach schießen ließ. Jetzt hatten seine Worte wieder einen ganz unmöglichen Unterton mokanter Bitterkeit, von dem der Admiral um Gottes willen nichts merken durfte. Aber glücklicherweise kannte eben Parry Hornblower nicht so genau wie Bush.

»Leider«, sagte Parry, »bin ich heute abend beim Admiral Lambert zum Dinner eingeladen.«

Dieser Name kam für Hornblower so überraschend, daß er seine Maske fallen ließ.

»Admiral Lambert, Mylord?«

»Ja, kennen Sie ihn denn?«

»Ich hatte die Ehre, unter ihm auf der westindischen Station zu dienen. Dies hier ist Mr. Bush. Er war damals Führer der Landungsabteilung der *Renown,* die Santo Domingo zur Übergabe zwang.«

»Ich freue mich, Sie kennenzulernen«, sagte Parry, wobei sein ganzes Gehaben verriet, daß diese Freude immerhin ihre Grenzen hatte. Ein Seelord konnte auch wirklich in Verlegenheit geraten, wenn ihm so ein abgemusterter Leutnant über den Weg lief, der sich vor dem Feind Verdienste erworben hatte. Parry wandte sich auffallend schnell wieder an Hornblower.

»Ich möchte Admiral Lambert nahelegen«, sagte er, »mit mir nach dem Dinner hierher zurückzukehren, dann könnte ich Ihnen doch noch eine etwas verspätete Revanche geben. Würden wir Sie in diesem Fall hier finden?«

»Ich fühle mich durch Ihr Anerbieten sehr geehrt, Mylord«, sagte Hornblower mit einer Verbeugung, aber Bush bemerkte sogleich, wie er dabei unwillkürlich nach seiner fast leeren Brusttasche griff.

»Sie haben also die Güte, diese halbverbindliche Aufforderung anzunehmen? Für Admiral Lambert kann ich ja leider nichts versprechen, außer, daß ich mein Bestes tun werde, ihn zum Kommen zu überreden.«

»Ich esse jetzt mit Mr. Bush, Mylord. Nachher stehe ich Ihnen auf alle Fälle zur Verfügung.«

»Die Verabredung soll also für unseren Teil auf jeden Fall Geltung haben, nicht wahr?«

»Jawohl, Mylord.«

Parry verabschiedete sich mit all dem würdevollen Zeremoniell, das einem Admiral und Seelord anstand, sein Flaggleutnant, der ebenfalls zu dem Quartett am Whisttisch gehört hatte, öffnete ihm die Tür und ließ ihm mit ehrerbietiger Verbeugung den Vortritt. Als sie gegangen waren, sah Hornblower Bush grinsend an.

»Mir scheint, wir sind jetzt ebenfalls reif für eine Mahlzeit, wie?« sagte er.

»Ja, es kommt mir auch so vor«, meinte Bush.

Das Speisehaus in der Broad Street wurde, wie fast zu erwarten war, von einem alten Seemann geführt, der mit einem Holzbein herumhumpelte. Er wurde dabei von seinem Sohn unterstützt, einem frechen, vorlauten Burschen, der die Bestellungen der Gäste entgegennahm, sobald sie auf den Bänken vor den groben gescheuerten Eichentischen Platz genommen hatten und mit den Füßen in dem aufgestreuten Sägemehl wühlten.

»Ale?« fragte der Junge.

»Nein, kein Ale«, sagte Hornblower.

Dem frechen Gesicht des Bengels war leicht anzumerken, was er von einem Gentleman der Marine hielt, der nur einen Stamm für vier Pence aß und dazu überhaupt nichts zu trinken bestellte. Er knallte die gehäuften Teller vor die beiden auf den Tisch: Gedünstetes Schaffleisch – nicht gerade reichlich –, dazu Kartoffeln, rote Rüben, Pastinaken, Graupen und einen Löffel voll Erbsenbrei, alles in einer undefinierbaren Sauce.

»Das Zeug stillt wenigstens den Hunger«, sagte Hornblower.

Das mochte richtig sein, aber dann hatte Hornblower in letzter Zeit jedenfalls nicht davon Gebrauch gemacht. Wohl führte er die ersten Bissen noch mit gespielter Gleichgültigkeit zum Mund, aber je länger er dann aß, desto größer wurde offenbar sein Appetit, so daß er seine Zurückhaltung immer mehr vergaß. In erstaunlich kurzer Zeit hatte er seinen Teller geleert, wischte ihn zuletzt mit Brot sorgfältig aus und aß dann auch noch dieses Brot. Bush, der selbst nicht eben langsam aß, war ganz bestürzt, als er bemerkte, daß Hornblower schon bis zum letzten Bissen aufgegessen hatte, während sein eigener Teller noch halb voll war.

Hornblower lachte etwas gezwungen. »Wenn man immer allein ißt, nimmt man eben schlechte Gewohnheiten an«, sagte er, und diese lendenlahme Entschuldigung verriet wohl am deutlichsten, wie peinlich es ihm war, sich verraten zu haben.

Kaum, daß er den Satz gesprochen hatte, merkte er das natürlich selbst und versuchte den Eindruck möglichst zu verwischen, indem er sich lässig zurücklehnte und wie zum Zeichen satten Wohlbefindens die Hände in seine Rocktaschen steckte. Er hatte das noch nicht ganz getan, da ging plötzlich ein erstaunlicher Wandel mit ihm vor. Das bißchen Farbe auf seinen Wagen verblaßte, sein ganzes Wesen verriet plötzlich fassungslose Bestürzung, um nicht zu sagen Entsetzen. Bush merkte sofort, daß irgend etwas mit ihm war, und dachte zuerst unwillkürlich an den Anfall irgendeiner Krankheit. Erst nachträglich kam er auf die Idee, Hornblowers merkwürdiges Gebaren darauf zurückzuführen, daß er in seinen Taschen etwas gefunden hatte. Aber so viel Entsetzen war denn doch unbegreiflich, so sah man nicht einmal drein, wenn man unversehens eine Giftschlange griff.

»Was ist denn, um Gottes willen, los?« fragte Bush. »So sagen Sie doch ...«

Hornblower zog seine Rechte langsam aus der Tasche, hielt sie einen Augenblick fest um irgendeinen Gegenstand geschlossen und löste dann endlich langsam und zögernd seinen Griff, als wären davon unabänderliche und unabsehbare Folgen zu befürchten. Was zum Vorschein kam, war harmlos genug – eine Silbermünze, eine halbe Krone.

»Darüber brauchen Sie sich nun wirklich nicht so aufzuregen«, sagte Bush, der nun überhaupt nicht mehr wußte, was er denken sollte. »Ich würde mir keinen Augenblick Gedanken machen, wenn mir ein Geldstück in die Tasche schneite.«

»Aber... aber...«, stammelte Hornblower, und jetzt kam auch Bush allmählich dahinter, was es damit für eine Bewandtnis hatte.

»Heute morgen war es bestimmt noch nicht drin«, sagte Hornblower und lächelte bitter vor sich hin. »Leider weiß ich nur zu genau, was ich an Geld in der Tasche habe.«

»Das kann ich mir denken«, stimmte Bush ihm zu, aber auch jetzt, wenn er sich alles wieder ins Gedächtnis rief, was heute morgen geschehen war, und die naheliegende Schlußfolgerung daraus zog, konnte er immer noch nicht verstehen, warum sich Hornblower so aufregte. »Das Mädel hat es hineingesteckt, nicht wahr?«

»Ja, Maria«, sagte Hornblower. »Es kann niemand anders gewesen sein. Darum also wollte sie unbedingt meinen Rock noch saubermachen.«

»Wahrscheinlich. Sie ist eine gute Seele«, sagte Bush.

»Mein Gott, ja«, sagte Hornblower. »Aber ich kann doch nicht... ich kann doch nicht ...«

»Warum denn nicht?« fragte Bush und war sich im gleichen Augenblick darüber klar, daß es darauf keine Antwort gab.

»Nein«, sagte Hornblower. »Sie ist... sie ist... wenn sie nur nicht auf diesen Gedanken gekommen wäre. Das arme Ding ...«

»Ach was, armes Ding!« sagte Bush. »Das Mädel wollte Ihnen ganz einfach einmal eine Freude machen.«

Hornblower sah ihn lange wortlos an, dann zuckte er die Achseln, als hätte er die Hoffnung aufgegeben, daß Bush ihn je begreifen könnte.

»Schauen Sie mich nur an«, sagte Bush ganz ungerührt und entschlossen, seine Stellung zu halten. »Sie brauchen sich wirklich nicht aufzuregen, als ob die Franzosen bei uns gelandet wären, nur weil Ihnen ein Mädchen ein Geldstück in die Tasche gezaubert hat.«

»Merken Sie denn nicht...?« begann Hornblower, aber er besann sich gleich darauf eines Besseren und gab jeden Versuch einer Erklärung endgültig auf. Unter Bushs forschendem Blick bekam er sich wieder ganz in die Gewalt. Der unglückliche Ausdruck schwand aus seinem Gesicht, und schon sah er wieder so undurchdringlich drein wie gewöhnlich – es schien, als hätte er ein Helmvisier herabgelassen.

»Schluß davon«, sagte er. »So, und jetzt wollen wir uns wenigstens einen guten Tag machen.«

Er klopfte mit der Münze auf den Tisch.

»Heda, komm her, Junge!«

»Sir?«

»Wir möchten einen Krug Wein. Schick sofort jemand los und laß ihn holen, hast du verstanden? Einen Krug Wein – Portwein!«

»Jawohl, Sir.«

»Was für Pudding habt ihr heute?«

»Johannisbeer, Sir.«

»Gut, her damit, für jeden eine Portion und ordentlich Saft zum Darübergießen.«

»Gewiß, Sir.«

»Zu unserem Wein brauchen wir unbedingt Käse. Habt ihr Käse im Haus, oder müßt ihr ihn erst holen lassen?«

»Es ist welcher im Haus, Sir.«

»Dann trag ihn gleich auf.«

»Jawohl, Sir.«

War das nicht echt Hornblower, dachte Bush, daß er jetzt die Hälfte von seinem mächtigen Stück Pudding zurückschickte? Und daß er auch von dem Käse nur ein winziges Eckchen in den Mund schob, kaum genug, um die Zunge auf den Weingenuß vorzubereiten. Er hob sein Glas, und Bush folgte seinem Beispiel. »Das erste Glas der schönen Spenderin«, sagte Hornblower.

Sie tranken, und dabei hatte Hornblower plötzlich ein Funkeln in den Augen, über das sich Bush Gedanken machte, obwohl er grade insgeheim beschlossen hatte, sich von Hornblowers rappeligen Launen nicht mehr anfechten zu lassen. Jetzt schien es ihm das beste, schleunigst von etwas anderem zu reden, und er tat sich etwas darauf zugute, wie taktvoll er diese Ablenkung zuwege brachte.

»Auf einen glückhaften Abend«, sagte er und hob seinerseits das Glas.

»Der wäre mir, weiß Gott, zu wünschen«, sagte Hornblower.

»Haben Sie denn noch etwas einzusetzen?« fragte Bush.

»Natürlich.«

»Und wenn Sie wieder eine Pechsträhne haben?«

»Ich darf noch einen Rubber verlieren«, sagte Hornblower.

»Ach ...«

»Wenn ich aber den ersten Rubber gewinne, kann ich es mir schon leisten, die folgenden zwei zu verlieren, gewinne ich den ersten und zweiten, dann darf ich die nächsten drei verlieren und so weiter.«

»Hm.«

Das klang nicht gerade sehr aussichtsreich, und Hornblower blickte ihn dazu aus hölzern-starren Zügen mit ein paar Augen an, deren Glut Bush vollends aus der Fassung brachte, so daß er unruhig auf seinem Platz herumrutschte und möglichst rasch wieder ein neues Thema suchte.

»Die *Hastings* wird übrigens wieder in Dienst gestellt«, sagte er.

»Haben Sie auch schon davon gehört?«

»Ja, mit Friedensbesatzung – drei Leutnants, und alle drei sind schon seit drei Monaten designiert.«

»Das habe ich gleich befürchtet.«

»Einmal kommen wir auch noch dran«, sagte Hornblower.

»Darauf wollen wir trinken.«

»Glauben Sie, daß Parry Lambert in die Long Rooms mitbringen wird?« fragte Bush, als er sein Glas von den Lippen nahm.

»Das ist wohl so gut wie sicher.«

Jetzt schien ihn wieder die Unruhe zu packen.

»Ich muß bald wieder hingehen«, sagte er. »Man muß immerhin damit rechnen, daß Parry seinen Freund Lambert dazu veranlaßt, das Dinner so rasch wie möglich hinunterzuschlingen.«

»Wenn man ihn vorhin reden hörte, möchte man das fast annehmen«, sagte Bush und traf Anstalten, sich zu erheben.

»Wenn Sie keinen Wert darauf legen«, sagte Hornblower, »möchte ich Sie übrigens auf keinen Fall veranlaßt haben, wieder mitzukommen. Vielleicht finden Sie es allzu langweilig, die ganze Zeit allein herumzusitzen.«

»Nicht um die Welt würde ich mich davon abhalten lassen«, sagte Bush.

16

In den Long Rooms drängten sich wie alle Abende die Menschen. An fast allen Tischen im äußeren Saal saßen ernste Männer beim ernsten Spiel, durch den Vorhang nach hinten drang ein unaufhörliches Gemurmel, aus dem man schließen konnte, daß das Spiel dort aufregend und geräuschvoll war. Für

Bush, der voll innerer Unruhe neben dem Feuer stand und nur ab und zu mit einem Vorübergehenden eine zerstreute Bemerkung tauschte, gab es jedoch in diesem ganzen Getriebe nur einen einzigen Punkt, dem sein Interesse galt, das war der kerzenbeleuchtete Tisch nahe der Wand, an dem Hornblower in illustrer Gesellschaft dem Spiel oblag. Zu der Partie gehörte außer den beiden Admiralen noch ein Oberst von der Infanterie, den Parry und Lambert mitgebracht hatten, ein schwerer, massiger Mann mit einem richtigen Portweingesicht, das fast so rot war wie sein Waffenrock. Der Flaggleutnant, der vorher Parrys Partner gewesen war, sah sich zum Zuschauer degradiert. Er stellte sich neben Bush und erging sich in unverständlich leisen Bemerkungen über das Spiel. Der Marquis hatte wiederholt in den Saal geschaut, und Bush hatte wohl bemerkt, daß sein Blick den bewußten Tisch jedesmal mit dem Ausdruck höchster Zufriedenheit streifte. In diesem Fall machte es nichts aus, daß auch noch andere Leute spielen wollten und daß die Regeln des Hauses jedem Besucher das Recht einräumten, nach Beendigung eines Rubbers an einem der Tische einzuspringen. Eine Partie, zu der zwei Flaggoffiziere und ein hoher Stabsoffizier der Armee gehörten, konnte tun und lassen, was in ihrem Belieben stand.

Endlich merkte Bush zu seiner größten Freude, daß Hornblower den ersten Rubber gewonnen hatte. Er hatte weder den Einzelheiten des Spiels noch den Aufschreibungen sicher genug folgen können, erst als die Karten zusammengeworfen wurden und die Verlierer sich ans Zahlen machten, schwand ihm der letzte Zweifel über den Ausgang. Er sah, wie Hornblower eine Summe Geldes in der bewußten Brusttasche verschwinden ließ.

»Es wäre doch schön«, meinte der Admiral Parry, »wenn wir unsere gute alte Goldwährung wiederhätten, nicht wahr? Was gäben wir alle darum, wenn wir endlich wieder von den schmutzigen Banknoten loskämen und zu unseren echten goldenen Sovereigns zurückkehren könnten.«

»Ja, weiß Gott«, sagte der Oberst.

»Die Küstenhaie«, sagte Lambert, »suchen ja jedes Schiff heim, das von Übersee kommt. Diese Burschen bieten für eine Guinee zur Zeit nicht weniger als dreiundzwanzig Shilling, so daß man sicher sein kann, daß sie unter Brüdern mehr wert ist als das.«

Parry langte in seine Tasche und legte eine Münze auf den Tisch. »Sie sehen, meine Herren, Boney *hat* die alte Goldwährung wieder eingeführt«, sagte er. »Man nennt dieses Goldstück hier einen Napoleon – er ist ja Erster Konsul auf Lebenszeit. Aber es sind eben doch zwanzig Francs – ein Louisdor, wie wir zu sagen pflegten.«

Der Oberst griff nach dem Goldstück und sah es neugierig an. »Napoleon, Erster Konsul«, las er ab, dann drehte er es um: »Französische Republik.«

»›Republik‹, das ist natürlich nichts als dumme Heuchelei«, sagte Parry. »Seit den Tagen Neros hat es keine schlimmere Diktatur mehr gegeben.«

»Wir werden ihm die Maske schon noch vom Gesicht reißen«, sagte Lambert.

»Das weiß der Himmel«, sagte Parry und steckte die Münze wieder ein. »Aber wir versäumen darüber unser eigentliches Geschäft, zu dem wir uns heute abend zusammengefunden haben, und ich fürchte, das ist meine Schuld. Lassen Sie uns ziehen. Aha, diesmal sind Sie mein Partner, Oberst. Macht es Ihnen etwas aus, den Platz zu wechseln, oder soll ich ... ach so, beinahe hätte ich ganz vergessen, Ihnen für Ihre ausgezeichnete Unterstützung zu danken, Mr. Hornblower.«

»Sie sind zu gütig, Mylord«, sagte Hornblower und nahm den Stuhl zur Rechten des Admirals.

Der nächste Rubber wurde schweigend begonnen und ebenso schweigend bis zum Ende durchgespielt.

»Ich freue mich, zu sehen, daß Ihnen die Karten freundlich gesinnt sind, Mr. Hornblower«, sagte Parry, »obwohl unsere Honneurs Ihrem Gewinn diesmal Eintrag tun. Fünfzehn Shilling macht es wohl, nicht wahr?«

»Gehorsamsten Dank«, sagte Hornblower und nahm das Geld in Empfang. Bush folgte aufmerksam jeder Bewegung. Hatte ihm Hornblower nicht erklärt, er könne drei Rubber verlieren, wenn er die ersten zwei gewonnen habe?

»Nach meiner unmaßgeblichen Meinung sind die Einsätze lächerlich niedrig, Mylord«, meinte jetzt der Oberst. »Müssen wir denn so billig spielen?«

»Darüber können wir nur gemeinsam befinden«, antwortete Parry. »Ich persönlich habe nichts gegen eine Erhöhung einzuwenden – sagen wir eine halbe Krone statt eines Shillings. Was meinen Sie dazu, Mr. Hornblower?«

Bush richtete seinen Blick voll neuer Sorge auf Hornblower.

»Wie Sie wünschen, Mylord«, sagte Hornblower und spielte dabei mit allem Raffinement den Gleichgültigen.

»Und Sie, Sir Richard?«

»Mir ist es gleich, wie hoch wir spielen«, sagte Lambert.

»Also gilt von nun an jeder Stich eine halbe Krone«, sagte Parry. »Kellner, bitte neue Karten.«

Bush mußte sich in aller Eile ausrechnen, wieviel Verlust Hornblower bei den neuen Sätzen aushalten konnte. Da jetzt dreimal so hoch gespielt wurde, stand es sicher schon schlimm um ihn, wenn er jetzt einen einzigen Rubber verlor.

»Wieder Sie und ich, Mr. Hornblower«, sagte Parry, der die Auslosung beobachtet hatte. »Wollen Sie Ihren jetzigen Platz behalten?«

»Ich bin darin nicht wählerisch, Mylord.«

»Ich schon«, sagte Parry. »Aber andererseits bin ich auch noch nicht so alt, daß ich mich weigern könnte, meinen Platz zu wechseln, wenn es die

Karten von mir verlangen. Unsere Philosophen haben auch noch nicht über die Frage entschieden, ob man uns abergläubisch schelten darf.«

Er wuchtete sich von seinem Stuhl hoch und setzte sich Hornblower gegenüber. Dann begann das Spiel von neuem. Bush folgte allen Vorgängen womöglich noch gespannter als zu Beginn. Dreimal gewannen beide Parteien abwechselnd den dreizehnten Stich, und dann konnte er verfolgen, wie Hornblower dreimal hintereinander die Mehlzahl der Stiche vor sich auf den Tisch legte. Während der folgenden paar Spiele verlor er den Anschluß beim Zählen, dann aber stellte er im letzten Spiel des Rubbers erleichtert fest, daß nur zwei Stiche vor dem Obersten lagen.

»Ausgezeichnet«, sagte Parry. »Das war ein einträglicher Rubber. Mr. Hornblower, ich bin froh, daß Sie sich entschlossen haben, meinen Herzbuben mit Trumpf zu stechen. Die Entscheidung war sicher nicht leicht, aber sie war auf alle Fälle richtig.«

»Ja«, sagte Lambert. »Andernfalls wäre ich nämlich zum Ausspielen gekommen und hätte davon guten Gebrauch zu machen gewußt. Unsere Gegner waren nicht zu verachten, Oberst.«

»Na ja«, gab der Oberst nicht ganz so begeistert zu. »Immerhin hatte ich zweimal hintereinander weder ein As noch einen König in der Hand, das machte es der Gegenseite leichter, die starken Männer zu spielen. Können Sie mir wechseln, Mr. Hornblower?«

Unter dem Geld, das der Oberst Hornblower gab, befand sich eine Fünfpfundnote. Sie verschwand, wie alles Übrige, in der Brusttasche seines Waffenrocks.

»Jedenfalls haben Sie diesmal Mr. Hornblower als Partner«, sagte Parry zu dem Obersten, als sie von neuem um die Plätze gelost hatten. Während der nächste Rubber seinen Fortgang nahm, bemerkte Bush, daß der Flaggleutnant neben ihm das Spiel mit immer größerer Spannung verfolgte.

»Weiß Gott, mit dem letzten Stich gewonnen!«, sagte er, als es zu Ende war.

»Das hat einmal eben noch hingehauen«, sagte der Oberst, dessen Laune sichtlich besser geworden war. »Ich hoffte, daß Sie die Dame hatten, aber sicher war ich meiner Sache durchaus nicht.«

»Das Glück war eben auf unserer Seite, Sir.«

Der Flaggleutnant warf einen Blick auf Bush, er schien der Meinung zu sein, der Oberst hätte nach den bereits ausgespielten Karten keinen Augenblick im Zweifel sein dürfen, daß Hornblower die Dame hatte. Jetzt, da Bush darauf aufmerksam geworden war, merkte er nachträglich, daß Hornblower genau das gleiche gedacht haben mußte – ein leiser Wandel im Tonfall seiner Stimme verriet es ihm deutlich genug –, aber so klug war, kein Sterbenswörtchen davon verlauten zu lassen.

»Der verlorene Rubber kostete mich fünf Pfund zehn, der gewonnene bringt mir lumpige fünfzehn Shilling«, sagte der Oberst und strich seinen Gewinn von Lambert ein. »Wer ist dafür, daß wir den Satz noch weiter erhöhen?«

Die beiden Admirale wußten, was sie dem jüngsten Mitspieler schuldig waren, und blickten ihn beide in wortloser Erwartung an.

»Wie die Herren wünschen«, sagte Hornblower.

»In diesem Fall mache ich gern mit«, sagte Parry.

»Also spielen wir jetzt den Stich um fünf Shilling«, sagte der Oberst. »So ist das Spielen erst der Mühe wert.«

»Ein gutes Spiel ist immer der Mühe wert«, wandte Parry ein.

»Natürlich, Mylord«, sagte der Oberst, aber es fiel ihm darum doch nicht ein, eine Ermäßigung des Satzes auf die alte Höhe vorzuschlagen. Jetzt ging es also ums Ganze. Nach Bushs Überschlag konnte ein gründlich verlorener Rubber volle zwanzig Pfund kosten, und weiteres Nachrechnen sagte ihm, daß Hornblower kaum mehr als diese Summe in seiner Brusttasche haben konnte. Er atmete erst wieder erleichtert auf, als Hornblower und Lambert den nächsten Rubber mit Leichtigkeit gewonnen hatten.

»Diese Spiele heute sind wirklich ein Genuß«, sagte Lambert und blickte dabei lächelnd auf den Packen Geld, den ihm der Oberst gezahlt hatte. »Ich meine das ganz unabhängig von ihrem klingenden Ertrag.«

»Ja, sie sind ebenso lehrreich wie unterhaltsam«, sagte Parry, während er Hornblower den Gewinn auf den Tisch zählte.

Das Spiel ging weiter, alles blieb so stumm wie bisher, das Schweigen wurde nur durch die kurzen Bemerkungen zwischen den Rubbern unterbrochen. Hornblower verlor einen Rubber, aber jetzt konnte er sich's glücklicherweise leisten, und außerdem kostete der nicht viel. Den nächsten, der wesentlich einträglicher war, gewann er wieder. Sein Gewinn stieg stetig weiter, es kam höchst selten vor, daß er einen Rückschlag erlitt. Darüber wurde es spät und später, Bush fielen schon die Augen zu, aber die Spieler zeigten immer noch kein Zeichen von Ermüdung. Der Flaggleutnant wappnete sich mit der endlosen Geduld, die er in seiner Stellung unbedingt entwickeln mußte, und half sich mit philosophischem Fatalismus über die Lage hinweg. Da war beim besten Willen nichts zu machen – solange der Admiral nicht müde war, ging er ihm einfach nicht ins Bett. Die anderen Spieler begannen aufzubrechen, später öffnete sich die Tür hinter dem Vorhang, und die Hasardeure aus den hinteren Räumen strömten heraus, einige lärmend, andere still und schweigsam. Leise und gemessen, wie immer, betrat der Marquis den Saal und folgte den letzten Rubbern mit taktvoller Zurückhaltung. Er hielt darauf, daß die Kerzen rechtzeitig geputzt oder durch neue ersetzt wurden, er sorgte dafür, daß die Bedienung auf Verlangen sofort frische Karten reichte. Parry warf als erster einen Blick auf die Uhr. »Halb vier«, sagte er, »meine Herren, ich glaube ...«

»Jetzt ist es zu spät, noch zu Bett zu gehen«, sagte der Oberst. »Sir Richard und ich müssen schon zeitig heraus, wie Ihnen bekannt sein dürfte.«

»Meine Befehle sind gegeben«, sagte Lambert.

»Meine auch«, sagte der Oberst.

Bush war von der langen nächtlichen Sitzung in der Stickluft dieses Lokals schon ganz benommen, dennoch glaubte er zu sehen, daß Parry den beiden Sprechern einen warnenden Blick zuwarf. Er fragte sich vergeblich, welche Befehle Lambert und dieser Oberst gegeben haben konnten, und konnte noch viel weniger dahinterkommen, warum Parry nicht wollte, daß sie davon sprachen. In Parrys Worten schwang nur eine Spur von Nervosität, nur ein unaufdringlicher Wunsch, das Thema zu wechseln, als er jetzt sagte:

»Also schön, meine Herren, spielen wir noch einen Rubber, vorausgesetzt, daß Mr. Hornblower nichs dagegen hat.«

»Ich mache unter allen Umständen mit, Mylord.«

Hornblower war unerschütterlich. Wenn ihm das Gespräch von eben gleichfalls zu denken gab, dann ließ er sich jedenfalls nicht das mindeste anmerken. Wahrscheinlich war er auch schon hundemüde – gerade seine unerschütterliche Miene brachte Bush auf diese Vermutung, kannte er doch Hornblower jetzt schon gut genug, um zu wissen, daß er seine menschlichen Schwächen mit dem gleichen Willensaufwand zu verbergen suchte, den andere etwa darauf verwandten, ihre niedere Herkunft geheimzuhalten.

Hornblower hatte jetzt den Oberst zum Partner, und keinem der Anwesenden konnte es entgehen, daß bei diesem letzten Rubber noch schärfer und verbissener gekämpft wurde als zuvor. Auch zwischen den einzelnen Spielen fiel kein Wort, man notierte nur das Ergebnis, schob die Stiche zusammen, legte das neue Spiel auf und hob in tödlichem Schweigen ab. Jedes Spiel brachte aber auch nur die knappste Entscheidung, fast immer schied nur ein einziger Strich die Sieger von den Besiegten, so daß sich der Rubber qualvoll lange hinzog. Ein Spiel vor allem brachte die Spannung auf ihren Höhepunkt. Der Flaggleutnant und der Marquis hatten schon lange mitgezählt und stöhnten hörbar auf, als Lambert den letzten entscheidenden Stich kassierte. Der Oberst war so aufgewühlt, daß er zuletzt sogar das geheiligte Schweigen brach.

»Jetzt liegen wir wahrhaftig Kopf an Kopf«, sagte er. »Das nächste Spiel muß die Entscheidung bringen.«

Seine Bemerkung wurde jedoch mit eisigem Schweigen aufgenommen, woraus er am besten sehen konnte, wie wenig die anderen seine Redseligkeit schätzten. Parry nahm nur die Karten, die zur Rechten des Obersten lagen, und reichte sie Hornblower zum Abheben. Dann gab Parry für das nächste Spiel und legte zuletzt den Karo-König als Trumpfkarte auf. Der Oberst spielte aus. Stich folgte auf Stich. Lambert und Parry heimsten für eine Weile alles ein, nachdem sie nur einen einzigen Stich verloren hatten. Schon lagen sechs Stiche vor Parry und nur ein einziger vor Hornblower. Wie hatte der Oberst gesagt? Sie lägen Kopf an Kopf? Immer wieder klang Bush diese Bemerkung in den Ohren. Die beiden Admirale brauchten nur noch einen einzigen der nächsten sechs Stiche zu machen, dann hatten sie den Rubber gewonnen. Der Stand von fünf zu eins war schwer aufzuholen, und Bush machte sich schon mit dem Gedanken vertraut, daß sein Freund den letzten Rubber verlor. Der nächste Stich fiel jedoch an den Oberst, und damit war das Spiel wieder durchaus offen. Hornblower nahm den folgenden Stich, man konnte also noch immer hoffen. Jetzt spielte Hornblower das Karo-As und legte, ehe noch nachgespielt werden konnte, seine anderen drei Karokarten dazu, um damit den Rest der Stiche für sich einzufordern. Karo-Dame und -Bube lagen für alle sichtbar auf dem Tisch.

»Rubber!« rief da der Oberst. »Also doch gewonnen, Partner! Und ich dachte schon, alles sei verloren.«

Parry betrachtete wehmütig seinen gefallenen König.

»Ihr As mußten Sie ausspielen, Mr. Hornblower«, sagte er. »Das ist mir klar. Aber ich wäre Ihnen wirklich dankbar, wenn Sie mir erklären würden, woher Sie so genau wußten, daß mein König blank war. Es waren doch noch zwei weitere Karokarten im Spiel. Bin ich unbescheiden, wenn ich Sie bitte, dieses Geheimnis zu lüften?«

Hornblower zog die Brauen hoch, als wollte er nicht recht glauben, daß man nach so einfachen Dingen überhaupt fragen müsse. »Nach dem bisherigen Verlauf des Spiels mußten Sie den König haben, Mylord«, sagte er. »Weiterhin deutete alles darauf hin, daß Sie außerdem noch drei Kreuzkarten hatten. Da im ganzen nur noch vier Karten im Spiele waren, konnte Ihr König unmöglich eine Deckung haben.«

»Eine überzeugende Erklärung«, sagte Parry, »die mich übrigens in meiner Überzeugung bestärkt, daß Sie ein ausgezeichneter Whistspieler sind.«

»Besten Dank für diese Anerkennung, Mylord.«

Parrys lächelnder Blick verriet ungewöhnliches Wohlwollen, um nicht zu sagen Wärme. Hornblower hatte ihm wahrscheinlich schon den ganzen Abend imponiert, durch sein letztes Meisterstück aber schien er ihn vollends für sich gewonnen zu haben.

»Ich werde mir Ihren Namen merken, Mr. Hornblower«, sagte er. »Sir Richard hat mir inzwischen verraten, warum er mir so bekannt vorkam. Es war höchst bedauerlich, daß wir damals Ihre Beförderung zum Commander nicht bestätigen konnten, aber die sofortigen Sparmaßnahmen, die das Kabinett der Admiralität auferlegte, ließen uns einfach keinen anderen Weg.«

»Ich dachte, ich wäre der einzige gewesen, der den Fall bedauerlich fand, Mylord.«

Bush bekam wieder alle Zustände, als er diese Worte hörte. Hätte Hornblower nicht gerade in diesem Augenblick allen Grund gehabt, sich bei seinen höchsten Vorgesetzten angenehm zu machen? Statt dessen stieß er sie jetzt durch dieses offene Eingeständnis seiner bitteren Enttäuschung vor den Kopf. Was für ein Glück allein, daß er Parrys Bekanntschaft machen konnte! Jeder arme, auf Halbsold gesetzte Seeoffizier hätte für eine solche Gelegenheit weiß Gott was gegeben. Bush brauchte jedoch nur einen Blick auf die beiden Partner in diesem Gespräch zu werfen, um sich zu überzeugen, daß seine Befürchtung grundlos war. Hornblower strahlte den Lord mit entwaffnender Heiterkeit an, und dieser lächelte ebenso gutgelaunt zurück. Entweder hatte Parry von dem bitteren Unterton seiner Worte nichts gemerkt, oder Bush bildete sich etwas ein, was in Wirklichkeit gar nicht zutraf.

»Da hätte ich doch beinahe vergessen, daß ich Ihnen noch fünfunddreißig Shilling schuldig bin«, sagte Parry und schlug sich an die Stirn. »Hier, nehmen Sie; damit sind wir rein rechnerisch wohl quitt, aber ich fühle mich weiterhin in Ihrer Schuld, weil ich Ihnen so wertvolle Lehren verdanke.«

Das Bündel Noten, das Hornblower in seine Tasche steckte, war mächtig angeschwollen.

»Ich schätze, Sie werden auf dem Nachhauseweg scharfen Ausguck nach Straßenräubern halten, nicht wahr, Mr. Hornblower?« sagte Parry mit einem Blick auf das Geld.

»Mr. Bush begleitet mich, Mylord. Das müßte schon ein wahrer Herkules sein, der es mit ihm aufnehmen könnte.«

»Heut nacht brauchen wir keine Straßenräuber zu fürchten«, warf der Oberst ein, »heute nacht bestimmt nicht.«

Der Oberst hatte zu seinen Worten ein vielsagendes Grinsen aufgesetzt, die anderen nahmen die Bemerkung, die offenbar einen hintergründigen Sinn besaß, zunächst mit allen Zeichen der Mißbilligung auf, beruhigten sich aber alsbald wieder, als der Oberst mit schwungvoller Geste nach der Uhr wies.

»Unsere Befehle treten Punkt vier Uhr in Kraft, Mylord«, sagte Lambert.

»Und jetzt ist es halb fünf. Ausgezeichnet.«

In diesem Augenblick trat der Flaggleutnant zur Tür herein. Er war leise hinausgeschlüpft, als die letzte Karte ausgespielt war.

»Der Wagen steht vor der Tür, Mylord«, sagte er.

»Besten Dank. Ich wünsche den Herren einen schönen guten Abend.«

Sie gingen zusammen zum Tor. Draußen stand der Wagen, die beiden Admirale, der Oberst und der Flaggleutnant stiegen ein. Hornblower und Bush sahen ihnen nach, als sie ratternd davonfuhren.

»Ich möchte bloß wissen«, sagte Bush, »was das für geheimnisvolle Befehle sind, die um vier Uhr in Kraft getreten sein sollen.«

Über den Dächern begann eben der Morgen zu grauen.

»Das weiß der Himmel«, sagte Hornblower.

Sie näherten sich der Ecke der Highbury Street.

»Wieviel haben Sie eigentlich gewonnen?«

»Jedenfalls über vierzig Pfund – ich glaube rund fünfundvierzig Pfund«, sagte Hornblower.

»Allerhand für eine Nacht.«

»Ja, das Hin und Her des Zufalls bringt im Lauf der Zeit immer den Ausgleich.« Hornblowers Stimme klang merkwürdig matt und teilnahmslos, als er das sagte. Erst nach ein paar Schritten Pause redete er weiter, diesmal plötzlich auffallend laut und nachdrücklich: »Bei Gott, ich wollte, ich hätte dieses Glück schon vorige Woche gehabt – noch gestern früh wäre es früh genug gekommen.«

»Warum denn nur?«

»Wegen dieses Mädchens ... das arme Ding!«

»Um Gottes willen!« rief Bush aus. Er hatte längst vergessen, daß Maria eine halbe Krone in Hornblowers Tasche gesteckt hatte, und war nun höchst überrascht, daß dieser noch daran dachte. »Hat es einen Sinn, sich ihretwegen den Kopf zu zerbrechen?«

»Das weiß ich nicht«, sagte Hornblower, und dann, nach zwei weiteren Schritten: »Ich kann eben nicht anders.«

Bush fand keine Zeit, über dieses seltsame Eingeständnis nachzugrübeln, plötzlich drangen nämlich Töne an sein Ohr, die ihn in solche Aufregung versetzten, daß er nach Hornblowers Ellbogen griff.

»Da, horchen Sie!«

In der menschenleeren Straße vor ihnen hörte man harten, militärischen Gleichschritt, der sich rasch näherte. Schon schimmerte weißes Lederzeug im grauen Dämmer des jungen Tages. Eine Militärpatrouille mit geschulterten Musketen! Am rechten Flügel marschierte ihr Führer, ein Feldwebel – Tressen und Sponton verrieten seinen Dienstgrad.

»Was soll das nur bedeuten?« sagte Bush.

»Abteilung – halt!« kommandierte der Feldwebel und wandte sich an die beiden Leutnants: »Darf ich die Herren fragen, wer Sie sind?«

»Seeoffiziere«, sagte Bush.

Der Feldwebel hätte eigentlich auch ohne seine Laterne sehen können, wen er vor sich hatte. Jetzt nahm er militärische Haltung an.

»Danke, Sir«, sagte er.

»Was machen Sie mit dieser Patrouille, Feldwebel?« fragte Bush.

»Ich habe meine Befehle, Sir«, antwortete der Feldwebel. »Verzeihung, Sir. Im Gleichschritt – marsch!«

Die Patrouille setzte sich wieder in Marsch, der Feldwebel erwies die vorgeschriebene Ehrenbezeigung mit seinem Sponton, als er an den beiden Offizieren vorüberkam.

»Was, in aller Heiligen Namen, hat das zu bedeuten?« fragte Bush kopfschüttelnd. »Wenn Boney überraschend bei uns gelandet wäre, würden jetzt alle Glocken Sturm läuten. Man könnte wahrhaftig denken, ein Preßkommando wäre unterwegs und holte auf die richtige alte, scharfe Weise Leute zusammen. Aber das ist ja unmöglich.«

»Dort! Schauen Sie!« rief Hornblower.

Eine andere Gruppe Männer kam die Straße entlangmarschiert, aber diesmal nicht in Rotröcken und auch nicht so militärisch steif wie eben die Soldaten. Sie trugen karierte Hemden und blaue Hosen, an ihrer Spitze marschierte ein Fähnrich mit dem Marinedolch an der Seite und weißen Patten auf den Rockaufschlägen.

»Also doch ein Preßkommando!« rief Bush. »Es gibt keinen Zweifel mehr! Sehen Sie die Knüppel, die sie tragen!«

Jeder der Matrosen trug nämlich eine Keule in der Hand.

»Fähnrich!« rief Hornblower in scharfem Befehlston, »was soll das alles bedeuten?«

Als der Fähnrich die im Kommandoton gestellte Frage hörte und die Offiziersuniformen sah, ließ er halten und eilte herbei.

»Befehl, Sir«, begann er, dann aber sagte er sich, daß es mit dem zunehmenden Tageslicht kein Geheimnis mehr zu wahren gäbe, vor allem nicht vor Seeoffizieren, und fuhr daher fort: »Das ist ein Preßkommando, Sir, wir haben Befehl, jeden Seemann zum Dienst zu pressen, den wir finden. Die Patrouillen sind auf alle Straßen verteilt.«

»Das habe ich mir gedacht. Warum werden denn die Leute gepreßt?«

»Das weiß ich nicht, Sir, Befehl, Sir.«

Damit war wohl schon genug gesagt.

»Schön, tun Sie weiter Ihre Pflicht.«

»Weiß Gott, es wird wieder gepreßt«, sagte Bush. »Da ist sicher etwas los.«

»Womit Sie wohl recht haben dürften«, sagte Hornblower.

Die beiden waren inzwischen in die Highbury Street eingebogen und näherten sich Mrs. Masons Haus.

»Da kommen schon die ersten angerückt«, sagte Hornblower, als sie eben anlangten.

Sie blieben auf der Türschwelle stehen und ließen sie an sich vorüberziehen; es waren an die hundert Mann, die von einer Handvoll mit Stöcken ausgerüsteter Matrosen bewacht wurden. Die ganze Kolonne stand unter der Führung eines Fähnrichs. Einige der zum Seedienst gepreßten Leute schienen in ihrer Bestürzung die Sprache verloren zu haben, andere schwatzten und schimpften ohne Unterbrechung drauflos und machten einen solchen Lärm, daß die ganze Straße davon munter wurde. Jeder der Männer hielt mindestens eine seiner Hände in der Hosentasche, und wenn er nicht gerade mit der anderen in der Luft herumgestikulierte, sogar alle beide.

»Haha, genau wie in alten Zeiten«, grinste Bush. »Man hat ihnen den Hosenbund abgeschnitten.«

Wenn man einem Mann den Hosenbund durchschnitt, dann mußte er mindestens eine Hand in der Tasche behalten, weil er sonst seine Hose verlor. Niemand konnte davonlaufen, wenn er auf diese Art behindert war.

»Die Kerle schauen samt und sonders aus, als gäben sie prima Seeleute ab«, sagte Bush, der den Haufen gleich mit fachmännischem Blick gemustert hatte.

»Jedenfalls haben sie böses Pech gehabt«, sagte Hornblower.

»Wieso denn Pech?« fragte Bush überrascht.

Ja, wieso? War denn der Ochse unglücklich, wenn er in Beefsteak verwandelt wurde? Oder störte es etwa das Geldstück, wenn es von einer Hand in die andere glitt? So ging es eben im Leben zu. Daß sich ein Handelsschiffsseemann plötzlich in einen Kriegsschiffsmatrosen verwandelt sah, war so natürlich, wie daß er graue Haare bekam, sofern er nur lange genug lebte. Es gab eben keinen anderen Weg, seiner habhaft zu werden, als daß man ihn nächtlicherweile überraschte, sei es zu Hause im Bett, sei es in der Kneipe oder im Bordell, und ihn sekundenschnell aus einem freien Mann, der seinen Lebensunterhalt verdiente, in einen gepreßten Untertanen verwandelte, der aus eigenem Entschluß keinen Schritt an Land tun konnte, ohne riskieren zu müssen, daß er rund um die Flotte gepeitscht wurde. Bush konnte für die »gepreßten« Seeleute nicht mehr Gefühl aufbringen als etwa für die Nacht, wenn sie dem Tage weichen mußte.

Hornblower wandte immer noch kein Auge von dem Preßkommando und der gepreßten Rekrutenschar.

»Vielleicht geht es wirklich wieder los«, sagte er langsam.

»Krieg!« stieß Bush hervor.

»Wir werden es erfahren, wenn die Post kommt«, sagte Hornblower. »Parry hätte uns wohl schon gestern sagen können, was los ist.«

»Aber – Krieg!« sagte Bush.

Der Haufen verschwand in der Gegend der Werft um die Ecke, und mit wachsender Entfernung verstummte allmählich der Lärm, den er verursachte. Jetzt wandte sich Hornblower nach der Haustür um und zog den schweren Schlüssel aus der Tasche. Als sie eintraten, sahen sie, daß Maria mit einem unangezündeten Leuchter am Fuß der Treppe stand. Sie hatte einen langen Mantel über ihr Nachthemd geworfen und offenbar in größer Hast die Morgenhaube aufgesetzt, da unter ihrem Rand noch ein paar Lockenwickel hervorlugten. »Gott sei Dank, Sie sind in Sicherheit«, rief sie ihnen entgegen.

»Natürlich sind wir in Sicherheit, Maria«, sagte Hornblower, »was hätte uns denn geschehen sollen?«

»Dieser Lärm auf der Straße!« sagte Maria. »Ich habe zum Fenster hinausgeschaut. War das etwa das Preßkommando?«

»Erraten«, sagte Bush.

»Also ... also – ist wieder Krieg?«

»Das ist nicht ausgeschlossen.«

»Mein Gott!« Marias Ausdruck verriet ihre Verzweiflung. »Mein Gott!« Sie sah die beiden Offiziere forschend an.

»Kein Grund zur Aufregung, Miss Maria«, sagte Bush. »Es vergeht noch manches Jahr, ehe Boney mit seinen Schuten den Spithead heraufkommt.«

»Das ist es ja nicht«, sagte Maria. Ihr Blick ruhte jetzt nur noch auf Hornblower, Bush war für sie überhaupt nicht mehr vorhanden.

»Sie gehen also auch«, sagte sie.

»Ich muß meine Pflicht tun, wenn ich gerufen werde«, sagte Hornblower.

Jetzt kam ein wahres Schreckgespenst die Kellertreppe heraufgeklettert. Es war Mrs. Mason. Sie hatte keine Morgenhaube auf, so daß man alle ihre Lockenwickel sehen konnte.

»Mit Ihrem Lärm stören Sie meine anderen Gäste«, sagte sie.

»Mutter, die Herren glauben, daß es Krieg gibt«, sagte Maria.

»Das wäre gar nicht so übel, wenn sich gewisse Leute dadurch veranlaßt fühlen würden, ihre Schulden zu bezahlen.«

»Sie können sofort Ihr Geld haben«, sagte Hornblower, heiß vor Zorn, »geben Sie mir unverzüglich die Rechnung.«

»Ach, bitte – bitte nicht so ...«, legte sich Maria ins Mittel.

»Du hältst gefälligst den Mund, Mädchen«, fuhr sie Mrs. Mason an. »Ich habe diesen jungen Stenz überhaupt nur deinetwegen so lange laufen lassen.«

»Aber Mutter!«

»›Geben Sie mir die Rechnung‹, sagt er wie ein Lord, dabei hat er nicht ein einziges anständiges Hemd in seiner Seekiste. Ach, diese Seekiste! Sie wäre auch längst beim Pfandleiher, wenn ich nicht mit dem Mann geredet hätte.«

»Wenn ich sage, daß Sie Ihr Geld haben können, dann ist das mein voller Ernst, Mrs. Mason«, sagte Hornblower mit aller Würde, deren er fähig war.

»Dann bekennen Sie doch endlich Farbe«, machte Mrs. Mason geltend, die offenbar noch keineswegs überzeugt war. »Es macht siebenundzwanzig Shilling sechs Pence.«

Hornblower brachte aus seiner Hosentasche eine Handvoll Silbergeld zum Vorschein. Aber das reichte nicht hin und her, darum mußte er jetzt eine Note aus der Brusttasche ziehen und ließ dabei das ganze Bündel sehen.

»So«, sagte Mrs. Mason und blickte auf das Geld in ihrer Hand, als ob es aus einem goldenen Märchen stammte. Ihr Ausdruck verriet die widerstreitenden Gefühle, die sie bewegten.

»Es wird das beste sein«, sagte Hornblower unfreundlich, »wenn ich Ihnen sogleich mit Wochenfrist kündige.«

»Nein, tun Sie das nicht«, sagte Maria.

»Sie haben eines meiner schönsten Zimmer dort oben«, sagte Mrs. Mason. »Ich kann doch nicht annehmen, daß Sie mich wegen dieser kleinen Meinungsverschiedenheit einfach sitzenlassen.«

»Verlassen Sie uns nicht, Mr. Hornblower!« sagte Maria.

»Wann haben die Herren denn zu Abend gegessen?« fragte Mrs. Mason.

»Mir scheint, überhaupt nicht«, sagte Hornblower mit einem Seitenblick auf Bush.

»Dann müssen Sie doch hungrig sein, nachdem Sie die ganze Nacht auf den Beinen waren. Warten Sie, ich koche Ihnen ein gutes Frühstück. Wie wäre es mit ein paar dicken Koteletts, sagen wir, für jeden zwei?«

»Das ist eine großartige Idee«, sagte Hornblower.

»Dann gehen Sie erst einmal hinauf«, sagte Mrs. Mason. »Ich schicke Ihnen das Mädchen mit heißem Wasser, daß Sie sich rasieren können. Und wenn Sie herunterkommen, gibt es ein kräftiges Frühstück. Lauf, Maria, und schau, daß du Feuer in den Herd bekommst.«

Oben, in der Dachkammer, sah Hornblower Bush von der Seite an.

»Dieses Bett hat Sie einen Shilling gekostet und ist noch unberührt wie eine Jungfrau«, sagte er. »Sie haben die ganze Nacht kein Auge zugetan, und ich bin letzten Endes daran schuld. Können Sie mir das verzeihen?«

»Mein Gott«, sagte Bush, »das ist doch schließlich nicht die erste Nacht, die ich nicht geschlafen habe.« Er hatte nicht geschlafen, ehe sie Samaná erstürmten, und bei schlechtem Wetter war es so und so oft vorgekommen, daß er volle vierundzwanzig Stunden ohne Unterbrechung Wache zu gehen hatte. Und nachdem er jetzt wieder einen Monat mit seinen Schwestern in dem Häuschen in Chichester verbracht hatte, wo es nichts zu tun gab als Unkraut zu jäten, und wo man darum versuchen mußte, tagtäglich mindestens zwölf Stunden zu verschlafen, kamen ihm alle diese aufregenden Erlebnisse gerade gelegen. Er setzte sich auf das Bett.

»Sie werden noch manche Nacht keinen Schlaf finden, wenn der Krieg losgeht«, sagte Hornblower, aber Bush zuckte nur stumm die Achseln dazu.

Es klopfte, das Mädchen für alles trat ins Zimmer. Sie trug in jeder Hand eine Kanne heißes Wasser, der abgetragene Fetzen, den sie am Leibe hatte, war ihr viel zu groß – er stammte wahrscheinlich von Mrs. Mason oder von Maria –, und das Haar flog ihr in wirren Strähnen um den Kopf. Aber auch sie machte Hornblower große Augen, während sie das heiße Wasser abstellte. Diese Augen brannten förmlich in ihrem mageren Gesicht, sie wanderten unablässig hinter Hornblower her, als er sich im Zimmer zu schaffen machte. An Bush verschwendete sie keinen einzigen Blick. Es gab keinen Zweifel: Dieses arme vierzehnjährige Findelkind hatte Hornblower ebenso zu ihrem Helden erkoren wie Maria.

»Danke, Susie«, sagte Hornblower, und Susie machte ihm einen tiefen, ungelenken Knicks. Dann eilte sie trippelnd hinaus, konnte sich jedoch nicht versagen, durch den Türspalt noch einen Blick zurückzuwerfen.

Hornblower machte eine einladende Bewegung zu dem Waschtisch und den Krügen mit heißem Wasser.

»Nein, ich lasse Ihnen gern den Vortritt«, sagte Bush.

Hornblower zog seinen Rock aus, schlüpfte aus dem Hemd und machte sich dann gleich ans Rasieren. Das Messer kratzte über seine stoppligen Wangen, er wandte den Kopf bald nach dieser, bald nach jener Seite und spannte die Haut, um der Schneide die beste Wirkung zu geben. Keinem von beiden war nach Reden zumute, darum fiel auch kaum ein Wort, bis Hornblower sich gewaschen hatte, das Seifenwasser in einen Eimer goß und endlich beiseite trat, um Bush zum Rasieren heranzulassen.

»Genießen Sie es noch einmal richtig«, sagte Hornblower. »Wenn es nach Ihnen geht, sind Sie ja bald wieder so weit, daß Sie nur noch zweimal die Woche ein Tröpfchen Frischwasser zum Rasieren bekommen.«

»Ist das so schlimm?« fragte Bush.

Auch er rasierte sich, zog sein Rasiermesser sorgfältig ab und barg es wieder in der gerollten Segeltuchtasche, die seine Toilettensachen enthielt. Die Narben, die sich über seine Rippen zogen, traten bei jeder Bewegung weiß hervor. Als er fertig war, sah er Hornblower an.

»So, jetzt kommen die Koteletts dran«, sagte der, »dicke, saftige Koteletts. Auf, gehen wir!«

Im Speisezimmer, das man von der Diele aus betrat, war für eine ganze Anzahl Leute gedeckt, aber außer Bush und Hornblower war noch niemand da. Offenbar pflegten Mrs. Masons Zimmerherren nicht um diese Zeit zu frühstücken.

Susie tauchte in der Tür auf.

»Nur noch eine Minute, Sir«, sagte sie und eilte gleich darauf in die Küche hinunter.

Mit einem schweren Tablett beladen, erschien sie nach einer Weile keuchend wieder. Hornblower schob seinen Stuhl zurück und wollte ihr helfen, aber sie protestierte sofort mit einem empörten »Nein, Nein!« und brachte es in der Tat fertig, die Last ohne Unfall auf dem Serviertisch abzusetzen.

»Ich werde Sie gleich bedienen, Sir«, sagte sie.

Jetzt eilte sie zwischen den beiden Tischen hin und her wie ein Stopperjunge beim Ankerhieven und trug alle die guten Dinge auf: Kaffee und Toast, Butter und Marmelade, Zucker und Milch, Essig und Öl. Dann kamen heiße Teller, und endlich setzte sie eine große verdeckte Schüssel vor Hornblower hin. Als sie den Deckel abhob, zeigte sich darunter eine Reihe fetter, dampfender Koteletts, deren köstlicher Duft alsbald den ganzen Raum erfüllte.

»Ah!« sagte Hornblower und griff nach Löffel und Gabel, um vorzulegen. »Und du, hast du eigentlich schon gefrühstückt, Susie?«

»Ich, Sir? Nein, Sir. Noch nicht, Sir.«

Hornblower hielt mit Löffel und Gabel mitten in der Bewegung inne, blickte auf Susie und wieder zurück auf die Koteletts. Dann legte er den Löffel nieder und langte mit der Rechten in seine Hosentasche.

»Ob man dir eins von diesen Koteletts zukommen lassen könnte?« sagte er.

»Mir, Sir? Das ist ganz ausgeschlossen, Sir.«

»Dann nimm diese halbe Krone hier.«

»Eine halbe Krone, Sir?«

Das war mehr, als ein Arbeiter am Tag verdiente.

»Aber du mußt mir eins versprechen, Susie.«

»Sir ... Sir ...!«

Susie verbarg die Hände hinter ihrem Rücken.

»Nimm das Geld und versprich mir, daß du dir dafür etwas Ordentliches zu essen kaufst, sobald es irgend geht, sobald dich Mrs. Mason einmal aus dem Haus läßt. Stopf dir dein mageres Bäuchlein ordentlich voll, nicht wahr? Iß dicke Erbsen mit Speck oder Schweinefüßchen, kurz, alles, was dir schmeckt. Das mußt du mir versprechen.«

»Aber Sir ...«

Eine halbe Krone, die Aussicht, einmal essen zu können, solange es einem schmeckte, das war gewiß nur ein schöner Traum, das konnte nicht wahr sein.

»So nimm doch schon«, sagte Hornblower ungeduldig.

»Ja, Sir.« Susie griff die Münze mit ihren mageren Fingern.

»Aber vergiß nicht, was du mir versprochen hast.«

»Nein, bestimmt nicht, Sir. Besten Dank, Sir.«

»So, und jetzt verstau das Geld und mach dich aus dem Staube.«

»Ja, Sir.«

Sie rannte aus dem Zimmer, und Hornblower begann von neuem, die Koteletts auszuteilen.

»Jetzt schmeckt mir mein Frühstück erst richtig«, sagte er nachdenklich.

»Allerdings«, meinte Bush. Er strich dick Butter auf ein Stück Toast und tat sich einen Klecks Senf auf den Teller. Daß er Senf zum Lammfleisch aß, kennzeichnete ihn als Fahrensmann, aber er dachte darüber nicht weiter nach. Wenn man gutes Futter vor sich stehen hatte, brauchte man seine Gedanken nicht anzustrengen, daher verlor er auch während der ganzen Mahlzeit kein Wort. Erst als Hornblower wieder zu reden begann, wurde Bush gewahr, daß jener sein Schweigen als stummen Vorwurf empfunden hatte.

»Eine halbe Krone ist gewiß für manchen eine Menge Geld«, meinte Hornblower, als ob er sich rechtfertigen wollte. »Gestern noch ...«

»Ja, damit haben Sie vollkommen recht«, sagte Bush, um die plötzliche Pause auszufüllen, wie es die Höflichkeit gebot. Erst als er aufblickte, merkte er, daß Hornblower nicht etwa deshalb mitten im Satz geschwiegen hatte, weil er nichts mehr zu sagen wußte.

Im Rahmen der Eßzimmertür stand Maria in Hut, Handschuhen und Schal, woraus zu schließen war, daß sie ausgehen wollte. Da die Schule, an der sie lehrte, zur Zeit geschlossen war, nahm sie ihrer Mutter wahrscheinlich den morgendlichen Marktgang ab.

»Ich – ich wollte nur nachsehen, ob Sie alles haben, was Sie wünschen«, sagte sie. Ihre stockende Sprache schien zu verraten, daß sie Hornblowers letzte Worte gehört hatte, aber mit Sicherheit konnte man das nicht sagen.

»O ja, danke, es schmeckt köstlich«, murmelte Hornblower.

»Bitte bleiben Sie doch sitzen«, sagte Maria hastig und mit einem beinahe feindseligen Unterton, als Hornblower und Bush Anstalten machten, sich zu erheben. Ihre Augen waren naß.

Ein Klopfen an der Haustür löste die Spannung. Maria eilte davon, um zu öffnen, vom Speisezimmer aus hörten sie draußen eine männliche Stimme, dann trat Maria wieder ein, und hinter ihrer gedrungenen Gestalt erschien ein riesiger Korporal der Seesoldaten.

»Leutnant Hornblower?« fragte er.

»Das bin ich.«

»Vom Admiral, Sir.«

Der Korporal hielt ihm einen Brief und eine gefaltete Zeitung entgegen. Man konnte vor Ungeduld vergehen, bis endlich ein Bleistift gefunden war, daß Hornblower die Empfangsbescheinigung unterschreiben konnte. Zuletzt verabschiedete sich der Korporal mit ehrerbietigem Hackenklappen, worauf Hornblower Zeit fand, sich Brief und Zeitung näher anzusehen.

»Oh, machen Sie doch auf – bitte machen Sie auf!« flehte Maria.

Hornblower riß die versiegelnde Oblate ab und faltete das Blatt auseinander. Er las den Inhalt einmal, er las zweimal, dann nickte er zufrieden mit dem Kopf, als hätte ihm der Brief die Richtigkeit einer ausgedachten Theorie bestätigt.

»Wie man sieht«, sagte er, »ist es manchmal ganz einträglich, Whist zu spielen – in mehr als einer Hinsicht.«

Er reichte Bush das Papier und verzog dabei den Mund zu einem schiefen Lächeln.

Sir, (las Bush)
mit größtem Vergnügen nehme ich die Gelegenheit wahr, Sie vor jeder offiziellen Bekanntgabe davon zu unterrichten, daß Ihre Beförderung zum Commander nunmehr bestätigt ist und daß Ihre Ernennung zum Kommandanten einer Glattdeckskorvette in Kürze bevorsteht.

»Großartig, Sir!« rief Bush. »Ich gratuliere, zum zweiten Male, Sir. Aber Sie haben es wirklich verdient, das weiß ich am besten.«

»Danke, danke«, sagte Hornblower. »Aber lesen Sie weiter.«

Soeben trifft die Postkutsche mit den Zeitungen aus London ein (hieß es im nächsten Absatz). *So kann ich Sie auch gleich über die veränderte Lage unterrichten, ohne in diesem Brief unnötig weit ausholen zu müssen. Wenn Sie die beiligende Nummer der »Sun« lesen, werden Sie auch verstehen, warum wir während des gestrigen, so wohlgelungenen Abends unser militärisches Geheimnis wahren mußten. Ich brauche Sie daher wohl nicht zu bitten, mir meine Verschwiegenheit zu verzeihen, und verbleibe mit besten Grüßen*

Ihr ergebener Diener

Parry

Bis Bush mit dem Lesen fertig war, hatte Hornblower in der Zeitung bereits den entscheidenden Absatz gefunden und deutete mit dem Finger darauf. Dort stand:

Botschaft Seiner Majestät des Königs.

Unterhaus, den 8. März 1803.

Der Schatzkanzler überbrachte folgende Botschaft Seiner Majestät:

»Seine Majestät hält es für erforderlich, das Unterhaus davon zu unterrichten, daß er es nach eingehender Erwägung für dringend geboten hält, zusätzliche Maßnahmen zur Sicherung seiner Kronländer zu ergreifen, weil nach den vorliegenden Berichten in den Häfen Frankreichs und Hollands offenbar militärische Vorbereitungen ernstester Art im Gange sind.

Georg, Rex.«

Mehr brauchte Bush nicht zu lesen. Boneys Landungsflotte von flachbodigen Prähmen und seine an der Kanalküste versammelte Invasionsarmee forderte die unbedingt nötige und angemessene Gegenwirkung heraus. Die Rekrutierung durch Preßkommandos in der vergangenen Nacht war mit einer Sorgfalt geheimgehalten worden, die Bush durchaus zu würdigen wußte. Er hatte selbst genug solche Kommandos geführt, um zu wissen, daß alle Seeleute sich förmlich in Luft auflösten, wenn sie von einer solchen Unternehmung Wind bekamen. Machte man es dagegen so geschickt wie heute, dann bekam man gewiß so viele Besatzungen zusammen, daß Englands Sicherheit gewährleistet war. An Schiffen fehlte es ja nicht, sie lagen in allen Häfen Englands zu Dutzenden auf, und Offiziere, die gab es vollends wie Sand am Meer – wer hätte Bush das zu erzählen brauchen? War die Flotte erst bemannt und ausgelaufen, dann konnte das Inselreich in aller Ruhe dem verräterischen Überfall entgegensehen, den Boney plante.

»Bei Gott, das mußte kommen. Endlich einmal der rechte Entschluß zur rechten Zeit!« sagte Bush und schlug mit der flachen Hand auf die Zeitung.

»Was ist denn geschehen?« fragte Maria.

Sie hatte bis jetzt die beiden Männer schweigend beobachtet und bald den einen, bald den anderen ins Auge gefaßt, um womöglich aus ihren Mienen abzulesen, was sie bewegte. Bush hatte gesehen, wie sie bei seinen Glückwünschen zusammenzuckte.

»Nächste Woche haben wir wieder Krieg«, sagte Hornblower. »Boney nimmt es natürlich nicht hin, daß wir ihn in seine Schranken verweisen.«

»Mein Gott«, sagte Maria. »Und Sie – was wird dann mit Ihnen?«

»Ich bin Commander geworden«, sagte Hornblower, »und demnächst werde ich Kommandant einer Korvette.«

»Mein Gott«, sagte Maria zum zweiten Male.

Ein paar Sekunden versuchte sie noch verzweifelt, sich in die Gewalt zu bekommen, dann brach sie zusammen. Der Kopf sank ihr tiefer und tiefer auf die Brust, sie schlug die behandschuhten Hände vors Gesicht und kehrte den beiden Männern den Rücken, so daß diese nur noch sehen konnten, wie ihre Schultern unter dem Schal von hemmungslosem Schluchzen zuckten.

»Maria«, sagte Hornblower so weich und freundlich, wie er konnte, »bitte, Maria, nicht so.«

Maria wandte sich zu ihm und zeigte ihm ihr tränennasses Gesicht, das unter der verrutschten Haube erst recht verzweifelt wirkte.

»Ich werde Sie n-n-nie wiedersehen«, schluchzte sie. »Dabei war ich so froh, daß wir den M-M-M-Mumps in der Schule hatten. Ich dachte, ich könnte Ihr B-B-Bett machen und Ihr Zimmer aufräumen, und jetzt m-m-muß *das* geschehen.«

»Aber Maria«, sagte Hornblower mit einer hilflosen Armbewegung, »ich muß doch meine Pflicht tun.«

»Ich will nicht mehr l-leben! Ach, wäre ich nur schon tot!« jammerte Maria. Die Tränen rieselten ihr über die Wangen und tropften auf den Schal. Die Augen, denen sie entströmten, zeigten den starren Blick eines Menschen, der alle Hoffnung begraben hat, ihr breiter Mund wirkte geradezu häßlich und mißgestaltet.

Für Bush war diese Szene einfach zuviel. Er liebte hübsche, lustige Mädchen mit einem frechen Mundwerk. Was er hier mit ansehen mußte, zerrte unerträglich an seinen Nerven – vielleicht beleidigte es auch sein ästhetisches Empfinden, so fraglich es scheinen mag, ob Bush auf diesem Gebiet differenzierter Empfindungen fähig war. Wahrscheinlich ärgerte ihn aber nur dieses Schauspiel unbeherrschter Hysterie, das ihm hier geboten wurde, und zwar in einer Weise, die jedes ertragbare Maß überstieg. Er hatte das Gefühl, als müsse ihm eine Ader platzen, wenn er Marias Wasserkünsten nur noch eine Minute länger zusah.

»Es ist das beste, wir gehen«, sagte er zu Hornblower.

Hornblower antwortete ihm mit einem überraschten Blick. Er war überhaupt noch nicht auf den Gedanken gekommen, daß er sich einer Lage durch die Flucht entziehen könnte, für die er sich nach seiner ganzen Wesensart mitverantwortlich fühlen mußte. Dagegen glaubte Bush genau zu wissen, daß Maria in absehbarer Zeit ganz von selbst wieder zur Vernunft kam. Er hatte schon erfahren, daß sich Frauen heute den Tod wünschten und schon morgen wieder so munter waren wie junge Fohlen, wenn sie nur ein anderer in die Wange kniff. Jedenfalls konnte er beim besten Willen nicht einsehen, was ihn und Hornblower diese Aufregung anging, die Maria einzig und allein sich selbst zuzuschreiben hatte.

»Oh!« stöhnte Maria auf. Sie taumelte nach vorn und stützte sich verzweifelt auf den Tisch mit der erkaltenden Kaffeekanne und den halbverzehrten Koteletts. Dann hob sie wieder den Kopf und begann von neuem zu jammern.

»Tun Sie mir den einzigen Gefallen ...«, sagte Bush voll Widerwillen. Dann wandte er sich an Hornblower:

»Ich gehe, kommen Sie doch mit.«

Als Bush die Treppe erreicht hatte, merkte er, daß ihm Hornblower nicht gefolgt war, und mußte sich sagen, daß er auch nicht mehr kommen würde. Bush konnte sich einfach nicht dazu entschließen, noch einmal umzukehren und ihn zu holen. Es wäre ihm nie eingefallen, einen Kameraden in Gefahr im Stich zu lassen, er war der erste, wenn es galt, ein Boot zu bemannen und durch die schwerste Brandung zu fahren, wenn es galt, Männern in Not zu Hilfe zu eilen, er hätte nicht eine Sekunde überlegt, Hornblower kämpfend beizuspringen und sich, wenn nötig, mit ihm von einer Übermacht in Stücke hauen zu lassen – und doch brachte er es in diesem Augenblick nicht über sich, zurückzueilen und Hornblower zu retten, weil er nur zu genau wußte, daß er doch nichts ausrichten konnte, wenn Hornblower jetzt eine Torheit beging. Er beruhigte sein Gewissen, indem er sich vorsagte, daß Hornblower am Ende viel zu klug war, eine Torheit zu begehen.

Droben in der Dachkammer machte sich Bush daran, sein Nachthemd und das Waschzeug zusammenzupacken. Er nahm ein Stück nach dem anderen vor, Rasiermesser, Kamm, Haarbürsten und so weiter, und prüfte, ob er nichts vergessen hatte. Darüber beruhigten sich seine gereizten Nerven, die Aussicht auf die unmittelbar bevorstehende Aktivierung und Verwendung in der kämpfenden Flotte stand ihm eigentlich erst jetzt in ihrer köstlichen Gewißheit vor Augen und brach wie die Sonne durch das verziehende Gewölk seines Ärgers. Er begann in falschen Tönen vor sich hinzusummen. Es empfahl sich bestimmt, noch einmal in der Werft vorzusprechen, außerdem war es ratsam, sich in Keppels Head sehen zu lassen und dort mit den anderen Offizieren über die tolle Neuigkeit von heute morgen zu reden. Beides war von Vorteil, wenn er möglichst bald zu seinem Posten kommen wollte. Den Hut in der Hand, klemmte er das saubere Paket mit seinen Sachen unter den Arm, warf einen letzten Blick im Zimmer umher, um sicher zu sein, daß er nichts vergessen hatte, und zog, noch immer summend, die Dachkammertür hinter sich ins Schloß.

Als er die letzten Treppenstufen erreichte und eben im Begriff war, die Diele zu betreten, hielt er mit einem Fuß in der Luft eine Sekunde lang inne –

nicht, daß er sich überlegt hätte, ob er das Speisezimmer betreten sollte, nein, er legte sich nur zurecht, was er jetzt sagen wollte, wenn er den beiden wieder gegenübertrat.

Maria hatte ihre Tränen getrocknet. Ihre Haube saß zwar noch immer schief, aber sie lächelte doch wenigstens wieder. Auch Hornblower lächelte, wahrscheinlich war er froh, daß Maria endlich aufgehört hatte, zu weinen. Als Bush eintrat, wandte er den Blick zur Tür und schien überrascht, ihn mit Hut und Bündel zu sehen.

»Ich lichte meinen Anker«, sagte Bush. »Es ist mir nur noch ein Bedürfnis, mich für Ihre Gastfreundschaft zu bedanken, Sir.«

»Wie . . .?« sagte Hornblower. »Es muß doch nicht sein, daß Sie jetzt schon aufbrechen.«

Bush hatte wieder die Anrede Sir angenommen, wenn er mit Hornblower sprach. Sie hatten eine Menge miteinander erlebt und wußten auch vieles voneinander. Jetzt gab es wieder Krieg, und Hornblower war von nun an Bushs Vorgesetzter. Bush erklärte ihm, was er noch vorhatte, ehe der Fuhrmannswagen nach Chichester abging, und Hornblower nickte.

»Packen Sie nur gleich Ihre Seekiste«, sagte er. »Es wird nicht mehr lange dauern, bis Sie sie brauchen.«

Bush mußte sich räuspern, ehe ihm die Floskeln über die Lippen kamen, die er noch anbringen wollte.

»Ich habe Ihnen meine Glückwünsche noch nicht in aller Form zum Ausdruck gebracht«, sagte er in hochoffiziellem Ton. »Vor allem wollte ich meine Überzeugung bekunden, daß die Admiralität in Ihrer Person, Sir, bestimmt den besten Mann zum Commander befördert hat, den sie in der ganzen Rangliste der Leutnants finden konnte.«

»Sie tun mir zu viel Ehre an«, sagte Hornblower.

»Was Mr. Bush sagt, ist auch meine feste Überzeugung«, sagte Maria. Sie blickte ganz verklärt vor Bewunderung zu ihm auf, und er sah voll unendlicher Güte auf sie herab. Und doch lebte in ihrer Bewunderung schon etwas von Besitzenwollen und vielleicht auch in seiner Güte eine Spur von nachdenklicher Skepsis.

Alexander Kent

Die Richard-Bolitho-Romane

Die Feuertaufe *(UB 40044)*

Strandwölfe *(UB 40065)*

Kanonenfutter *(UB 22933)*

Zerfetzte Flaggen *(UB 23192)*

Klar Schiff zum Gefecht *(UB 23063)*

Die Entscheidung *(UB 22725)*

Bruderkampf *(UB 23219)*

Der Piratenfürst *(UB 3463)*

Fieber an Bord *(UB 22460)*

Des Königs Konterbande *(UB 22330)*

Nahkampf der Giganten *(UB 3558)*

Feind in Sicht *(UB 20006)*

Der Stolz der Flotte *(UB 20014*

Eine letzte Breitseite *(UB 20022*

Galeeren in der Ostsee *(UB 20072)*

Admiral Bolithos Erbe *(UB 20485)*

Der Brander *(UB 20591)*

Donner unter der Kimm *(UB 20973)*

Die Seemannsbraut *(UB 22177*

Mauern aus Holz, Männer aus Eisen *(UB 22824)*

Ullstein